AF705643

www.ingramcontent.com/pod-product-compliance
Lightning Source LLC
Chambersburg PA
CBHW031341230926
51848CB00002B/332
* 9 7 8 8 1 9 8 3 0 3 8 4 4 *

اُن کی کہانیاں

اشعر نجمی

If I wait for someone else to validate my existence, it will mean that I'm shortchanging myself.

-Zanele Muholi

اُن کی کہانیاں

اشعر نجمی

Bright Books

Unki Kahaniyan
By: Ashar Najmi
Bright Books, Thane, India
1st Edition: October 2025
ISBN: 9788198303844

کتاب: اُن کی کہانیاں

مصنف: اشعر نجمی

اشاعت اول: اکتوبر 2025

سرورق: حارث ابن عزیز

Bright Books

Mira Road East, Dist. Thane, India
nidabattiwala@gmail.com

شہرام سرمدی

اور

عبداللہ زکریا ندیم

کے نام

دو کمال کے شاعر اور فکشن کے بہترین جوہر شناس

فہرست

بدنصیب روحوں کی کہانیاں

خالد جاوید

[یہ مضمون میرے پہلے ناول 'اس نے کہا تھا' پر لکھا گیا تھا جو کم وبیش پندرہ صفحات پر محیط تھا، یہ سہ ماہی 'اثبات' اور سہ ماہی 'استفسار' میں تقریباً تین سال پہلے شائع ہو چکا ہے۔ اس مضمون کے کچھ اقتباسات یہاں شیئر کرنے کا جواز یہ ہے کہ زیر نظر مجموعہ میں شامل کہانیوں کا موضوع وہی ہے جو میرے پہلے ناول کا تھا۔ خالد جاوید شاید وہ پہلے اردو کے ادیب ہیں جنھوں نے اس موضوع پر بغیر کسی لاگ لپیٹ اور معذرت خواہانہ جواز جوئی کرنے کے اتنی تفصیل سے لکھا ہے۔ اس طویل مضمون کے کچھ ایسے پیراگراف کو یہاں ڈائجسٹ کیا جا رہا ہے جو متعلقہ بھی ہیں اور ان کہانیوں کی افہام و تفہیم میں معاون بھی ثابت ہوتے ہیں۔]

یہ محض 'عکاسی' کرنے والی نام نہاد سماجی حقیقت نگاری نہیں ہے، یہ ایک دریافت ہے... انسانوں کی ایک متبادل دنیا کی دریافت۔ وہ انسان جو مرکزی معاشرے کے لیے محض 'دوسرے' (others) ہیں، ہمارا ذہنی اور اخلاقی فاشزم ان جماعتوں کو 'others' بنا دیتا ہے۔ یہ سیاسی نوعیت کا other نہیں ہے مگر اس پر سیاست کی چھوٹ بھی پڑتی ہے اور ذہنی دہشت گردی کے ایک منظم ادارے کی بھی۔ ایڈورڈ سعید کی *'Theory of* 'others کی توسیع کا ایک رشتہ ان کرداروں سے بھی بڑے غیر محسوس طریقے سے جا کر مل جاتا ہے۔اس کے سرے LGBTQ کے اس علمی ڈسکورس سے بھی جا کر مل جاتے ہیں جو عالمی سطح پر چلائی جانے والی مختلف تحریکوں اور دانشورانہ سرگرمیوں کا محور ہے۔ چند مثالوں پر اکتفا کرتے ہوئے کہنا چاہتا ہوں کہ مشہور فرانسیسی فیشن انڈسٹریلسٹ Pierre Bergé کے وہ جذباتی اور بصیرت آمیز خطوط جو اس نے اپنے مرد شریک حیات Yves کے نام لکھے ہیں۔ یا آسٹریلیا کے ادیب Benjamin Law کا سفر نامہ جس کا عنوان *'Adventures in the Queer East'* ہے جس میں اس نے ایشیا میں LGBTQ کی زندگی کی تفتیش اور پڑتال کی ہے۔ یا پھر ممبئی کے مشہور پینٹر بھوپن کھاکھر جو gays اور جسم کے مختلف پہلوؤں کی پینٹنگز بناتے ہیں اور جس میں ایک عنصر ہندوستانی دیومالا کا بھی ہے۔کولکاتہ کی گرافک آرٹسٹ اُپاسنا گھوش کا کام بھی LGBTQ کے حوالے سے بہت اہم ہے۔ یہاں اس فوٹو پراجیکٹ کا ذکر بھی کرنا ضروری ہے جو نامور فوٹوگرافر سنیل گپتا اور ان کے ساتھی چرن سنگھ کے ذریعے چلایا جا رہا ہے۔ یہ فوٹو پراجیکٹ عالمی سطح پر ہم جنسوں یا gays کے خلاف ہونے والے ظلم اور ناانصافی کو تصویروں کے ذریعے بیان کرتا ہے۔ان کے علاوہ پیوریٹن (Puritan) ناول نگار Louis Nagraine نے حال ہی میں ایک اہم مجموعہ ترتیب دیا ہے جس میں پیوریٹن ادیبوں کی تحریریں شامل ہیں۔ یہ بہت اہم مجموعہ ہے۔ مشہور مورخ اور ادیب سلیم قدوائی کا وہ انٹرویو بھی پڑھنے لائق ہے جو انھوں نے 'توشی' کو دیا ہے۔ سلیم قدوائی سالہا سال gays کے حقوق کے لیے لڑائی لڑتے رہے ہیں۔ ونیتا رُتھ کے ساتھ مل کر سلیم قدوائی نے *'Same Sex Love in India, Reading from Literature and History'* کے نام سے جو کتاب مرتب کی ہے، وہ اس متبادل دنیا کا ایک چونکا دینے والا فیصلہ سناتی ہے۔اس علمی ڈسکورس کے علاوہ ہم جنسی کے وجودی اور نجی پہلو پر وافر تعداد میں شاعری کی گئی ہے۔ مثلاً سنیتی نام جوشی، پیٹ پارکر، لی موکوبے، رُتھ ونیتا، کی ہیونگ دو، اسٹیفنی برڈ، عطل عدنان، گنار بورلوگ، نشری نواسی سراسی، دھرمیش اور بران میزٹک کے نام تو بالکل سامنے کے ہی ہیں۔

یہی نہیں، نامور روسی شاعرہ Marina Tsvetaeva کا ذکر بھی یہاں ناگزیر ہے جس نے شادی کے بہت بعد بعد میں صوفیہ پارنیک نام کی شاعرہ سے عشق کیا۔ صوفیہ پارنیک اور میرینا آہستہ آہستہ ایک جان دو قالب ہو گئے تھے۔

جہاں تک اردو کا سوال ہے، مجھے سوائے افتخار نسیم کے کوئی دوسری مثال یاد نہیں آتی۔ اردو کی غزلیہ شاعری میں امرد پرستی کا جو عنصر ہے، وہ قطعی طور پر رسمی اور مصنوعی ہے، اس لیے اس کا ذکر کرنا میرا مقصود بھی نہیں ہے۔

اگر اس پس منظر میں اور اس سیاق میں اشعر نجمی کی تخلیقات کو دیکھا جائے تو ہمیں یہ احساس فوراً ہو جاتا ہے کہ یہ وقت کی وہ پرت ہے جس میں ہم اس وقت موجود ہیں۔ ہم کسی جماعت کے رکن بن کر اس میں شامل ہوں یا نہ ہوں، مگر ہمیں اپنے عہد کے مصائب میں ضرور شامل ہونا چاہیے۔ ہمیں 'سچ' کو ننگی آنکھ سے دیکھنے کی عادت ڈال لینی چاہیے، کیوں کہ مقتدرہ تاریخ کا کوڑے دان ایک نہ ایک دن خالی کرنا ہی پڑتا ہے۔ ہمیں جگہ خالی کرنی پڑے گی۔ ہمیں تسلیم کرنا ہی ہوگا ورنہ وقت ایک نہ ایک دن سب کا محاسبہ کرے گا۔

اشعر نجمی نے یہ کوہ گراں اٹھا کر بہت بڑا اور نیا کام انجام دیا ہے۔ انھوں نے ان بدنصیب روحوں کی کہانی لکھی ہے جو اردو میں لکھنا اور مشکل تھا کیوں کہ اردو والے ابھی اپنی روایتی جمالیات اور نام نہاد اشرافیہ ذہنیت سے پوری طرح باہر نہیں آ پائے ہیں۔ اس نئی اور متبادل جمالیات کو انگیز کرنا قدرے مشکل اَمر ہے۔ مگر کہانی تو کہانی ہوتی ہے اور ہر ایک کی اپنی کہانی ہوتی ہے۔ 1961 میں کیوبا کے انقلاب کے بعد فیدل کاسترو نے ایک غیر معمولی تقریر کی تھی جسے 'دانشوری کے نئے باب' کے نام سے بھی جانا جاتا ہے۔ اس تقریر میں کاسترو نے کہا تھا کہ ہمیں کیوبا کے ہر باشندے کو تعلیم یافتہ بنانا ہے اور یہاں تک کہ اگر کسی عورت کی عمر 106 سال کی بھی ہو تو وہ بھی اپنی کہانی لکھ سکے۔ کاسترو کی تقریر کے بعد سے Testimony کے نام سے ناول کی ایک نئی قسم وجود میں آئی ہے جس میں بے پڑھے لکھے، بے بس اور مظلوم اشخاص کسی لکھنے والے کو اپنی کہانی سنا کر لکھواتے ہیں۔ پاکستان کی 'مختار مائی' پر لکھی گئی کتاب اسی زمرے میں آتی ہے۔

اشعر نجمی نے اخلاقی تاریخ کی منافقت اور اس کی آمرانہ ذہنیت پر ایک کاری ضرب لگائی ہے۔ اخلاقی نظام کا معاملہ تو یہ ہے کہ وہ گویا ہمیشہ کے لیے اپنی پرستش کرنے میں مبتلا ہو جاتا ہے، یہ جانتے ہوئے بھی کہ اخلاقی قدر ایک اضافی قدر اور زمان و مکان کی زنجیروں میں جکڑی ہوتی ہے۔ حاشیے پر ڈال دی گئی اخلاقیات یا جماعتیں جب اپنی سیاسی، سماجی اور اخلاقی تاریخ لکھنے کی کوشش کرتی ہیں تو اس نام نہاد mainstream تاریخ کے ذریعے دوبارہ حاشیے پر دھکیل دی جاتی ہیں۔ یہ وہی کام ہے جو سیاسی اور ثقافتی دائرے میں Nation-state کیا کرتی ہیں۔

میں کوئی رسمی اور مکتبی جملہ لکھ کر اپنی بات ختم نہیں کر سکتا، اس کے بجائے میں خاموش ہو جانا زیادہ پسند کروں گا کیوں کہ خاموشی سے بڑی نہ کوئی دعا ہے، نہ عبادت ہے، اور نہ ہی ریاضت۔ خاموشی کی پرتوں میں سینکڑوں نعرۂ تحسین چھپے رہتے ہیں۔

پیش لفظ

'اُن کی کہانیاں'۔

پہلا سوال: کن کی کہانیاں؟

دوسرا سوال: اُن کی کہانیاں کیوں؟

جب میں اپنا پہلا ناول 'اس نے کہا تھا' شائع کرنے کی سوچ رہا تھا تو یہ دونوں سوال، قدرے مختلف شکلوں میں، میرے سامنے منھ اٹھائے کھڑے تھے۔ اگر چہ اس سے تقریباً تین سال قبل ہندوستان میں تاج برطانیہ کے دور حکومت کا نافذ کردہ قانون دفعہ 377 (انڈین پینل کوڈ) کو سپریم کورٹ نے 2018 میں ختم کر دیا تھا، یہ علیحدہ بات ہے کہ ہندوستانی معاشرے میں 'ہم جنسی' کے تعلق سے اب تک معاندانہ رویہ برقرار ہے۔ اگر چہ جدید ذرائع ابلاغ کی برق رفتار توسیع کے سبب جس طرح معلومات اور علم کا 'دھاکہ' (Explosion) ہوا ہے، اس نے قدیم سیلن زدہ دیواروں پر بھی دراڑیں ڈال دی ہیں۔ میں نے سہ ماہی 'اثبات' کے 'ہم جنسیت نمبر' میں ان نظری مباحث کو بقدر استطاعت اکٹھا کرنے کی کوشش کی تھی جس کے تحت ہم جنسیت کے تاریخی، سماجی، نفسیاتی، سیاسی، ادبی اور سائنسی مطالعے کو مختصراً پیش کیا گیا تھا۔ ان باتوں کو میں یہاں دہرانا نہیں چاہتا لیکن اس مجموعے میں شامل کہانیوں کو ان کے صحیح تناظر میں سمجھنے کے لیے ان پر گفتگو ناگزیر ہے۔

ہندوستانی معاشرے میں ہم جنسیت (Homosexuality) کو آج بھی ایک محدود اور یک رخے زاویے سے دیکھا جاتا ہے، جہاں اسے محض جنسی عمل یا جنسی اختلاط سے جوڑ دیا جاتا ہے۔ یہ تصور نہ صرف ہم جنسیت کے تنوع کو نظر انداز کرتا ہے بلکہ اس سے وابستہ افراد کی شناخت، جذبات، اور ترجیحات کو بھی پس پشت ڈال دیتا ہے۔ جب ہم جنسیت کا لفظ زبان پر آتا ہے تو سماج کا عمومی تخیل فوراً 'بیڈ روم' کی طرف چلا جاتا ہے، جو اسے ایک محدود جہت میں قید کر دیتا ہے، یہ رویہ نہ صرف غیر منصفانہ ہے بلکہ غیر سائنسی بھی۔ یہ سوچ اتنی ہی مضحکہ خیز ہے جتنی مخالف جنسوں کے رشتوں کو محض جسمانی تعلق تک محدود کر کے ان کے جذباتی، نفسیاتی، اور سماجی پہلوؤں کو نظر انداز کرنے کی کوشش کی جائے۔

ہم جنسیت کوئی ایک جہتی تصور نہیں ہے۔ یہ محض جنسی عمل سے کہیں زیادہ ہے، بلکہ بعض وقت اس میں جنسی عمل بھی شامل نہیں ہوتا۔ ہم جنسیت ایک فرد کی جذباتی، رومانوی، اور سماجی ترجیحات کا ایک پیچیدہ امتزاج ہے جو اس کی شناخت کا حصہ بنتا ہے۔ ہندوستانی معاشرے میں، جہاں جنسیت کے موضوع پر کھل کر بات کرنا اب بھی ممنوع سمجھا جاتا ہے، وہاں ہم جنسیت کو اگر ایک 'ممنوعہ عمل' یا 'غیر فطری' کے طور پر پیش کیا جاتا ہے، تو حیرت کی بات نہیں ہونی چاہیے۔ یہ نقطۂ نظر نہ صرف ہم جنسیت کی سائنسی تفہیم سے انحراف کرتا ہے بلکہ اس سے جڑے افراد کو سماجی طور پر الگ تھلگ کرنے کا باعث بھی بنتا ہے۔

مجھے یقین ہے کہ ایک ایسے معاشرے میں جہاں 'ہم جنسیت' کی توضیح اب تک سائنسی، تاریخی اور نفسیاتی طور پر نہیں ہو پائی ہے، وہاں اس کی شاخوں اور ان کی ساخت کے متعلق واقفیت عبث ہے۔ 'لحاف' کو اب تک 'بولڈ' کہانی کے زمرے میں رکھنے والے اردو معاشرے کی علمی مفلسی بتاتی ہے کہ ہم کس طرح اپنے گرد و پیش اور جدید تحقیقات سے بے خبر ہیں۔ یہ بے خبری نہ صرف ہمارے معاشرتی اذہان پر اثر انداز ہوئی ہے بلکہ ہمارے ادبی منظر نامے کو بھی متاثر کرتی رہی ہے۔ چنانچہ مجھے شک ہے کہ اس مجموعے میں شامل کہانیوں کو 'ہم جنسیت' کے اسی روایتی تصور سے ہم آہنگ کر لیا جائے گا، اس لیے ضروری ہو جاتا ہے کہ ان کہانیوں کے کرداروں کے نفسیاتی اور جنسی میلان کے مختلف النوع پس

منظروں کو سمجھنے کے لیے 'ہم جنسیت' کی ساختیات پر تھوڑی گفتگو کر لی جائے۔

ہم جنسیت (Homosexuality) کو اگر ایک وسیع تناظر میں دیکھیں تو علم ہوتا ہے کہ یہ جنسی رجحانات (sexual orientations) کے ایک بڑے اسپیکٹرم کا حصہ ہے، جو افراد کی جذباتی، رومانوی، اور جنسی کشش کو بیان کرتا ہے۔ اگرچہ جنسی رجحانات کی کوئی مقررہ تعداد نہیں ہے؛ یہ ایک متحرک اور اُبھرتا ہوا فیلڈ ہے جو افراد کے ذاتی تجربات پر مبنی ہے۔ اس ضمن میں سائنسی اور سماجی مطالعے کے مطابق تقریباً 40 سے زیادہ مختلف شاخیں استعمال ہوتی ہیں، لیکن اب بھی اس مطالعے میں نئی اصطلاحات وقتاً فوقتاً سامنے آتی رہتی ہیں، جو نہ صرف جنسی کشش بلکہ جذباتی رابطوں، رومانوی رغبتوں، اور ذاتی شناختوں کی مختلف شکلوں میں جھلکتی ہیں، مثلاً کچھ لوگ صرف جذباتی سطح پر کشش محسوس کرتے ہیں، جب کہ دیگر جنسی یا فکری سطح پر۔ تمام جنسی رجحانات پر بات کرنے کی یہاں گنجائش نہیں ہے، لیکن کچھ ایسے میلانات کے بارے میں ضرور بات کرنا چاہوں گا جن میں سے بیشتر کا استعمال 'اُن کی کہانیوں' میں کیا گیا ہے۔ مثلاً:

✷Asexual (غیر جنسی): وہ افراد جو جنسی کشش کا تجربہ نہیں کرتے، لیکن وہ جذباتی یا رومانوی رشتوں میں دلچسپی رکھ سکتے ہیں۔

✷Bisexual (ذو جنسی): وہ افراد جو مرد اور عورت دونوں کی طرف جذباتی یا جنسی کشش محسوس کرتے ہیں۔

✷Sapiosexual (طباعی جنسی): وہ افراد جنھیں ذہنی یا طباعی صلاحیتوں کی جانب زیادہ کشش محسوس ہوتی ہے، قطع نظر جنسی اختلاط کے۔

✷Demisexual (نیم جنسی): وہ افراد جو صرف گہرے جذباتی رابطے کے بعد ہی جنسی کشش محسوس کرتے ہیں۔

✷Pansexual (ہمہ جنسی): وہ افراد جو کسی بھی جنس یا جنسی شناخت کی طرف کشش محسوس کر سکتے ہیں۔

✷Polysexual (کثیر جنسی): کئی (لیکن تمام نہیں) جنسوں کی طرف

کشش، جیسے مرد، عورت، اور غیر ثنائی (Non Binary)، لیکن کچھ جنسوں کو خارج کر کے۔ یہ شکل میں لچکدار نظر آتی ہے، جہاں فرد کی ترجیحات وقت کے ساتھ تبدیل ہوسکتی ہیں۔

✷Omnisexual (جامع جنسی): تمام جنسوں کی طرف کشش، لیکن Pansexual سے ذرا مختلف... یہاں جنس کو ایک عنصر کے طور پر غور کیا جاتا ہے (یعنی جنس کی پرواہ کرتے ہوئے کشش محسوس کرنا)۔ یہ رومانوی اور جنسی دونوں شکلوں میں ظاہر ہوتی ہے۔

✷Abrosexual (متغیر جنسی): جنسی رجحان جو وقتاً فوقتاً تبدیل ہوتا ہے، جیسے ایک دن Bisexual، دوسرے دن Asexual۔ یہ شکل میں fluid (سیال) نظر آتی ہے، جو ذاتی تجربات یا ماحول سے متاثر ہوتی ہے۔

✷Graysexual (مبہم جنسی): جنسی کشش بہت کم محسوس کرنا لیکن یہ Asexual اور Allosexual کی درمیانی کڑی ہے۔ یہ شکل میں sporadic (وقفے وقفے سے) نظر آتی ہے، جہاں کشش صرف مخصوص حالات میں اُبھرتی ہے۔

✷Allosexual (عام جنسی): عام طور پر جنسی کشش محسوس کرنا (Asexual کا مخالف) یہ Heterosexual، Homosexual، یا Bisexual کی شکل میں نظر آسکتا ہے، جہاں کشش مستقل اور شدید ہوتی ہے۔

✷Androsexual (تذکیری جنسی): مردانہ خصوصیات والے افراد کی طرف کشش، قطع نظر ان کی جنسی شناخت کے۔ یہ شکل میں masculine (مردانہ) فوکس کے ساتھ نظر آتی ہے، جو جذباتی یا جسمانی ہوسکتی ہے۔

✷Gynesexual (تانیثی جنسی): نسوانی خصوصیات والے افراد کی طرف کشش۔ یہ feminine (نسوانی) کشش کی شکل میں ظاہر ہوتی ہے۔

✷Skoliosexual (غیر ثنائی جنسی): غیر بائنری یا ٹرانس جینڈر افراد کی طرف کشش۔ یہ شکل میں non-binary (غیر ثنائی جنسی) رغبتوں میں نظر آتی ہے، جو سماجی طور پر متشکل ہوتی ہے۔

✷Autosexual (خود پسند جنسی): خود کی طرف جنسی کشش (جیسے مشت

زنی پر فوکس)۔ یہ انفرادی اور introspective (خودنگری) شکل میں نظر آتی ہے۔

درج بالا تمام جنسی میلانات کی ہیئتیں (Forms) بھی یکساں نہیں ہوتیں، یہ مختلف صورتوں میں ظاہر ہوسکتی ہیں:

✷Aromantic (غیر رومانوی): رومانوی کشش کا فقدان، لیکن جنسی کشش ہوسکتی ہے۔ یہ شکل میں platonic (افلاطونی) رشتوں میں نظر آتی ہے، جہاں جنسیت الگ رہتی ہے۔

✷ جذباتی شکل (Emotional Form): جہاں کشش صرف گہرے رابطوں سے پیدا ہوتی ہے (مثلاً، Demisexual)۔

✷ رومانوی شکل (Romantic Form): جہاں جنسی کشش سے الگ، صرف محبت یا ساتھ کی خواہش ہوتی ہے (Aromantic کا مخالف)۔

✷ جنسی شکل (Sexual Form): براہ راست جسمانی کشش (مثلاً، Allosexual)۔

✷ فکری یا شرطی شکل (Intellectual or Conditional Form): جیسے Sapiosexual میں طباعی کی بنیاد پر، یا Graysexual میں کمیاب یا نادر موقعوں پر۔

ان تمام رجحانات اور ہیئت کی اردو اصطلاحات سے میں واقف نہیں، اس لیے میں نے بقدر استطاعت افہام و تفہیم کی غرض سے انھیں 'اُردوانے' کی کوشش کی ہے، جو ممکن ہے غلط بھی ہوسکتی ہیں، لیکن ظاہر ہے یہاں میرا مقصد اصطلاح سازی کرنا نہیں بلکہ ان مختلف میلانات اور ساخت کے متعلق نشاندہی مقصود ہے، تاکہ 'اُن کی کہانیاں' کی سبھی کہانیوں میں ان مختلف میلانات اور ساخت کی شناخت کی جاسکے اور یہ اندازہ لگایا جاسکے کہ 'ہم جنسیت' بھی 'عام جنسیت' کی طرح یک رُخی نہیں ہے۔ ان شاخوں کی موجودگی اس بات کی طرف اشارہ کرتی ہے کہ جنسی میلان ایک اسپیکٹرم ہے، نہ کہ ایک مقررہ نقطہ۔ لیکن ہندوستانی معاشرے میں ان شاخوں کے بارے میں عمومی آگہی کی کمی ہے، اور ہم جنسیت

کو ایک ہی سانچے میں ڈھال کر اس کے تنوع کو نظر انداز کیا جاتا رہا ہے۔ میں یہ دعویٰ تو نہیں کرتا کہ میں نے اس مجموعے میں شامل تمام کہانیوں میں ان تمام میلانات و ساخت کو انگیز کیا ہے لیکن اتنا ضرور ہے کہ میں نے ان کچھ جنسی رجحان اور میلان کو ان میں شامل ضرور کیا ہے، اور یہ کام، ظاہر ہے، میں نے ادب اور فکشن کے مبادیات اور تقاضوں کی بنیاد پر کیا ہے۔ بقول میلان کنڈیرا، فکشن کی تکنیک استعمال کرتے وقت چیزوں کو جذب کرنے کا ہنر بہت اہم ہو جاتا ہے۔ اگر ایک دعویٰ کرنے کی اجازت دیجیے تو میں کہوں گا کہ یوں تو 'ہم جنسیت' کے موضوع پر بین الاقوامی ادب میں فکشن کا انبار لگا ہوا ہے لیکن اس سے پہلے انگریزی اور دوسری زبانوں کے کسی ایک مصنف نے اپنی کہانیوں کے ایک مجموعے میں 'ہم جنسیت' کے اتنے سارے متضاد اور گوناگوں پہلوؤں کو تخلیقی سطح پر نہیں برتا ہے۔

اب ہم ادب پر 'ہم جنسیت' کے اثرات کے تعلق سے بھی تھوڑی گفتگو کر لیتے ہیں، چونکہ اس میں بھی بہت سی غلط فہمیاں رائج ہیں۔

جب میرا ناول 'اُس نے کہا تھا' اور سہ ماہی 'اثبات' کا 'ہم جنسیت نمبر' منظر عام پر آیا تھا تو سوشل میڈیا پر سرگوشیاں شروع ہو گئی تھیں کہ ہو نہ ہو اشعر نجمی ہم جنسی ہے۔ ایک دوسرے گروہ کا مخاصمانہ دعویٰ یہ بھی ہے کہ میں 'ہم جنسیت' کو فروغ دے رہا ہوں وغیرہ۔

اگرچہ میں اپنے جنسی رجحان کو بتانے کے لیے مجبور نہیں ہوں اور نہ اس سے کوئی فرق پڑتا ہے، (جیسا کہ میلان کنڈیرا نے کہا ہے کہ مجھے فکشن نگار کی صنف میں نہیں بلکہ فکشن کی صنف میں دلچسپی ہے) لیکن یہ اتنی ہی مضحکہ خیز صورت حال ہے، جیسے کسی 'مرڈر مسٹری' (Murder Mystry) لکھنے والے مصنف کو قاتل یا ڈیٹیکٹیو سمجھ لیا جائے یا عورتوں کے حقوق پر ناول لکھنے والے مصنف یا ان پر ایک گوشہ نکالنے والے کسی رسالے کے مدیر کی جنس پر شک کیا جائے کہ ہو نہ ہو وہ ایک عورت ہے۔ یا پھر بھوتوں کی کہانیاں (Ghost Stories) لکھنے والوں کے بارے میں یہ تصور قائم کر لیا جائے کہ وہ بھوت ہی ہوں گے۔

اسی طرح کچھ لوگوں نے میرے متذکرہ ناول اور رسالے کے متذکرہ خاص نمبر کے تناظر میں مجھ پر یہ بھی حکم لگا دیا کہ میں 'ہم جنسیت کو فروغ دے رہا ہوں'۔ اس طرح

کے الزامات عموماً ان مذاہب کے پیروکاروں کی طرف سے عائد ہوتے ہیں جن کی نوعیت تبلیغی ہے۔ ان کی نظر میں کسی چیز پر مکالمہ کرنا، کسی موضوع پر مطالعہ کرنا اور کسی مسئلے پر لکھنا محض اسے 'فروغ' دینے کی نیت سے ہی کیا جاتا ہے۔ اگر اس معیار کو درست سمجھ لیا جائے تو تمام فنون لطیفہ اس کی زد میں آجائیں گے، مثلاً سینما کو ہی لے لیجیے۔ اس 'تبلیغی معیار' کی روشنی میں پھر یہ کیوں نہ تسلیم کرلیا جائے کہ سلمان خان اور شاہ رخ خان کی ایکشن فلمیں سماج میں تشدد کو فروغ دیتی ہیں؟ یا ابن صفی پر اگر اسی 'تبلیغی معیار' کا اطلاق کیا جائے تو پھر نتیجہ معلوم۔ لیکن اس کے برعکس سماج انھیں پسند کرتا ہے اور قبولیت عامہ کا تاج ان کے سر پر سجا دیتا ہے۔ کیا یہ فکری دوغلہ پن نہیں ہے؟

حالاں کہ، افسانہ یا ناول (Fiction) اس وقت 'ہم جنسی' کہلاتا ہے جب اس میں ہم جنسیت کا موضوع یا ہم جنس کردار کو کہانی کا حصہ بنایا جاتا ہے۔ لیکن کیا آپ کہہ سکتے ہیں کہ 'لحاف' لکھنے والی عصمت چغتائی ہم جنسی تھیں؟ کیا 'تیسری جنس' کے لکھنے والے چودھری محمد علی ردولوی، 'کوئل زنانہ' لکھنے والے اشرف صبوحی دہلوی، 'اصلی جن' کے سعادت حسن منٹو، 'پھسلن' والے محمد حسن عسکری، 'انگڑائی' والی ممتاز شیریں، 'تِل اوٹ پہاڑ' والی ہاجرہ مسرور، 'ٹی پاٹ' کے صدیق عالم، 'درمیانی صنف کے سورما' کے سلام بن رزاق، اور 'گریفٹی' کے عرفان احمد عرفی وغیرہ کے بارے میں آپ یہی بات کہہ سکتے ہیں؟

دراصل ایسی باتیں وہی کرتے ہیں جنھیں اب تک تخلیقی ادب کے مختلف النوع سرچشموں سے واقفیت نہیں ہے کہ یہ اپنے مواد کہاں کہاں سے اور کن کن ذرائع سے کسب کرتا ہے۔

اسے میری بدقسمتی پر محمول کیجیے کہ ادب کے طلبا کو مجھے یہ بتانا پڑ رہا ہے کہ تمام ہم جنسی ادب، ہم جنسی مصنفین کے ذریعہ نہیں لکھا جاتا، اور نہ ہی تمام ہم جنسی مصنفین ہم جنسی فکشن لکھتے ہیں۔ کوئی ایک ہم جنسی فکشن ہم جنسی تجربے (Gay Experience) کی علامت ہونے کا دعویٰ نہیں کرسکتا، کیونکہ جیسا کہ زیر نظر مجموعے میں شامل تمام کہانیوں سے ظاہر ہوتا ہے کہ یہ 'تجربہ' ہر شخص کے لیے مختلف ہوتا ہے۔

بین الاقوامی ادب کے تناظر میں دیکھا جائے تو ولیم شیکسپیئر (William Shakespeare) کی جنسیت پر بہت زیادہ بحث کے باوجود، بہت سے ناقدین کا خیال ہے کہ ان کے کارناموں... جن میں کراس-ڈریسنگ (Cross-dressing) کردار اور ایک ہی جنس کے درمیان محبت کے موضوعات شامل ہیں جو یقینی طور پر ہم جنسی یا ذو جنسی (Bisexual) رجحان کی عکاسی کرتے ہیں۔ قبل از جدید امریکہ میں، والٹ وٹمین (Walt Whitman) اور ہرمن میلویل (Herman Melville) کو ہم جنسی سمجھا جاتا تھا۔ عام طور پر، ان کے زیادہ مشہور کاموں میں واضح جنسی حوالے نہیں ملتے، لیکن ان کی جنسیت پر بہت زیادہ سوانحی اور کتابیاتی تحقیق اور علمی بحث ہوئی ہے، جس نے حالیہ برسوں میں ان کے فن پاروں کی نئی تعبیروں کو جنم دیا ہے۔

ورجینیا وولف (Virginia Woolf) اور گرٹروڈ اسٹائن (Gertrude Stein) کی ہم جنسی زندگیاں ادبی حلقوں میں مشہور تھیں، لیکن حال تک ان کی جنسیت یا ان کی تخلیقات میں موجود لطیف ہم جنسی موضوعات پر تحقیق کم ہی ہوئی ہے۔ ہنری جیمز (Henry James) کی کہانی 'دی پیوپل' (*The Pupil*) میں ہم جنسی موضوعات اتنے لطیف ہیں کہ قاری انھیں محسوس تک نہیں کر پاتا۔ دیگر کہانیوں، جیسے کہ ولا کیتھر (Willa Cather) کی مشہور 'پالز کیس' (*Paul's Case*) میں، کرداروں کی ہم جنسیت اور مبہم جنسیت موجود ہے۔

بیسویں صدی کے وسط میں جیمز بالڈون (James Baldwin) نے اپنے ناول 'گو ٹیل اٹ آن دی ماؤنٹین' (*Go Tell It on the Mountain*) میں ہم جنسی موضوعات متعارف کرائے اور بعد میں 'جیووانیز روم' (*Giovanni's Room*) میں زیادہ واضح طور پر اسے برتا۔ بیٹ موومنٹ (Beat Movement) کے مرکز میں اور 1960ء کی 'فری لو' (Free Love) دہائی سے پہلے، ایلن گنز برگ (Allen Ginsberg) نے اپنی شاعری میں واضح طور پر ہم جنسیت کو پیش کیا۔ دیگر ہم جنس پرست امریکی مصنفین جو ابتدا سے وسط صدی تک لکھ رہے تھے، ان میں شاعر ایچ ڈی (Hilda Doolittle)،

ڈرامہ نگار ٹینیسی ولیمز (Tennessee Williams)، ایڈورڈ ایلبی (Edward Albee)، اور کرسٹوفر ایشر ووڈ (Christopher Isherwood)، اور افسانہ نگار گور وڈال (Gore Vidal) اور جان چیور (John Cheever) شامل ہیں۔

ہم جنسی ادب نے 1980 اور 1990 کی دہائیوں میں ادبی منظرنامے پر نمایاں اثر ڈالا۔ یونیورسٹیوں نے ہم جنسی مردوں اور عورتوں کے ادب اور ثقافت (Gay and Lesbian Literature and Culture) میں کورسز پیش کیے، اور ہم جنسی موضوعات پر مبنی کتابوں کی اشاعت میں نمایاں اضافہ ہوا۔ ہم جنسی افسانوں کے متعدد مجموعوں میں 'دی فیبر بک آف گے شارٹ فکشن' (*The Faber Book of Gay Short Fiction*)، 'پینگوئن بک آف گے شارٹ اسٹوریز' (*Penguin Book of Gay Short Stories*)، 'پینگوئن بک آف لیزبین شارٹ اسٹوریز' (*Penguin Book of Lesbian Short Stories*)، 'مین آن مین' (*Men on Men*) اور 'وومن آن وومن' (*Women on Women*)، اور یہاں تک کہ ہم جنسی مردوں اور ہم جنسی عورتوں کے سائنس فکشن کا ایک مجموعہ 'کنڈریڈ اسپرٹس' (*Kindred Spirits*) شامل ہیں۔

ذو جنسی ادب (Bisexual Literature) اکثر ہم جنسی زمرے میں شامل ہوتا ہے، لیکن اس کے دونوں پاؤں دو جنسی گروہوں میں ہوتے ہیں۔ ذو جنسی افراد کی پیچیدہ جنسیت کے اشارے کارسن مک کولرز (Carson McCullers) کی تحریروں میں، خاص طور پر ان کی 'بیلاڈ آف دی سیڈ کیفے' (*Ballad of the Sad Cafe*) یا لوئس ایڈرک (Louise Erdrich) کی 'دی بیٹ کوئن' (*The Beet Queen*) میں مل سکتے ہیں۔

حالیہ برسوں میں بین الاقوامی سطح پر ہم جنسی کے موضوعات پر مبنی ادب کے لیے کئی ایوارڈز متعارف کیے گئے ہیں۔ مثلاً لیمبڈا ایوارڈز (Lambda Awards) 22 زمروں تک پھیلے ہوئے ہیں، جن میں کہانیوں کے مجموعے اور اینتھولوجیز، شاعری،

یادداشتیں، ثقافتی مطالعہ، عوامی پالیسی، قانون، تاریخ، روحانیت، اور صنفی مطالعہ شامل ہیں۔ یہ ایوارڈز نہ صرف خصوصی طور پر ہم جنسی ادیبوں یا ٹرانسجینڈر مصنفین کو دیے گئے ہیں بلکہ ان کو بھی جو ہم جنسی نہیں ہیں، جیسے کہ جیفری یوجینائیڈس (Jeffrey Eugenides)، جو پولیٹزر انعام یافتہ ناول نگار اور کہانی نویس ہیں۔

ہم جنسیت اور کوئیر (Queer) موضوعات کا ادب کے ساتھ ایک طویل تعلق رہا ہے، اور یہ بات ہندوستانی برصغیر کے تناظر میں اور بھی زیادہ سچ ہے۔ خواہ وہ قدیم رزمیہ داستانوں اور مذہبی متون میں سرگوشیوں کی صورت میں موجود ہوں یا معاشرتی اصولوں کو چیلنج کرنے کے لیے لکھے گئے ہوں، اس کی جڑیں صدیوں پرانی ہیں اور آج کے جدید دور میں بھی یہ ترقی اور فروغ پا رہی ہیں۔ مجھے لگتا ہے کہ جب بات چلی ہے تو پھر کیوں نہ ہم اس دھاگے کو بھی مختصراً تلاش کرلیں، تاکہ وہ لوگ جو ہمیں بتاتے ہیں کہ ہم جنسیت کا تعلق 'ہندوستانی تہذیب' سے نہیں بلکہ مغرب سے ہے، وہ بھی اس پر غوروفکر کرسکیں۔

وقت کے جھروکوں سے چھن کر آنے والی دھوپ کی مانند، ہمیں قدیم متون میں غیر روایتی جنسی اور صنفی شناخت رکھنے والے افراد (ہم جنسی اور ٹرانس جینڈر) کی جھلکیاں ملتی ہیں۔ مثال کے طور پر، پدما پُران (*Padma Purana*)، ایک قدیم متن، جس میں جنسی لچک (Gender Fluidity) کے لطیف اشارے ملتے ہیں، مثلاً ارجن سے ارجنی کی تبدیلی یا 'اردھناریشور' کا تصور، جو تین لفظوں سے مل کر بنا ہے (اُردھ یعنی آدھا، ناری یعنی عورت، ایشور یعنی رب)، یعنی وہ رب جس کا ایک حصہ عورت ہے اور جو نسوانی اور مردانہ توانائیوں کے اتحاد کی نمائندگی کرتا ہے۔

پھر مارکنڈیہ پُران (*Markandeya Purana*) میں 'اویکشیتا' (Avikshita) کی کہانی ہے؛ ایک شہزادہ جو خود کو عورت سمجھتا تھا اور اسی وجہ سے وہ شادی سے انکار کرتا تھا۔ جنسی لچک مشہور کردار امبا (Amba) میں بھی دیکھی جاسکتی ہے، جو اپنے وقار کا بدلہ لینے کے لیے مرد کے طور پر دوبارہ جنم لیتی ہے (شکھنڈی، Shikhandi) اور بھیشم (Bhisma) کو قتل کرتی ہے۔ 'سُشر وتا سمہیتا'

(*Sushruta Samhita*)، جو صدیوں پرانی طبی کتاب ہے، میں ہم جنسیت اور ٹرانسجینڈ رازم (Transgenderism) کا ذکر ملتا ہے۔ 'منوسمرتی' بھی اس کا ذکر کرتی ہے، اگرچہ اس کے لیے سزائیں تجویز کرتی ہے۔

جنوبی ایشیا کے تناظر میں جنسیت کے متعلق گفتگو 'کاما سوترا' (*Kama Sutra*) کے بغیر ادھوری ہے۔ یہ مشہور متن انسانی تعلقات اور جنسیت کے وسیع طیف کو بیان کرتا ہے، اور اگرچہ اس میں مردوں کے ہم جنسی تعلقات کا ذکر ہے، لیکن انھیں غیر فطری جرم قرار دیتے ہوئے ذات کے نقصان سے جوڑا گیا ہے۔

مزید برآں، یہ بیانات عموماً اعلیٰ ذات کے مردوں تک محدود تھے۔ آپ دیودت پٹنائک (Devdutt Patnaik) کے شاندار مجموعہ 'دی مین ہو واوز آ ومن اینڈ ادر کوئیر ٹیلز فرام ہندو لور' (*The Man Who Was a Woman and Other Queer Tales from Hindu Lore*) میں غیر روایتی جنسی اور صنفی شناخت رکھنے والے افراد کے مابین تعلقات کی مزید کہانیاں پڑھ سکتے ہیں۔

وقت کے ساتھ، ہندوستانی ادب میں ہندو، جین، اور مسلم روایات کا امتزاج دیکھنے کو ملتا ہے۔ کئی غزلیں، خاص طور پر قرون وسطیٰ کے اردو شعراء کی لکھی ہوئی، مذہب اور جنس کی حدود سے ماورا محبت کی خوبصورتی کو نمایاں کرتی ہیں۔

کئی اشعار میں ہم جنسیت کے جذبات (Homoerotic Sensualities) کی تصویر کشی کی گئی ہے، جہاں شاعر اپنے لیے مردانہ آواز اختیار کرتا ہے اور اپنے مرد ہم منصب سے محبت کا اظہار کرتا ہے، مثلاً میر تقی میر کا 'شعلۂ عشق'۔

آپ کو اس دور کے بہت سے ایسے مرد شعراء بھی ملیں گے جو عورت کی آواز میں لکھتے تھے، جسے 'ریختی' کے نام سے ہم جانتے ہیں۔ کچھ نے تو عورتوں کے تخلص بھی اپنائے، جن میں عورتوں کے درمیان جنسی سرگرمیوں کے لیے منفرد اصطلاحات وضع کی گئی تھیں۔ ایسی ہی ایک اصطلاح 'چپٹی' تو آپ کو یاد ہی ہوگی، جو آج بھی استعمال ہوتی ہے۔ ہمارے اپنے دور میں پاکستانی نژاد شاعر افتخار نسیم کی شاعری میں اس کی جھلک دیکھی جا سکتی ہے۔

برطانوی استعماری دور میں ہندوستانی ادب پر وکٹورین اخلاقیات کا سایہ پڑا، اور سیکشن 377 (Section 377) کے نفاذ نے ہم جنسی افراد کے اظہار ذات پر پابندی عائد کر دی، حتیٰ کہ اسے 'جرم' قرار دے دیا گیا۔ لیکن ان جابرانہ پابندیوں کے باوجود، ہندوستانی مصنفین نے اس نفاذ کو چیلنج کرنے کی ہمت دکھائی۔

1900ء کے اوائل میں، پانڈے بیچن شرما اُگرا (Pandey Bechan Sharma Ugra) اور ان کی کتاب 'چاکلیٹ' (*Chocolate*) میں مردوں کے درمیان جنسی تعلقات کو نمایاں کیا گیا، اگرچہ آخر میں اس کی مذمت بھی کی گئی ہے، لیکن مجھے لگتا ہے کہ مصنف نے اپنے وقت کی پابندی کو ملحوظ رکھتے ہوئے ایسا کیا ہوگا۔ اس کتاب کے صفحات پر، اُگرا نے ایسے تعلقات کو بیان کیا جو ہمیشہ المناک انجام پاتے تھے، لیکن ان تعلقات کی تصویر کشی میں ہمدردی اور جنسیت کے رنگوں کا استعمال کیا گیا ہے۔ اگرچہ اس مخصوص تعلق کا نام واضح طور پر نہیں لیا گیا، لیکن الفاظ اور بیانیے نے کوئی شک نہیں چھوڑا کہ کس جانب اشارہ کیا جا رہا ہے۔

اور کون بھول سکتا ہے عصمت چغتائی کے خلاف اس بدنام زمانہ مقدمے کو، جو ان کی کہانی 'لحاف' کے خلاف ان پر 'فحش نگاری' کا الزام عائد گیا۔

ایک ابتدائی اور قابل ذکر LGBTQ ادب پر کام سوریہ ناتھ ترپاٹھی نرالہ کی خود نوشت 'کلی بھٹ' (*Kulli Bhat*) ہے، جو اپنے ہم عصر کاموں سے مختلف تھی کیونکہ انھوں نے غیر روایتی جنسی اور صنفی شناخت رکھنے والے افراد کے مابین تعلقات کو بغیر کسی ابہام کے پیش کیا۔ پھر کملیشور کا مختصر ناول 'ایک سڑک ستاون گلیاں' تھا، جس میں ایک ذو جنسی ٹرک ڈرائیور کی زندگی کو ایک ناچنے والی اور ایک صاف صفائی کرنے والے مرد کے ساتھ جنسی تعلقات کی صورت میں پیش کیا گیا۔

1978 میں شکنتلا دیوی کی علمی کی کتاب 'دی ورلڈ آف ہوموسیکشوئلز' (*The World of Homosexuals*) نے ہم جنسی تجربات کو سمجھنے میں کچھ بہتر راہ ہموار کی۔ وجے تیندولکر کا مراٹھی ڈرامہ 'متراچی گھوشٹا' (*Mitrachi Ghoshta*) اسّی کی دہائی میں

ہم جنسی عورتوں پر مبنی تھا۔ سنیتی نامجوشی (Suniti Namjoshi)، جو اس وقت کھلے عام ہم جنسی مصنفہ تھیں، نے بھی ایک ایسے ہی جوڑے کی تصویر کشی کی۔

مہیش دتانی (Mahesh Dattani) کے ڈراموں نے ہم جنسی مردوں کی پیچیدگیوں اور جدوجہد کو دلکش انداز میں پیش کیا، خواہ وہ 'بریولی فوٹ دی کوئین' (*Bravely Fought The Queen*) ہو یا 'آن اے مگی نائٹ اِن ممبئی' (*On A Muggy Night in Mumbai*)۔ فردوس کانگا (Firdaus Kanga) کی 1990 کی یادداشت 'ٹرائنگ ٹو گرو' (*Trying to Grow*) کا بھی یہاں ذکر ضروری ہے۔

رُتھ ونیتا (Ruth Vanita) اور سلیم قدوائی (Saleem Kidwai) کی شاندار کتاب 'سیم سیکس لو اِن انڈیا: اے لٹریری ہسٹری' (*Same-Sex Love in India:A Literary History*) کا ذکر نہ کرنا زیادتی ہوگی۔ ہندوستانی اساطیر اور ادب میں گہرائی سے جا کر ان مصنفین نے 'مہابھارت' سے لے کر 'کاما سوترا' (*Kama Sutra*) تک ہم جنسی محبت کی قدیم کہانیوں کو کھوج نکالا، جو ایک ایسی غیر روایتی جنسی اور صنفی شناخت رکھنے والی دنیا کو روشن کرتی ہیں اور جو طویل عرصے سے نظر انداز اور خاموش کی جاتی رہی تھی۔

منجو کپور (Manju Kapoor) کا 2003ء کا ناول 'اے میریڈ وومن' (*A Married Woman*) ایک پیچیدہ اور بدلتے ہوئے معاشرے کے پس منظر میں محبت اور جنسی خواہش کی ایک دلچسپ داستان بُنتا ہے۔ یہ کہانی دو عورتوں کے درمیان خفیہ جنسی خواہشات اور پُر جوش تعلقات کو تلاش کرتی ہے جو روایتی کرداروں میں پھنسی ہوئی ہیں اور عام معاشرتی توقعات کے درمیان اپنا راستہ تلاش کر رہی ہیں۔

2008 میں، امرتا پاٹل (Amruta Patil) کا گرافک ناول 'کاری' (*Kari*) قارئین کو ایک جوان ہم جنسی عورت کی زندگی کی متحرک کہانی سے متعارف کراتا ہے۔ یہ خود کی دریافت اور قبولیت کا سفر ہے، جو معاشرتی اصولوں اور ذاتی مسائل سے مقابلہ کرتا ہے۔ پھر، نیل مکھرجی (Neel Mukherjee) کا 'اے لائف اپارٹ' (*A Life*

(Apart ہے، جو ہندوستان اور انگلینڈ میں ہم جنسی تعلقات کی پیچیدگیوں کو تلاش کرتا ہے۔ وہ شناخت، تعلق، اور محبت کی پیچیدگیوں کو جانچتا ہے، جو مختلف ثقافتی تناظر میں غیر روایتی جنسی اور صنفی شناخت رکھنے والے افراد کو درپیش چیلنجوں کی واضح تصویر سامنے رکھتا ہے۔

آر راج راؤ (R. Raj Rao) کے ناول 'ہاسٹل روم 131' (Hostel Room 131) میں ایک ہاسٹل کے کمرے کی حدود میں خواہش، تڑپ، اور خود کی دریافت کے موضوعات کو کمال جرأت سے پیش کیا گیا ہے۔ اے۔ ریواتی (A. Revathi) کی 'دی ٹرتھ اباؤٹ می: اے ہجڑا لائف سٹوری' (The truth about me: A Hijra Life Story) ایک ہجڑے کی زندگی سے متعلق بیانیہ ہے جو ایک پسماندہ کمیونٹی کی شناخت اور وقار کے لیے جدوجہد کو روشن کرتا ہے۔

ہوشنگ مرچنٹ (Hoshang Merchant) کی 'دی مین ہوو ڈبی کوئین' (The Man Who Would Be Queen) کے شاعرانہ بیانیے ہم جنسی تجربات کے جوہر کو سمیٹتے ہیں جو ہم جنسی تعلقات کی خوبصورتی اور پیچیدگیوں کو روشن کرتے ہیں۔ اب 'نیٹ فلکس' (Netflix) پر سچن کندلکر (Sachin Kundalkar) کی فلم 'کوبالٹ بلیو' (Cobalt Blue) ایک ایسی کہانی پر مبنی ہے جو ناکام محبت اور جنسی اضطراب سے عبارت ہے، یہ کہانی دو بہن بھائیوں کی کہانیوں کو آپس میں جوڑتی ہے جو ایک ہی مرد سے محبت کر بیٹھتے ہیں۔

جیسے جیسے LGBTQ حقوق کی لڑائی وقت کے ساتھ آگے بڑھی، انقلاب نے اپنی جڑیں پھیلائیں۔ 2018 کا سپریم کورٹ کا تاریخی فیصلہ، جس نے ہم جنسیت کو غیر مجرمانہ قرار دے دیا، اس نے ایک محرک کے طور پر کام کیا جس نے غیر روایتی جنسی اور صنفی شناخت رکھنے والے افراد کی آوازوں کو سامنے لایا۔ اس قانونی فتح کے بعد، مصنفین کا ایک گروہ اپنی کہانیوں کو دوبارہ حاصل کرنے اور ادبی جمالیات کو نئے سرے سے تشکیل دینے کے لیے اُٹھ کھڑا ہوا۔

خلاصۂ کلام یہ کہ، ہم جنسیت کو صرف جنسی عمل سے جوڑ کر دیکھنا نہ صرف ایک غیر سائنسی نقطۂ نظر ہے بلکہ ایک ایسی سوچ ہے جو ہم جنسی افراد کی شناخت اور جذبات کو نظر

انداز کرتی ہے۔عموماً ہمارے ہاں 'ہم جنسی' سے مراد 'نامرد' لیا جاتا ہے، جب کہ اس کے برعکس (جیسا کہ اوپر ہم جنسی میلانات اور ان کی مختلف ہئیتوں سے واضح ہے کہ) 'ہم جنسیت' سے مراد صرف 'دخول وخروج' نہیں ہے اور نہ ایک ہم جنسی فرد 'جنسی عمل' سے ناکارہ ہوتا ہے بلکہ وہ اکثر عام افراد کی نسبت زیادہ فعال ہوتا ہے، فرق صرف اتنا ہے کہ اس کے میلان عام لوگوں سے مختلف ہوتے ہیں۔ جنسی عمل میں ناکارگی (impotence) کا ٹھیکرا صرف ہم جنسیت کے سر پھوڑنا عدم واقفیت کے سبب ہے، چونکہ یہ عام جنسیت میں بھی مشترک ہے بلکہ مقابلتاً زیادہ ہے۔

ہم جو بین الاقوامیت، گلوبل ویلیج اور 'عصری آگہی' کا کثرت سے استعمال کرتے ہیں، یا عالمی ادب کو جاننے اور سمجھنے کا دعویٰ کرتے ہیں، تو پھر ہمیں اپنی خوش گمانیوں پر نظر ثانی کرنے کی ضرورت ہے چونکہ ادب کا رشتہ لاگ یا لگاؤ سے عبارت ہوتا ہے، ایک ادیب کسی روایتی جنسی وصنفی کمیونٹی کو صرف اس لیے نظر انداز نہیں کر سکتا کہ اس کی پسند و ناپسند عام لوگوں سے مختلف ہے، یوں بھی ایک ادیب سب کچھ ہو سکتا ہے لیکن وہ تنگ نظر اور متعصب ہرگز نہیں ہو سکتا۔ یادش بخیر 'اس نے کہا تھا' پر ایک پڑھی لکھی خاتون نے تبصرہ کرتے ہوئے کہہ دیا تھا کہ ایک ایسی کمیونٹی جسے معاشرے نے سند قبولیت عطا نہ کی ہو، اس پر ناول لکھنا بے معنی ہے، حالاں کہ خود ان کے شوہر ایک ہم جنسی ناول کے مترجم ہیں اور انھیں سرکاری انعام سے بھی نوازا جا چکا ہے۔ میری سمجھ میں یہ دلیل نہیں آئی۔ کیا وہ یہ کہنا چاہ رہی تھیں کہ ادب اکثریت کے ساتھ کھڑا ہوتا ہے اور اقلیت کو نظر انداز کر دیتا ہے؟ جب کہ ادب کے تعلق سے اب تک کی جو میری سمجھ بنی ہے، وہ یہی ہے کہ ادب کا محور صرف انسان ہے... وہ انسان جس کی اب تک مکمل دریافت نہیں ہو پائی ہے۔ دوسری بات یہ کہ ادب ہمیشہ اقلیت کے ساتھ ہوتا ہے۔ وہ اکثریت کے جبر، ظلم، اصول، قانون؛ سب کو چیلنج کرتا ہے اور اگر وہ یہ نہیں کرتا تو بہتر ہوگا کہ ادیب کسی ایسی سیاسی پارٹی کو جوائن کر لے جو اقلیتوں کو اپنے رنگ میں رنگنا چاہتی ہے اور وہ جمہوری اقدار پر قدغن لگا کر عوام کے لیے طے کرنا چاہتی ہے کہ وہ کیا پہنیں، کیا کھائیں، کس کی عبادت کریں، کس کے ساتھ سوئیں، کون سا تہوار منائیں اور کون

سی اخلاقیات اپنائیں... اور یہ بھی کہ اقلیتی طبقہ اکثریت کی اخلاقی حدود کے مطیع رہیں۔

چونکہ جنوبی ایشیا میں اب تک معاشرے نے 'ہم جنسیت' کو سند قبولیت نہیں دی ہے، تو ذرا سوچیے کہ ہمارے آس پاس جانے کتنی ایسی زندگیاں ہیں جو محض اکثریت کے خوف سے اپنی شناخت چھپانے کے لیے مجبور ہیں، نتیجتاً ذہنی تناؤ، ڈپریشن، گھریلو کشیدگی اور زبردستی کی شادیوں کے سبب گھر کے گھر تباہ ہو رہے ہیں۔ یہ کیسی نام نہاد اخلاقیات ہے جو انسانوں کے لیے نہیں بنائی گئی ہے بلکہ خودساختہ اخلاقیات کے سانچے میں انسان ڈھالے جا رہے ہیں؟ کسی انسان کو 'لا انسان' بن کر جینے پر مجبور کرنے والے معاشرے سے زیادہ بداخلاق بھلا اور کون ہوگا؟ اور ہاں، کوئی اس زعم میں نہ رہے کہ وہ مکمل مرد یا عورت ہے، کیوں کہ حضرت فرائڈ برسوں پہلے کہہ چکے ہیں کہ: ''میں نے کسی بھی ایک مرد یا عورت کا تجزیہ نہیں کیا جس میں ہم جنسی میلان موجود نہ ہو۔''

زیرنظر مجموعے میں شامل کہانیاں 'نری تخیلی کہانیاں' نہیں ہیں، انھیں آپ Testimonial Stories کہہ سکتے ہیں، اردو میں ایسی کہانیوں کو کیا کہا جائے گا، مجھے معلوم نہیں۔ ان کہانیوں کی بنیاد ہم جنسی افراد کی گواہیاں ہیں جنھیں میں نے تخیلی رنگ دیا ہے، یعنی یہ کہانیاں دنیا کے کسی نہ کسی حصے میں اب بھی سانسیں لے رہی ہیں۔ زیرنظر مجموعے میں شامل بیشتر کہانیاں نئی ہیں جو گذشتہ چھ ماہ کے عرصے میں لکھی گئی ہیں لیکن کچھ کہانیاں ناول 'اس نے کہا تھا' سے بھی اس لیے لی گئی ہیں تاکہ قارئین پر ہم جنسیت کے تمام میلانات اور شکلیں واضح ہو جائیں۔

کاش میں کہہ سکتا کہ زیرنظر مجموعے میں 'ہماری' ہی کہانیاں ہیں، لیکن افسوس یہ 'اُن' کی کہانیاں ہیں جو مرکزی معاشرے کے لیے محض 'دوسرے' (others) ہیں، کیوں کہ ہمارا ذہنی اور اخلاقی فاشزم اُن کو 'others' بنا دیتا ہے۔

اشعر نجمی

5 اکتوبر 2025

اُن کی کہانیاں

اشعر نجمی

لال پیلی چادر

مجھے یاد ہے، میں اور قدیر سفید چادروں کے نیچے ٹارچ کی روشنی سے پرچھائیاں بنایا کرتے تھے؛ کتا... بلی... اور جب کچھ نہ بن پائے تو پھر بھوت... اس کا ہنستا ہوا چہرہ جسے میں آج تک نہیں بھول پایا۔ ہر چیز دھندلا گئی ہے مگر اس کا چہرہ جوں کا توں میری یادوں میں جیسے ٹھہر سا گیا ہو۔ میرا پہلا دوست... پہلا پیار۔ جب سے اس کے دادا مرے تھے، وہ میری دھڑکن سنتا رہتا تھا۔ ہم نے جو بھی کیا، ساتھ کیا... پہلی دوستی، پہلی گالی، پہلی سگریٹ، پہلی پورن، پہلی شراب، پہلا بوسہ۔

ہر چیز اپنا کچھ نہ کچھ اثر چھوڑ جاتی ہے لیکن کسی چیز کا اثر اتنا گہرا نہیں تھا، جتنا پہلی لاش کا تھا۔ یہ وہ نقش تھا جو ہمارے ذہن سے چپک سا گیا تھا۔

سردیوں کی صبح تھی، میں 16 سال کا تھا۔ قدیر کے کوارٹر کے پاس بھیڑ لگی تھی، ہواؤں میں حبس تھا۔ میں آنکھیں مل ہی رہا تھا کہ قدیر بھاگتا ہوا آیا اور میرا ہاتھ پکڑ کر مجھے اپنے ساتھ کھینچ لے گیا۔ میری سانسیں بھاری ہو رہی تھیں، میرے خالی پیٹ میں ہلکی سے گدگدی بھی ہو رہی تھی۔ اس کا پسینے میں بھیگا ہوا ہاتھ اور اس کا بار بار پیچھے مڑ کر دیکھنا آج بھی مجھے یاد ہے۔

ہم دروازے کے سامنے تھے۔ شاید قدیر یہاں اکیلے آنے کی ہمت نہیں کر پایا

تھا، اسے بھیڑ سے ڈر لگتا تھا۔ یہ اس آنٹی کا کوارٹر تھا جن کا کوئی نام نہ تھا۔ وہاں اچھی خاصی بھیڑ جمع تھی۔ یہ گھر بالکل قدیر کے گھر کی طرح تھا... سرکاری چونے کی دیوار، بے ترتیب بجلی کے تاروں کا جنگل، بڑی سی بالکنی، بڑا سا باورچی خانہ اور چھوٹا سا باتھ روم۔ اب ہمیں آگے کھسکنے کے لیے مشقت کرنی پڑ رہی تھی۔ ایک چوہا ہمارے پاؤں کے بیچ سے تیزی سے بھاگا، شاید اتنی بھیڑ سے وہ بھی گھبرا گیا ہوگا۔ قدیر اب بھی میرا ہاتھ پکڑے ہوئے تھا مگر اب میں اسے کھینچ رہا تھا۔ ہم بھیڑ کے منھ پر پہنچ چکے تھے۔ لوگ بات چیت میں مصروف تھے... پچھلے میچ کی اور آنے والے الیکشن کی باتیں۔ لاش پیلی بیڈ شیٹ کے نیچے پڑی تھی۔

پولیس والا بیڈ شیٹ ہٹانے لگا۔ سبھی کی نظریں اسی لمحے کے انتظار میں تھیں، جو اب جم سی گئی تھیں۔ بیڈ شیٹ ہٹی اور 'یا اللہ رحم'... 'ہے بھگوان' کا جھونکا ہوا میں لہرایا۔ قدیر کے ہاتھوں کی گرفت میرے ہاتھوں پر مزید مضبوط ہوگئی۔

''ان بچوں کو کس نے یہاں آنے دیا؟''

جس کا نام تک لوگ کل تک اپنی زبان پر نہ لاتے تھے، وہی اب ان کے چاروں طرف بکھری پڑی تھی... کھانے کی میز پر، شادی بیاہ میں، جنازوں میں، ملاقاتوں میں۔ کسی نے ہمیں لاشوں کے ساتھ گزارے وہ دو لمحے بھولنے نہیں دیے۔ لوگوں کو صدمہ آنٹی کی موت پر نہیں، بلکہ اس بات پر لگا تھا کہ ان کی موت کا سبب خودکشی نہیں تھی۔ لوگوں کو پہلے سے پتہ تھا کہ یہی ہونے والا ہے، بس وقت وقت کی بات ہے۔ اب پھر سے ہماری کالونی میں راحت تھی، سکون تھا۔ کالونی کا وقار پھر سے قائم ہو گیا تھا۔

ہمارے گھروں میں اکثر بولا جاتا تھا کہ 'بڑوں کی بات نہیں مانو گے تو اس جیسا حال ہو جائے گا۔' پہلے یہ بات ہمارے چچا کے لیے بولی جاتی تھی جو کالج کی کسی لڑکی کے ساتھ فرار ہو گئے تھے اور کبھی لوٹ کر نہیں آئے۔ لیکن میرے گھر والوں کو لگتا تھا کہ آنٹی اب زیادہ ڈراؤنی مثال ہے، اس لیے چچا کی جگہ آنٹی نے لے لی۔

''ہری سبزی نہیں کھاؤ گے تو آنٹی جیسا حال ہو جائے گا۔''

"صبح جلدی نہیں اٹھو گے تو آنٹی کی طرح ہو جاؤ گے۔" حالاں کہ ہر روز مجھ سے اور قدیر سے پہلے آنٹی بس اسٹاپ پر کھڑی نظر آتی تھیں۔

"بڑوں سے بحث کرو گے تو..." پہلی بات یہ کہ میں نے آنٹی کی آواز کبھی نہیں سنی تھی، دوسری بات یہ کہ آنٹی کے گھر پر کوئی بڑا یا چھوٹا نہیں تھا، وہ اکیلی تھیں۔

لیکن کچھ بھی ہو اب میں ممی کا ہرا کچرا حلق کے نیچے اتارنے لگا تھا اور اپنا منھ بند رکھنے لگا (مگر زیادہ دنوں تک نہیں)۔ منھ بند رکھنے کا نقصان یہ ہوا کہ اب میں سوچنے لگا تھا، سننے لگا تھا۔ سنا تھا کہ وہ آنٹی کبھی جوان بھی تھیں اور سنا تھا کہ انھیں پیار بھی ہوا تھا... کسی شادی شدہ شخص سے۔ سب کچھ یوں ہی چلتا رہتا اگر وہ چپکے سے آنکھیں چار کرتے، سفید چادروں کے پیچھے یا نیچے ملتے مگر وہ بیوقوف قیمت ادا کرنے کو تیار ہو گئے اور یہیں سب کچھ گڑ بڑ ہو گئی۔ وہ ساتھ رہنے لگے۔ شروعات میں وہ ایک دوسرے کے لیے کافی تھے، انھیں کسی کی ضرورت محسوس نہیں ہوئی۔ وقت گزرتا رہا، وہ اب بھی ساتھ تھے مگر انھیں پتہ چل گیا تھا کہ وہ اکیلے ہیں... بالکل تنہا۔ ایک روز وہ آدمی اپنے گھر واپس لوٹ گیا لیکن آنٹی لوٹ نہیں پائیں... پیچھے کچھ بچا بھی تو نہ تھا۔

آنٹی لوور ڈویژن کلرک تھیں، اسی لیے انھیں سرکاری کوارٹر ملا تھا، مگر انھیں ہماری کالونی میں کبھی جگہ نہ مل سکی۔ کبھی کسی سردی کی شام میں، جب دھند پھیلی ہوئی تھی، وہ آفس سے لوٹی ہوں گی۔ ہاتھ پاؤں ٹھنڈے ہو چکے ہوں گے۔ ان کے دُبلے پتلے ہاتھ کانپ رہے ہوں گے... چائے بناتے ہوئے۔ اس دن شکر کا ڈبہ خالی ملا ہو گا۔ پڑوسیوں سے مانگنے کا سوال ہی نہ تھا۔ اندھیرے میں شکر کا تھیلا لیے وہ دھیرے دھیرے آ رہی ہوں گی۔

ایسا ہوا یا نہیں، مجھے پتہ نہیں، مگر نہ جانے کیوں مجھے لگتا ہے اتنے برسوں کے درمیان یہ ہوا ہی ہو گا۔

میں قدیر کے گھر پر تھا۔ قدیر کے پاپا اخبار پڑھ رہے تھے اور اس کی ممی چائے بنا رہی تھیں اور بولتی چلی جا رہی تھیں؛ "اس نے کچرا جمع کر رکھا تھا... صوفوں کے نیچے، پلنگ کے نیچے، بالکنی میں۔ لوگ ڈپریشن میں کیا کیا کرتے ہیں۔" قدیر کے پاپا نے

اچانک اخبار کو رکھتے ہوئے کہا، ''سچ میں۔''

پتہ نہیں اس وقت ان کے دماغ میں وہ کچرے والی لڑائی تھی یا نہیں۔ صبح آفس جانے سے پہلے آنٹی نے کچرا باہر رکھا تھا، مگر کسی آوارہ کتے نے کچرے والے کے آنے سے پہلے اسے پھیلا دیا تھا۔ (دراصل میں نے اور قدیر نے۔) شام کو آنٹی شال میں لپٹی چلی آ رہی تھیں۔ گلی کے کونے پر اُن کے نظر آتے ہی قدیر کی ممی ایسی شروع ہوئیں کہ ہر کوئی اپنے گھر سے باہر نکل آیا۔ قدیر کی ممی کا ہر جملہ 'چھنال' پر ختم ہو رہا تھا۔ آنٹی گردن نیچی کیے چلتی رہیں۔ وہ روئی نہیں کیوں کہ اس زندگی کا انتخاب انھوں نے ہی کیا تھا۔

آنٹی کی موت سے پہلے قدیر اکثر بولا کرتا تھا کہ ہم تیرے انکل کی طرح گھر چھوڑ دیں گے، مگر اس کے بعد اس نے کبھی نہیں کہا۔ اس نے پھر کبھی مجھے زور سے نہیں بھینچا۔ کچھ تھا جو آنٹی کے ساتھ ہی مر گیا تھا۔ وہ لمحے جو خاموشی سے ہرے بھرے ہوتے تھے، اب وہ غائب ہو چکے تھے۔ ان لمحوں میں، میں نے اس سے پوچھا تھا کہ آنٹی کی غلطی کیا تھی؟

''پیار ہی تو کیا تھا اس نے۔'' میری سانسیں تیز چل رہی تھیں۔

''شادی شدہ آدمی سے۔'' قدیر نے کہا اور میں اب اس کے بغل میں لیٹ گیا تھا۔

''پیار اندھا ہوتا ہے۔'' میں نے کہا۔

''لیکن سماج نہیں۔''

میں اس کی طرف دیکھتا رہا... اپنے کمزور قدیر کی طرف۔ وہ بولتا چلا گیا، ''پیار ہو گیا تھا تو کیا ضروری تھا کہ وہ گھر بار چھوڑ کر اسی کے گھر جا بیٹھے؟ پیار کی صلیب پر چڑھنا ضروری ہے؟ غلطی پر انھیں اس کی قیمت ادا کرنے کو کس نے کہا تھا؟''

اب وہ خاموش ہو کر میری طرف دیکھنے لگا، میں نے اپنی نظریں پھیر لیں۔

ہمیں پتہ تھا کہ وہ غلط تھیں، ہمیں پتہ تھا کہ ہم غلط تھے، یا پھر ہمیں یہی بتایا گیا تھا کہ جو الگ ہے، وہ غلط ہے۔ کچھ بھی ہو... ہم، جو پہلے اپنی ان شاموں کی قیمت چکانے کو

تیار تھے... خاص کر جب میں اس کا ہنستا چہرہ دیکھتا تھا اور وہ میری دھڑکنیں سنتا تھا... مگر اب نہیں... قیمت جاننے کے بعد تو بالکل نہیں... لال پیلی چیک والی چادر... سفید چادر تمھاری ہر غلطیوں کو ڈھانپ لیتی ہے... تمھاری کہانی کچھ بھی ہو مگر اختتام شایان شان ہونا چاہیے۔ بھلا کون آخری بار اپنی ہی لال پیلی چیک والی بیڈ شیٹ میں خود کو لپیٹا جانا پسند کرے گا جس پر اس نے کبھی کھاتے ہوئے دال گرائی ہوگی؟

وقت گزرتا رہا، ہم نے قیمت نہیں چکائی مگر غلطیاں جاری رہیں۔ ہر بار دل کے کسی کونے میں انجانا خوف زندہ رہا۔

قدیر کی شادی سے پہلے جب میں اس سے ملا تو اس نے آنکھیں جھکا کر کہا تھا، ''میں اکیلے نہیں جینا چاہتا۔'' شاید اس کا مطلب تھا کہ میں اکیلے نہیں مرنا چاہتا... آنٹی کی طرح نہیں مرنا چاہتا... سنسان گھر میں اکیلے، چھوٹے سے باتھ روم میں پھسل کر۔ اپنے خون کو رِستے دیکھ کر، دھیرے دھیرے ہوش کھوتے ہوئے نہیں مرنا چاہتا۔ کسی کا انتظار کرتے ہوئے نہیں مرنا چاہتا۔ اور مرنے کے بعد دو دنوں تک سڑنا نہیں چاہتا تھا اور وہ نہیں چاہتا تھا کہ اس کی لاش کے کانوں کو چوہے کتر جائیں۔ وہ آنٹی کی طرح لال پیلی چیک والی بیڈ شیٹ میں ملفوف نہیں ہونا چاہتا تھا۔

اور ایسا ہوا بھی نہیں۔ پانچ سال بعد جب میں آخری بار اس سے ملا تھا تو وہ اسپتال کی سفید چادر میں لپٹا تھا۔ اس کا پورا خاندان اسے چاروں طرف سے گھیرے ہوئے تھا۔ اسے ہمیشہ بھیڑ سے ڈر لگتا تھا۔ اس کی آنکھیں جھکی تھیں مگر ہماری نظریں بار بار مل رہی تھیں۔ سب جا چکے تھے۔ آخر میں اٹھ کر میں قدیر کے پاس آیا۔

''میں ہمیشہ تیری دھڑکن سنتا تھا، آج تو میری سن لے یار، زیادہ نہیں بچی ہے۔''

وہ رو رہا تھا، ''میں مر رہا ہوں۔''

''مجھے پتہ ہے قدیر۔''

''اور سب سے عجیب بات کیا ہے، تجھے پتہ ہے؟ میں خوش ہوں۔ سب کچھ ختم ہو رہا ہے... خوف، شرم، درد... سب ختم ہو رہا ہے۔''

”بکواس مت کر قدیر۔“ میں کچھ بول نہیں پا رہا تھا، میرے گلے میں کچھ اٹک سا گیا تھا۔

”زندگی بہت پہلے ختم ہوگئی تھی میری۔ پیار، محبت، انسیت، رومانس، قہقہے سب تُو لے گیا تھا یار۔ تجھے یاد ہے اپنے پڑوس کی آنٹی؟“

میں نے اثبات میں سر ہلایا۔

”میرا سب سے بڑا ڈر تھا کہ میں ان کی طرح نہیں مرنا چاہتا تھا۔ اکیلے نہیں مرنا چاہتا تھا... یار اکیلے جینے سے زیادہ اکیلا مرنا بہت تکلیف دیتا ہے۔ ایسا درد اٹھتا ہے کہ ...“ اس کی سسکیاں گونجتی رہیں۔

اگلے دن قدیر کے کوارٹر کے پاس بھیڑ جمع تھی۔ میں آنکھ ملتے ہوئے باہر نکلا، میری ہمت نہیں پڑ رہی تھی، مگر مجھے کوئی وہاں کھینچے لے جا رہا تھا۔ گول سیڑھیوں سے ہوتے ہوئے میں پھر سے ایک لاش کے سامنے کھڑا تھا۔ لوگ وہی مانوس باتیں کر رہے تھے... گذشتہ انتخابات کی، آئندہ میچ کی۔ میرا پورا جسم کانپ گیا... ایسا لگا جیسے آنٹی بھی اسی بھیڑ میں کھڑی مسکرا رہی ہیں اور کسی کونے سے سفید چادر میں لپٹی لاش مجھے دیکھ رہی ہیں۔ اسی وقت ایک چوہا میری دونوں ٹانگوں کے بیچ سے گزر گیا اور میں کچھ نہ کر سکا۔

تصویر والا لڑکا

''ارشد، تم چیزوں کو عمومی شکل دے رہے ہو۔ تم خود بین الاقوامی تعلقات اور سیاست کے طالب علم ہو، تمھیں کسی خاص قوم کے بارے میں اس طرح کے تبصرے نہیں کرنے چاہئیں۔ یہ تقریباً غیر ملکیوں سے نفرت جیسا لگتا ہے۔'' آسیہ کو ارشد کی پاکستان کے تئیں شدید نفرت پر جھنجھلاہٹ ہوئی۔

''یہ غیر ملکیوں سے نفرت کی بات نہیں ہے۔ میں بس اس بات کو بھول نہیں پا رہا ہوں کہ انھوں نے ہمارے ساتھ کیا کیا، ہزاروں عورتوں کے ساتھ زیادتی کی، بچوں کو ان کی ماؤں کے سامنے ٹکڑے ٹکڑے کیا، مجاہدین آزادی کا وحشیانہ قتل... اگر کبھی 'جنگی مظالم' نام کی کوئی کتاب لکھی گئی تو پاکستانیوں کا نام نازی جرمنوں اور چنگیز خان کے ساتھ ٹاپ تھری میں ہوگا۔''

ایک دُبلا پتلا نوجوان اپنی بنیان اور گھٹنوں سے کچھ اوپر بندھی لنگی میں اور ہاتھ میں بندوق لیے ایک پرانی تصویر میں قید تھا۔ ارشد کے دادا اس کے بچپن کے ہیرو تھے۔ وہ ایک مجاہد آزادی تھے۔ ہر خاندانی اجتماع میں ان کی بہادری کی کم از کم ایک کہانی ضرور سنی جاتی تھی۔ اگرچہ کچھ واقعات تھوڑے مبالغہ آمیز لگتے تھے، لیکن ارشد کو اس پر کامل یقین تھا کہ اس کے دادا ہی وہ شخص تھے جنھوں نے ایک عورت کو زیادتی سے بچایا تھا... یا پھر وہ مشہور کہانی جس میں اس کے دادا نے گھاس پھوس سے بھرے تالاب میں تین منٹ تک

سانس روک کر پاکستانی فوجیوں کو دھوکہ دینے میں کامیاب رہے اور ان سے بچ نکلے تھے۔

بچپن میں جب بھی ارشد کو بتایا جاتا کہ جنگ ختم ہونے کے ٹھیک پہلے اس کے دادا کو پکڑ لیا گیا تھا، اور پھر کبھی انھیں کسی نے نہیں دیکھا، تو وہ رو پڑتا تھا۔ ان کی لاش بھی نہیں ملی۔ فلمیں، کتابیں، خاندان، دوست سب ارشد کے اس خیال کی حمایت کرتے تھے کہ اردو بولنے والے ان قاتلوں نے معصوم بنگلہ دیشیوں پر بڑے پیمانے پر مظالم ڈھائے۔

جب فلم 'مہر جان' ریلیز ہوئی، ارشد کے دوست اسے زبردستی دکھانے لے گئے۔ فلم کے اس مرکزی خیال پر کہ ایک بنگلہ دیشی عورت پاکستانی فوجی سے محبت کرتی ہے، اسے توہین آمیز محسوس ہوا۔ اس نے اس کی مذمت میں متعدد بلاگ پوسٹس لکھیں۔ یہ پوسٹس اس کی سب سے مقبول پوسٹس میں سے تھیں اور فلم کے گنے چنے حمایتوں کے علاوہ، اکثریت اس کے نفرت بھرے تبصروں سے متفق تھی۔

جارج واشنگٹن یونیورسٹی جانا اس کا ایک شعوری فیصلہ تھا تاکہ وہ اپنے مقالے کے ذریعے بنگلہ دیش پر چالیس سال بعد بھی پاکستان کے وحشیانہ اثرات کو عالمی قارئین کے سامنے بے نقاب کر سکے۔ تقریباً دو سال گزر چکے تھے اور ارشد ابھی تک اپنے اسی خیال پر قائم تھا۔

جب جنید کلاس روم میں داخل ہوا، ارشد اسے گھورنے سے خود کو روک نہ سکا۔ وہ لمبا اور دلکش تھا... چہرے پر سیکسی داڑھی تھی۔ جنید کی داڑھی کی رگڑ اپنے سر پستان پر محسوس کر کے ارشد کی شہوت نے ہلکا سا سر اٹھایا۔ جنید پاکستانی تھا۔ یہ حقیقت اسے نفرت اور ایک عجیب طرح کی کشش، دونوں کا احساس ایک ساتھ دلاتی تھی۔ چونکہ ان کا کورس ایک ہی تھا، ارشد اس سے بچ نہیں سکتا تھا، اور دیکھا جائے تو وہ ایسا چاہتا بھی نہیں تھا۔ شاید یہ تب ہوا جب Breakfast at Tiffany's پر بحث کرتے وقت جنید نے جارج پیپرڈ کے Shirtless لُک کا ذکر کیا تھا، تبھی ارشد کو جنید کے جنسی میلان کا اندازہ ہوا۔ جنید کو بھی ارشد میں دلچسپی تھی، شاید اسی وجہ سے وہ گروپ اسائنمنٹ کے لیے ہمیشہ اسی کا پارٹنر بنتا یا صرف اس کے ساتھ ہی ویک اینڈ پلان کرتا۔

ابتدائی جنسی کشش کے بعد، ارشد اس بات کو نظر انداز نہ کر سکا کہ جنید ایک اچھا

انسان بھی تھا... نرم مزاج، خوبصورت، مہربان اور ایک لطیف لیکن مؤثر حس مزاح کے ساتھ وہ ارشد کو ایک رول ماڈل محسوس ہوا۔

خواب آنے اچانک شروع ہوئے۔ پہلے ہلکے پھلکے، پھر گہرے ہوتے چلے گئے جب وہ اس تصویر والے جوان کے ساتھ جنسی تعلقات قائم کرنے کے لیے خواب دیکھنے لگا۔ خواب میں بھی وہ جانتا تھا کہ یہ نوجوان اس کا دادا ہے لیکن اس کا اپنے خوابوں پر کوئی کنٹرول نہیں تھا۔ وہ ہر بار مشتعل ہو کر جاگتا اور جب اشتعال ختم ہو جاتا تو شرمندگی اور فراق کے سوا کچھ نہ بچتا۔ ایک دن خواب کچھ بدل گیا... تصویر والا لڑکا اور ارشد ایک دوسرے کے ساتھ لیٹے باتیں کر رہے تھے۔ اچانک ایک پاکستانی فوجی دروازہ توڑ کر اندر گھسا۔ ارشد کو اسے پہچاننے میں صرف ایک سیکنڈ لگا۔ جب وہ جاگا تو پسینے میں شرابور تھا۔ جنید نے انھیں کیوں گولی ماری؟ آئندہ کچھ دنوں تک وہ اسی خواب کے مختلف ورژن بار بار دیکھتا رہا۔

اب جنید اور ارشد ہمیشہ ایک ساتھ ہی نظر آنے لگے۔ یہ قربت اتنی بڑھی کہ ایک روز جارج ٹاؤن واٹرفرنٹ پر جنید نے ارشد کو بے ساختہ چوم لیا۔ یہ کوئی طویل اور باقاعدہ بوسہ نہیں تھا بلکہ ایک معصومانہ پپّی تھی۔ لیکن جنید اس سے بے خبر تھا کہ اس بوسے نے ارشد پر کیا قیامت ڈھائی تھی... اس کے خوابوں کا لڑکا، جنید کے لیے اس کے جذبات اور پاکستان کے لیے اس کی نفرت... ایک دوسرے سے متصادم تھے۔ اس نے کلاسز چھوڑنے شروع کر دیے۔ وہ جنید اور اپنے تمام دوستوں سے بچنے لگا۔ اس نے اپنے والدین، گھر والوں اور دوستوں کے فون اٹھانے بند کر دیے۔ وہ خود کو بے یار و مددگار محسوس کر رہا تھا، اور ایک عجیب سے خالی پن کا احساس اس پر حاوی ہو گیا۔ اس کے خوابوں کے لڑکے کی تجسیم اب اس کی حقیقی دنیا میں ہونے لگی تھی۔ ارشد اس سے باتیں کرتا، اس کا لمس محسوس کرتا اور یقین کرنے لگا کہ صرف یہ لڑکا ہی اسے اس خالی پن سے بچا سکتا ہے۔ اس نے اپنے ڈیپارٹمنٹ کو ایمیل کیا کہ وہ کچھ نجی ایمرجنسی کی وجہ سے بریک لینا چاہتا ہے۔ اب صرف وہ اور تصویر والا لڑکا رہ گئے تھے۔

یہ ایک اور عام دن کی طرح ہوتا، اگر ہمیشہ کی طرح جنید نے ارشد کے اپارٹمنٹ کی گھنٹی کئی بار بجائی ہوتی اور مایوس ہو کر چلا گیا ہوتا۔ لیکن آج کچھ مختلف تھا۔ ارشد نے

دروازہ کھولا۔ تقریباً دو ہفتوں بعد ان کی ملاقات ہوئی تھی۔ ارشد کا وزن کافی کم ہو گیا تھا اور وہ انتہائی تھکا ہوا اور نیند کی کمی کا شکار لگ رہا تھا۔ اس نے جنید سے کہا کہ وہ ٹھیک نہیں ہے اور وہ نہیں چاہتا کہ ہر روز اسے پریشان کیا جائے کیونکہ اس سے فہیم اور اسے تکلیف پہنچتی ہے۔ کسی فہیم کا نام سن کر جنید کو ٹھیس پہنچی۔ اس نے زبردستی گھر میں داخل ہو کر ارشد سے اس کے بارے میں جاننے کی کوشش کی۔ کمرے سے سڑانڈ اُٹھ رہی تھی اور یوں محسوس ہو رہا تھا کہ اسے کافی وقت سے صاف نہیں کیا گیا ہے۔ جنید نے سوچا کہ ارشد نے شاید نشہ کیا ہوا ہے اور وہ کسی فہیم نامی نشیڑی کے چکر میں پڑ گیا ہے۔ جنید اس شخص کے بارے میں جاننا چاہتا تھا، اس بدمعاش کو سبق سکھانا چاہتا تھا جس نے اس کے پیارے دوست کو اتنا دُکھ پہنچا رہا تھا۔

ارشد نے اپنے بیڈ روم کی طرف اشارہ کیا۔ جنید فہیم کا نام غصے میں زور سے پکارتے ہوئے اور تقریباً لپکتے ہوئے اندر گھسا۔ لیکن بیڈ روم میں اس کا استقبال صرف ایک بے ترتیب بستر اور اضافی سڑانڈ نے کیا۔ وہ ارشد سے پوچھنے کے لیے پیچھے مڑا کہ اس کا نشیڑی دوست فہیم کہاں ہے۔ ارشد اس کے بالکل پیچھے کھڑا تھا۔

ارشد محویت سے ایک جانب دیکھ رہا تھا۔ جنید نے ارشد کی نظروں کا تعاقب کیا، اس نے اس جوان کی تصویر دیکھی جس کے ہاتھ میں بندوق تھی۔ ارشد کے منھ سے بے ساختہ نکلا، ''فہیم۔''

اچانک جنید کو شدید درد کا احساس ہوا۔ وہ چیخ پڑا اور اپنے ہی خون میں لت پت فرش پر گر پڑا۔ چاقو اس کی گردن میں گہرائی تک شاید گھس گیا تھا، کیونکہ وہ چند سیکنڈ تک تڑپا اور پھر ساکت ہو گیا۔

جب جنید کے تازہ اور گرم خون نے ارشد کے پاؤں کو چھوا تو ایک لمحے... بس ایک لمحے کے لیے اسے واٹر فرنٹ پر اس بوسے کا خیال آیا جو جنید نے اس کے ہونٹوں پر ثبت کیا تھا... پھر وہ غائب ہو گیا۔

اب کمرے میں صرف فہیم اور وہ رہ گئے تھے۔

خدا کرے تمھیں عشق ہو جائے!

رات کے تین بج رہے ہیں اور میں کھڑکی پاس صوفے پر لیٹا ڈھلتی رات کا اونگھتا چاند دیکھ رہا ہوں۔ پتہ نہیں چاند مجھ سے کتنے فاصلے پر تھا، لیکن لاہور اور دہلی کے درمیان کی صدیوں کی مسافت سے کم ہی ہوگا۔ رات کے اس آخری پہر میں سب کچھ کتنا پُرسکون، خاموش اور مقدس سا ہو جاتا ہے کہ دل میں ایک تیز خواہش کی ہوک اٹھتی ہے کہ کاش کوئی گناہ سرزد ہو جائے۔ کتنا آزاد، کتنا خود مختار لمحہ ہے جو برسوں پرانی تقسیم اور اٹاری بارڈر پر اپنا تسلط جمانے لگا ہے۔ ہمارا یوں اچانک ایک دن گھومتے پھرتے روبرو ہو جانا، سوچتا ہوں اگر میں اس دن اس وقت جنتر منتر میں نہ ہوتا، کہیں اور ہوتا، اگر میں وہاں تمھارے جانے کے بعد آتا یا تمھارے آنے سے پہلے نکل گیا ہوتا... بس اس ایک مخصوص لمحے میں نہ ہوتا تو آج ہماری زندگیاں کتنی مختلف ہوتیں۔ میرا کلچرل ایکسچینج پروگرام کے تحت دلّی آنا اور تمھارا یوں اس جگہ پہنچ جانا محض اتفاق تو نہ تھا۔ مجھے یاد ہے، خاکی رنگ کے کرتے میں تم کس طرح چیخ چیخ کر نعرے لگا رہے تھے؛ ''کون سا قانون سب سے بدتر؟ تین سو ستر، تین سو ستر۔''

احتجاج کے بعد جب تم اس گھنے پیپل کے درخت کے سائے میں آنکھیں موندے بیٹھے تھے تو سچ مچ تم مجھے بہت مقدس لگ رہے تھے۔ مجھے اس وقت محسوس ہوا جیسے سدھارتھ نروان حاصل کے لیے اپنے اندر کی گتھیاں سلجھا رہا ہو اور جیسے میرے اپنے

وجود کی گرہیں کھلتی جا رہی ہوں۔ میں تمھارے طلسم میں مبہوت کھڑا تمھیں تکے جا رہا تھا۔ جب اچانک تم نے اپنی آنکھیں کھول کر میری جانب دیکھا تو میں پتھر ہو گیا۔ اس ساکت اور بے حس و حرکت پتھر میں تم ہی روح پھونک سکتے تھے۔ تمھاری نظروں میں شناسائی اور قربت کا وہ احساس تھا جس کے سہارے تمام عمر کاٹی جا سکتی تھی۔ اس لمحے مجھے محسوس ہو رہا تھا جیسے میں تمھیں بہت پہلے سے جانتا ہوں، جیسے اس لمحے کا نزول ہمیں اکٹھا کرنے کے لیے ہی ہوا تھا۔ خوف بھی محسوس ہو رہا تھا کہ کہیں میں اسی لمحے میں قید ہو کر نہ رہ جاؤں لیکن تمھاری مسکراہٹ نے مجھے آزاد کر دیا اور میں قفسِ یار کا قیدی بن گیا۔

ایک بار کسی نے مجھ سے کہا تھا کہ جب کسی کو دعا یا بد دعا دینا مقصود ہو تو کہنا چاہیے، 'خدا کرے تمھیں عشق ہو جائے۔' لیکن یہ بات مجھے کبھی ہضم نہیں ہوئی۔ بھلا بیک وقت عشق دعا اور بد دعا کیوں کر ہو سکتا ہے؟ یہ منطق، یہ توجیہہ ایک عرصے تک مجھ پر آشکار نہ ہوئی لیکن اس شام، پیپل کے درخت تلے جب تم نے میرا ہاتھ تھاما تو ٹھیک اسی لمحے اسرار و رمز کے سارے حجاب وا ہو گئے۔ وہ پیاس جو دعا بن کر میرے دل کے نہاں خانوں میں پنپ رہی تھی، اس دن میرے لبوں اور میری آنکھوں میں عشق بن کر ظاہر ہو گئی۔ اس وقت یہ اندازہ لگانا مشکل تھا کہ تمھاری جانب یہ بے ساختہ جھکاؤ ہے یا محض چند لمحوں کے جنسی لطف کا تقاضہ ہے یا عمر بھر کے سفر کا عزم؟

تمھارے لمس نے میرے وجود میں بلھے شاہ کا گیت چھیڑ دیا، 'تیرے عشق نچایا کر کے تھیّا تھیّا'۔ نارتھ کیمپس کے اس کمرے میں، جہاں ایک گدّا، دو کرسیاں، ڈھیر ساری کتابیں اور شراب کی خالی بوتلیں پڑی تھیں، ان کے درمیان تم مجھے اپنی بانہوں میں لے کر اپنے ہونٹوں کی امرت کسی حاتم طائی کی طرح مجھ پر لٹا رہے تھے۔ تمھارے نرم ہونٹ، تمھاری لعاب دار زبان، گہری گرم سانسیں، جسم پر بہتا پسینہ مجھے اس سرد شام میں عجیب لذت کا احساس دلا رہے تھے۔ تمھاری پیشانی سے اُبھرنے والی پسینے کی لکیر کا تعاقب کرنے کے لیے جب میری زبان تمھاری مضبوط گردن سے ہوتے ہوئے سینے تک پہنچی، میرے ہونٹ بے ساختہ اس سے کھیلنے لگے اور تم نے شدت جذبات سے کراہنا

شروع کر دیا۔ ایک اجنبی سی شناسائی کے سبب ہماری ذات کے سب دریچے ایک دوسرے پر بغیر کسی پرمٹ، کسی ویزا کے مہر بند لفافے کی طرح کھلتے چلے جا رہے تھے۔

رات کا ایسا ہی وہ آخری پہر تھا اور تم مجھے یقین اور بے یقینی کے عالم میں بار بار ٹٹول رہے تھے، چھو رہے تھے جیسے میں کوئی جیتا جاگتا انسان نہیں بلکہ تمھارے تخیل کی تخلیق یا پھر کوئی واہمہ ہوں۔ میرے وجود کا ہر حصہ تمھاری موجودگی کی گواہی دے رہا تھا۔ بہتر ہوتا، اگر اس لمحے میں سب کچھ چھوڑ کر بھاگ نکلتا... بالکل ویسے ہی ننگ دھڑنگ، عریاں جذبات کے ساتھ دلّی کی دھند میں کھو جاتا... پھر شاید کسی کو میرا پتہ میرا سراغ نہ ملتا، خود مجھے بھی نہیں۔

مجھے اس رات بھی اندازہ تھا کہ ہمارے تعلق کو کوئی معنی دینا کتنا نامناسب، کتنا ناممکن اور کتنا غیر حقیقی تھا۔ بھلا سرِ راہ ایسی محبتیں کہاں ہوا کرتی ہیں؟ جو کچھ ہم نے محسوس کیا، وہ سب محض باہمی جسمانی تقاضوں کا نتیجہ بھی تو ہو سکتا تھا۔ اور پھر میں مسلمان اور تم ہندو۔ میں پاکستانی اور تم ہندوستانی۔ ہماری زندگیاں کوئی فلم تھوڑی ہی ہیں جن میں کم از کم وصل یار کی امید ہی باقی رہ جاتی ہے۔ ہم دونوں بالفرض اس رات کے سنجوگ کو اگر محبت کا جامہ پہنا بھی دیتے تو بھی اس وصال کو حاصل کرنے کے لیے کتنوں سے لڑتے، کب تک لڑتے؟ ہم تو وہ لوگ تھے جنھیں ہماری اپنی ہی زمین گود لینے کو تیار نہ تھی۔ ہمارے جوڑے کو تو طوفانِ نوح کے وقت بھی کشتی سے یہ کہہ کر اتار دیا گیا تھا کہ ہم افزائش نسل کے لیے نہیں بنے۔ ہمارے تعلق کو بانجھ کہنے والے بھلا ہماری محبت کو کیسے سمجھتے، کیسے منظور کر لیتے؟

اگست کا مہینہ شروع ہو گیا ہے۔ گلیوں بازاروں میں جھنڈیاں اور بِلّے خریدنے والوں کی بھیڑ اُمنڈی پڑی ہے۔ کبھی کبھی سوچتا ہوں کہ آیا ہم سب کو واقعی پاکستان بننے کی اتنی خوشی ہے یا یہ بھی باقی تہواروں اور قومی دنوں کی طرح فقط یوم نمائش ہے جہاں جذبے سے زیادہ دکھاوے کو ترجیح دی جاتی ہے، جہاں انسانی جذبات کی نہیں، سیاسی مفادات کی جنگ لڑی جاتی ہے۔ میں اگر پاکستان کا جھنڈا گھر کی چھت پر یا گاڑی یا موٹر سائیکل پر لگا لوں، فیس بک پر پروفائل تصویر بدل دوں، منھ پر سبز رنگ چڑھا کر لاہور کے مال روڈ پر

سائلنسر نکال کر چنگھاڑتی ہوئی موٹر سائیکل پر نعرے لگاتا نکل جاؤں تو سب مجھے کتنا بڑا محب وطن سمجھیں گے۔ لیکن اگر میں اس آزادی کے پس منظر میں لاکھوں لاشیں، عصمت دریاں، قربانیاں اور ہجرت کی اذیتوں کا ذکر کروں جس کا شکار سرحد کے دونوں طرف کے باسی ہوئے تھے اور اپنے بزرگوں کی سیاسی سمجھ بوجھ پر سوال اٹھاؤں تو مجھے فوراً 'را کا ایجنٹ' کہہ دیا جائے گا۔

سوچتا ہوں، میری دادی آج زندہ ہوتیں تو کیا انھیں بھی غدار وطن کہا جاتا؟ وہ عورت جس نے اپنی بے دخلی کو ہجرت سمجھ کر، جموں سے لاہور تک کا طویل سفر اپنے پاؤں کے سہارے کیا تھا، شاید پاکستان کی سرزمین پر پہلا قدم رکھتے ہی سجدۂ شکر بھی ادا کیا ہوگا، اس عورت کو بھی یہ تقسیم کچھ زیادہ پسند نہ تھی۔ دادی کی جموں میں بڑی سادہ سی زندگی تھی۔ جو نیا ملک تشکیل پا رہا تھا اور سرحدوں اور دلوں کا جو جوڑ توڑ ہو رہا تھا، وہ ان سب سے لاتعلق تھیں۔ انھیں لگتا تھا کہ ان سیاسی چیزوں سے انھیں کوئی فرق نہیں پڑتا، وہ تو محض ایک عام سی، سادہ سی عورت تھیں۔

بیچاری میری دادی یہ نہیں جانتی تھیں کہ عام آدمی ہی خاص لوگوں کی شکایت کا شکار ہوتا ہے۔ جب اگست کی ایک اندھیری رات گٹھری میں چند کپڑے باندھے، اپنی ایک شیر خوار بچی کو سینے سے لگائے اپنا بھرا پورا گھر انھیں چھوڑنا پڑا تب شاید انھیں یہ بات سمجھ میں آئی ہوگی۔ مجھے یاد ہے دادی کو مرتے دم تک لگتا تھا کہ ایک دن وہ اپنے جموں واپس ضرور جائیں گی جہاں ان کا گھر، ان کے کھیت، ان کے پہاڑ، ان کی ندیاں، ان کے چنار سب ان کے منتظر ہوں گے... بالکل ویسے ہی جیسے وہ ان کو چھوڑ کر چلی آئی تھیں۔ ان کے لیے جموں میں وقت تھم سا گیا تھا۔

گو کہ انھوں نے بے وطنی کے سوا کوئی مصیبت نہیں جھیلی تھی مگر پھر بھی اگست انھیں ہمیشہ اداس کر دیا کرتا تھا۔ مجھے یاد ہے، بہت سال پہلے جب میں چھوٹا سا تھا اور دادی ہمیشہ کی طرح جموں اور سری نگر کے قصے کہانیاں بڑی رغبت سے سنا رہی تھیں، اچانک بولیں: ''بابے نے ونڈ پا کر چنگا نئیں کیتا'' (جناح نے تقسیم کروا کر اچھا کام نہیں کیا)۔ مجھے

ان کی وہ بات بالکل پسند نہیں آئی تھی کیوں کہ ہمیں تو اسکول میں یہی پڑھایا جاتا تھا کہ 1947 میں جو کچھ ہوا، وہ مسلمانوں کے لیے بہتر تھا۔ اور یہ بھی کہ جناح ہم سب کے قائداعظم ہیں جن سے کوئی غلطی نہیں ہوسکتی۔ میں حیران تھا کہ دادی جناح کے متعلق ایسا کیسے کہہ سکتی ہیں۔

جب میں نے اس بات پر اپنی ناراضگی کا اظہار کیا تو وہ خاموش ہوگئیں۔ نظریں آسمان کی طرف یوں اٹھالیں جیسے کوئی دعا کر رہی ہوں۔ پھر انھوں نے اپنے چہرے پر ہلکی سی مسکراہٹ لاتے ہوئے میری جانب دیکھا تو مجھے اندازہ ہوا کہ ان کی آنکھوں میں آنسو تھے۔ ان آنسوؤں میں بےبسی، بےوطنی اور بےسروسامانی کا وہ کرب تھا جو اگر کسی پہاڑ پر پڑتا تو وہ شاید ریزہ ریزہ ہوجاتا۔ دادی نے جموں تو چھوڑ دیا تھا، مگر جموں نے دادی کو نہیں چھوڑا تھا۔ آج پیچھے مڑ کر جب اس واقعے کے بارے میں سوچتا ہوں تو سمجھ آتی ہے کہ یہ محض سرحدوں کی تقسیم نہیں تھی بلکہ انسانی وجود کا بٹوارہ تھا۔ جس جس انسان نے سرحد کے دوسری طرف سفر کیا، وہ اپنے وجود کا ایک حصہ پیچھے چھوڑتا چلا گیا۔ کبھی کبھی مجھے لگتا ہے کہ دادی کی روح ابھی بھی کہیں جموں کے گلی کوچوں میں بھٹک رہی ہوگی۔

سوچ رہا ہوں اس سال 14 اگست کو دادی کی قبر پر جاؤں اور ان سے پوچھوں کہ ہم جہاں سے آئے تھے، آخر وہاں واپسی کے راستے ہم پر کیوں بند کر دیے گئے؟ ہم وہاں رہ جاتے تو کیا ہوتا؟ اور اب جو آ گئے ہیں تو کیا ہوا ہے؟ کیا یہ واقعی 'پاک لوگوں' کی سرزمین ہے؟ کیا یہاں بغیر کسی قسم کی تفریق کے ہر انسان کو جینے اور زندگی گزارنے کے یکساں حقوق حاصل ہیں؟ کیا یہاں رنگ ونسل کی بنیاد پر لوگوں کا قتل عام نہیں ہوتا؟ کتنے سارے سوال ہیں جو میں دادی سے پوچھنا چاہتا ہوں لیکن وہ بیچاری کیسے ان کا جواب دے پائیں گی، وہ تو منوں مٹی تلے ابدی نیند سو رہی ہیں اور مجھے یقین ہے کہ اگر آج وہ زندہ ہوتیں تو شاید اس ملک کے حالات دیکھ کر ایک بار پھر مر جاتیں۔

مجھے لگتا ہے کہ ہماری محبت بھی میری دادی کی ناآسودہ خواہشوں کا نتیجہ ہے۔ جو کام وہ 1947 کے بعد اس سرحد کو پار کر کے نہیں کر پائیں، وہ اب ان کا پوتا کرے گا،

تمھارے لیے۔

وہ کتنی حسین صبح تھی۔ دھند چھٹ چکی تھی اور سورج کی نرم روشنی گذشتہ رات کے نشے کی مانند رفتہ رفتہ چہار سو پھیل رہی تھی۔ وہ نرم دھوپ تمھارے دونوں شانوں پر یوں براجمان تھی، گویا اپنے گرم بوسوں سے تمھیں صبح بخیر کہہ رہی ہو۔ ان بے شمار بوسوں میں ایک بوسہ میرا بھی تھا۔ تمھارے الجھے بکھرے بالوں سے مجھے عشق سا ہو گیا تھا اور جب میں ان کو سہلانے لگا تو تم نے مسکراتے ہوئے تھوڑی دیر کے لیے اپنی آنکھیں کھولیں اور مجھے اپنے سینے پر گرا لیا۔ ہونٹوں پر مسکراہٹ بھی تھی اور نمی بھی۔

تمھیں شاید اندازہ نہیں ہے کہ یہ تمھاری قربت کا احساس ہی ہے جو میرے جینے کی سب وجوہات میں افضل ترین ہے۔ یہ مت سمجھنا کہ یہ احساس محض جسمانی سنجوگ کا نتیجہ ہے۔ یہ تو ان لاتعداد باتوں، ملاقاتوں، کہانیوں، آنسوؤں اور قہقہوں کی بدولت ہے جس میں ہم دونوں نے ایک دوجے کو مکمل دیانت داری اور خلوص سے چاہا تھا۔ اتنی ایمان داری کہ ہم ایک دوجے کے سامنے بالکل عریاں تھے، پھر بھی ہمارے مابین مشترکہ اعتماد اور بھروسے کی وہ شفاف چادر تنی ہوئی تھی جس کے آر پار کسی اماوس کی رات میں بھی دیکھا جا سکتا تھا۔ کسی سے محبت ہو تو آپ دل بانٹ لیتے ہیں، جذبات بانٹ لیتے ہیں، روح کی بھی تقسیم ہو جایا کرتی ہے، مگر تم نے تو میرا پاگل پن بھی بانٹ لیا تھا۔ تم سے مل کر احساس ہوا کہ میں مختلف نہیں ہوں، میرے سارے تضادات ہوا ہو گئے جیسے کبھی موجود ہی نہ تھے۔

کتنی عجیب بات ہے نا کہ جس محبت کا وجود ازل سے موجود تھا، اسے ہر زمانے میں نظر انداز کیا گیا۔ قربت کے تعلق کی لازمی شرط افزائش نسل کو ٹھہرایا گیا اور یوں مرد اور عورت کے سنجوگ کو ہی محبت کا نام دے کر، کبھی ہیر رانجھا، کبھی سسی پنّو، کبھی سوہنی مہیوال اور کبھی لیلیٰ مجنوں کہہ کر انسانی تاریخ کا حصہ بنا دیا گیا۔ جب بھی محبت کی پاکیزگی اور سچائی کی بات ہوتی تو انھیں کو مثال بنا کر پیش کیا جاتا ہے۔ آخر ان سب میں ہم دونوں کہاں تھے، بلکہ 'ہم جیسے' کہاں تھے؟ ایسا لگتا ہے جیسے ہماری محبتیں کسی نامعلوم خطے میں واقع گمنام جزیروں کی سی ہیں جنھیں نقشے پر ظاہر کرنا کبھی ضروری ہی نہیں سمجھا گیا۔ اور اگر کبھی کہیں غلطی

سے بھی ایسے کوئی دو نام جڑ جاتے، مثلاً کہیں کسی رومی کا کسی شمس کے ساتھ، کسی شاہ حسین کا کسی مادھو لال کے ساتھ، تو اسے عشق حقیقی کے کھاتے میں ڈال کر ان محبتوں کی زمینی شناخت ہی چھین لی جاتی۔

ہم چھوٹے تھے تو کتنا ڈرتے تھے، ہر چیز سے۔ ڈرتے تھے کہ ہماری حقیقت کسی پر ظاہر نہ ہو جائے۔ ہر وقت خوف زدہ رہتے تھے، ہر وقت یہ دھڑکا لگا رہتا کہ ہمیں دھتکار نہ دیا جائے۔ اس وقت اگر ہمیں یہ معلوم ہوتا کہ اس دنیا میں ہم اکیلے نہیں تھے بلکہ ہمارے آس پاس ہم جیسے بہت سارے موجود ہیں اور ہر دور میں رہے ہیں تو کتنا حوصلہ ملتا۔ اتنے سال جو ہم نے خود سے اور خدا سے لڑتے ہوئے گزارے ہیں، وہ شاید اپنی ذات کی تکمیل میں خرچ ہوتے۔ اس لیے میں نے یہ فیصلہ کیا ہے کہ ہم اپنی کہانی ضرور لکھیں گے۔

آج ویزہ اپلائی کیے پورے دو مہینے ہو گئے مگر ابھی تک جواب نہیں آیا۔ میرے پاس اس انتظار کا کوئی متبادل بھی تو نہیں ہے۔ انتظار کی کوفت بھی کیا عجیب چیز ہے، ایک طرف جان بخشی کی امید ہوتی ہے تو دوسری طرف مصلوب کیے جانے کی اذیت کا خوف۔ ہر بار جب میں ویزا کے لیے درخواست جمع کرتا ہوں تو اسی وقت سے گنتی شروع ہو جاتی ہے۔ ویزا قبول یا ردّ ہونے کی کشمکش ایک عذاب بن کر دن رات میرے سر پر سوار رہتی ہے... جان دینا شاید اس سے زیادہ آسان کام ہے۔ لیکن میرے اس انتظار سے دنیا کا کام تو رُکنے سے رہا... دنیا تو جاری رہتی ہے۔ کبھی کبھی لگتا ہے کسی دن واہگہ بارڈر پہنچ جاؤں۔ فوجیوں کی آنکھوں میں آنکھیں ڈال کر کہوں کہ یا تو وہ مجھے گولی مار دیں یا مجھے جانے دیں۔ کئی بار دل کرتا ہے کہ وہ مشکل فاصلہ میں خود ہی طے کر لوں جس کا خدشہ ہمیشہ سے ہمارے دلوں میں موجود ہے مگر شاید پہل کرنے سے ہم دونوں ہچکچاتے ہیں۔ تمھیں آزاد کر دوں یا یوں کہو کہ میں خود آزاد ہو جاؤں۔ پھر ہمارا ایک دوسرے پر کوئی حق، کوئی فرض، کوئی گمان، کوئی بھرم، کچھ بھی نہ رہے۔ ویسے یہ سب کہنے لکھنے میں جتنا آسان لگتا ہے، اتنا ہے نہیں۔

دیکھو، تم سے باتیں کرتے کرتے وقت کا پتہ ہی نہیں چلا اور دن چڑھ آیا۔ سوچ

رہا ہوں، اس خط کو ختم کر کے لفافے میں ڈال کر میز پر رکھ دوں اور پھر واہگہ اٹاری بارڈر کی سمت نکل جاؤں۔ سرحدوں کے درمیان ایک چھوٹا سا قطعہ ہے جسے No Mans Land کہتے ہیں۔ ہم شاید وہیں کے باسی ہیں، ہم جیسوں کو وہیں کی شہریت ملنی چاہیے۔ چلو، ایسا کیوں نہ کریں کہ ہم اپنی دنیا No Mans Land میں بساتے ہیں کیوں کہ یہ دنیا ہمیں 'Man' تو تسلیم کرتی نہیں، سو اس جگہ پر ہمارا ہی حق ہے۔

رات میں جنم لیتی ایک نئی بھاشا

منی ایک منٹ کے لیے ٹھٹک کر کھڑا رہا... وہ اپنی آنکھوں کو چھت پر بنے دھیمی روشنی والے ٹیرس کے ماحول کے مطابق ڈھالنے کی کوشش کر رہا تھا۔ اس نے بند دروازے کے ساتھ ٹیک لگائی تاکہ اپنے دوست کے اپارٹمنٹ سے چھ منزلیں چڑھنے کے بعد سانس بحال کر سکے۔ اس نے سر اٹھایا اور صاف رات کے آسمان کی طرف دیکھا۔

اس نے تنگ سی جگہ کا جائزہ لیا جہاں ٹیرس کی دیواروں پر چھوٹی چھوٹی روشنیاں لگی تھیں اور لکڑی کے فرنیچر کے ٹکڑے جگہ جگہ پھیلی ہوئی جعلی گھاس کی دھندلی پٹیوں پر بکھرے پڑے تھے۔ ٹیرس پر قدم رکھتے ہی اسے دور ایک کونے میں لفٹ کا کمرہ نظر آیا، جو ممبئی کی جگمگاتی روشنیوں کے پس منظر میں بلند تھا، اس کا نچلا حصہ سائے میں ڈوبا ہوا تھا۔ لفٹ گذشتہ دو روز سے بند تھا۔ لاک ڈاؤن ہونے کی وجہ سے اس کی مرمت کرنے کے لیے کوئی آیا بھی نہیں... اور پتہ نہیں کوئی آئے بھی یا نہیں؟

منی ٹیرس کی دیوار کے پاس گیا اور میٹرو ٹرین کی خالی پٹریوں طرف دیکھا جو عمارت کے پاس سے گزر رہی تھیں، اور ان پٹریوں کی دوسری طرف عمارتوں کی تاریک کھڑکیاں دکھائی دیں۔

رات کے دو بج رہے تھے، اور ممبئی کووڈ-19 کے لاک ڈاؤن کی وجہ سے جم سا

گیا تھا... بالکل اسی طرح جیسے دنیا کا بیشتر حصہ اپنی اپنی جگہ پر منجمد ہو چکا تھا۔ منی نے اپنا سر زور سے جھٹکا، ان اداس اور خوفزدہ خیالات کو دور کرنے کی کوشش کی جو اسے بار بار گھیرنے کی کوشش کر رہے تھے۔ وہ اکیلا تھا، اور وہ یہاں وہی کرنے آیا تھا جو اس نے طے کیا ہوا تھا... اس امید کے ساتھ کہ یہ اسے کچھ سکون دے گا۔

وہ ایک لکڑی کی کرسی پر بیٹھ گیا اور اپنا فون کھولا۔ اسکرین کی تیز روشنی سے یکبارگی اس کی آنکھیں چندھیا گئیں، پھر اس نے میوزک پلیئر کھولا جس سے اسکرین کی روشنی آپ مدھم ہو گئی۔ چند اسٹروک کے بعد 'کوئی ہمدم نہ رہا' کا نرم اور غمگین فلمی نغمہ کے ابتدائی بول رات کی خاموشی میں پھیل گئے۔ منی نے گہرا سانس لیا اور گانا شروع کر دیا۔

"ہے ہے ہے ہے... ہو ہو ہو ہو... ہم ہم ہم ہم...

کوئی ہمدم نہ رہا، کوئی سہارا نہ رہا،

ہم کسی کے نہ رہے، کوئی ہمارا نہ رہا۔

شام تنہائی کی ہے، آئے گی منزل کیسے،

جو مجھے راہ دکھائے..."

وہ اچانک رُک گیا۔ شرمندگی سے اِدھر اُدھر دیکھنے لگا، حالانکہ وہ جانتا تھا کہ وہ یہاں اکیلا ہے۔ آخر کار وہ اسی لیے یہاں آیا تھا... اپنی غلطیوں کے ساتھ اکیلے رہنے کے لیے، تا کہ نہ اس کا دوست پریشان ہو اور نہ ہی پڑوسی۔

'دکھائے' کے بعد اس نے جتنی بار کوشش کی، ہر بار کچھ غلط ہو جاتا... وہ اس لفظ کی درست ادائیگی نہیں کر پا رہا تھا۔ اس نے ایک لمبی سانس بھری، میوزک ٹریک کو پیچھے کیا، اور دوبارہ گانا شروع کیا۔ اس نے شاید قصد کر لیا تھا کہ وہ اسے صحیح گا کر رہے گا، چاہے پوری رات لگ جائے!

چھٹی کوشش پر، ٹیرس کے تاریک کونے میں ایک جھنجھلائی ہوئی آواز نے اپنا سیاہ نقاب اٹھایا: "یہ دکھا... ئے... دِ... کھا... ئے، ہے۔"

منی اچھل کر کھڑا ہو گیا، فون تقریباً ہاتھ سے گرتے گرتے بچا۔ "کون ہے

وہاں؟'' اس نے پوچھا... پھر تیزی سے اندازہ لگایا کہ اس کا پچاس سالہ جسم کتنی رفتار سے ٹیرس کے دروازے تک دوڑ کر سیڑھیاں اُتر سکتا ہے۔

خاموشی۔

ایک دُبلا پتلا آدمی لفٹ کے کمرے کے گرد موجود اندھیرے سے نکل کر ٹیرس کی دیواروں پر لگی مدھم روشنیوں کے دائرے میں داخل ہوا۔ منی اسے گھور کر دیکھنے لگا، اس کا دل دھڑک رہا تھا۔ اجنبی کے گھنے سیاہ بال اس کے چہرے پر گر رہے تھے۔ اس نے دونوں ہاتھ اس انداز میں اٹھائے ہوئے تھے جیسے وہ یقین دلا رہا ہو کہ خطرے کی کوئی بات نہیں۔ اجنبی کے ایک ہاتھ میں موبائل فون تھا اور دوسرے میں سیاہ فریم کا چشمہ۔

دونوں ایک دوسرے کو گھورنے لگے۔

ٹیرس کے کسی کونے میں ایک جھینگر نے چہچہانا شروع کر دیا۔

''آپ کون ہیں؟'' منی نے پوچھا۔

''میں گوتم ہوں،'' دوسرے شخص نے آہستہ آہستہ اپنے ہاتھ نیچے کرتے ہوئے کہا۔ ''میں دوسری منزل پر سندرم پریوار کے ساتھ رہ رہا ہوں۔'' اس نے چشمہ پہنا اور منی کی طرف غور سے دیکھا۔ ''آپ پہلی منزل پر رہتے ہیں، نا؟''

منی کا تناؤ کچھ کم ہوا، اس کے دل کی دھڑکن دھیرے دھیرے معمول پر آ رہی تھی۔ وہ سندرم پریوار سے ایک بار اپنے دوست کے فلیٹ پر آنے کے بعد مل چکا تھا، حالانکہ وہ انھیں اچھی طرح سے نہیں جانتا تھا، اور گوتم کو اس نے پہلے کبھی نہیں دیکھا تھا۔ وہ شاید بیس کی دہائی کے آخر میں ہوگا، اور سندرم پریوار کے ضعیف جوڑے کا کوئی دوست یا رشتہ دار؟ ''ہاں... میں منی ہوں، چند ہفتوں سے پہلی منزل پر رہ رہا ہوں۔'' منی دوبارہ بیٹھ گیا، اور گوتم اس کے پاس والی کرسی پر بیٹھ گیا۔ ''لیکن تم یہاں کیا کر رہے ہو؟ رات کے دو بج رہے ہیں!''

''اوہ!'' گوتم نے اپنے فون کی طرف اشارہ کیا۔ ''اپنے ایک دوست کو بنگلور فون لگا رہا تھا۔ میں سندرم پریوار کو پریشان نہیں کرنا چاہتا تھا، اتنی رات کو شریفوں کو پریشان کرنا

اچھا نہیں لگتا، آپ کو بھی ڈسٹرب کرنا اچھا نہیں لگا، اس لیے میں سوچ رہا تھا کہ آپ کا ہو جائے تو میں دوست کو فون لگاؤں... لیکن آپ نے گانا شروع کر دیا۔''

''سوری!''منی ہنس پڑا۔''ہاں بنگلور کی طرح ممبئی کو بھی نیند جلدی نہیں آتی۔''

گوتم نے دلچسپی سے منی کی طرف دیکھا۔''ہاں، بالکل درست۔ لیکن آپ کو کیسے پتا؟ کیا آپ بھی بنگلور سے ہیں؟''

''نہیں... میں منگلور سے ہوں لیکن بنگلور میں نوکری کرتا ہوں۔ میں یہاں کمپنی کے ہی ایک کام سے آیا تھا، لاک ڈاؤن میں پھنس گیا۔''

''سچ میں؟''گوتم نے مسکراتے ہوئے منی کی طرف قدرے جھک کر کہا۔''میں بھی! میرا مطلب ہے، میں بھی بنگلور سے ہوں۔ میں سافٹ ویئر انجینئر ہوں اور یہاں آپ ہی کی طرح کمپنی کے کام سے آیا تھا اور آپ ہی کی طرح پھنس گیا... ہوٹل پر رُکا ہوا تھا، لیکن آفس کے ایک کولیگ کے اصرار پر یہاں اس کے پریوار کے ساتھ رہنے آ گیا۔''اس نے خواہ مخواہ ایک چھوٹا سا قہقہہ لگایا۔

منی نے اسے دلچسپی سے مسکراتے ہوئے دیکھا،''لیکن آپ ساؤتھ انڈین نہیں لگتے۔''

''جی، میں لکھنؤ سے ہوں، بنگلور میں کام کرتا ہوں۔''

''آپ کی کمپنی کوئی مدد نہیں کر رہی؟''منی نے پوچھا۔

گوتم نے بیچارگی سے ہاتھ اٹھائے۔''کیا کر سکتے ہیں وہ لوگ؟ سرکار نے سبھی صوبوں کو سیل کر دیا ہے۔ میں اپنے دوست سے بات کر رہا تھا کہ شاید بنگلور میں کوئی ٹریول ایجنٹ کچھ جگاڑ بٹھا سکے۔''اس کی بات ادھوری رہ گئی اور اس نے اندھیرے شہر پر ایک نظر ڈالی۔

آسمان پر ایک چھوٹی سی ٹمٹماتی روشنی نظر آئی، شاید کوئی ہوائی جہاز اوپر سے گزر رہا تھا۔''کوئی تو کہیں جا رہا ہے،''منی نے کہا،''لیکن ہم یہاں اٹکے پڑے ہیں۔''

گوتم نے سر ہلایا اور منی کی طرف مڑا۔''خیر، امید ہے ہم دونوں جلد ہی کوئی

راستہ نکال لیں گے۔ تب تک، شاید میں آپ کے اس گانے میں مدد کر سکوں۔''

منی مسکرایا۔ ''ہاں، 'کوئی ہمدم نہ رہا'۔ میں اس گانے کو سیکھنے کی کوشش کر رہا ہوں۔''

''کیوں؟'' گوتم نے اپنی کرسی پر آرام سے بیٹھتے ہوئے دریافت کیا۔

''بات یہ ہے،'' منی نے کہنا شروع کیا، پھر کچھ سوچنے لگا۔ شاید وہ یہ سوچ رہا تھا کہ گوتم پر کتنا بھروسہ کیا جا سکتا ہے۔ وہ تو ابھی ابھی ملا تھا، بھلے ہی دونوں کا ناطہ بنگلور سے تھا۔ کچھ سکنڈ سوچنے کے بعد، منی نے دل ہی دل میں اپنے کندھے اچکائے۔ ''بنگلور میں میرا بوائے فرینڈ ابھیشیک میرا انتظار کر رہا ہے۔ وہ وہاں اکیلا ہے۔ اس کا پریوار دہلی میں رہتا ہے، اور لاک ڈاؤن کے سبب کوئی کہیں آ جا نہیں سکتا۔ وہ کووڈ کو لے کر بہت پریشان ہے اور اس لیے بھی کہ میں اس کے پاس کیسے اور کب لوٹوں گا۔'' منی رُکا اور گوتم کا ردِعمل دیکھنے کی کوشش کی۔

گوتم غور سے اسے سن رہا تھا۔ اسے تجسس سے سر ہلاتے دیکھ کر منی نے بات آگے بڑھائی، ''ابھیشیک کا فیوریٹ گانا 'کوئی ہمدم نہ رہا' ہے۔ میں نے سوچا کہ میں اسے سیکھ لوں، تاکہ موبائل پر اس کے لیے گا سکوں۔ شاید اس سے اسے تھوڑا سکون ملے۔''

''یہ تو بہت رومانٹک ہے...'' گوتم نے کہا، ''میرا مطلب، گانا تو اُداس ہے، لیکن آپ جو کر رہے ہیں وہ بہت رومانٹک ہے۔''

منی ہنسا۔ ''ہاں! لیکن ابھیشیک سے سیکھنے کے باوجود، میری ہندی ابھی بھی بہت اچھی نہیں ہے۔ سچ کہوں تو ابھیشیک نے مجھ سے کنڑ زیادہ اچھا سیکھ لیا ہے۔ آپ تو جانتے ہیں وہاں کا ماحول۔''

''ہاں، بنگلور میں تو آٹو رکشہ والے بھی ہندی کے بجائے انگریزی ہی بولتے ہیں... ہندی بولنے کو ترس گیا ہوں میں...'' گوتم نے حسرت سے کہا۔ ''کیا میں آپ سے ہندی میں بات کر سکتا ہوں، اگر آپ کو کوئی اعتراض نہ ہو تو؟''

''مجھے سچ مچ ہندی اتنی اچھی نہیں آتی، لفظوں کو سوچنا پڑتا ہے، لیکن کوئی نہیں،

ایک کام کرتے ہیں۔ آپ ہندی میں بولیے اور میں انگریزی میں۔ کیا پتہ لاک ڈاؤن کی اس رات میں کوئی نئی بھاشا جنم لے لے۔''

دونوں ایک ساتھ ہنس پڑے۔

''آپ اور ابھیشیک کتنے برسوں سے ساتھ ہیں؟'' گوتم نے ہندی میں پوچھا۔

''تقریباً اتنے برسوں سے، جب سے میں بنگلور میں ہوں۔'' منی نے انگریزی میں جواب دیا۔

''آپ دونوں کی ملاقات کیسے ہوئی تھی، اگر آپ بتانا چاہیں تو...''

منی مسکرایا۔ ''آپ واقعی جاننا چاہتے ہیں؟''

''ہاں بالکل۔ شاید اس سے دماغ پر حاوی لاک ڈاؤن کا بوجھ کچھ ہٹے۔'' گوتم بھی مسکرایا۔

''مجھے بنگلور آئے ایک ہفتہ ہی ہوا تھا اور وہاں کی سڑکوں کے نام سمجھنے کی کوشش کر رہا تھا... آپ کو پتہ ہے نا، ہر علاقے میں فرسٹ کراس، سکنڈ مین، سکستھ مین وغیرہ ہوتے ہیں؟ اور کتنی ساری 80 فٹ روڈ، 100 فٹ روڈ اور رِنگ روڈ؟ میں اپنے نئے باس کے گھر ڈنر کے لیے جا رہا تھا۔ مجھے لگا میں نے آٹو رکشہ والے کو صحیح پتہ بتایا تھا، لیکن جب اس نے مجھے اتارا، تو میں کسی آفس بلڈنگ کے سامنے تھا، جہاں ایک گارڈ کے سوا کوئی نہیں تھا۔ جب میں گارڈ سے اپنے باس کا پتہ پوچھ رہا تھا، تبھی ایک شخص لیپ ٹاپ بیگ لیے بلڈنگ سے باہر نکلا۔ میں نے اسے روکا اور اس سے اپنے باس کے علاقے کے بارے میں جاننا چاہا۔ اس نے کہا، 'میں اُدھر ہی جا رہا ہوں۔ اگر آپ چاہیں تو میں آپ کو وہاں تک اپنی گاڑی میں چھوڑ سکتا ہوں۔''

منی یاد کرتے ہوئے دل ہی دل میں ہنسا کہ وہ کسی انجان کے ساتھ گاڑی میں جانے سے کتنا ہچکچا رہا تھا۔ ''میں اس کے ساتھ گیا، اور راستے میں ہم نے خوب باتیں کیں، کیوں کہ ہم ٹریفک میں پھنس گئے تھے۔ جب تک اس نے مجھے میرے باس کے گھر چھوڑا، ہم نے آپس میں فون نمبر ایکسچینج کر لیے تھے۔ پھر جیسا کہ کہتے ہیں کہ باقی تاریخ

ہے۔ہم چھ مہینے بعد ساتھ رہنے لگے اور تب سے ساتھ ہیں۔''

گوتم نے مسکراتے ہوئے تالی بجائی۔''واہ، کیا بات ہے۔ میں خوشی سے آپ کو سپورٹ کروں گا... آپ کو کشور کمار کی طرح گانا سکھا دوں گا۔''

منی ہنس دیا۔''کشور دادا جتنا اچھا تو کوئی نہیں گا سکتا، لیکن میں کوشش کر سکتا ہوں۔'' اس نے فون پر وقت دیکھا، تھوڑا حیران ہوا کہ اسے ٹیرس پر آئے ایک گھنٹے سے زیادہ ہو گیا تھا۔''کیا ہم کل رات پھر یہاں مل سکتے ہیں؟ سوری، مجھے تھوڑا سونا ہوگا۔ کل میری ایک آن لائن میٹنگ ہے۔''

''ہاں ہاں، کیوں نہیں۔''

دونوں کھڑے ہوئے اور ہاتھ ملایا۔

''اگر ہم کل تھوڑا جلدی ملیں تو میں سندرم پریور کے کچن سے گرم گرم 'بسی بیلے بھات' بھی لا سکتا ہوں۔'' گوتم نے مسکراتے ہوئے کہا۔

منی کے منھ میں پانی آ گیا۔''واہ! یہ تو کمال ہو جائے گا۔ اور اگر مجھے کل یہاں سے نکلنے کا کوئی جگاڑ ہاتھ لگا تو میں آپ کو بتاؤں گا۔ چلیے، ایک دوسرے کی مدد کرتے ہیں۔''

''بالکل۔ اگر میرے بنگلور والے دوست سے کچھ پتہ چلا، تو میں بھی آپ کو خبر کروں گا۔ کل شام ملتے ہیں... ویسے بھی ہم دونوں پر ایک نئی بھاشا جنم دینے کی ذمے داری بھی تو ہے۔'' گوتم خوش دلی سے مسکرایا۔

ٹیرس کا دروازہ کھولتے ہوئے منی اس کی طرف ایک بار پھر مڑا اور خواہ مخواہ مسکرا دیا۔

گوتم مسکراتا ہوا دروازہ بند ہوتا دیکھتا رہا۔ تھوڑی دیر بعد وہ اپنے بنگلور والے دوست کا نمبر ڈائل کرتے ہوئے گنگنا رہا تھا:

''کوئی ہمدم نہ رہا، کوئی سہارا نہ رہا
ہم کسی کے نہ رہے، کوئی ہمارا نہ رہا''

آسمان کا جنس کیا ہے؟

آج آفس جاتے ہوئے اوپر دیکھا تو نیلا آسمان نظر آیا۔ میں اس شہر کے آسمانوں کے بارے میں کبھی بہت کچھ لکھنا چاہتا تھا لیکن میرے پاس بادلوں جتنے لفظ نہیں تھے۔

''بادل روئی کے گالوں جیسے لگتے ہیں۔''

یہ جملہ مجھے اتنا فحش محسوس ہوا کہ میں نے گذشتہ ایک ماہ سے بادلوں کی طرف دیکھنا بند کر دیا، لیکن ان دنوں آسمان میں بادلوں کی شکلیں بنتی رہتی ہیں۔ مجھے نہیں پتہ کہ پورے ملک میں آسمان اس طرح نظر آتا ہے یا نہیں لیکن میں جانتا ہوں کہ اس شہر کا آسمان اور یہاں کے بادل مجھے بے حد پسند ہیں۔

لفظوں میں بتا پانا مشکل ہے کہ اس آسمان کو جو میں دیکھ سکتا ہوں، یوں محسوس ہوتا ہے جیسے پورا آسمان آپ کو اپنے اندر سمیٹے ہوئے ہے اور اس پر کسی نے بٹن کی طرح بادل ٹانک دیے ہوں جن کی شکلیں بدلتی رہتی ہیں۔

میں نے اپنے گاؤں اور پہاڑوں میں بھی صاف آسمان دیکھے ہیں، لیکن وہاں وسعت ہے... دور تک پھیلا ہوا آسمان۔ یہ آسمان آپ کو اپنی آغوش میں لیے رہتا ہے۔ گذشتہ دنوں مجھ سے کوئی ملاقات کرنے آیا تھا تو اس کی بیوی اور ہم نے دیر تک بادلوں اور

آسمان کے موضوع پر ہی باتیں کیں۔

اس گفتگو کے بارے میں سوچتے ہوئے یوں محسوس ہوا کہ میرا آسمان پہلے مردوں والا آسمان تھا اور اب یہ تھوڑا بدل کر عورتوں والے آسمان میں گھس گیا ہے۔ میں ان دو سالوں میں تھوڑا سا عورت ہو گیا ہوں اور ایسا ہونا مجھے اچھا لگتا ہے۔

آج دوسرا دن تھا جب اس نے میرا فون نہیں اٹھایا تھا۔ میں ہر بار بات کرنے کی کوشش کرتا لیکن وہ فون ہی نہیں اٹھاتا تھا۔ اس نے مجھ سے وعدہ کیا تھا کہ وہ کوئی اور ٹیکسی نہیں چلائے گا، ایسا اس لیے کہ وہ ایک ٹیکسی ڈرائیور تھا اور میں ایک کارپوریٹ ملازم۔ ہماری ملاقات بھی ٹیکسی میں ہوئی تھی، روز اسی کی ٹیکسی میں آیا جایا کرتا تھا۔ اس نے کبھی نہ کچھ کہا نہ کیا۔ اس کی نظروں کی گرمی ہی کافی تھی، گرے پڑے لفظوں کو میں نے کبھی زیادہ اہمیت نہیں دی۔

اس کی ٹیکسی میں آتے جاتے ایک سال گزر چکا تھا۔ وہ ہمارے علاقے کا ایک دبنگ آدمی تھا۔ اس سے سب ڈرتے تھے، کچھ نہ ہو کر بھی وہ اپنے ساتھیوں کے درمیان بہت کچھ تھا۔ بات کے بدلے گالی اور کسی کو جواب دینے سے پہلے وہ اپنا تھپڑ تیار رکھتا تھا۔ اور میں؟ میں ایک دبلا پتلا لیکن اسمارٹ کارپوریٹر۔ مجھے یاد ہے جب وہ پہلی بار مجھے دیکھ کر مسکرایا تھا۔ یاد ہے جب وہ مجھے دیکھ کر شرما جایا کرتا تھا۔ ایک دبنگ شخص کو یوں شرماتا دیکھ کر بہت اچھا لگتا تھا۔ یاد ہے جب اس نے میرا راستہ روکا تھا، یاد ہے جب میں روز لیٹ ہونے کے باوجود اسی کی گاڑی میں جایا کرتا تھا۔ جو کسی کی بات برداشت نہیں کرتا تھا، وہ میری بچکانی حرکتوں سے خوش ہو جایا کرتا تھا... اتنا جتنا کوئی اپنے بیٹے کو بھی برداشت نہیں کرتا۔ مجھے یاد ہے جب میرا جنم دن سلیبریٹ کرنے ہم باہر گئے تھے... کتنی خوشامد کرنے کے بعد وہ مانا تھا۔ یاد ہے جب اس نے پہلی بار pizza دیکھا تھا۔ اس کے کھانے کے طریقے کو دیکھ کر مجھے ہنسی آ گئی تھی۔ اسی دن اس نے مجھے کہا تھا کہ شاید اسے دوسری گاڑی چلانی پڑے جو میرے وقت کے حساب سے میچ نہیں کرتی۔ میں نے اسے بہت منع کیا تھا۔ یاد ہے جب اس نے مجھے گھر چھوڑتے وقت سیلفی لینے کے بہانے مجھے زور سے

اپنی بانہوں میں جکڑ لیا تھا لیکن تب بھی ہمارے درمیان کوئی بات نہیں ہوئی... صرف اس کی زندگی سے بھرپور آنکھیں کلام کرتی رہیں کہ آج مت منع کرو اور میں ہنس کر الگ ہو گیا تھا۔ میرے لیے اس کا ساتھ کافی تھا اور آج پورے تین دن بعد میں نے اسے فون کیا اور یہ پہلی بار تھا جو اس نے میرا فون نہیں اٹھایا۔

میں نے اسے دوسری گاڑی میں دیکھ لیا تھا۔ مجھے لگا شاید مجھ سے پیچھا چھڑانے کے لیے اس نے ایسا کیا ہو اور مجھے بتایا بھی نہیں کیوں کہ منع کرنے کے بعد بھی وہ ایسا کرے اور یہ جاننے کے باوجود کہ اس کی دوسری جاب میں، میں اسے نہیں مل پاؤں گا۔ بہت غصہ آیا، پھر بھی میں اس کے ٹائم پر گیا اس کی نئی گاڑی میں، جو مجھے سوٹ نہیں کرتی تھی۔ اس کی آنکھوں میں شرمندگی تھی۔ اس دن میں اس پر بہت بھڑکا تھا، جواب میں وہ بولا تھا کہ وہ میری باتوں سے ڈسٹرب ہوتا ہے۔ یہ ہمارے درمیان ہونے والا پہلا جھگڑا تھا۔ میں نے بھی اس سے 'بریک اَپ' کرنے کی ٹھان لی تھی۔ دوسرے دن میں اس سے ملا تک نہیں، سوچ لیا تھا کہ اپنے دماغ سے اسے باہر نکال دوں گا مگر پتہ نہیں کیوں اس کی ضرورت پہلے سے زیادہ اب محسوس ہو رہی تھی۔

اس سے نجات پانے کے لیے 'گرائنڈر' پر اپنا پروفائل بنایا۔ دس منٹ میں کتنے آفر آ گئے۔ کچھ پیسے دینے کو تیار تھے تو کچھ زندگی بھر ساتھ، لیکن پتہ نہیں کیوں میں کسی کی طرف راغب نہیں ہو پا رہا تھا۔ آخر خود پر جبر کر کے ایک آفر قبول کر لیا۔ وہ مجھے ایک فائیو اسٹار ہوٹل لے گیا۔ جب اس نے مجھے کپڑے اتارنے کو کہا تو پتہ نہیں وہ کہاں سے میرے دماغ میں آن ٹپکا جب کہ آج تک اس نے مجھے چھوا تک نہیں تھا۔ جب فائیو اسٹار والے نے کرنا شروع کیا، مجھے محسوس ہوا جیسے وہ سامنے کھڑا دیکھ رہا ہو۔ اس کی آواز میرے کانوں میں گونجنے لگی۔ جیسے جیسے یہ مجھے چھوتا، اس کی پرچھائیں میرے سامنے کھڑے ہو کر مسکرانے لگتی، اس کی مسکراہٹ بالکل ویسی تھی جیسے وہ پہلی بار مجھے دیکھ کر مسکرایا تھا۔ یوں لگنے لگا جیسے وہ مجھے اپنے پاس بلا رہا ہو۔ میں نے ایک جھٹکے سے خود پر پڑے جسم کو ہٹایا، کپڑے پہنے اور باہر نکل گیا۔

دوسرے دن جان بوجھ کر اس کی گاڑی کے پاس گیا اور اس کی طرف دیکھ کر فون پر باتیں کرنے لگا۔ مقصد واضح تھا، اسے میں جلانا چاہتا تھا۔ مجھے دیکھ کر اس نے اشاروں میں پوچھا کہ اب تک کہاں تھے؟ میں نے کوئی جواب نہیں دیا۔ وہ بار بار مجھے پاس آنے کا اشارہ کرتا رہا لیکن میں نہیں گیا لیکن اس کی طرف دیکھتا رہا۔ بالآخر وہ تھک کر میری طرف دیکھتا ہوا چلا گیا۔ اس رات میں سو نہیں پایا۔ اگلے دن میں اس کے ٹائم پر جان بوجھ کر گیا لیکن اس کو نظر انداز کر دیا۔ وہ بھی پیچھے پلٹ کر مجھے دیکھ رہا تھا۔ آخر کار مجھ سے رہا نہیں گیا۔ میں چپ چاپ اس کے بغل میں بیٹھ گیا۔ وہ مجھ پر پھٹ پڑا۔ اسے اس بات پر غصہ تھا کہ اس کے بلانے پر بھی میں کیوں نہیں آیا؟ میں بھی اس پر چلا پڑا، ایسے ہی کافی دیر تک لڑنے کے بعد ساری بھڑاس ہم دونوں نے ایک دوسرے پر نکال دی۔ بعد میں جب میں اٹھ کر جانے لگا تو اس نے پھر وہی پہلی والی نظر سے مجھے دیکھا، میں نے نظر انداز کر دیا۔ بعد میں مجھے اپنی اس حرکت پر بہت افسوس ہوا اور خود پر بہت غصہ بھی آیا کیوں کہ میں نے شاید کنکھیوں سے اس کی آنکھوں میں پانی اُترتا دیکھ لیا تھا... ممکن ہے یہ میرا وہم ہو... کاش یہ وہم ہی ہو۔

اب سوچتا ہوں تو لگتا ہے کہ پہلی نظر اور اس نظر میں کافی فرق تھا۔ پتہ نہیں کیوں لیکن اب میں پُرسکون تھا۔ کتنا کچھ ٹوٹ جاتا ہے ٹوٹنے کے عمل میں۔ آسمان کو تکتی نظر، زمین پر چلتے قدم، محبت کرنے کی ہمت، بہتر ہو جانے کا جوش اور واپسی کی اُمید۔ آپ ایمیل اور وہاٹس ایپ کرنا بند کر دیتے ہیں اور رفتہ رفتہ شناسا آئی ڈیز سے آپ کو ہیلو کہنا بھی بند ہو جاتا ہے۔ ہوا کی رفتار ٹھوکر کھاتی ہے اور پانی اپنی روانی بھول جاتا ہے۔ پھر وہی ٹھہراؤ، وہی یکسانیت، وہی اداسی، وہی سڑانڈ۔ صبح کی آمد دیر سے ہوتی ہے اور شام بہت جلدی۔ آنکھوں کی پتلیوں میں تاریکی بھر جاتی ہے جس کی انتہائی شکل اماوس کی رات ہے۔ دعاؤں کی سسکیاں فضاؤں میں گھلتی ہیں اور عقیدت کے نغمے مرثیے میں بدل جاتے ہیں۔

ایک چھوٹے سے اسٹیشن کا ویٹنگ روم

جب میں گھر سے نکلا، سب اپنے گھروں کو لوٹ رہے تھے۔ آسمان صاف تھا۔ تھوڑے سے بادل بکھرے تھے، جیسے آدمی باہر نکلتے ہوئے تھوڑا سا بکھر جاتا ہے۔ اسٹیشن کے پاس بھیڑ تھی، جس میں لوٹ آنے والے لوگ تھے اور جانے والوں کے دلوں میں لوٹنے کی توقع۔ لیکن سب سے اہم سوال یہ ہوسکتا ہے کہ اس بھاگتے ،ٹھہرے وقت میں، میں کیا کر رہا تھا؟ یہ جان لینا ضروری ہے کہ میں وہ نہیں لکھ رہا تھا جو آپ پڑھ رہے ہیں۔ میرے پاس بیگ تھا جس میں دو کتابیں اور ایک نوٹ بک تھی۔ اس میں ایک قلم بھی ہونا چاہیے تھا، لیکن شاید میں اسے گھر پر ہی بھول گیا تھا۔ ٹرین میں بیٹھا تو سہم گیا۔ اتنے سارے چہرے اور اتنے سارے رنگ۔ یوں بھی میں بچپن سے رنگوں کو پہچاننے میں کمزور رہا ہوں۔ ماں دھوبی کو دینے کے لیے پیلی ساڑی کہتی، میں اسے زعفرانی دے آتا۔ ایک دن میں نے کلاس میں دوستوں کے درمیان کہا کہ سفید رنگ اچھا ہوتا ہے، دوسرے دن کلاس کی سب سے اگلی سیٹ پر بیٹھنے والی لڑکی سفید رنگ کی قمیص پہن کے آئی۔ اس نے میری طرف دیکھا لیکن چونکہ تب تک میں گلزار صاحب کو نہیں جانتا تھا، اس لیے سمجھ نہیں پایا کہ عشق کا رنگ سفید بھی ہوتا ہے۔ شام کو گھر لوٹتے وقت اس لڑکی کی جھیل بھری آنکھیں دیکھ کر میں سمجھ نہیں پایا کہ اس کی خواہش کا شراپ مجھے لگ جائے گا۔ اب میں ہمیشہ سفید

رنگ کو پہچاننے میں غلطی کر جاتا ہوں۔ مجھے سفید کے سوا سب کچھ نظر آتا ہے۔ عشق نے بھی اتنے رنگ اختیار کر لیے تھے... میں خوف زدہ اور خاموش ہو گیا۔ ٹرین میں میرے مر جانے کا دن تھا۔ میں اتنے رنگوں کی آوازیں برداشت نہیں کر سکتا تھا۔ وہ ایک دوسرے سے ملتے ہیں اور چیختے ہیں۔ یہ چیخ مجھے یوں سنائی دیتی جیسے مسجد کے اذان اور مندر کی گھنٹیوں کے ایک ساتھ مل جانے کے بعد آتی ہے۔ میں نے ایک کتاب نکالی اور آنکھیں اس کے سپرد کر دیں۔

بورڈ کے امتحانات تھے۔ 'پری-بورڈ' کے بعد ہی میں نے اسکول جانا چھوڑ دیا تھا۔ وہ عجیب سے خشک دن تھے۔ میں پورا دن کتاب لیے چھت پر پڑا رہتا تھا۔ فریدہ گاہے گاہے اپنی چھت پر سے مجھے دیکھ لیتی تھی، ماں کھانا دے جاتی تھی، پاپا ڈانٹ پلا جاتے تھے، نیند جھپکیاں دے جاتی تھی۔ گھر والے کہتے تھے کہ کبھی تو جا، ورنہ حاضری کم پڑ جائے گی۔

آخر ایک صبح میں نے سائیکل اٹھائی اور اسکول کی طرف نکل گیا۔ آج ماں صبح سے بہت خوش تھی، آلو کے پراٹھے بنائے تھے۔ اسکول کے موڑ سے ہی دھڑکن بڑھنے لگی تھی۔ میں لیٹ نہیں تھا... لائن لگنی ابھی شروع ہی ہوئی تھی۔ مگر وہاں میرے کلاس کی لائن نہیں تھی، میں تلاش کرتا رہا۔

لیلا میڈم اپنے پتلے سے منہ کو پورا کھول کر گویا ہوئیں، "کہاں تھے تم؟ پچھلے ہفتے تمھاری آخری کلاس تھی۔"

مجھے پتہ ہی نہیں چلا کہ میرا اسکول کب ختم ہو گیا۔ کسی دن آخری گھنٹی بجی ہوگی، وہ ایک ساتھ مل کر چلائے ہوں گے، "ہرررر ے"... ان کلاسوں کے بیچ سے وہ گزرے ہوں گے، کسی جنگجو کی طرح جیسے انھوں نے سب کچھ فتح کر لیا ہو اور اب کچھ باقی نہ رہا ہو۔ ان پرانے ٹیچرس سے ہم ملے ہوں گے جنھیں ہم تھوڑا تھوڑا بھول چکے تھے اور اب جنھیں ہمیشہ بھول جانے والے تھے۔ لیکن مجھے پتہ ہی نہیں چلا، یہ سب کب ہوا؟ ہوا بھی یا نہیں؟

میں تیز قدموں سے لوٹ رہا تھا۔ اپنے پتلے منھ پر موٹا سا چشمہ سنبھالتے ہوئے لیلا میڈم نے کہا تھا، ''اگلے ہفتے آنا، الوداعی تقریب میں۔''

مجھے کبھی الوداع کہنا نہیں آیا۔ میں نے پلٹ کر بھی نہیں دیکھا۔

اسکول کے آخری کچھ ماہ بچے تھے۔ 'پری بورڈ امتحانات' ہونے تھے۔ فریدہ اور قیصر مجھ سے دور رہنے لگے تھے، یا شاید میں ہی ہر کسی سے بیزار رہنے لگا تھا۔ وہ دن بہت خشک تھے۔

فریدہ اب سجی دھجی رہتی تھی، کچھ زیادہ ہی ہنسنے لگی تھی مگر مجھے کنکھیوں سے دیکھتی رہتی تھی۔ اتنے برسوں سے اس پر میرا ہی حق تھا... مگر اب نہیں۔ پچھلے ہفتے ہی اس نے اپنا پہلا 'لو لیٹر' (love letter) لکھا، جس کا جواب میں نے اب تک اسے نہیں دیا، کبھی دے ہی نہیں پایا۔ اور قیصر... قیصر اور میرے درمیان اب بات چیت بند تھی... ہم ایک دوسرے کی طرف دیکھتے تک نہ تھے۔

تقسیم انعامات کی تقریب تھی۔ میں وہاں اونگھ رہا تھا۔ دوسرا کوئی وقت ہوتا تو میں ان دونوں کے ساتھ کسی خالی کلاس روم میں گپیں لڑا رہا ہوتا۔ اچانک مجھے ان کی موجودگی کا احساس ہوا، میرے پسینے چھوٹنے لگے۔ بلا وجہ کی گھبراہٹ تھی۔ میں باہر نکل آیا۔ میں ان خالی کمروں کے درمیان دوڑنے لگا۔ بھڑاک سے دروازہ کھولا۔ وہ ہڑبڑا کر رہ گئے تھے، حالاں کہ تھوڑی دیر پہلے وہ قہقہے لگا رہے تھے لیکن اب خاموش تھے... البتہ فریدہ کے ہونٹوں کے کنارے ہنسی کا ایک چھوٹا سا ٹکڑا ابھی تک پھنسا ہوا تھا۔ مجھے محسوس ہوا کہ وہ مجھ پر ہنس رہی تھی... وہ قہقہے مجھ پر ہی لگائے گئے تھے۔

تڑاخ!

قیصر وہیں کھڑا رہا، نہ اس نے پہلے کچھ کہا اور نہ بعد میں۔ فریدہ کے گال سرخ ہو چکے تھے بلکہ سوج گئے تھے، بال بکھر گئے تھے اور آنکھیں بھر آئی تھیں مگر وہ روئی نہیں۔ سب کچھ غائب سا ہو گیا۔ اتنے دنوں میں میرا غصہ، میری جلن کا کوئی مطلب بھی نہیں رہا۔

میں ہونق بنا وہیں جم سا گیا۔

''کیا ہوا؟ کس نے مارا؟'' ٹیچر بار بار اس سے پوچھ رہی تھی۔

وہ خاموش تھی۔ وہ میری طرف نہیں، کہیں اور دیکھ رہی تھی۔

بڑے دنوں بعد میں گھر لوٹا۔

محلے کے لڑکے اس کی چھت پر شامیانہ لگا رہے تھے۔ میں بھی وہیں تھا... اچھے پڑوسی کی طرح ہاتھ بٹانے کے لیے، مگر میں اونگھ رہا تھا۔

کیا اسے وہ دوپہر یاد ہوگی؟ پھر وہی بات میرے ذہن میں سرسرائی۔

ہاں بالکل، کیوں نہیں یاد ہوگی۔ ہر ایک پل یاد ہوگا مگر کیا ان لمحوں کو وہ بھی یاد کر رہی ہوگی؟ اس روز اسی چھت کی چھوٹی سی کوٹھری میں وہ مجھ سے بے ساختہ لپٹ پڑی تھی۔ وہ ہمیشہ سے میرے قریب تھی، مگر اتنا قریب کبھی نہ تھی اور نہ پھر کبھی ہو پائی۔

لوگ شامیانہ لگاتے رہے، دریاں بچھاتے رہے، دوڑتے بھاگتے رہے اور میں صرف اونگھتا رہا۔

بارات آئی۔ بارات جیسی بارات تھی... وہی باجا، وہی گانا، وہی بھیڑ، کچھ بھی الگ نہ تھا... ذرہ برابر بھی نہیں۔

وہی رسمیں، وہی رواج۔ میں تھک چکا تھا، جھپکیاں آ رہی تھیں۔ اس پنڈال میں، میں اس کے آنے کا انتظار کر رہا تھا۔ میں اسے کسی اور کے لیے سجا ہوا دیکھنا چاہتا تھا مگر میری آنکھ کب بند ہوئی، پتہ ہی نہیں چلا۔

جب ہوش آیا تو میں سرد شبنم میں بھیگ چکا تھا۔ ادھ کھلی آنکھوں سے میں نے اس کا نکاح دیکھا جسے میں نے کبھی قبول نہیں کیا، پھر بھی وہ میری تھی۔ آنکھوں میں شبنم گھس آئی تھی۔ ایک بار میری نظریں اس سے ٹکرائی تھیں... وہ اب بھی ہنس رہی تھی... یا شاید یہ میرا وہم تھا۔ میری زندگی کا ایک باب ختم ہوا۔ شاید یہی وہ لمحہ ہے جس سے پہلے میں کچھ اور تھا اور اس کے بعد کچھ اور ہونے والا تھا یا شاید کچھ بھی نہیں۔

صبح کا اجالا چاروں طرف بکھرنے لگا۔ رخصتی کی تیاری ہو رہی تھی۔ لوگ سب کچھ سمیٹ رہے تھے، دوڑ بھاگ رہے تھے، میں صرف اونگھ رہا تھا۔ وہیں گلاب جامن کا تھال پڑا تھا۔ رات بھر کھلے آسمان میں پڑے پڑے وہ جم چکے تھے۔ میں نے منہ میں ایک گلاب جامن ڈالا ہی تھا کہ:

''جا اندر گلاب جامن دے آ۔''

وہ سہیلیوں اور بھابھیوں کے درمیان کھانا کھا رہی تھی۔ تھالیاں پکوانوں سے بھری پڑی تھیں۔ قیصر کی ماں نے طعنہ مارا، ''نگوڑی دو بات کر لے، کھانا تو کھلا ہی دے گا وہ۔''

''ارے چاچی، وہ کہاں کھانے دے گا، میرا تو کھایا پیا نکال دے گا وہ سانڈ۔''

وہ ہنس رہی تھی۔ اس مہنگی ساڑی اور وزنی گہنوں سے لدی وہ ایک ٹوکری ہی تھی۔

''ٹھیک سے رہنا۔'' گلاب جامن رکھتے ہوئے میں نے یوں ہی رسماً کہہ دیا۔

اس نے میری طرف نہیں دیکھا... کسی اور جانب دیکھتی رہی۔ میں ہونق بنا وہیں کھڑا رہا۔

اس کی شادی سے پہلے بھی میں لوٹا تھا۔ اس کی چھت پر ہمیشہ چادریں سوکھتی رہتی تھیں جو ہوا کے ساتھ 'سڑ سڑ' کی آوازیں کرتی تھیں۔ میں اور فریدہ گھنٹوں چھت پر بیٹھے رہتے تھے۔

''تمھیں پتہ ہے میں ہمیشہ ڈرتی تھی تم دونوں کی دوستی سے۔ لگتا تھا کہ میں اکیلی چھوڑ دی جاؤں گی۔'' اس نے گہری سانس چھوڑتے ہوئے کہا۔

''اب تو کوئی ڈر نہیں ہے، اب تو ہم تینوں اکیلے ہیں۔'' میں ہنسا لیکن وہ ویسی ہی سنجیدہ بنی رہی۔

وہ میرے الجھے بالوں میں انگلیوں سے کنگھی کرتے ہوئے بولی، ''تم بہت بدل گئے ہو۔''

’’سب بدلتے ہیں۔‘‘

’’مگر میں تمھاری بات کررہی ہوں۔تم بدل گئے ہو۔‘‘ وہ اس طرح بولی جیسے میں وہ جزیرہ ہوں جہاں دنیا کی کوئی لہر نہیں پہنچتی، جس پر دنیا کا کوئی قانون لاگو نہیں ہوتا۔ وہ اپنی بات دُہراتی رہی۔

میں اسے کیسے سمجھاؤں کہ میں خود بدلنا نہیں چاہتا، وہی رہنا چاہتا ہوں، اس کا ہی بنا رہنا چاہتا ہوں۔ وہ بھی تو بدل رہی ہے، اب وہ پہلے کی طرح مجھ پر اپنا حق نہیں جماتی، محلے میں چوکڑیاں نہیں بھرتی، سبک رو ہوگئی ہے۔ اب وہ مجھ سے شیشے کی گولیاں اور ہوم ورک کے علاوہ بھی کچھ چاہتی ہے اور اسی سے میں گھبرا گیا ہوں۔ وہ مجھے وہیں چھوڑ کر اٹھ گئی... چادریں سمیٹنے لگی۔ پھر اس نے پیچھے پلٹ کر دیکھا۔

’’تمھیں کچھ دکھانا ہے۔‘‘ میرے جواب کا انتظار کیے بغیر اس نے ادھوری کوٹھری کا دروازہ کھولا۔ ایک پرانا ٹرنک تھا۔

’’بتاؤ کیا ہے؟‘‘ پھر پہلے ہی کی طرح میری جواب کی پرواہ کیے بغیر بول پڑی، ’’ہمارے بچپن کے کھلونے... تھوڑے سے میرے اور بہت سارے تمھارے جو تم ہمارے گھر چھوڑ...‘‘

’’تھینک یو۔‘‘ میں نے کہا۔

’’کیوں؟‘‘

’’میرے بچپن کو سنبھالے رکھنے کے لیے۔‘‘

’’آگے کون سنبھالے گا؟‘‘ اس نے سر جھکائے ہوئے پوچھا۔

’’اب سنبھلنے کی عمر بھی کہاں رہی، ٹھوکریں ہی کھانی ہیں۔ تُو چلی جائے گی۔‘‘ وہ مجھ سے بے اختیار لپٹ گئی اور اسی کا مجھے ڈر تھا۔

اس کمرے میں بہت ساری کھڑکیاں تھیں۔ ہم خاموشی سے ان کھڑکیوں پر چادر لگا رہے تھے۔ مجھے پتہ تھا کہ چادر کیسے لگانی ہے۔ ان کھڑکیوں سے شام کی گلابی روشنی چھن کر اندر آرہی تھی۔ اس کے بالوں میں بھی یہ روشنیاں رنگ بھر رہی تھیں۔ روشنیوں میں

اس کا رواں رواں نہا رہا تھا، مجھ پر بھی کچھ پرانا نشہ چڑھ رہا تھا۔ نیچے سے اس کی ماں کو چلاتے ہوئے سن رہا تھا، ''کہاں گئی؟ بتا کر بھی نہیں گئی۔ ندیم، فریدہ کو کہیں دیکھا ہے؟''

میں خاموش تھا مگر وہ وقفے وقفے سے ہنس دیتی تھی، یوں ہی یا شاید اس کے اندر کچھ چل رہا ہو۔ وہ کانپ رہی تھی، اس کے پیٹ کی سلوٹوں کی کپکپاہٹ یہ راز افشا کر رہی تھی۔ میرا دل بھی زور زور سے دھڑک رہا تھا اور یہ بات مجھے اس وقت معلوم ہوئی جب اس نے اپنا ہاتھ میرے سینے پر رکھا۔ پھر اچانک وہ لمحہ آیا اور سب کچھ پُرسکون ہو گیا۔ اس کی ماں کی آواز، میری تیز دھڑکن، اس کی کپکپاہٹ... سب کچھ۔ نہ اس نے کہا 'رک جاؤ' اور نہ میں نے کہا 'مجھے روک لو'، وہ جانتی تھی کہ ان سب کا کوئی مطلب نہیں ہے، صرف یہ لمحے ہیں، اس کے بعد شاید کچھ بھی نہیں۔

شام ڈھل گئی، اندھیرا پھیلنے لگا۔ وہ خود کو سمیٹے نیچے لوٹ گئی۔ اس نے پوچھا تھا، ''کل مل کر جاؤ گے نا؟'' میں نے اثبات میں اپنا سر ہلا دیا۔ وہ اندھیرے میں جذب ہو گئی۔ شاید قیصر اس کی چھت پر بیٹھا تھا۔ اندھیرے میں، میں نے اسے دیکھا تو نہیں مگر محسوس کر سکتا تھا۔ کتنا عجیب تھا نا؟ فریدہ اور میری کہانی بھی اسی کوٹھری میں ختم ہوئی، قیصر اور میری بھی۔

لوگ سوچتے ہیں کہ قیصر اور میرے درمیان نفرت ہے، حسد ہے، غلط فہمی ہے... لیکن اگر ہمیں زبان کھولنے سے کوئی روک رہا ہے تو وہ ہے شرم۔ شرم ان شاموں کے لیے۔ قیصر اور میری وہ عجیب شامیں... جب ہم اسکول کے بعد اسی کوٹھری میں ملتے تھے... گلابی شامیں۔ جب اس کے بالوں میں روشنی رنگ بھرتی تھی، اس کا رواں رواں روشنی سے نہایا ہوتا تھا، وہ وقفے وقفے سے ہنس رہا ہوتا تھا۔ ہم بے شمار چادروں سے کھڑکیاں ڈھانپ رہے ہوتے تھے۔ وہ عجیب شامیں جو میری چھوٹی سی زندگی کا اکلوتا لیکن مکمل تجربہ تھا، جس پر وہ شرمندہ ہے اور جسے میں بھولنا نہیں چاہتا۔

اگلے دن جانے سے پہلے میں فریدہ سے ملنے نہیں گیا۔ سورج کے لمبے اور تیز نیزے اس گلی کو چھید رہے تھے۔ میں اپنا بیگ کندھے پر ڈالے نکل رہا تھا۔ قیصر اپنی چھت

پر بیٹھا تھا مگر وہ دوسری طرف دیکھ رہا تھا۔ میں دیوار کے پار تو نہیں دیکھ سکتا تھا مگر محسوس ضرور کر سکتا تھا کہ ان ہلتے پردوں کی اوٹ میں فریدہ تھی۔ مجھے کبھی الوداع کہنا نہیں آیا، میں اپنے پاؤں گھسیٹتا ہوا نکل پڑا۔

فریدہ شادی کر کے رخصت ہو گئی۔ فریدہ کے ساتھ مجھ سے بھی وہ شہر چھوٹ گیا۔ اُڑتی اُڑتی خبر سنی تھی کہ فریدہ کو لڑکی ہوئی ہے۔ قیصر نے پچھلے سال شادی کر لی... نہ میں گلاب جامن کی تھال تھامے اس کے سامنے کھڑا رہا اور نہ وہ رویا۔

وقت گزرتا رہا... یہ نیا شہر مجھ سے انجان ہی رہا، دوسری طرف میرے اپنے شہر نے مجھے اجنبی کر دیا۔ میں بھاری قدموں سے ان انجان گلیوں سے گزرتا ہوں تو لگتا ہے کہ پیچھے چھوٹے ہوئے اس موڑ پر کسی کی نقرئی ہنسی میرا تعاقب کر رہی ہے۔

زندگی کی اس شام میں اس سے ایک بار ملنے کی خواہش ہے... ان فلموں کی طرح جن میں دو پیار کرنے والے بچھڑنے کے برسوں بعد ملتے ہیں... لیٹ ہو چکی ٹرین کے انتظار میں تیز بارش کی گرفت میں اس چھوٹے سے اسٹیشن کے چھوٹے سے ویٹنگ روم میں۔ اس کی نئی زندگی میں خوشیاں ہوں اور میں پریشانیوں میں گرفتار نظر آؤں۔ میرے بالوں میں چاندی کی ایک ہلکی سی پرت چڑھ گئی ہو مگر وہ اب بھی خوب صورت ہو۔ چڑھتی ہوئی رات میں وہ کچھ کہے اور میں کچھ بتاؤں اور آخری لمحوں کے کسی نقطے پر اسے بتا ہی دوں کہ اسکول کے آخری دنوں میں کیا بدلا تھا جس نے مجھے بدل دیا، لیکن میری یا اس کی زندگی میں بارش کی گرفت میں جکڑا ہوا اس چھوٹے سے اسٹیشن کا ویٹنگ روم کبھی نہیں آیا۔

خالی جگہوں پر بیٹھی دُوریاں

یہ دوسری بار تھا جب میں نے اسے 'گرائنڈر' پر پکڑا تھا۔ ابھی اسے بتانا نہیں چاہ رہا تھا کیوں کہ اس کے امتحانات جاری تھے۔ میں انتظار کر رہا تھا کہ کب اس کے امتحانات ختم ہوں اور اس سے اس بارے میں بات کر سکوں۔ دل بہت بیٹھا جا رہا تھا۔ اسے کھو دینے کا ڈر حاوی ہو رہا تھا۔ ویسے بھی میں نے جب سے اسے 'گرائنڈر' پر دیکھا تھا، تب ہی سے دل اُچاٹ سا ہو گیا تھا۔ آج تو اسی جھنجھلاہٹ میں خواہ مخواہ اپنے ایک آفس کے ساتھی کے ساتھ سے الجھ بھی پڑا تھا، ایکسل شیٹ میں بہت معمولی سی غلطی کر کے اسے مجھ سے اتنی بڑی ڈانٹ سننی پڑی... بے چارہ!

چار سال قبل ہم دونوں 'گرائنڈر' ہی پر ملے تھے۔ وہ دہرادون کالج سے کچھ دنوں کے لیے اپنے گھر اُدے پور آیا تھا۔ اس وقت اس کی عمر یہی کوئی 20 سال تھی۔ اس کے میسیج کا جواب تو دے دیا لیکن جب تک ہم دونوں ملتے، اس کے دہرادون لوٹنے کا وقت آن پہنچا، اور وہ لوٹ گیا۔ ہم نہیں مل پائے۔ چونکہ ہم نے ایک دوسرے کے نمبر آپس میں شیئر کر لیے تھے تو اب آدھی ملاقات ہونے لگی یعنی ہم اکثر فون پر بتیانے لگے اور دیر رات تک وہاٹس ایپ پر چیٹنگ معمول کا حصہ بن گئی۔ ایک ماہ بعد پھر وہ کسی کام سے جب اُدے پور آیا تو ہماری پہلی روبرو ملاقات ہوئی۔ وہ رات میں کبھی نہیں بھول سکتا۔ ساری

رات ہم دونوں نہیں سوئے، جانے کتنے خواب ہم دونوں نے مل کر دیکھ ڈالے۔ وہ پہلی بار ہمارا باہم ملفوف ہونا، جسم کی گرمی، اس کے چومنے کا طریقہ، اس کا جوش... یہ سب مجھ میں آج بھی سنسنی پھیلا دیتے ہیں۔

ہماری ملاقات کو ڈھائی سال سے زیادہ ہو چکے تھے۔ اب ہم ایک couple تھے، صرف Distance Relationship ایک رکاوٹ تھی لیکن ہم نے طے کیا تھا کہ جلد ہی ہم دونوں ساتھ رہنے لگیں گے۔ اس کا کالج مکمل ہو چکا تھا اور اس کی پوسٹنگ پہلے دُرگا پور (بنگال) اور بعد میں گاندھی دھام (گجرات) میں ہوگئی۔ اب جب بھی موقع ملتا، ہم کبھی دہلی تو کبھی جےپور یا کسی اور شہر میں مل لیتے۔ اس کے کالج کے دنوں میں ایک بار اسے سرپرائز دینے کے لیے میں دہرادون بھی ہو آیا تھا۔ اس کے چہرے کے وہ تاثرات بھولنا آسان نہیں ہے۔ وہ مجھ سے بے اختیار لپٹ گیا اور بس لپٹا رہا۔ 2016 میں ہم بائک پر لداخ بھی گھوم آئے تھے۔ وہ زندگی کا ایک ایسا انمول سفر تھا جس نے ہمارے رشتے کو مضبوط سے مضبوط تر کر دیا۔ جب وہ چھٹیوں میں اُدے پور ہوتا تو ہم آس پاس کے کسی ٹورسٹ پلیس پر پہنچ جاتے اور ایک دو راتیں وہیں گزارتے۔ کبھی جودھ پور، کبھی جےپور، رشی کیش، منالی، کسول، رنک پور، ماؤنٹ ابو... شہروں کی فہرست بڑھتی جا رہی تھی اور اس کے ساتھ ہی ہمارے رشتے کی گہرائی بھی۔ اُدے پور کے کسی ہوٹل میں رُکنا مناسب نہ تھا مگر قرب وجوار کے ہوٹلوں میں کوئی ایسا نہیں بچا تھا جہاں ہم نہ گئے ہوں۔

اسی درمیان ایک دن اس کا فون آیا کہ اس کا کام میں دل نہیں لگ رہا ہے اور وہ اُدے پور لوٹنا چاہتا ہے۔ اندھے کو اور کیا چاہئیں، دو آنکھیں۔ وہ لوٹ آیا۔ وہ 'کیٹ' (CAT) کے امتحان کی تیاری کر کے کسی نامور کالج سے ایم بی اے کرنے کی سوچ رہا تھا۔ گھر والے دباؤ ڈال رہے تھے کہ دلّی کے کسی کوچنگ سنٹر میں داخلہ لے لو اور وہ تھا کہ اُدے پور میں ہی رہ کر تیاری کرنا چاہتا تھا۔ آخر اسی کی چلی، اور ہم دونوں پورے ڈھائی سال بعد ساتھ ساتھ رہنے لگے۔ اس کے پتاجی کام کے سلسلے میں کسی اور شہر شفٹ ہو گئے تھے۔ ممی کبھی یہاں تو کبھی پاپا کے پاس۔ گویا وہ اپنے گھر میں اکیلا رہ گیا تھا، اور میں اس کے گھر تقریباً

منتقل ہوگیا تھا۔صبح جب کام پر نکلتا تو پہلے دونوں مل کر ناشتہ بناتے۔دوپہر میں لنچ کے لیے آتا تو وہ انتظار کر رہا ہوتا تھا۔رات کو فتح ساگر پر کافی پینا، دیر رات تک ہائی وے ڈھابے پر ڈنر اور ایک دوسرے کو ڈھیر سارا وقت اور پیار... بس یہی ہمارا روزمرہ تھا۔

اس نے اُدے پور کا دوسرا بہترین اسکور حاصل کیا تھا۔اس کے فوٹو بینر شہر میں لگے تھے۔بڑی آسانی کے ساتھ اسے ایک معروف IIM میں داخلہ مل گیا تھا۔خوشی کا موقع تھا تو اسے سلیبریٹ بھی کیا، لیکن ایک خلش سی دل میں تھی کہ ہمارے رشتے میں ایک بار پھر لفظ 'فاصلہ' جڑنے والا تھا۔ہم ایک دوسرے میں اس قدر کھوئے ہوئے تھے کہ الگ ہونا شاق گزر رہا تھا مگر کیا کر سکتے تھے؟ پھر سے دو سال کے لیے الگ ہونے کا وقت آ گیا تھا، روکر بھی اسے روکا نہیں جاسکتا تھا۔وہ چلا گیا۔

اسے گئے ہوئے تقریباً ایک سال سے زیادہ عرصہ گزر چکا تھا۔ہم اب بھی ہر روز کم سے کم ایک بار ضرور بات کر لیتے تھے۔اس ایک سال میں ہم تین بار مل بھی چکے تھے۔مگر اس انجان فاصلے کو، جس کا کوئی سبب نہ تھا البتہ جس کی جواز جوئی ضرور کی جاسکتی تھی، ہم دونوں محسوس کر رہے تھے۔ہماری گفتگو سے محبت رخصت ہو رہی تھی اور اس خالی جگہ کو روٹین کی باتیں بھر رہی تھیں۔کھانا کھایا؟ آج کون سی کلاس ہے؟ آفس میں آج میں بہت مصروف رہا...اب ہماری گفتگو کے یہی موضوع تھے۔اگرچہ اس تبدیلی کو دونوں محسوس کر رہے تھے لیکن جان بوجھ کر اس سے انجان بنے رہے۔

مجھے اچانک ہی محسوس ہونے لگا تھا کہ میں اسے کہیں کھو نہ دوں۔جب اس سے اس بارے میں بات کی تو وہ جھنجھلا گیا۔مجھے اب اس سے بات کرتے ہوئے بھی ڈر لگتا تھا ...اس کے کھونے کا ڈر۔اسی ڈر کے دوران میں نے اس کی جاسوسی شروع کر دی۔اگرچہ یہ غلط تھا اور اس کا اثر ہمارے رشتے پر بھی پڑ سکتا تھا، لیکن میں اپنے ڈر کے آگے ہار گیا تھا۔جعلی آئی ڈی اور جعلی لوکیشن سے 'لاگ اِن' کر کے جب پہلی بار اسے میں 'گرائنڈر ایپ' پر پایا تو دل بیٹھ گیا۔جعلی آئی ڈی سے اسے ایک ہوٹل میں ملنے بلایا اور وہ تیار بھی ہوگیا۔اب پریشان ہو کر میں نے اسے فون کیا اور ساری حقیقت بتا دی۔اس نے معافی مانگی اور پھر ایسا

نہ کرنے کا وعدہ کیا۔

ایک ماہ بعد یہ دوسری بار تھا۔ وہ پھر 'گرائنڈر' پر تھا۔ میں اس کے امتحان ختم ہونے کا انتظار کرنے لگا۔ سنیچر کو امتحان ختم ہوتے ہی اس سے بات کی۔ وہ بپھر کر بولا کہ اس طرح میں اب اس کی نجی زندگی میں دخل دے رہا ہوں۔ اس کا کہنا تھا کہ 'فیس بک' اور 'گرائنڈر' میں کوئی فرق نہیں ہے۔ غصے میں اس نے یہ بھی بول دیا کہ اسے بھی دوستوں کی ضرورت ہے... وہ اکیلا ہے وہاں۔

میں اسے سمجھ نہیں پا رہا تھا۔ ہم دونوں کی عمر میں 10 سال کا فرق ہے۔ اس کے ملنے سے پہلے کئی لوگوں کے ساتھ بستر شیئر کر چکا ہوں، مگر شاید میں اسے جوانی کے پہلے پائیدان پر ہی مل گیا تھا۔ مجھے محسوس ہوا، شاید یہ غلط بھی نہیں ہے مگر خود کو صحیح ثابت کرنے کے چکر میں وہ جو دلیل دے رہا تھا، مجھے ہضم نہیں ہو رہا تھا۔ میں اس دن دفتر سے جلدی گھر آ گیا۔

جہاں تھا، وہیں بیٹھ گیا۔ گھر پر اکیلا تھا۔ کوئی بھی نہ تھا جو مجھے چپ کراتا۔ انسان جب ایک بار رونا شروع کرتا ہے تو وہ صرف ایک ہی بات پر نہیں روتا۔ اسے اس وقت بہت ساری باتیں یاد آتی ہیں۔ تقریباً چھ گھنٹے ہو چکے تھے... چپ ہونے کا نام ہی نہیں لے رہا تھا۔ ممی اپنے دفتر سے لوٹ آئی تھیں۔ مجھے کمرے میں بند دیکھ کر انھوں نے سوچا کہ شاید دفتر سے تھک کر آیا ہوں اور سو چکا ہوں۔ کچھ دیر نیچے سے ہی انھوں نے آواز دی کہ کھانا کھا لینا اور وہ چہل قدمی کرنے کے لیے چلی گئیں۔ میں چپ چاپ کھانا اوپر لایا اور ایک طرف رکھ دیا۔ سونا مقدر میں نہیں تھا۔

ہم دونوں روز شام کو نو سے دس بجے کے درمیان ایک بار بات ضرور کیا کرتے تھے۔ اس دن اس کا فون نہیں آیا۔ میری بھی ہمت نہیں ہوئی۔ رات ایک بجے تک میری آنکھیں سوج چکی تھیں۔ پھر پتہ نہیں کب نیند آ گئی۔ دوسرا دن اتوار کا تھا۔ مطلب آج ممی کا سامنا کرنا ہی ہوگا... لیکن اس شکل کے ساتھ؟ اسی اُدھیڑ بن میں تھا کہ آفس سے میرے باس کا فون آ گیا۔ وہ چاہتے تھے کہ سوموار کو میں فیلڈ میں جا کر ایک ٹریننگ ایرینج کروں۔

میں نے ہاں کردی، ایک روز پہلے ہی اسی وقت نکل پڑا۔ ماں کا سامنا کرنے کی ہمت نہیں تھی۔فون پر انھیں خبر کردی۔

اتوار کی شام تک اس کا فون نہیں آیا... نہ ہی کوئی وہاٹس ایپ میسیج ملا۔ انہونی کے اندیشے سے دل گھبرا اٹھا۔ میں اسے کھونا نہیں چاہتا تھا۔ کیا بات کروں، کیسے بات کروں... سمجھ میں نہیں آرہا تھا۔ میں اپنے ٹریننگ سنٹر کی چھت پر اکیلا ٹہل رہا تھا۔ دل ہوا کہ کسی دوست سے مشورہ کیا جائے کہ اب کیا کرنا ہے۔نوئیڈا کے ایک ہم راز کو فون کیا۔ اس نے پوری بات سنی اور کہا کہ میں چار سال کے رشتے پر ایسے کیسے شک کر سکتا ہوں۔ وہ بولتا جارہا تھا۔

''ہم لوگوں کی یہی ایک عادت بہت خراب ہے۔لوگوں کی زندگی میں تاکنے جھانکنے سے ہم باز نہیں آتے۔''

میں بولا،''شک کرنا غلط تھا لیکن شک تو سچ نکلا۔''

میرے ہم راز دوست نے کہا،''یہ سب چھوڑو۔ وہ اگر تمھیں چھوڑ کر جانا چاہے تو یوں بھی جا سکتا ہے۔لیکن اگر تم ایسی ہی حرکتیں کرتے رہے تو یقیناً وہ چلا جائے گا۔آج کی جنریشن تمھاری طرح نہیں سوچتی۔ وہ جب تمھارے ساتھ ہے تو صرف تمھارے ساتھ ہے... بس۔اس کے علاوہ کچھ اور مت سوچو۔اب تم خود اسے فون کرو۔اور ہاں، تم دونوں چار مہینے سے ایک دوسرے سے نہیں ملے ہو تو یہ غلط بات ہے۔ جب موقع ملے... جیسے موقع ملے... دونوں ساتھ میں کچھ وقت گزارو۔''

شام کے دس بج رہے تھے، اس کا فون ابھی تک نہیں آیا تھا۔ میں چھت پر بیٹھ گیا۔خود سے فون کرنے کی ہمت نہیں ہو رہی تھی، صرف فون کو تکے جارہا تھا۔اچانک گھنٹی بجی۔ دوسری طرف وہی تھا۔ میں نے 'سوری' بولا اور اس نے 'کوئی بات نہیں' کہا۔ میں رو پڑا، زور زور سے ہچکیوں میں روتا رہا۔ روتے ہوئے بس یہی بڑبڑا رہا تھا کہ آئندہ ایسا نہیں کروں گا، پلیز مجھے مت چھوڑنا۔ دوسری طرف سے وہ مسلسل مجھے چپ کرانے کی کوشش کر رہا تھا۔ ہم دونوں تقریباً ایک گھنٹہ ایک دوسرے کے ساتھ بات کرتے رہے۔ دونوں رو رہے تھے اور ایک دوسرے سے معافی مانگ رہے تھے۔آنسوؤں نے دونوں کے دلوں کی

کدورت کو صاف کر دیا تھا۔

آج اس واقعے کو ایک ماہ گزر چکے ہیں۔ ابھی ہم دونوں رِشی کیش میں ہیں۔ گنگا کنارے 'لٹل بدھا' کیفے میں ایک دوسرے کا ہاتھ تھامے بیٹھے ہیں۔ رشتے کی گرمی ایک دوسرے میں سرایت ہورہی ہے۔ ہم دونوں نے طے کیا ہے کہ کچھ بھی ہوجائے، خواہ ہم کسی بھی شہر میں ہوں، ہر ماہ ایک بار ضرور ملیں گے۔ ہمارا رشتہ مضبوط ہے۔ ہم نے اسے ان چار سالوں میں سینچا ہے... اسے سنوارا اور نکھارا ہے۔ دل کے سارے وہم سارے اندیشے گنگا میں بہے چلے جارہے ہیں۔ ہم دونوں انھیں بہتے ہوئے دیکھ رہے ہیں۔ شام ہونے والی ہے۔ روشنی کردی گئی ہے۔ کچھ لوگ گنگا آرتی میں شامل ہو رہے ہیں۔ گھنٹیاں بج اٹھی ہیں... باہر بھی اور ہمارے اندر بھی۔

پتّوں کے لوٹنے سے پہلے

خزاں کا موسم آ گیا تھا۔

اس پیڑ پر ایک بھی پتہ نہیں بچا تھا۔ باجرے کی کلغی کے ایک ایک دانے کو جس طرح توتا نکال لیتا ہے، اسی طرح خزاں نے ہر پتے کو چُگ لیا تھا۔ پیڑ کی کتھئی شاخیں بالکل برہنہ تھیں۔ شبنم کی بوندوں میں نہانے کے بعد اس کی کھردری اور پرانی چھال دھوپ میں بہت صاف نظر آتی تھی۔

لڑکا صبح چھت پر گملے میں لگے پودوں کو پانی دینے آیا۔ اس کی نگاہ پیڑ پر پڑی۔ اس نے پہلی مرتبہ پیڑ کو یوں ننگا دیکھا تھا۔ حالاں کہ خزاں کا موسم ہر سال آتا تھا اور وہ ہر سال باجرے کی کلغی کی طرح اس کا ایک ایک پتے چُگ لیا کرتا تھا، ہر سال اس کی شاخیں اسی طرح برہنہ ہو جاتی تھیں، لیکن لڑکے کی نگاہوں سے یہ منظر اب تک اوجھل رہا۔ اس سال اس کی آنکھوں کے کیمرے نے اسے قید کر لیا۔ اس نے پہلے کبھی بغیر پتوں والا ٹنڈ منڈ اتنا بڑا پیڑ نہیں دیکھا تھا۔ اس کی بھوری، کتھئی شاخیں میلوں میں آنے والے سادھوؤں کی جٹاؤں کی طرح محسوس ہوئیں۔ پودوں کو پانی دینا بھول کر وہ اُن جٹاؤں کو دیکھنے لگا۔

پیڑ کو نہارتے ہوئے، اس کی نظر شاخوں کے درمیان کی خالی جگہ پر یوں ہی چلی گئی۔ خالی جگہ سے اسے کچھ دور پر ایک آنگن کا مربع نما حصہ نظر آیا۔ اس مربع نما حصے پر

ایک اور لڑکا کھڑا تھا۔ وہ بھی حیرانی سے پیڑ کو اُدھر سے دیکھ رہا تھا۔ برہنہ شاخوں کی خالی جگہ سے وہ اُسے بھی دیکھ رہا تھا۔ دو لوگ ایک ساتھ ایک ہی وقت میں ان کنٹھئی بھوری شاخوں کو دیکھ رہے تھے جنھیں انھوں نے پہلے کبھی نہیں دیکھا تھا۔ ان شاخوں کے درمیان سے وہ ایک دوسرے کو دیکھ رہے تھے، ایک دوسرے کو انھوں نے پہلے کبھی نہیں دیکھا تھا۔

آنگن والا لڑکا رسّی پر سوکھتے کپڑے اٹھانے آیا تھا۔ کپڑے اٹھا کر وہ اندر چلا گیا۔ اس کے جانے کے بعد آنگن کی وہ مربع نما جگہ خالی ہوگئی۔ لڑکے نے اب پورے آنگن کو دیکھا۔ ایک طرف کنارے پر نیچی چھت تھی۔ اس پر دھواں نکلنے کے لیے بڑی سی چمنی بنی تھی۔ وہ ضرور باورچی خانہ ہوگا، چھت والے لڑکے نے سوچا۔ دوسری طرف اتنی ہی نیچی چھت والی کوٹھریاں بنی تھیں۔ وہ ضرور اناج اور دیگر سامان کو رکھنے کی جگہ ہوگی، ایک بار پھر چھت والے لڑکے نے خیالی گھوڑے دوڑائے۔ تیسری طرف کم اونچائی والا نلکا لگا ہوا تھا۔ اس پر کپڑے دھوئے جاتے ہوں گے۔ چوتھی طرف رسّی بندھی تھی، اس پر کچھ کپڑے اب بھی سوکھ رہے تھے۔ پیڑ کے خزاں رسیدہ پتے باورچی خانہ اور کوٹھریوں کی چھتوں پر بکھرے ہوئے تھے اور وہ بہت زیادہ تھے... اتنے زیادہ کہ انھوں نے چھت کو تقریباً ڈھانپ لیا تھا۔ اتنے زیادہ تو لڑکے نے صرف تارے دیکھے تھے۔ وہ بھی کبھی کبھی آسمان کو یوں ہی ڈھانپ لیتے تھے۔ پتے ایک دوسرے پر لدے ہوئے تھے۔ تارے ایک دوسرے کے اوپر شاید اس طرح سوار نہیں ہوتے ہوں گے، لڑکے نے سوچا۔ آنگن والے لڑکے کے جانے کے بعد آنگن کا وہ مربع نما حصہ بالکل سنسان سا محسوس ہو رہا تھا۔ چھت والے لڑکے نے آنگن والے لڑکے کی صرف ایک جھلک دیکھی تھی۔ وہ اپنی جگہ پر کھڑا یہی سوچ رہا تھا کہ پودے کو پانی دینے سے قبل ایک بار پھر وہ آجائے تو اسے ٹھیک سے دیکھ لے گا۔ اور یہی ہوا۔

آنگن والا لڑکا دوبارہ آنگن میں آیا اور اسی جگہ کھڑے ہو کر گیلے کپڑے رسیوں پر سکھانے لگا اور ایسا کرتے ہوئے وہ چھت والے لڑکے کو دیکھ رہا تھا۔ اس بار چھت والے لڑکے نے اسے ٹھیک سے دیکھا۔ وہ تقریباً اسی کی عمر کا تھا، چوڑے سرین والا... اس کی

رنگت اگرچہ بادلوں سی سانولی تھی لیکن اس کے چہرے پر غضب کی چکناہٹ تھی جس سے چھت والے لڑکے کی نظریں بار بار پھسل جاتی تھیں۔ آنگن والے لڑکے کے جسم کا اوپری حصہ برہنہ تھا۔ اس کے جسم پر بال تو درکنار، روئیں بھی ناپید تھے۔ چھاتیاں دو حصوں میں منقسم تھیں اور قدرے اُبھری ہوئی تھیں۔ اس نے نیچے تولیہ باندھ رکھا تھا، شاید وہ کچھ دیر پہلے نہا کر فارغ ہوا تھا۔ تولیہ کمر سے کچھ زیادہ ہی نیچے تھا جس سے اس کی ریڑھ کا آخری سرا نظر آ رہا تھا اور جو اس کے کولھوں کے بھاری پن کو ڈھانپنے سے قاصر نظر آ رہا تھا۔

جب تک آنگن والا لڑکا کپڑے سکھاتا رہا، شاخوں کے درمیان سے چھت والے لڑکے کو دیکھتا رہا۔ چھت والا لڑکا بھی شاخوں کے درمیان سے اسے دیکھ رہا تھا۔ شاید اس نے پہلے کبھی کپڑے سکھاتے ہوئے کوئی لڑکا نہیں دیکھا تھا۔ اسے لگا کہ آنگن والا لڑکا کپڑے سکھانے میں خواہ مخواہ کی دیری کر رہا ہے جب کہ وہ اس کام سے جلدی بھی فارغ ہوسکتا تھا۔ بالآخر آنگن والے لڑکے نے تمام کپڑے رسیوں پر سوکھنے کے لیے پھیلا دیے۔ اچانک پیڑ سے باورچی خانے کی چھت پر دھم سے ایک بندر کودا۔ آنگن والے لڑکے نے پتہ نہیں کیا سمجھا، وہ جلدی سے اندر چلا گیا۔ چھت والے لڑکے نے بندر کو دل ہی دل میں ایک عدد گالی سے نوازا، پھر پودے کے گملوں میں پانی چھڑکنے لگا۔

لڑکا شاید دسویں گملے میں پانی ڈال رہا تھا کہ اس نے 'ہٹ... ہٹ' کی آواز سنی۔ اس نے پلٹ کر دیکھا۔ آنگن والا لڑکا ایک چھوٹی سی لکڑی سے بندر کو بھگانے کی کوشش کر رہا تھا۔ لیکن وہ قدرے ڈرا ہوا بھی لگ رہا تھا کہ کہیں بندر اسی پر جست نہ لگا دے۔ لکڑی چھوٹی اور پتلی تھی، جب کہ بندر فربہ اور ضدی تھا۔ بندر پر اس کی 'ہٹ... ہٹ' کا کوئی اثر نہیں ہوا۔ اسے سوکھے پتوں کے درمیان ایک روٹی مل گئی تھی۔ اس نے روٹی کو منھ میں دبا کر لکڑی ہلاتے لڑکے کو ایک گھڑکی دی۔ لڑکا پھر اندر بھاگ گیا۔ بندر ہنستا ہوا روٹی چبانے لگا۔ چھت والا لڑکا بھی ہنستے ہوئے پودوں میں پانی دینے لگا۔

جب تک وہاں بندر بیٹھا تھا، آنگن والے لڑکے کے آنے کی امید نہ تھی۔ آخری گملے میں پانی دینے کے بعد چھت والے لڑکے کے پاس ضائع کرنے کے لیے وقت تھا،

اس وقت کا استعمال کرتے ہوئے اس نے منڈیر پر اپنی کہنیاں ٹکائیں اور پیڑ کے اطراف دیکھنے لگا۔ پیڑ بہت اونچا تھا۔ اس کے نیچے کئی چھوٹے چھوٹے گھروں کی چھتیں تھیں۔ ان گھروں کے باہر بڑی بڑی کھلی جگہیں تھیں۔ اس میں لکڑیوں کی ایک 'ٹال' بھی شامل تھی۔ گھروں کی چھتوں پر پیڑ کے زرد پتے بکھرے ہوئے تھے۔ پیڑ کہاں سے نکلا تھا، یہ لڑکے کی چھت سے سمجھ میں نہیں آتا تھا۔ لڑکے کی چھت سے لکڑی کے ٹال کا کھلا میدان نظر آرہا تھا۔ اس کے ایک کنارے پر کٹی ہوئی لکڑیوں کے چھوٹے چھوٹے ڈھیر لگے تھے۔ ایک طرف پیڑوں کی پتلی بکھری ہوئی ٹہنیاں پڑی تھیں۔ ان کے پاس لکڑیوں کو تولنے کے لیے ایک بڑا سا ترازو لٹک رہا تھا۔ اس کے پیچھے چھوٹی سی کوٹھری بنی تھی۔ اس پیڑ کی شاخیں لکڑی کے ٹال کے کچھ حصے تک پھیلی ہوئی تھیں۔ آنگن انھیں کے پیچھے تھا۔ پیڑ کی دوسری طرف ایک دیوار کے پیچھے چھوٹی سی کھلی جگہ نظر آرہی تھی۔ وہاں ایک گائے بندھی ہوئی تھی۔ اس کے سامنے کھانے کے لیے مٹی کا ایک بڑا ناند رکھا ہوا تھا جس میں گائے منھ مار رہی تھی، اس کا بچھڑا اس کے ساتھ چپکا ہوا کھڑا تھا۔ ایک آدمی چارخانے والی لنگی پہنے گائے کا دودھ نکالنے کی تیاری کر رہا تھا۔ وہیں سے اٹھتا ہوا سیاہ دھواں پیڑ تک آرہا تھا۔

بندر اب بھی روٹی کھا رہا تھا۔ آنگن اب بھی خالی تھا۔ لڑکے نے چھت سے نظریں گھما کر آنگن کی طرف دیکھا۔ باورچی خانہ کی چھت پر دو بندر اور آگئے تھے اور وہ پتوں میں روٹی تلاش کرتے ہوئے آنگن کی طرف بڑھ رہے تھے۔ آنگن والے لڑکے کی آنگن میں آنے کی امید ختم ہو چکی تھی۔ چھت والا لڑکا اُداس ہو گیا، وہ چھت سے نیچے اتر گیا۔

دوپہر میں لڑکا پھر چھت پر آیا۔ وہ پہلے کبھی دوپہر میں چھت پر نہیں آیا تھا۔ اسے چھت پر جاتا دیکھ کر ماں نے ٹوکا۔

''صبح پودوں کو پانی کم دیا تھا۔'' لڑکے کے پاس جواب تیار تھا۔

''دھوپ میں پانی دینے سے پودے جل جاتے ہیں۔'' ماں نے کہا۔

لڑکے نے ماں کی بات نہ مانی۔ وہ چھت پر آگیا۔ اس نے آنگن کی طرف دیکھا۔ آنگن خالی تھا۔ کچھ دیر دھوپ میں کھڑا وہ آنگن دیکھتا رہا۔ اچانک اس کی نظر آنگن

والے لڑکے پر پڑی جو سر جھکائے باورچی خانے سے نکلا اور آنگن سے ہوتا ہوا دوسری طرف چلا گیا۔ اس کے ہاتھ میں ٹرے تھی، اور ٹرے پر کھانے کے برتن رکھے تھے۔ شاید وہ اس گھر کا ملازم تھا۔ کچھ لمحوں بعد وہ باورچی خانے لوٹا، اس کے ہاتھ اب خالی تھے۔ اسے پتہ نہیں تھا کہ لڑکا چھت پر ہے۔ چھت والے لڑکے کی پرچھائیں اتنی بڑی نہیں تھی کہ اس کے آنگن تک پہنچ جاتیں، نہ چھت والے لڑکے کی مہک اتنی تیز تھی کہ آنگن والا لڑکا اسے سونگھ لیتا، اور نہ چھت والے لڑکے کی دھڑکنیں اتنی تیز تھیں کہ آنگن والا لڑکا انھیں سن لیتا۔ وہ پہلے کی طرح سر جھکائے پھر باورچی خانے سے نکلا۔ اس بار اس کے ہاتھ میں پلیٹ تھی۔ پلیٹ پر روٹی رکھی تھی۔ وہ آنگن کی دوسری طرف گیا، پھر لوٹا۔ اب اس کی پلیٹ خالی تھی۔ چھت والا لڑکا سمجھ گیا کہ باورچی خانے میں کوئی روٹی سینک رہا ہے اور وہ لڑکا آنگن کی دوسری طرف کسی کو کھانا کھلا رہا ہے۔

چھت والا لڑکا منڈیر پر کہنیاں ٹکائے کھڑا ہو گیا۔ آنگن والے لڑکے نے تین چکر لگائے۔ آخری چکر میں وہ ٹرے پر سارے برتن لے کر واپس لوٹا۔ ٹرے باورچی خانے میں رکھ کر لوٹا۔ آنگن میں لگے نلکے پر اس نے ہاتھ دھوئے۔ پاؤں بھی دھوئے۔ اس کی پشت چھت والے لڑکے کی طرف تھی۔ ہاتھ پاؤں دھونے کے لیے وہ نلکے پر جھکا ہوا تھا جس سے اس کا ٹی شرٹ تھوڑا سا اوپر اٹھ گیا تھا۔ پاجامہ کا تھوڑا سا حصہ اس کے سرین کی دونوں نرم گولائیوں کے بیچ دفن تھا۔ چھت کے فرش پر لڑکے کے تلوے جلنے لگے۔ شاید دھوپ بہت تیز ہو گئی تھی۔ آنگن والا لڑکا اندر جا چکا تھا۔ ماں نے نیچے سے آواز لگائی، اسے پودوں کو جلانے کے لیے تھوڑا سا کوسا۔ اس کی بددعاؤں سے ڈر کر چھت والا لڑکا نیچے اتر گیا۔

شام کو لڑکا پھر چھت پر آیا۔ آنگن خالی تھا۔ اس نے دیر تک آسمان پر تیرتی پتنگیں دیکھیں، کھیتوں سے لوٹتے توتے دیکھے، چمنیوں سے نکلتا دھواں دیکھا، چرچ کے مینار کے گلے میں پینڈنٹ سا لٹکتا زرد چاند دیکھا، گھروں میں جلتے ہوئے چولھوں کے شعلے دیکھے، ان پر جلتی ہوئی روٹیاں دیکھیں، خوب سارے تارے دیکھے اور پھر وہ نیچے آ گیا۔

صبح کے انتظار میں لڑکا ٹھیک سے سو نہیں پایا۔ جنازے میں گیس بتی کرائے پر

دینے والے چاچا کے مرغ کی اذان سے وہ اٹھ گیا۔ کھڑکی کا پردہ ہٹا کر دیکھا۔ ابھی اندھیرا تھا۔ اس نے گھڑی دیکھی۔ صبح کے پونے تین بجے تھے۔ اس نے سنا تھا کہ مرغ صبح ہونے پر ہی بانگ دیتا ہے لیکن اس مرغ نے اس اصول کو توڑ دیا تھا۔ گیس بتی کرائے پر دینے والا چاچا بے ایمان تھا۔ اسے موت میت پر گیس بتی مفت دینے کے لیے کہا گیا تھا لیکن وہ اس کے کرائے وصولتا تھا۔ مرغ اس کا اپنا تھا، شاید اس کی صحبت میں وہ بھی بے ایمان ہو گیا تھا۔ لڑکے نے مرغ کو ایک گالی دی۔ اس نے طے کرلیا کہ اب مرغ کی بانگ سے وہ کبھی بیدار نہیں ہوگا اور آئندہ کارخانوں کے بھونپو، کوتوالی کے گھنٹے، اذان یا چڑیوں کی آواز سن کر اٹھے گا، کیوں کہ وہ بے ایمان نہیں ہوتے۔

اس صبح سب سے پہلے چڑیا بولی۔ وہ اٹھ گیا۔ کھڑکی کا پردہ ہٹا کر اس نے دیکھا۔ تھوڑی روشنی ہوگئی تھی۔ وہ چھت پر آ گیا۔ اس نے آنگن کی طرف دیکھا۔ آنگن میں لڑکا ٹہل رہا تھا۔ صبح کی تازی ہوا کو اپنے پھیپھڑوں میں بھر رہا تھا۔ ہلکی ورزش بھی کر رہا تھا۔ تیسرے راؤنڈ میں اس نے چھت کی طرف دیکھا۔ چھت پر کھڑے لڑکے کو دیکھ کر اپنی جگہ پر تھوڑا سا ٹھٹکا۔ رسّی کی طرف آیا۔ اس نے رسّی پر سوکھتے کپڑوں کو ٹھیک کیا۔ کپڑوں کو ٹھیک کرنے تک وہ چھت والے لڑکے کو دیکھتا رہا۔ چھت پر کھڑا لڑکا بھی اب اسے نظر بھر کر دیکھ سکتا تھا۔ یہ پتہ نہیں چل پا رہا تھا کہ آنگن والا لڑکا چھت والے لڑکے کو دیکھ رہا تھا یا وہ اسے خود کو دیکھنے کا موقع دے رہا تھا۔ لڑکا آنگن میں چکر لگانے لگا۔ کبھی ہاتھ اوپر اٹھاتا، کبھی اپنے کندھے گھماتا۔ وہ شاید ورزش کرنے کا بہانہ کر رہا تھا۔

آنگن کے ایک طرف سے دوسری طرف گھوم کر وہ اپنا ایک چکر مکمل کر رہا تھا۔ ایک چکر میں وہ اتنی ہی دیر تک نظر آتا جتنی دیر وہ کھلے ہوئے حصے سے گزرتا۔ باقی وقت دیوار یا کوٹھریوں کی آڑ میں چلا جاتا۔ چھت والے لڑکے نے گنتی گن کر دیکھا کہ اس کا ایک چکر تین منٹ کا ہے۔ ہر تین منٹ کے بعد آنگن والا لڑکا کھلی جگہ سے گزر رہا تھا۔ کھلی جگہ سے گزرتے ہوئے وہ ایک بار چھت کی طرف نظر مار لیتا تھا۔ ہر تین منٹ کے بعد آنگن والا لڑکا چھت والے لڑکے کو دیکھ رہا تھا۔

چھت والے لڑکے نے آنگن والے لڑکے کو چھ بار دیکھا۔ پہلے چکر میں اس نے دیکھا کہ آنگن والا لڑکا کمر پر تولیہ باندھے ہوئے تھا۔ دوسری بار اس نے دیکھا کہ کمر کے نیچے تولیہ باندھنے کے باوجود اس کے سرین کی گولائیاں نظر نہیں آ رہی تھیں۔ تیسری بار اس نے دیکھا کہ کل کی طرح اس کے جسم کا اوپری حصہ برہنہ نہیں تھا بلکہ اس نے ایک سرخ رنگ کا ٹی شرٹ پہنے ہوئے تھا۔ چوتھی بار اس نے دیکھا کہ کل کی طرح اس کی آنکھوں میں اجنبیت نہیں تھی۔ پانچویں بار اس نے دیکھا کہ وہ تیز چلتے ہوئے کسی شہزادے کی طرح تھوڑا سا ایک طرف جھک جاتا تھا، گویا وہ اس گھر کا ملازم نہیں تھا۔ چھٹی بار وہ لڑکا کھلے ہوئے حصے میں رُک گیا۔ وہ پھر رسّی کے پاس آیا۔ اس نے رسّی سے کپڑے اُتارے اور انھیں لے کر اندر چلا گیا۔ چھت والا لڑکا پودوں کو پانی دینے لگا۔

سولھویں پودے میں پانی دیتے وقت اسے آواز سنائی دی۔ اس نے پلٹ کر دیکھا۔ آنگن والا لڑکا گیلے کپڑوں کی ایک نئی کھیپ سکھانے لایا تھا۔ یہ آواز بالٹی رکھنے اور کپڑوں کو زور سے پھٹکارنے کی تھی۔ چھت والے لڑکے نے پودوں کو پانی دینا چھوڑ دیا۔ وہ پھر منڈیر پر کہنی ٹکا کر کھڑا ہو گیا۔

اب دونوں ایک دوسرے کو دیکھ رہے تھے۔ رسّی کی طرف منھ کر کے لڑکا دھیرے دھیرے کپڑے پھٹکارتا اور پھر انھیں رسّی پر پھیلا دیتا۔ چھت والے لڑکے نے کپڑوں کو دیکھا۔ کپڑوں میں اس نے آنگن والے لڑکے کی کل والی سرخ ٹی شرٹ کو پہچان لیا۔ کپڑے سکھاتے لڑکے کے پیچھے ایک عورت نلکے کی طرف آئی، اس نے ہاتھ دھوئے، پھر اندر چلی گئی۔ لڑکا تمام کپڑے رسّی پر پھیلا چکا تھا۔ وہ بالٹی لے کر اندر جانے لگا۔ آنگن میں ایک آدمی آیا۔ اس کے ساتھ وہی عورت تھی۔ باورچی خانے کی طرف اشارہ کر کے انھوں نے لڑکے سے کچھ کہا، پھر اندر چلے گئے۔ آنگن والا لڑکا بالٹی رکھ کر باورچی خانہ چلا گیا۔ کچھ دیر بعد وہ لوٹا۔ اس نے بالٹی اٹھالی۔ ایک بار محتاط انداز میں اِدھر اُدھر دیکھا، پھر چھت والے لڑکے کی طرف پلٹا۔ یوں ہی ایک ہاتھ اٹھایا اور اسے ہلکے سے لہرا کر چلا گیا۔ اس نے بتا دیا تھا کہ وہ اب نہیں آئے گا۔ چھت والا لڑکا اداس ہو گیا، اتنا اداس کہ اس نے

بقیہ پودوں کو پیاسا ہی چھوڑ دیا اور نیچے اتر گیا۔

ماں کی گالیاں سننے کے باوجود وہ دوپہر کو پھر چھت پر آیا۔ آنگن والا لڑکا اسی طرح سر جھکائے روٹیاں لے کر آتا جاتا رہا۔ اسے شاید یہ پتہ نہیں تھا کہ دوسرا لڑکا دوپہر میں بھی چھت پر آتا ہے۔ چھت والا لڑکا دوبار کھانسا، ایک بار منڈیر سے فرش پر دھم سے کودا بھی، لیکن آنگن والے لڑکے نے نہیں سنا۔ چھت والے لڑکے کو غصہ آ گیا۔ غصے میں وہ شام کو چھت پر نہیں آیا۔ اس شام وہ ندی کنارے ریت پر پیٹ کے بل لیٹا ہوا ریت پر کپڑے سکھاتے، روٹیاں لے جاتے، پاؤں دھوتے اور بندر سے ڈرتے ہوئے لڑکے کی تصویریں بناتا رہا۔

اگلی صبح لڑکا مرغ کی آواز پر بیدار نہیں ہوا۔ چڑیوں کی آواز پر بھی نہیں جاگا۔ کوتوالی کے گھنٹے بجنے پر ہی آنکھیں کھولیں۔ وہ چھت پر لپکتا ہوا آیا۔ آنگن والا لڑکا اپنے معمول کی ڈیوٹی انجام دے رہا تھا۔ اسی طرح وہ آدمی اور وہی عورت آئی۔ لڑکا باورچی خانے میں گیا اور جاتے ہوئے ہوا میں ہاتھ ہلایا۔ چھت والے لڑکے کی ہمت بڑھ چکی تھی۔ اس نے ہاتھ اٹھا کر آنگن والے لڑکے سے رکنے کو کہا۔ لڑکا رک گیا۔ رسّی کے پاس آکر کھڑا ہو گیا، پھر نلکے پر منھ، ہاتھ، پاؤں دھوتا رہا، اور خوفزدہ نظروں سے کبھی کمرے تو کبھی باورچی خانے کی طرف دیکھتا رہا۔ یوں ہی بے مطلب کھڑے رہنا اسے خوف زدہ کر رہا تھا۔ کچھ دیر بعد اس نے چھت والے لڑکے کو دیکھے بغیر ہاتھ ہلایا اور اندر چلا گیا۔ اسے شاید ڈر تھا کہ چھت والا لڑکا اسے پھر روکنے کی کوشش کرے گا اور وہ پھر رک جائے گا۔ چھت والا لڑکا اس کے بارے میں جاننا چاہتا تھا۔ اس سے کہنا چاہتا تھا کہ وہ ہمیشہ آنگن میں ہی رہے۔ اسے کوئی خفیہ اشارہ بتانا چاہتا تھا جسے سن کر وہ جب اسے بلائے، لڑکا آنگن میں چلا آئے۔ اس نے کچھ خفیہ اشارے سوچ بھی رکھے تھے۔ اس نے سوچا تھا کہ اس موسم میں وہ کوئل کی آواز نکالے گا یا پھر سورج کے رتھ کو کھینچنے والے سنہرے ایال والے گھوڑوں کی ٹاپوں کی آواز یا پھر اس بلبل کی آواز جس کی گردن کا رنگ سرخ ہو چکا ہو۔ اس نے بند کمرے میں ان آوازوں کی مشق بھی کی تھی۔ ان آوازوں کو سن کر اس کی ماں کمرے کے آس پاس حیرانی

سے بلبل اور گھوڑوں کو تلاش کر رہی تھی۔ لڑکے نے جب ماں کو اس طرح انھیں تلاش کرتے دیکھا تو اسے یہ ترکیب کارگر ہوتی نظر نہیں آئی، کیوں کہ آنگن والا لڑکا بھی جب یہ آواز سنے گا تو بلبل یا گھوڑے کی آواز ہی سمجھے گا۔ یہ آوازیں جو اسے بلانے کے لیے وہ نکال رہا ہے، اسے پتہ بھی نہیں چلے گا۔ لڑکے نے کچھ اور ترکیبیں بھی سوچیں۔ مثلاً، وہ کسی کا پالا ہوا کبوتر اُدھار مانگ لے جو اس کا خط لے جا سکے یا اس کی اناج رکھنے والی کوٹھری کی دیوار پر انگلیوں کی پرچھائیوں سے جانوروں کی شکلیں بنا کر اسے آنگن میں آنے کا اشارہ کرے یا اس کے آنگن تک کاغذ کا جہاز اڑا سکے۔

دوپہر میں لڑکا ایک بار پھر اسی طرح چھت پر آیا۔ آنگن والے لڑکے نے اسی طرح سر جھکائے کسی کو کمرے میں کھانا کھلایا۔ شام کو لڑکا پھر چھت پر آیا۔ آنگن خالی تھا۔

دس دن گزر گئے۔ گیارہویں دن صبح لڑکے نے شاخوں پر کچھ نئے پتے دیکھے۔ اس نے انھیں گنا۔ اسّی تھے۔ یہ پتے نوزائیدہ بچے کی طرح چمک دار تھے، ملائم تھے، پاکیزہ تھے اور اُمیدوں سے بھرے ہوئے تھے۔ ہوا میں جھولتے تو ان پر ٹھہری چمک بوندوں کی طرح نیچے ٹپکتی۔ وہ بڑے اور چوڑے تھے۔ ان کی نسیں اُٹھی ہوئیں اور رَس سے بھری تھیں۔ ان اسّی پتوں نے ہی آنگن والے لڑکے کے باورچی خانے کے ایک حصے کو ڈھانپ لیا تھا۔ ابھی انھیں بے شمار ہونا تھا، اتنا کہ ہوا بھی ان کے درمیان سے پار نہ ہو سکتی تھی، کسی کی نظر کا ان سے گزرنا تو بہت مشکل تھا۔

لڑکے نے چاروں طرف نظریں گھما کر دوسرے پیڑوں کو دیکھا۔ وہ سب نئے پتوں سے بھر چکے تھے۔ ان کے سبز رنگ الگ الگ تھے۔ ان کی بناوٹیں بھی الگ تھیں۔ چمک الگ تھی۔ خزاں میں سوکھے اور کانپتے ہوئے مریل پیڑ اب کسے ہوئے بدن کے ساتھ آسمان کی طرف دیکھ رہے تھے۔ یہی ایک پیڑ باقی تھا جس کی شاخیں اب تک برہنہ تھیں۔ یہ سب سے الگ بھی تھا۔ اس پر کتھئی رنگ کے بڑے پھول لگتے تھے۔ بعد میں ان سے کپاس کے ریشے اُڑ کر چاروں طرف پھیل جاتے تھے۔ اسی پیڑ پر بیٹھ کر کوئل کوکتی تھی۔ اسی پیڑ پر جب چاند ٹھہرتا تو نیچے چاندنی کا نگر آباد نظر آتا تھا۔ یہ سب شروع ہونے والا تھا۔ دو یا

تین دن میں ان شاخوں کو پتوں سے بھر جانا تھا۔ لڑکے نے چھت سے آنگن والے گھر کا راستہ پہچاننے کی کوشش کی۔ آنگن کے چاروں طرف نیچی چھتوں والے چھوٹے چھوٹے گھر بنے ہوئے تھے۔ ان گھروں کے درمیان وہ گھر کہاں ہے، سمجھ میں نہیں آتا تھا۔

اس کی گلی، دروازہ کہاں ہے، نظر نہیں آ رہا تھا۔ شاخوں کے پتوں سے بھر جانے کے بعد آنگن نظر آنا بھی بند ہو جائے گا۔ لڑکا بھی نظر نہیں آئے گا۔ یہ سوچ کر چھت والا لڑکا گھبرا گیا۔ منڈیر سے اپنی کہنیاں ٹکا کر اس نے ایک بار پھر پیڑ کو دیکھا۔ لکڑی کی ٹال کو دیکھا جس کے اوپر اس کی شاخیں تھیں۔ بندھی ہوئی گائے والے حصے کو دیکھا جہاں اس کی ٹہنیاں گئی تھیں۔ کچھ دیر تک اسی طرح سب طرف گھورنے کے بعد وہ نیچے اُتر آیا۔

صبح آنگن والے لڑکے کو نہارنے کے بعد چھت والا لڑکا گھر سے نکلنے لگا۔ ماں نے اسے بغیر کھائے پیے گھر سے نکلنے پر ٹوکا، ''خالی پیٹ میں آگ لگے گی۔''

لڑکا جھنجھلا گیا، ''آگ لگنے کے لیے آکسیجن کی ضرورت ہوتی ہے۔ پیٹ کے اندر آکسیجن نہیں ہوتی۔''

ماں حیرانی سے اسے دیکھتی رہ گئی۔ شاید وہ پیٹ کی آگ کے بارے میں کچھ اور بولنا چاہتی تھی لیکن اس سے پہلے ہی لڑکا باہر نکل گیا۔

لکڑی کی ٹال ایک چھوٹے سے کھلے میدان میں تھی۔ یہاں کسی زمانے میں حویلیوں کی ضرورت کی سبزیاں وغیرہ بوئی جاتی ہوں گی یا جانور باندھے جاتے ہوں گے یا ان حویلیوں میں کام کرنے والے جھونپڑیوں میں رہتے ہوں گے۔ اب وہ میدان چھوٹی چھوٹی کوٹھریوں سے بھر گیا تھا۔ ان کوٹھریوں میں لوگ رہتے تھے۔ ان کوٹھریوں کی چھتوں پر پیڑ کے سوکھے پتے برستے رہتے تھے۔ کبھی کوئی پرانا سائیکل کا ٹائر، ٹوٹا پنجرہ، پھٹا ہوا جوتا بھی پڑا رہتا تھا۔ لڑکے نے اپنی چھت سے یہ نظارہ دیکھا تھا۔ کوٹھریوں کی چھتیں آپس میں ملی ہوئی تھیں۔ یہ گلہریوں اور بندروں کے دوڑنے، سونے اور کھیلنے کے کام آتی تھیں۔ یہی چھت آنگن والے لڑکے کے باورچی خانے اور اناج کے کمرے تک چلی گئی تھی۔

گلیوں میں راستہ پوچھتا ہوا لڑکا ٹال تک آ گیا۔ کئی طرح کی لکڑیوں کے کئی ڈھیر

لگے ہوئے تھے۔ کچھ ڈھیر بہت اونچے تھے، کچھ چھوٹے تھے۔ کچھ سوکھی ٹہنیوں کے تھے۔ لکڑیاں تولنے کے لیے ترازو وہاں نصب تھا۔ اس کے پلڑے موٹی لکڑیوں سے بنے ہوئے تھے۔ دکان کے سامنے کے تخت پر تین آدمی بیٹھے تھے۔ وہ دکان دار کا انتظار کر رہے تھے۔ لڑکا ان کے پاس کھڑا ہو گیا۔ ان کی باتوں سے لڑکے کو علم ہوا کہ ان میں سے ایک چِتا کی لکڑیاں بیچنے والا شمشان کا دکان دار تھا، دوسرا 'ہون' کے لیے لکڑیاں بیچتا تھا، تیسرا گلی ڈنڈا بنانے کے لیے لکڑیاں خریدنے آیا تھا۔ وہ لکڑیوں کے ڈھیر کی طرف اشارہ کر کے زور زور سے بول رہے تھے۔ ایک کوٹھری سے کھانستا ہوا دکاندار باہر آیا۔ وہ دبلا پتلا سا شخص تھا۔ اس کی عمر یہی کوئی ساٹھ کے آس پاس ہوگی۔ چھوٹی سی سفید داڑھی تھی۔ رنگ صاف تھا۔ کندھے پر بڑا سا تولیہ پڑا ہوا تھا۔ اس کے پیچھے لکڑیاں تولنے والا چھوٹا لڑکا بھی تھا۔ وہ تینوں اس کے پرانے گاہک تھے۔ چھوٹا لڑکا بھی انھیں پہچانتا تھا۔ وہ بغیر پوچھے ڈھیر سے لکڑیاں اٹھا کر ترازو کے پلڑے پر ڈالنے لگا۔

لڑکا ان سے تھوڑی دور پر کھڑا تھا۔ وہ سوچ رہا تھا کہ یہ تینوں چلے جائیں تو اکیلے میں دکان دار سے بات کرے گا۔

دکان دار نے ایک بار اس پر اچٹتی نگاہ ڈالی۔ وہ سمجھ نہیں پایا کہ لڑکا اس کا گاہک ہے یا کسی سے ملنے آیا ہے۔ ان تینوں سے باتیں کرتے ہوئے وہ بیچ بیچ میں ترازو کی لکڑیاں بھی دیکھ رہا تھا۔ لڑکے تک لکڑیوں کی بُو آ رہی تھی، جیسے وہ سانس چھوڑ رہی ہوں، بالکل ویسے ہی جیسے بکرا منڈی میں کٹنے کے لیے جاتے ہوئے بکرے سانسیں چھوڑتے ہیں۔

لڑکے نے سر اٹھا کر دیکھا۔ پیڑ کی شاخیں نظر آ رہی تھیں۔ لکڑیاں تولنے کے بعد، باہر کھڑے رکشوں پر لکڑیاں لاد کر وہ تینوں چلے گئے۔ دکان دار نے ایک بار پھر لڑکے کو دیکھا اور تخت پر بیٹھ کر حساب کتاب کرنے میں مصروف ہو گیا۔

اب لڑکا آگے بڑھا۔ دکان دار کے کاغذ پر اس کا سایہ پڑا۔ اس نے سر اٹھایا۔

''کیا اس پیڑ کی لکڑیاں ملیں گی؟'' لڑکے نے انگلی اٹھا کر پیڑ کی طرف اشارہ کیا۔ اس نے ٹہنی کو لکڑی کہا تھا کیوں کہ اسے ڈر تھا کہ 'ٹہنی' بولنے پر دکان دار کہیں یہ نہ کہہ

دے کہ وہ لکڑیاں بیچتا ہے، ٹہنیاں نہیں۔ دکان دار نے سر اٹھا کر پیڑ کو دیکھا۔ وہ جب پیدا ہوا تھا، تب سے اس پیڑ کو دیکھ رہا تھا۔

''وہ کسی کام نہیں آتیں،'' اس نے لڑکے کو دیکھا ''اور بہت طرح کی لکڑیاں یہاں ہیں، وہ لے لو۔''

''نہیں۔ یہی چاہیے۔''

''کیوں؟''

''وید جی نے اسی پیڑ کے لیے کہا ہے۔ پتے آنے سے پہلے اس کی پتلی ٹہنیوں کو گھس کر لیپ بنانا ہے۔ ابھی پتے نہیں آئے ہیں، ان کی چھال بالکل سوکھی ہے۔ یہی سب سے زیادہ فائدہ کرتی ہیں۔ پیڑ کے اس طرف پتے آنے لگے ہیں۔ میں نے خود گنے ہیں، اسّی ہیں۔''

''تم نے پتے گنے؟'' دکان دار نے حیرت سے لڑکے کو دیکھا۔ اس نے اثبات میں سر ہلا دیا۔

''میں نے تارے گنے تھے۔''

''کتنے تھے؟''

''پتہ نہیں۔''

''کیا وہ ایک دوسرے پر لدے ہوئے تھے؟''

''کیا تارے ایسا کرتے ہیں؟''

''پتے تو کرتے ہیں۔''

''نہیں... لدے ہوئے نہیں تھے۔''

دکاندار نے سر ہلایا۔ وہ چپ ہو گیا۔ کچھ دیر دونوں چپ رہے۔

''کیا آپ پیڑ کے اِدھر کے حصے کی ٹہنیاں کٹوا کر دے سکتے ہیں؟'' لڑکے نے اس بات لکڑیوں کی جگہ ٹہنیوں کا استعمال کیا۔

''نہیں... وہاں پہنچنے کا کوئی راستہ نہیں ہے۔ ویسے بھی میں اسے نہیں چھوؤں گا۔

یہ پیڑ وکیل کے گھر سے نکلا ہے۔اس کی جڑیں وہیں ہیں۔اسی کا پیڑ ہے۔وہیں سے اس کی ڈالیوں پر چڑھا بھی جا سکتا ہے۔تمھیں اگر اس کی ٹہنیاں چاہئیں تو اس کے پاس جاؤ۔اس کی مرضی ہوئی تو تمھیں اس کے تنے پر چڑھ کر یہاں تک آنے دے گا۔البتہ اگر دو چار ٹہنیوں سے تمھارا کام چل جائے گا تو اکثر یہاں گر جاتی ہیں۔کبھی پتنگ کی ڈور سے، کبھی بندروں کے کودنے سے۔"

"نہیں۔ مجھے بہت چاہئیں۔جتنی اِدھر ہیں وہ سب چاہئیں۔سال بھر کی دوا بنانی ہے۔خزاں سال بھر میں ایک ہی بار آتا ہے۔سوکھی ٹہنیاں اسی موسم میں ملتی ہیں۔وید جی کے پاس اور بھی مریض آتے ہیں،ان کے بھی کام آ جائیں گی۔"

"کسے چاہیے؟" دکان دار نے جیب سے پیتل کی تمباکو کی ڈبیا نکالی۔تمباکو اور چونا ہتھیلی پر رکھ کر گھسنے لگا۔

"کیا؟"

"دوا... کیا تمھیں بیماری ہے؟"

"نہیں..." لڑکا ہڑبڑا گیا، "بھائی کو۔"

"کیا؟"

"وید جی جانتے ہیں۔"

"تم نہیں جانتے؟"

"انھوں نے نہیں بتایا۔"

دکان دار کچھ لمحے تک لڑکے کو دیکھتا رہا، پھر پتلیوں کو آنکھوں کے کونے پر ٹکا کر پوچھا، "کہاں لگے گی؟"

"کیا؟"

"دوا۔"

لڑکے نے دکان دار کو دیکھا۔اس کی آنکھیں تھوڑی سکڑ گئی تھیں۔مزید سکڑتیں تو شاید بند ہو جاتیں۔ہونٹ تھوڑا سا پھیل گئے تھے،تھوڑا سا اور پھیلتے تو ہنسی بن جاتی۔اس

نے ان پھیلے ہونٹوں کے درمیان تمبا کو دبایا۔

''دیکھنا، اگر تمھارے بھائی کو فائدہ ہو تو مجھے بھی بتانا۔ مجھے بھی تکلیف رہتی ہے۔ اکثر بعد میں سوجن بھی آ جاتی ہے۔''

دکان دار کی باتوں سے لڑکا متذبذب ہو گیا۔ ''وکیل کے گھر کا راستہ کہاں سے ہے؟''

''یہاں سے باہر نکل کر دائیں گھوم جانا۔ کالے بچھو کا تیل بیچنے والے بورڈ کی دکان پر رُک جانا۔ وہاں سے ملحق گلی میں چلے جانا۔ تھوڑی دور جانے پر ایک ٹوٹا ہوا فوارہ نظر آئے گا۔ اس کے پیچھے چھوٹا مندر ہے۔ سامنے اس کا گھر ہے۔ فوارے سے تمھیں پیڑ کا موٹا تنا نظر آئے گا۔ وہ ہمیشہ نم رہتا ہے، جیسے مست ہاتھی کے ماتھے سے پسینہ رِستا ہے۔ جو پیڑ سینکڑوں سال پرانے ہو جاتے ہیں، ان کے تنوں سے ہمیشہ آنسو بہتے ہیں، جیسے اندر کی روح آزادی چاہتی ہے۔ تمھیں فوارے سے اس کے آنسو نظر آئیں گے۔ شاید وید جی نے اسی لیے اس پیڑ کی ٹہنیاں مانگی ہیں۔ انھوں نے اس کا تنا دیکھا ہوگا۔ یہ آنسو امرت کی بوندوں میں بدل جاتے ہیں۔ ایسا پرانی کتابوں میں لکھا ہے۔ پرانے لکڑ ہارے اسے جانتے ہیں۔'' دکان دار خاموش ہو گیا۔ لڑکے نے سر ہلایا اور ٹال سے باہر آ گیا۔

ٹال سے بچھو کے تیل کی دکان تک ایک پتلی گلی جاتی تھی۔ لڑکا اس گلی میں گھس گیا۔ وہ بہت تنگ تھی۔ اس میں دھوپ نہیں آتی تھی۔ گلی میں مکانوں کے چھجے ملے ہوئے تھے۔ ان پر رنگین کپڑے لٹک رہے تھے۔ کچھ کپڑے زیادہ لمبے تھے۔ اسی وقت سکھائے گئے تھے۔ ان کی بوندیں نیچے ٹپک رہی تھیں۔ دکانیں بند تھیں۔ گلی میں نیچے دکان اور اوپر مکان تھے۔ دکانوں کے پٹرے کے نیچے کتے نالی کی ٹھنڈک میں دُبکے ہوئے تھے۔ لڑکے نے گلی پار کی۔ گلی پار کرتے ہوئے اس نے رنگریز، کٹھ پتلی، نٹ، چاندی کا ورق اور چمڑے کا مشکیزہ بنانے والوں کی دکانیں اور مکان پار کیے۔ لڑکا جب ان سب کو پار کر رہا تھا تو اس کے دل میں خیال آیا کہ ٹال والے کو بولا ہوا جھوٹ یہاں کام نہیں کرے گا۔ پیڑ کا تنا وکیل کے گھر میں تھا۔ دوا کے لیے ٹہنیوں کی ضرورت بتانے پر، وہ اپنی طرف کی ٹہنیاں کٹوا

سکتا تھا۔ بچھو کے تیل کی دکان پر پہنچنے تک لڑکے نے دوسرا جھوٹ سوچ لیا تھا۔

دکان سے ملحق گلی کے اندر لڑکا چلا گیا۔ ٹوٹے فوارے پر پہنچ کر لڑکے کو پیڑ کا تنا نظر آ گیا۔ پیڑ کے تنے سے آنسو ٹپک رہے تھے۔ وہ زرد رنگ کی نیچی چار دیواری والا گھر تھا۔ باہر وکیل کا نام لکھا تھا۔ لوہے کا دروازہ بند تھا۔ لڑکے نے چھت سے اس گھر میں گائے بندھی دیکھی تھی۔ بھوسے کا ڈھیر بھی دیکھا تھا۔ البتہ یہ دیوار، یہ دروازہ وہ پہلی بار دیکھ رہا تھا۔ دیوار کے پیچھے اسے گائے کے ڈکارنے کی آواز سنائی دی۔ تبھی دروازہ کھول کر ایک آدمی باہر آیا۔ وہ ہرے رنگ کے خانوں والی لنگی پہنے تھا۔ لڑکے نے اسے لنگی سے پہچان لیا۔ اس لنگی کو پہن کر اسے گائے کا دودھ دوہتے ہوئے لڑکے نے چھت سے کئی بار دیکھا تھا۔ وہ دروازے پر کھڑا تھا۔ اس کے ہاتھ میں تازے دودھ کی بالٹی تھی۔

''وکیل صاحب سے ملنا ہے۔''

اس نے لڑکے کو اوپر سے نیچے تک دیکھا، پھر سر ہلا کر اندر آنے کا اشارہ کیا۔ لڑکا دروازے سے اندر چلا گیا۔ اندر داخل ہونے پر ایک راستہ کچھ دور تک بالکل سیدھا جاتا تھا۔ اس کے دونوں طرف بینگنی پھولوں والے پودے لگے تھے۔ دوسرا راستہ بائیں ہاتھ پر گھوم گیا تھا، جو ایک جالی دار کمرے سے ہوتا ہوا آگے چلا گیا تھا۔ ایک کھلی جگہ کو تاروں والی جالی سے گھیر کر بیٹھنے کی جگہ بنائی گئی تھی۔ اس جالی پر بھی وکیل کے نام کی ایک تختی لٹک رہی تھی۔ اندر پلاسٹک کی کرسیاں پڑی تھیں۔ ایک چھوٹی میز کے پیچھے اونٹ کے چمڑے والی اونچی کرسی تھی۔

پلاسٹک کی کرسیوں پر دو آدمی بیٹھے تھے۔ وہ وکیل کا انتظار کر رہے تھے۔ لڑکا بھی کرسی پر بیٹھ گیا۔ وہ بھی انتظار کرنے لگا۔

لڑکے نے اس راستے کو آگے جاتے دیکھا جو آگے جا کر دیوار کے پیچھے گھوم گیا تھا۔ پیڑ کا تنا وہیں تھا۔ گائے وہیں تھی۔ آدمی وہیں دودھ نکالتا تھا۔ لڑکے کے دل میں آیا کہ اس جگہ پر جا کر اپنی چھت دیکھے، جیسے وہ لڑکا اپنے آنگن سے دیکھتا ہے۔ لڑکے کا دل ہوا کہ اس جگہ پر جا کر پیڑ کے نم تنے کو چھوئے۔ اس کی روتی آتما سے بات کرے۔ بندر کی طرح اس پر چڑھ کر

ان شاخوں تک چلا جائے جو آنگن والے لڑکے تک گئی تھیں۔ وہاں سے دیکھ لے گا کہ وہ لڑکا روز اندر کسے روٹی کھلاتا ہے۔ اس لڑکے کو بھی وہ بہت قریب سے دیکھ لے گا۔ اس کے اندر اس خواہش کی ہوک اٹھی، اتنی تیز کہ وہ اٹھ کر کھڑا ہو گیا۔ وہاں بیٹھے دونوں آدمیوں نے اسے دیکھا۔ وہ سمجھے وکیل آ رہا ہے۔ وہ بھی کھڑے ہو گئے۔ لڑکے نے انھیں کھڑے ہوتے دیکھا تو چپ چاپ بیٹھ گیا۔ اسے گھورتے ہوئے وہ بھی بیٹھ کر باتیں کرنے لگے۔

لڑکا ان کی باتیں سننے لگا۔ وہ رام لیلا میدان کو خریدنا چاہتے تھے۔ وکیل نے انھیں بتایا تھا کہ ایسا نہیں ہو سکتا کیوں کہ اس زمین کے مالک خود دشرتھ کے بیٹے بھرت جی ہیں۔ سینکڑوں سال پرانے دستاویز میں اس کے مالک نے زمین ان کے نام کر دی تھی۔ اب صرف بھرت جی ہی اسے بیچ سکتے ہیں۔ ان کے دستخط کے بغیر زمین کسی کو بیچی نہیں جا سکتی تھی۔ وکیل نے انھیں سمجھایا تھا کہ ایک ہی طریقہ ہے کہ تم ثابت کر دو کہ بھرت کی موت ہو چکی ہے اور تم ان کے وارث ہو۔ وکیل نے یہ بھی کہا تھا کہ وہ لوگ پہلے نہیں ہیں جو اس زمین کو خریدنا چاہتے ہیں۔ ان سے پہلے بھی کئی لوگ ایسی کوششیں کر چکے تھے۔ انگریز بھی کر چکے تھے۔ اسی وقت یہ پتہ چلا تھا کہ زمین کے مالک بھرت جی ہیں۔ اس لیے گذشتہ ایک سو تیس سالوں سے 'بھرت ملاپ' اسی میدان پر ہوتا ہے۔ بھرت ملاپ ہر سال ہوتا ہے، اس لیے بھرت اب زندہ نہیں ہیں، یہ ثابت نہیں کیا جا سکتا۔ وہ اب سوریہ ونشی بھرت کے جعلی دستخط کی کوئی سازش لے کر یہاں آئے تھے۔

دروازے پر کھانسنے کی آواز کرتا ہوا وکیل داخل ہوا۔ کھانستے ہوئے داخل ہونا اس نے شاید مغل بادشاہوں کے آنے کے اعلان سے سیکھا تھا۔ وہ دونوں کھڑے ہو گئے۔ لڑکا بھی کھڑا ہو گیا۔ وکیل سیدھے چمڑے کی کرسی پر بیٹھ گیا۔ وہ دونوں بھی بیٹھ گئے۔ لڑکا بھی بیٹھ گیا۔ لڑکے نے وکیل کا جائزہ لیا۔ وکیل کافی تندرست آدمی تھا اور اس کی اضافی تندرستی توند بن کر باہر لٹک رہی تھی۔ وکیل نے لڑکے کو دیکھا۔ وہ سمجھا کہ لڑکا ان دو آدمیوں کے ساتھ ہے۔ وہ ان لوگوں کی طرف جھک گیا۔ انھوں نے اشارے سے اسے روک دیا۔ لڑکا ان کی باتیں سن سکتا تھا اور باہر جا کر ان کے راز کھول سکتا تھا۔

’’پہلے ان کا کام کر دیں۔‘‘ دو میں سے ایک بولا۔

وکیل پھر پیچھے ہو کر کرسی کی پیٹھ سے چپک گیا۔ وہ خاموشی سے لڑکے کو دیکھ رہا تھا۔ اس کے چہرے کی جلد تنی ہوئی تھی۔ اسے لڑکے کا آنا یا بذات خود لڑکا اچھا نہیں لگ رہا تھا، وہ فیصلہ نہیں کر پا رہا تھا۔ لڑکے کی خود اعتمادی لڑکھڑا گئی۔

’’میں پیچھے رہتا ہوں۔ میری چھت سے آپ کی گائے نظر آتی ہے۔‘‘ لڑکا خاموش ہو گیا۔ پیچھے رہنے یا گائے کا حوالہ سن کر وکیل کا چہرہ نرم ہوتا چلا گیا۔ وہ مسکرایا۔ لڑکے کی خود اعتمادی پھر بحال ہو گئی۔ ’آپ کے گھر میں کتھئی پھولوں والا پیڑ ہے، وہی جس کے تنے سے آنسو نکلتے ہیں۔ وہ پیڑ اوپر بہت دور تک پھیلا ہوا ہے۔ یہاں سے نظر نہیں آئے گا۔ میری چھت سے نظر آتا ہے۔ خزاں کے سبب ابھی اس میں پتے نہیں ہیں مگر اب آنے شروع ہو گئے ہیں۔ پھر اس میں پھول آئیں گے، بہت سارے، بڑے بڑے پھول... ان سے کپاس کے ریشے نکلتے ہیں۔ میری ماں کو ان سے تکلیف ہوتی ہے۔ جب ہوا میرے گھر کی طرف چلتی ہے تو ان پھولوں کی مہک اور کپاس کے ریشے میرے گھر تک آ جاتے ہیں... کھڑکیوں سے اندر باورچی خانے تک۔ ماں کی سانس پھولنے لگتی ہے۔ ڈاکٹر نے کہا ہے کہ انھیں ان پھولوں کی مہک سے، کپاس کے ریشوں سے بچانا ضروری ہے۔‘‘ لڑکا ایک سانس لے کر خاموش ہو گیا۔ وکیل مسکراتا ہوا سن رہا تھا۔ اسے طویل بیان سننے کی عادت تھی۔ وہ دونوں بھی سن رہے تھے۔

’’پتے آنے شروع ہو چکے ہیں۔ پھول بھی آئیں گے۔ ہوا بھی چلنے لگی ہے۔ اس موسم سے ہوا بھی پیڑ سے ہوتی ہوئی میرے گھر کی طرف آتی ہے۔‘‘

’’تمھیں کیسے معلوم؟‘‘ اب وکیل نے زبان کھولی۔ اس کی آواز کھردری تھی، جیسے کسی پتھر پر رسّی گھسی جا رہی ہو۔

’’کیا؟‘‘

’’یہی کہ ہوا اِدھر سے تمھارے گھر کی طرف چلے گی؟‘‘

’’اس موسم میں یہی ہوتا ہے۔ اس میں کھلے جسم کی، سانولے خرگوش کی اور

روٹیوں کی مہک ہوتی ہے۔''لڑکے کو اچانک آنگن والا لڑکا یاد آ گیا۔

''اس سے ہوا کے چلنے کی سمت کا کیا تعلق؟''

لڑکا ہکلا کر رہ گیا۔

''اُدھر گھروں میں یہ سب ہوتا ہے۔''

''ان گھروں سے کبھی میرے گھر کی طرف بھی چلتی ہوگی؟''

''جی۔''

''لیکن میں نے تو کبھی روٹیوں کی، کھلے جسموں کی یا سانولے خرگوش کی مہک محسوس نہیں کی۔''

لڑکے نے سر جھکا لیا۔ اس کے بیان میں غلطی پکڑ کر وکیل خوش ہو گیا۔''خیر تو؟''

''اگر آپ پیڑ کی صرف ان ڈالیوں کو کٹوا دیں جو میری چھت سے نظر آتی ہیں تو پھولوں کی مہک اور کپاس کے ریشے نہیں آئیں گے۔''

''لیکن یہ پیڑ تو میرا نہیں ہے۔''

''آپ کے گھر میں ہے۔''

''گھر بھی میرا نہیں ہے۔''

لڑکے نے کنفیوژ ہو کر وکیل کو دیکھا۔

''دراصل یہ ساری زمین وقف کی ہے۔ سارے گھر بھی اسی کے ہیں۔ ان کا مالک متولی ہے۔ ان گھروں کے بارے میں کوئی بھی فیصلہ وہی لے سکتا ہے۔''

''یہ کیا ہوتا ہے؟''

''کیا؟''

''جو ابھی آپ نے بولا۔''

''تم اتنا ہی سمجھ لو کہ وقف کا مطلب ٹرسٹ ہے اور متولی کا مطلب بڑا ٹرسٹی۔ متولی کی مرضی کے بغیر کچھ نہیں ہو سکتا۔ تم نے باہر دیوار پر زرد رنگ دیکھا ہوگا؟ اسی نے کروایا ہے۔ گائے بھی اسی نے بندھوائی ہے۔ دروازے پر دودھ کی بالٹی کوئی آدمی ملا تھا؟

اسی کا ہے۔ دودھ بھی اسی کا ہے۔ اسی کے گھر جا رہا تھا۔ میں تو بازار سے خریدتا ہوں۔ یہ پیڑ بھی اسی کا ہے۔ اس کی شاخیں کٹوانے کے لیے تمھیں اسی سے بات کرنی ہوگی۔''

''وہ کہاں ملیں گے؟''

''دور نہیں ہے۔ مسافر خانے کے اندر اس کا دفتر ہے۔ وہ صبح بیٹھتا ہے۔ ابھی چلے جاؤ، مل جائے گا۔''

''بعد میں؟''

''تم نے راستے میں کالے بچھو کے تیل کی دکان دیکھی تھی نا؟''

''ہاں۔''

''اسی کی ہے۔ وہ کالے بچھو خریدتا ہے... ان کا تیل نکلواتا ہے۔ شیشیوں میں بند کرواتا ہے، اس کا تیل بہت مفید ہے، بہت بِکتا ہے۔ تم نے کبھی کوشش کی؟'' میز پر کہنیاں رکھ کر وہ تھوڑا آگے جھک آیا۔

''کس بات کی؟''

''ماں کی بیماری کے لیے؟ ممکن ہے انھیں فائدہ ہو جائے اور پیڑ نہ کٹوانا پڑے۔ تم چاہو تو میں متولی سے بات کرلوں گا۔ وہ اس بیماری کے لیے کسی نایاب بچھو کا تیل بنا دے گا۔ اس کے پاس ایسے بہت بچھو ہیں۔ ان کا تیل وہ نہیں بیچتا، اپنے لیے بچا رکھتا ہے۔ کئی بیماریوں میں استعمال کرتا ہے۔''

''کیا اس سے سوجن بھی ٹھیک ہو جاتی ہے؟''

''وہ تو بالکل ہو جاتی ہے۔''

''لکڑی کی ٹال والے کو ضرورت ہے، اسے بعد میں سوجن آ جاتی ہے۔''

''وہ تو آئے گی ہی، اس نے ایک توتا پال رکھا ہے۔ جیسے توتا ہری مرچ پکڑتا ہے، اسی طرح وہ عورت پکڑتا ہے۔ سوجن تو آئے گی ہی۔''

لڑکے نے کبھی توتے کو ہری مرچ پکڑتے نہیں دیکھا تھا، سو وہ خاموش رہا۔

''خیر تم متولی سے مل لو۔ تیل ضرور لے لینا۔ ایک شیشی ٹال والے کے لیے

بھی۔‘‘

لڑکا اپنی جگہ چھوڑ کر اٹھ گیا۔

’’تم ایک درخواست دے دو۔ ماں کی بیماری کا حوالہ دے دینا۔ اس کے پاس آدمی رہتے ہیں، وہ جب چاہے انھیں بھیج دے۔ میں پیڑ پر چڑھا دوں گا۔ درخواست لکھ لو گے نا؟‘‘ اس نے لڑکے کو دیکھا۔ لڑکا خاموش رہا۔

’’نہ لکھ پاؤ تو رُکو۔ میرا منشی آرہا ہوگا۔ وہ لکھ دے گا۔ اس کی فیس دے دینا۔‘‘

’’میں لکھ لوں گا۔‘‘ لڑکے نے سر ہلایا۔ وکیل نے بھی سر ہلا دیا۔ وہ دونوں آدمی اب تک اُوب چکے تھے، انھوں نے بھی سر ہلایا۔ لڑکے نے ان کی اُوب دیکھی۔ وہ جالی والے کمرے سے باہر آگیا۔ باہر آکر اس نے ایک بار پھر تنے کو دیکھا۔ ان پر پھیلتی شاخوں کو دیکھا۔ پتے بہت تیزی سے نکل رہے تھے۔ اب وہ تین سو ہو گئے تھے۔ شاخوں پر دوڑتی گلہری ان میں پھنس رہی تھی۔

لڑکا واپس ٹوٹے فوارے کے پاس آگیا۔ اسے بھوک لگ رہی تھی۔ کچھ ہی دیر میں اس کے پیٹ میں آگ لگنے لگی۔

مسافر خانہ دور تھا۔ لڑکے نے سوچا کہ گھر جا کر کچھ کھالے، وہیں بیٹھ کر درخواست بھی لکھ دے گا۔

گھر لوٹتے وقت لڑکا پھر اسی گلی سے گزرا۔ وہ سوچ رہا تھا کہ متولی کے پاس یہ جھوٹ کام نہیں کرے گا۔ بیماری کی بات کرنے پر ہوسکتا تھا کہ متولی اسے کالے بچھو کا تیل لگانے کے لیے دے دیتا۔ کچھ دن اثر دیکھنے کے لیے وہ کہہ سکتا تھا۔ مریض دیکھنے وہ گھر بھی آسکتا تھا۔ دوا کا اثر نہیں ہوا تو پیڑ کی ڈالیاں وہ کٹوا دے گا، وہ ایسا کہہ سکتا تھا۔ لیکن تب تک پیڑ پتوں سے بھر جاتا۔ تب تک ہوسکتا تھا وہ ہرے بھرے پیڑ کو کاٹنے سے انکار کر دیتا، آئندہ خزاں تک سب کچھ ٹل جاتا۔

لڑکا گھر آگیا۔ تیز دھوپ میں اس کا چہرہ سرخ ہو رہا تھا۔ ماں اسے دروازے پر ہی مل گئی، اس کی صبح کی باتوں سے وہ ناراض تھی۔ لڑکے کو دکھ ہوا۔ لیکن وہ جانتا تھا کہ ماں

ہے، چٹکیوں میں مان جائے گی۔ وہ ماں سے لپٹ گیا۔

''پیٹ میں آگ لگی ہے۔'' اس نے اپنا گال ماں کے کندھے سے رگڑا۔

''کہاں گیا تھا صبح سے؟'' ماں نے اپنا کندھا ہٹاتے ہوئے غصہ دکھایا۔

''لکڑی کی ٹال۔'' لڑکے نے پھر گال ماں کے کندھے سے چپکا دیا۔ اس بار ماں نے نہیں ہٹایا۔

''کیوں؟''

''دوست کے گھر پر ہَون ہے۔ اس کے لیے لکڑیاں لینی تھیں۔'' لڑکے نے جھوٹ بولا۔ اسے اچانک احساس ہوا کہ وہ بڑی روانی سے جھوٹ بول رہا ہے۔ اسے اب جھوٹ گھڑنا بھی نہیں پڑ رہا ہے۔ ہَون کا سن کر ماں خوش ہوگئی۔ اسے کھانے کے بعد درخواست لکھنی تھی۔ اس نے وکیل سے کہہ تو دیا تھا کہ وہ درخواست لکھ لے گا، لیکن اس سے پہلے کبھی نہیں لکھی تھی۔

''تم درخواست لکھ سکتی ہو؟'' اس نے ماں سے پوچھا۔ ماں کو بھگوان کے نام درخواست لکھتے اس نے کئی بار دیکھا تھا۔

''کیوں؟'' ماں نے اسے دیکھا، ''کسے لکھوانی ہے؟''

''میں نے صبح چھت سے دیکھا، سامنے پیڑ کے درمیان سے اپنے ٹیلی فون کے تار آئے ہیں۔ پیڑ پر پتے آنے لگے ہیں۔ کچھ ہی دنوں میں وہ تاروں کو خود میں چھپالیں گے۔ ان پر شبنم گرے گی تو اس کی نمی تاروں میں پہنچ جائے گی۔ اس سے فون خراب ہوسکتا ہے۔ اگر پتوں سے نہیں بھی ہوا تو جب پھول آئیں گے تب ہوگا۔ پھول سے کپاس اُڑے گی، تاروں سے چپک جائے گی...'' لڑکے نے گھبراہٹ میں ڈھیر سارے چنے منھ میں بھر لیے تھے۔ اتنا بول کر وہ انھیں دھیرے دھیرے چبانے لگا۔

''کیا فون بند ہو جائے گا؟'' ماں فکرمند ہوگئی۔ وہ اپنی ماں سے فون پر روزانہ ایک بار ضرور بات کرتی تھی۔

''بند نہ بھی ہو تو بھی ایسا لگے گا جیسے فون پر کوئی سسکیاں لے رہا ہے۔ کچھ سنائی

نہیں دے گا۔"

"ہاں سسکیوں کے بیچ میں بولا ہوا ایک لفظ سنائی نہیں دیتا۔"

ماں سچ مچ فکر مند ہوگئی تھی کیوں کہ جب اس کی ماں فون پر سسکیاں لیتی تھی تو وہ کچھ نہیں سمجھ پاتی تھی۔

"تم کھالو۔ میں درخواست لکھ دیتی ہوں۔"

لڑکا خوش ہوگیا۔ اس نے جلدی سے کھیر کھانے کی بجائے پی لی۔ چنے نگل لیے۔ ماں اٹھ کر کمرے میں آگئی۔

لڑکے نے اسے کاغذ قلم دیا۔ اسے بتایا کہ درخواست متولی کے نام لکھنی ہے کہ وہ اس پیڑ کی ان شاخوں کو کٹوا دے جو تاروں کے پاس ہیں۔ ماں درخواست لکھنے بیٹھ گئی۔ لڑکا چھت پر آنگن والے لڑکے کو دیکھنے چلا گیا۔ آنگن خالی تھا۔

اگرچہ چھت والے لڑکے کو آنگن والے لڑکے کی نظر آنے کی امید نہیں تھی، پھر بھی ایک موہوم سی امید تھی۔ تبھی اوپر سے ایک ہوائی جہاز شور کرتا گزرا۔ جہاز دیکھنے کے لیے اندر سے وہ لڑکا بھاگتا ہوا آنگن میں نکل آیا۔ جہاز آنگن سے چھت کی طرف آرہا تھا۔ جہاز کو دیکھتے ہوئے آنگن والے لڑکے کی نگاہ چھت پر گئی۔ اس نے جہاز دیکھنا چھوڑ دیا اور چھت والے لڑکے کو دیکھنے لگا۔ وہ ننگے پاؤں بھاگتا ہوا آنگن میں آیا تھا۔ دھوپ تیز تھی۔ آنگن کی اینٹ پر اس کے تلوے جلنے لگے۔ وہ کھڑا تھا مگر جلدی جلدی پاؤں بدل رہا تھا۔ اس دھوپ میں آنگن میں یوں ہی کھڑا وہ ڈر رہا تھا۔ تلوؤں کی جلن نے اسے دیر تک وہاں کھڑا نہیں رہنے دیا۔ ہاتھ اٹھا کر اس نے اشارہ کیا اور اندر چلا گیا۔ چھت پر کھڑا لڑکا خوش ہوگیا۔ اس نے پیڑ کو دیکھا، چارسوتیس پتے ہو گئے تھے۔

آنگن کا نل تھوڑا ڈھک گیا تھا۔ لڑکا اگر پاؤں دھوتا تو اس کے پنجے نظر نہیں آتے۔ شاخیں نہیں کٹیں تو اسی طرح ایک روز لڑکا بھی اس کی آنکھوں سے اوجھل ہو جائے گا۔ لڑکا اداس ہوگیا۔ اس کی اداسی اتنی بڑھی کہ وہ گھبرا کر نیچے اتر آیا۔ ماں نے درخواست لکھ دی تھی، اس نے بغیر پڑھے اسے جیب میں رکھ لیا اور تیزی سے باہر نکل گیا۔

مسافر خانہ شہر کے وسط میں تھا۔ برسات کے دنوں میں جب ندی کے گھاٹ کی اوپری سیڑھیاں ڈوب جاتی تھیں اور کشتیاں اُلٹ کر رکھ دی جاتی تھیں اور پُل سے گزرنے والی ریل گاڑیوں میں بیٹھے لوگ ندی میں جارج پنجم اور وکٹوریہ کے سکّے پھینکتے تھے، ان دنوں مسافر خانہ بھرا رہتا تھا۔ آس پاس سے یا دور دراز سے بھی لوگ میلوں میں آتے تھے، شادیوں میں آتے تھے، موت میت میں آتے تھے، فصل کٹنے پر، منت پوری ہونے پر آتے تھے۔ ندی سوکھتی گئی۔ مسافر خانے کی دیواروں میں دراڑیں پڑ گئی تھیں۔ گوشوں میں مکڑیوں نے جالے بنا لیے۔ چھت پر سبز پتوں والے پودے اُگ آئے تھے۔ مسافر خانے کو روپے دینے والے گھر خود فاقہ کشی پر مجبور ہو گئے۔ لوگوں نے بھی فصلوں، بیماریوں، موت میت اور منتوں میں آنا چھوڑ دیا۔ آزادی کے بعد اس میں دفتر کھول دیے گئے۔ جنم لینے اور مرنے کی خبر کا دفتر، ٹیکے لگانے، مردہ جانور اٹھانے کا، گمشدوں کو تلاش کرنے کا دفتر کھل گیا۔ باہر ان کی تختیاں لگی تھیں۔ پہلے وہ ہوا میں لٹکیں، پھر ٹوٹ کر نالی میں گر گئیں۔ اسی مسافر خانے میں وقف کا دفتر تھا۔

لڑکا مسافر خانے کی تین ٹوٹی ہوئی سیڑھیاں چڑھ کر اونچے دروازے سے اندر داخل ہوا۔ اندر ایک کھلی جگہ کے چاروں طرف مربع نما گلیارا تھا۔ اس کے ساتھ کمرے بنے ہوئے تھے، کمرے کے باہر نام کی تختیاں جھول رہی تھیں۔ گلیارے کے ایک کونے میں دو گھڑوں میں پانی رکھا تھا۔ ایک گھڑے کے اوپر ہینڈل والا چھوٹا سا جگ رکھا ہو تھا۔ گلیارے کے باہر کی کھلی جگہ میں پودوں کی کیاریاں تھیں۔

پہلا بڑا کمرہ وقف کا تھا۔ لڑکا کمرے میں گیا۔ بڑی سی میز کے پیچھے دُہرے بدن کا ایک آدمی بیٹھا تھا۔ وہ متولی تھا۔ اس کے سامنے والی کرسی پر ایک مجہول قسم کا شخص بیٹھا تھا جس سے وہ باتیں کرنے میں مصروف تھا۔ متولی نے لڑکے کی طرف دیکھا اور اسے کرسی پر بیٹھنے کا اشارہ کیا۔ لڑکا کرسی پر بیٹھ گیا۔ متولی پھر سے سامنے بیٹھے شخص سے باتیں کرنے لگا۔ لڑکے نے کمرے میں نظر دوڑائی۔ متولی کے پیچھے کی دیوار کے دونوں سِروں پر لمبی کھڑکیاں بنی ہوئی تھی۔ ایک سے دھوپ اندر آ رہی تھی۔ کمرے میں اسی کی روشنی تھی۔ اسی روشنی میں

کھڑکیوں کی سلاخوں کا بھورا زنگ چمک رہا تھا اور نیچے کی دھول بھی۔ دوسری کھڑکی کے پیچھے سڑک نظر آ رہی تھی۔ سڑک پر درگاہ پر چڑھانے والی چادر کے چاروں کونے پکڑے لڑکے پیسے مانگ رہے تھے۔ ایک مداری جمورے کو زمین پر لٹانے کی تیاری کر رہا تھا۔ بانسری بجاتا ایک آدمی کندھے پر ڈھیر ساری بانسری، رنگین غبارے، غلیل، رنگین لٹو، کاغذ کے جانور لٹکائے جا رہا تھا۔ ایک لڑکی اور لڑکا اس کی دُھن پر ناچتے ہوئے اس کے پیچھے پیچھے جا رہے تھے۔

''بچھو کے بارے میں لوگ زیادہ نہیں جانتے۔'' متولی کے سامنے بیٹھا آدمی بول رہا تھا۔ متولی اسے بہت دھیان سے سن رہا تھا۔

''سچ تو یہ ہے کہ جانوروں کے بارے میں بھی نہیں جانتے۔ ان کے اندر انمول خزانے چھپے ہوتے ہیں۔ وہ یہ بھی نہیں جانتے۔ ان کی کھال، ان کے زہر، ان کی لار، ان کے پیٹ کی گولیاں، ناخن، بال تک میں ہر بیماری کا علاج ہے۔ جس دن انسان جانوروں کے اندر چھپی اس طاقت کو جان لے گا، سب کچھ بدل جائے گا۔ نہ کوئی بوڑھا ہوگا، نہ مرے گا۔ مکڑی کے جالے کے تار، بچھو کا زہر۔'' وہ آدمی فرش تک جھکا۔ جھولے کے اندر سے کانچ کی بڑی شیشیاں نکال کر میز پر رکھی، ''میرے اجداد جانتے تھے۔ تبھی سینکڑوں سالوں سے لوگ ہمارے پاس آتے ہیں۔ اب ریگستان کے اس بچھو کو دیکھیے۔ دنیا کا سب سے زہریلا جانور ہے۔ اس کی دُم دیکھیے، ہمیشہ کمان کی طرح اوپر اٹھی رہتی ہے، ڈنک مارنے کو تیار۔ ریگستانی لومڑی، کنگارو، چوہا تک اس کے زہر سے نہیں بچ پاتے۔ اس میں تیل بہت کم ہوتا ہے، مگر جتنا ہوتا ہے اسے امرت سمجھیے۔ اور اسے دیکھیے'' اس نے ایک اور بڑی شیشی آگے بڑھائی، ''پہاڑوں کی چٹانوں میں رہنے والا۔ روم کے لوگ اپنے چغے کا ایک حصہ اس کے زہر سے رنگواتے تھے۔ کبھی اچانک مرنا پڑے تو اسے چاٹ لیتے تھے۔ بہت سے لوگ اسی طرح مرے ہیں۔ میں نے تو سنا ہے کہ سقراط کو بھی اسی کا زہر دیا گیا تھا۔''

لڑکا بھی جھک کر بچھو دیکھنے لگا۔ اس نے پہلے کبھی بچھو نہیں دیکھا تھا۔ کانچ کی بڑی شیشی میں بند ہونے کے بعد بھی وہ خوفزدہ تھا۔ اس کی کھال بٹی ہوئی رسّی کی طرح اور چمکدار

تھی۔لڑکے نے اتنا گہرا سیاہ رنگ کبھی نہیں دیکھا تھا؛ نہ بادلوں میں، نہ شہتوت میں۔لڑکے نے سر اٹھا کر متولی کو دیکھا۔اس کی آنکھیں خوشی سے چمک رہی تھیں۔

''لیکن مجھے زندہ نہیں چاہیے۔''

''وہ میں دوں گا بھی نہیں۔''اس آدمی نے شیشیاں واپس اپنے جھولے میں رکھ لیں۔''مار کر دوں گا۔تیل آپ نکا لیے گا۔''اس نے ایک بار لڑکے کو دیکھا، پھر اُٹھ گیا۔''باقی باتیں شام کو دکان پر کروں گا۔تب تک میں میڈیکل کالج جا رہا ہوں۔وہاں بھی ان کی ضرورت ہے۔''

''مگر انھیں یہ مت دینا۔''

''نہیں۔انھیں تو دُم نکلے معمولی بچھو دوں گا جو مارے مارے پھرتے ہیں۔یہ آپ کے لیے رہیں گے۔''اس نے پاجامے کا ازار بند کھول کر باندھا، پھر جھولے کو کندھے پر لٹکا کر چلا گیا۔

''ہاں بھئی؟''متولی اب لڑکے کی طرف مڑا۔

لڑکے نے جیب سے درخواست نکال کر اسے تھما دیا۔متولی نے میز پر رکھا چشمہ آنکھوں پر چڑھایا۔درخواست پڑھی۔چشمہ اُتار کر میز پر رکھا۔چشمے کے پاس کاغذ رکھا۔لڑکے کو دیکھا اور پھر ہنسا۔

''کمال ہے! ایک پیڑ کی شاخوں سے اتنی دشمنی... جیسے وہ بچھو ہوں۔ابھی کچھ دیر پہلے انھیں شاخوں کو کاٹنے کی ایک اور درخواست آئی ہے۔''اس نے دراز کھولی اور ایک کاغذ نکال کر لڑکے کے سامنے رکھ دیا۔

اس خزاں میں چھت والے لڑکے نے پانچ جھوٹ بولے تھے۔آنگن والے لڑکے نے کتنے بولے، پتہ نہیں لیکن پتے آنے سے قبل پیڑ کی شاخیں کٹ گئیں۔

رچرڈ فرنگی اور بُدھ

وہ دونوں خاموشی سے 'ٹی وی روم' کے پاس سے گزرے، جواب نانی کا بیڈ روم بھی تھا، اور سیڑھیاں چڑھ کر کمار کے کمرے کی طرف گئے۔ نانی بوڑھی ہو رہی تھیں۔ کچھ ماہ پہلے، کمار کے پریوار نے ان کے لیے ناروے کا ویزا حاصل کیا تھا تا کہ وہ ان کے ساتھ یہاں رہ سکیں۔ رچرڈ صرف چند ہفتوں پہلے اس گھر میں آیا تھا۔

نانی کی نظریں دیوار پر لگی بے ہنگم پینٹنگز پر گئیں۔ لوگ کہتے تھے کہ یہ تجریدی ہیں۔ نانی کو لفظ 'تجریدی' ہی سمجھ میں نہیں آیا تو پینٹنگز کیا خاک سمجھتیں۔ پھر جب ان کی بیٹی نے بتایا کہ یہ قیمتی بھی ہیں، تو وہ مطمئن ہو گئیں۔ چلو، کم از کم یہ ان کی بیٹی اور نواسے کے لیے بیمہ کی حیثیت تو رکھتی ہیں۔ ایک پینٹنگ گہری رنگت کی تھی جس میں کچھ سرخ رنگ شامل تھا۔ رات کو وہ کچھ خوفناک لگتی تھی۔ اچانک انھیں اپنے والد یاد آ گئے، جو مالک کے سامنے سر جھکائے، ہاتھ جوڑے کھڑے نظر آتے، جیسے وہ کوئی خدا ہو۔ یہ سچ بھی ہے، بالکل ایسا ہی تھا۔ مالک نے انھیں چھڑی سے مارا تھا۔ اس کے کچھ عرصے بعد رام نومی آئی۔ گاؤں کے اعلیٰ ذات والے علاقے میں ایک مشہور رام مندر تھا۔ ان کی برادری کے لوگوں کو وہاں جانے کی اجازت نہ تھی۔ بھگوان کا جنم دن تھا، جشن کے دوران مالک نے سب کے لیے پھل، مٹھائیاں اور کھانے کا انتظام کیا تھا۔ وہ لوگ اعلیٰ ذات والوں سے کچھ فاصلے پر بیٹھے

اور آخر میں کھانا کھایا۔ حالاں کہ ان کے خیال میں ان کے والد کو مالک سے کچھ نہیں لینا چاہیے تھا... عزت نفس بھی کوئی چیز ہوتی ہے... لیکن یہ بھی سچ ہے کہ روز روز ایسی مٹھائیاں کھانے کو کہاں ملتی ہیں... وہ خود کو بھی روک نہیں پائیں۔

وہ اپنے کچھ دوستوں کے ساتھ بڑے برگد کے درخت پر چڑھ گئیں۔ وہاں سے رام مندر نظر آتا تھا۔ انھوں نے دوستوں کے درمیان بلند آواز میں قیاس آرائیاں کیں کہ اندر کیا ہوگا۔ جواب میں ان کے ایک دوست نے ایک کہانی سنائی کہ اس کی برادری کا ایک شخص ایک بار چپکے سے اندر گھسنے میں کامیاب ہوگیا تھا۔ اچانک انھیں محسوس ہوا کہ وہ بھی کب سے یہی کرنا چاہتی تھیں۔ وہاں لوگوں کا بہت بڑا ہجوم تھا، اس جشن میں شرکت کرنے کے لیے بہت سے دور دراز سے آئے، لیکن وہ اجنبی تھے، تو یہ زیادہ مشکل نہیں ہونا چاہیے تھا۔

ابھی وہ مندر کے مرکزی دروازے سے بھی نہیں گزری تھیں کہ انھوں نے ایک کڑک دار آواز سنی... مالک کی غصے سے بھری آنکھیں انھیں جیسے نگل رہی تھیں۔ مالک نے اپنی برادری کے کچھ لڑکوں کو بلایا اور حکم دیا کہ وہ انھیں گھسیٹتے ہوئے ایک کھلی جگہ پر لے جائیں۔ انھوں نے رحم کی بھیک مانگی۔ لڑکوں نے انھیں مضبوطی سے پکڑ رکھا تھا۔ انھوں نے اپنے والد کو آواز لگائی۔ اعلیٰ ذات کے مرد اور عورتیں ان کے گرد جمع ہو گئے اور انھیں گالیاں دینے لگے۔ کچھ نے ان پر تھوکا اور کچھ نے ان پر مٹی، کنکر اور درختوں کی ٹہنیاں پھینکیں۔ انھیں ڈر تھا کہ مرد ان کے ساتھ اور بھی بہت کچھ کر سکتے ہیں۔ انھوں نے سنی ہوئی کہانیاں یاد کیں۔ ایک پل ایسا آیا کہ انھوں نے مالک کے بانٹے گئے پھل، مٹھائیاں اور کھانے پھینک دیے۔ انھوں نے اپنے والد کو لوگوں کے اس ہجوم میں بیٹھا دیکھا جو اسے گھیرے ہوئے تھا۔ کوئی انھیں اپنی گرفت میں لیا ہوا تھا، شاید وہ انھیں کوئی احمقانہ حرکت کرنے سے روکنا چاہتا تھا یا بس انھیں تسلی دے رہا تھا۔ پھر وہ بے ہوش ہوگئیں۔

وہ دونوں اپنی پیٹھ کے بل لیٹے تھے، ہاتھ میں ہاتھ ڈالے، ان کی تیز سانسوں کی آواز کمرے میں سنائی دے رہی تھی۔

''گاڈ! یہ کتنا عجیب ہے نا،'' رچرڈ نے کہا۔ ''اپنی نانی کے بالکل اوپر سیکس کرنا۔ تمھیں کیا لگتا ہے کہ انھیں اس کا پتہ ہے؟ کیا انھیں یہ بھی پتا ہے کہ ہم بوائے فرینڈ زہیں؟''

''مجھے نہیں لگتا کہ ماں نے انھیں اس بارے میں کچھ بتایا ہوگا۔ اگر بتایا بھی ہوگا تو وہ شاید سمجھ نہیں پائیں گی... خیر، چلو اب مجھے سونا ہے... کل صبح کام پر جلدی جانا ہے۔''

کمار نے رچرڈ کے گال پر بوسہ دیتے ہوئے گڈ نائٹ کہا اور سونے کے لیے کروٹ بدل لی۔ رچرڈ اس سے لپٹ گیا۔ اس کی نظر کمار کی گردن کی نازک جلد پر پڑی، اسے ایک ہلکی سی مہک محسوس ہوئی... اس کی جلد کی خوشبو، سیکس کے بعد کی خوشبو۔

کمار وہ پہلا لڑکا تھا جسے رچرڈ نے چوما تھا۔ پہلے بوسے کے فوراً بعد اس نے کمار کو بتایا کہ اس کی دادی ایک 'ٹیٹر' (Tater) تھیں... ناروے کی رومانی برادری کی ایک رکن۔ وہ رچرڈ کے بچپن میں ہی انتقال کر گئی تھیں۔ اسے صرف اتنا یاد تھا کہ وہ اسپتال کے بستر پر پڑی آخری سانسیں لے رہی تھیں۔ اس کی ماں شاید ہی کبھی ان کے بارے میں بات کرتی تھی۔ طویل عرصے تک یہ ایک راز رہا کہ خاندان میں 'ٹیٹر' خون ہے۔ کمار سے ملنے کے بعد اس نے 'ٹیٹر' ثقافت اور تاریخ کے بارے میں پڑھنا شروع کیا۔ اس کے باپ نے اس کی ہم جنسیت اور 'ٹیٹر' خون کو کو مار پیٹ کے ذریعہ نکالنے کی کوشش کی۔ اس کے باپ کا پاس ہر مسئلے کا یہی ایک حل تھا۔ لیکن اب رچرڈ اپنے باپ سے زیادہ مضبوط تھا۔ اس کی ماں کا کہنا تھا کہ اس کا انتخاب، اس کا طرز زندگی اور شوق، بائبل اور خدا کے خلاف ہیں، اور اگر وہ اسی طرح اپنی ہٹ دھرمی پر قائم رہتا ہے تو وہ اس سے سبھی رشتے توڑ دیں گے۔ رچرڈ کے لیے یہ فیصلہ آسان تھا، چونکہ وہ ہمیشہ سے جانتا تھا کہ وہ اپنے پریوار کے بغیر تو رہ سکتا ہے، لیکن کمار کے بنا ہرگز نہیں۔ اس سے آگے اسے نہیں پتا تھا کہ وہ کیا کرنے جا رہا ہے۔ اس نے ابھی سینئر سیکنڈری اسکول ہی مکمل کیا تھا۔

دور سے ٹرین کی آواز سنائی دی اور نانی کو یاد آیا کہ جب انھوں نے اپنے شوہر کے ساتھ پہلی بار گاندھی جی کو دیکھا تھا۔ لوگ انھیں دیکھنے کے لیے ریلوے اسٹیشن کی طرف

دوڑ پڑے تھے۔ گاندھی جی نے چھوا چھوت کو ایک شر کہا اور نام نہاد اچھوتوں کو خدا کے بچے، یعنی 'ہریجن'۔ ان کے شوہر گاندھی وادی بن گئے۔ بعد میں، نانی کو امبیڈکر کی باتیں زیادہ پسند آنے لگیں، اور وہ خود کو ہریجن کی بجائے 'دلت' کہنے لگیں۔ اس سے ان کے اور ان کے شوہر کے درمیان کچھ تناؤ پیدا ہوا، لیکن بالآخر رام اور سیتا کی مورتیوں کے قریب گاندھی اور امبیڈکر دونوں کی تصویریں سجا دی گئیں۔ پھر امبیڈکر نے دلتوں کو ہندو دھرم چھوڑنے کی ترغیب دی۔ ان کا بدھ مت کو قبول کرنا ان کے شوہر کی خفگی کا سبب بنا۔ پریوار والے کیا کہیں گے؟ وہ اپنے بچوں کی پرورش کیسے کریں گے؟ نانی نے مورتیاں رکھیں اور پوجا جاری رکھی، لیکن اب ان کے پاس گوتم بدھ کی ایک چھوٹی سی مورتی بھی تھی جو وہ اپنے پاس رکھتی تھیں۔

بعد میں، جب وہ اپنے والدین سے ملنے گئیں، تو انھوں نے بتایا کہ وہ اب جانتی ہیں کہ سب برابر ہیں؛ اور یہ کہ مالک، ان کا شوہر، ان کے والد اور وہ خود، سبھی دُکھوں کی ایک زنجیر میں بندھے ہوئے ہیں، ظلم نہ صرف مظلوموں کو بلکہ ظالموں کو بھی محدود کرتا ہے، مالک اور اعلیٰ ذات کے ہندو بھی آزاد نہیں ہیں، لیکن اس زنجیر کو توڑنا ممکن ہے۔ ان کے والد کو یقین نہیں ہوا کہ مالک اور وہ برابر ہیں، اور یہ کہ مالک بھی خوش اور آزاد نہیں ہیں۔

ان کی نظر اس چھوٹی سی بدھ کی مورتی پر ٹھہر گئی جسے وہ اپنے ساتھ یہاں لائی تھیں۔ وہ مسکرائیں۔ انھوں نے آہستہ سے منھ سے سانس چھوڑی اور رات کی تاریکی میں اس کی آواز سنی۔

جب رچرڈ جاگا، کمار اور اس کے والدین پہلے ہی گھر سے جا چکے تھے۔ اس نے اپنے کپڑے پہنے اور نیچے نانی کے پاس چلا آیا۔

''رچرڈ فرنگی!'' نانی نے کہا۔

وہ مسکرایا۔ اسے اپنے اس نئے عرفی نام سے کوئی پریشانی نہیں تھی۔

''ٹوائلٹ جانا ہے؟'' اس نے مسکراتے ہوئے پوچھا۔

یہ ان چند ہندی جملوں میں سے ایک تھا جو اس نے سیکھے تھے۔ کبھی کبھی وہ نانی کو

ٹوائلٹ تک لے جانے میں مدد کرتا تھا۔

انھوں نے انکار میں سر ہلایا اور مسکرائیں۔

''چائے؟'' رچرڈ نے پوچھا۔

''ہاں۔''

کمار کی ماں کام پر جانے سے پہلے چائے بنا کر تھرمس میں ڈال دیتی تھی۔ رچرڈ نے اس میں سے دو کپ بھرے۔

نانی نے اسے ہاتھ سے اشارہ کیا کہ وہ چاہتی ہیں کہ وہ اس کے بستر پر ان کے پاس بیٹھے۔ رچرڈ نے ان کے حکم کی تعمیل کی۔ دونوں نے چائے کو ٹھنڈا کرنے کے لیے کچھ دیر تک اس پر پھونک ماری۔ رچرڈ نے دیکھا کہ اس کی چائے پر ایک پتلی سی پرت بن گئی تھی۔ ان دونوں نے ایک دوسرے کی طرف دیکھا اور مسکراتے ہوئے چائے پینے لگے۔

''رچرڈ، میں بھی اپ ریسٹ...'' نانی نے کچھ دیر بعد اس کا ہاتھ پکڑتے ہوئے کہا۔

کیا وہ اُٹھ کر بیٹھنا چاہتی تھیں؟

''اوکے،'' اس نے کہا اور تکیوں کو ٹھیک کرنے کی کوشش کی اور انھیں ہلکا سا اٹھایا۔

''نہیں، نہیں... اَپ ریسٹ...'' نانی نے اسے ٹوکا۔

''اَپ سیٹ؟''

وہ بولتی رہیں۔ رچرڈ سوچ رہا تھا کہ کاش وہ ان کی بات زیادہ سمجھ پاتا۔ پھر اس نے 'دلت' لفظ کئی بار سنا۔ اسے یاد آیا کہ کمار نے اسے بتایا تھا کہ اس کا خاندان اسی برادری سے ہے، جسے انڈیا میں ایک زمانے سے دبایا جاتا رہا... ان پر اتیاچار کیا جاتا رہا۔

''اتیاچار؟'' اس نے کہا۔

وہ مسکرائیں اور سر ہلایا۔

وہ کیا کہنا چاہتی تھیں؟ شاید کمار نے انھیں بتایا تھا کہ رچرڈ کی دادی ایک 'ٹیٹر'

تھیں، ان کی برادری پر بھی بہت اتیاچار کیا گیا تھا۔ اس نے پڑھا تھا کہ شاید 'ٹیٹر' ہندوستان سے ہجرت کرنے والے دلت ہو سکتے ہیں۔ یا پھر نانی کو شاید کمار اور رچرڈ کے رشتے کے بارے میں پتا تھا، کیوں کہ رچرڈ اور کمار اکثر ہم جنس پرستوں کے لیے 'ہم لوگ' کا استعمال کرتے تھے اور کہتے تھے کہ ان پر بھی ظلم کیا گیا تھا اور کیا جا رہا ہے۔ ایک کراہ نے رچرڈ کو اپنے خیالات سے باہر اچھال دیا۔

''آہ...''

پہلے تو وہ پریشان ہوا، لیکن پھر اس نے نانی کی مسکراہٹ دیکھی اور پھر ایک مانوس لفظ سنا: منتر۔ انھوں نے پھر سے وہی آواز نکالی... یہ سانس چھوڑنے کی آواز تھی... جیسے کچھ چھوڑ دینا اور آزاد ہو جانا۔ انھوں نے اپنے منھ کی طرف اور پھر اس کی طرف اشارہ کیا۔ شاید وہ اسے کچھ دکھانے کی کوشش کر رہی تھیں۔

''آہ...'' رچرڈ نے بھی ان کی نقل کرتے ہوئے سانس چھوڑی۔

وہ مسکرائیں اور سر ہلایا۔ وہ دونوں کچھ دیر تک اسی طرح سانس لیتے رہے، خاص طور پر سانس چھوڑتے ہوئے وہ اس پر زیادہ توجہ صرف کرتے تھے۔ رچرڈ نے اب سب چھوڑ دیا۔ یہ صحیح تھا کہ اسے ان کی ہر بات سمجھ میں نہیں آتی تھی۔ اس نے انھیں دیکھا... ان کی بھوری جلد، آنکھوں کے گرد کی جھریاں، ان کی مسکراہٹ اور ہونٹ... ان کا ہاتھ اپنے ہاتھ میں محسوس کیا... اس کی گرمی اور وزن... ان کی آواز سنی اور اپنے جسم میں اپنی سانس کی چہل قدمی کو محسوس کیا۔

تقریباً ہر صبح رچرڈ ان کے ساتھ کچھ دیر بیٹھتا تھا۔ نانی جانتی تھیں کہ کمار اور وہ خاص دوست ہیں، اور رچرڈ کو اپنے پریوار کے ساتھ کچھ مسائل ہیں، یہی وجہ تھی کہ وہ اب یہاں رہتا تھا۔ کمار نے بتایا تھا کہ وہ کوئی عام سفید فام ناروتجین نہیں ہے، حالاں کہ اسے دیکھ کر ایسا نہیں لگتا تھا۔ وہ کسی غیر ملکی فلم کے ہیرو جیسا لگتا تھا... گوری جلد، نیلی آنکھیں، سنہرے بال، لمبا قد۔ کبھی وہ انگریزی میں بات کرتا، تو کبھی ناروتجین زبان میں، اور نانی اس کی آوازوں کو سنتیں... اس کے چہرے بشرے کو دیکھتیں۔ اس نے ہندی میں چند جملے

بھی سیکھے تھے۔ نانی اس سے ٹھہر ٹھہر کر آسان لفظوں میں بات کرنے کی کوشش کرتی تھیں۔ اس کے باوجود اگر وہ ان کی بات سمجھنے سے قاصر رہتا تو بھی کوئی مسئلہ نہیں، وہ اسے اشاروں میں سمجھا دیتیں۔

جب انھوں نے اپنی بیٹی کے رکھے سنتروں کو اپنے بستر کے پاس کی میز پر دیکھا، تو انھیں ایک کہانی یاد آ گئی جو وہ رچرڈ کو سنانا چاہتی تھیں۔

ہر صبح گاؤں کے کچھ بچے جنگل میں سدھارتھ کے لیے کھانا لے کر آتے تھے۔ ایک صبح بچوں نے انھیں بدھ کہہ کر پکارا اور اپنی بُدھی ساجھا کرنے کے لیے کہا۔ جب بچے اپنے لائے ہوئے سنترے کھا رہے تھے تو بدھ نے ان سے پوچھا کہ وہ پھل کے نارنگی رنگ کو، اس کے وزن کو، اس کے چھیلنے کو، اس کا ایک ایک ٹکڑا توڑ کر منھ میں ڈالتے وقت، اس کی پتلی جلد کو دانتوں سے پھاڑتے وقت، اور پھر اس کے میٹھے رَس کے ذائقے کو کیسا محسوس کرتے ہیں؟ انھوں نے جواب دیا کہ وہ کھاتے وقت پھل کو نہیں بھولتے۔

نانی نے ایک سنترہ لیا اور رچرڈ کو دیا۔ یہ تقریباً پرساد جیسا تھا۔ جب کوئی تہوار ہوتا تھا، انھیں پھل، مٹھائیاں اور نمکین دیے جاتے تھے لیکن مندر میں داخل ہونے کی اجازت نہیں تھی۔ یہاں ان دونوں نے اپنا مندر بنا لیا تھا۔ انھوں نے سنترے کھائے، اسے بھولے نہیں۔

رچرڈ نے نانی کو دیکھا کہ وہ کس طرح دھیرے دھیرے اور نرمی سے سنترہ چھیل کر کھا رہی تھیں۔ اس نے بھی اپنا سنترہ چھیلنا شروع کیا، ایک ٹکڑا لیا اور منھ میں ڈالا، آنکھیں بند کیں، آہستہ آہستہ چبایا، منھ میں میٹھے اور تازہ رَس کو محسوس کیا، نگلا اور محسوس کیا کہ وہ اس کے گلے سے نیچے اُتر اس کے جسم میں جا رہا ہے۔ اس نے آنکھیں کھولیں اور انھیں مسکراتے ہوئے دیکھا۔ انھوں نے بدھ کی چھوٹی مورتی آگے کی، پھر اپنے دوسرے ہاتھ سے انھوں نے اس کی اور اپنی طرف اشارہ کیا۔

کچھ دیر بعد رچرڈ نہانے اور اپنی پارٹ ٹائم نوکری کے لیے جانے کو تیار ہوا، لیکن جب وہ باہر نکل ہی رہا تھا تو اس نے دیکھا کہ نانی کا ہاتھ ان کے سینے پر تھا اور وہ کچھ

عجیب سی آوازیں نکال رہی تھیں۔

''آپ ٹھیک ہیں؟''

''درد ہو رہا ہے،'' انھوں نے کراہتے ہوئے کہا۔

رچرڈ نے کمار کو فون کرنے کی کوشش کی، لیکن اس نے فون نہیں اٹھایا۔ اس نے کمار کی ماں کو بھی فون کیا لیکن کوئی جواب نہیں ملا، حالاں کہ وہ جلد ہی لوٹنے والی تھی۔ لیکن رچرڈ کوئی خطرہ مول نہیں لینا چاہتا تھا۔ اس نے ایمبولینس بلانے کا فیصلہ کیا۔

''سب ٹھیک ہے۔ اب ہسپتال چلتے ہیں،'' اس نے نانی سے کہا۔

وہ ان کے پاس بستر پر بیٹھ گیا۔ اسے نہیں پتا تھا کہ انتظار کے دوران کیا کرنا ہے۔ نانی تھوڑی ڈری ہوئی لگ رہی تھی، ان کی آنکھوں میں کچھ تھا... ان کی سانسوں کے سُر بگڑ رہے تھے۔

''میں مر رہی ہوں،'' انھوں نے کہا۔

''چلیے، ہم ایک ساتھ سانس لیتے ہیں،'' رچرڈ نے کہا۔ ''میری سانسوں کی تال سے اپنی سانسوں کا سُر ذرا ملائیے... میں بھی دیکھوں کہ آپ کو سنگیت سے کتنا پیار ہے...''

رچرڈ نانی کے پاس بیٹھا نانی کے ساتھ سانس لیتا رہا، سانس چھوڑتا رہا۔

''ہوا اور روشنی اندر لیجیے اور بدھ کا تصور کیجیے،'' رچرڈ جانتا تھا کہ نانی کو بدھ پسند ہے، اگرچہ اسے یہ نہیں پتہ تھا کہ ان کے پاس اب کتنی سانس باقی ہے۔

''تم بدھ ہو... '' انھوں نے کہا۔

کیا وہ اپنا دماغی توازن کھو رہی تھیں؟

''میں بھی بدھ... '' انھوں نے اٹکتے ہوئے پھر کہا۔

ایمبولینس آ گئی تھی... پیرامیڈکس کمرے میں ایک اسٹریچر لے آئے۔

''ان کا نام کیا ہے؟'' ایک پیرامیڈک نے رچرڈ سے پوچھا۔

''ہم انھیں بس نانی بلاتے ہیں۔'' رچرڈ نے کہا۔

پیرامیڈک نے اس کی گوری جلد، نیلی آنکھیں اور سنہرے بال دیکھے، لیکن

بہر حال انھوں نے یہ نام قبول کر لیا۔

''نانی، اب آپ محفوظ ہیں، پریشان مت ہوئیے۔'' پیرا میڈک نے کہا۔

''رچرڈ؟'' نانی نے رچرڈ کی طرف ملتجی نظروں سے دیکھا۔

''کیا میں ساتھ چل سکتا ہوں؟'' رچرڈ نے ایک پیرا میڈک سے پوچھا۔

''بالکل۔''

ایمبولینس میں نانی کھڑکی سے باہر دیکھ رہی تھیں۔

''آپ ٹھیک ہیں؟'' رچرڈ نے پوچھا۔

''خوبصورت،'' انھوں نے باہر سے گزرتے سبز درختوں کی چوٹیوں کی طرف اشارہ کیا۔ ''تم ٹھیک ہو؟'' انھوں نے رچرڈ سے پوچھا۔

اس نے مسکراتے ہوئے سر ہلایا اور ان کا ہاتھ پکڑ لیا۔ وہ بھی کھڑکی سے سبز درختوں کی چوٹیوں کو تیزی سے گزرتے ہوئے دیکھنے لگا۔

سائرن کی آواز کے سوا اب وہاں کچھ نہ تھا۔

نانی بار بار بے ہوش ہو رہی تھیں۔ رچرڈ، کمار اور اس کے والدین اسپتال میں ان کے بستر کے پاس بیٹھے تھے۔ وہ سب خاموش تھے۔ رچرڈ کھڑکیوں سے باہر نیلا آسمان اور اس پر تیرتے بادلوں کو دیکھ رہا تھا۔

کئی گھنٹوں کے بعد ڈاکٹروں کے مشورے اور کمار کے والدین کے اصرار پر رچرڈ اور کمار گھر لوٹے۔ انھوں نے 'ٹی وی روم' میں خالی بستر دیکھا۔ رچرڈ کو اپنی دادی کی یاد آئی۔ کیا وہ بھی اسپتال میں اکیلے مری تھیں؟ وہ انھیں ٹھیک سے نہیں جانتا تھا... وہ اپنے ماں باپ کو بھی ٹھیک سے نہیں جانتا تھا۔ البتہ اس نے کمار کی نانی کو تھوڑا سا جانا تھا... اور ہاں وہ کمار کو بھی جانتا تھا، لیکن بہر حال اسے مزید جاننا چاہتا تھا۔

اسی رات... یا شاید علی الصبح... فون کی گھنٹی بجی۔ پہلی ہی گھنٹی پر وہ ہڑبڑا کر اٹھ گئے۔ شاید وہ پوری طرح سوئے نہیں تھے، البتہ وہ پوری طرح تیار ضرور تھے۔ انھوں نے ٹیکسی پکڑی اور ہسپتال کی طرف بھاگے۔ نانی اب الوداع کہنا چاہتی تھیں۔

"انھوں نے کہا کہ وہ ہم سے پیار کرتی ہیں۔ انھوں نے تمھیں بھی یہی بات کہنے کو کہا ہے۔" کمار نے رچرڈ سے کہا۔

رچرڈ رو پڑا، اس نے کمار کا ہاتھ پکڑ لیا۔ کمار کے والدین بستر کے دوسری طرف بیٹھے تھے۔ اس کی ماں نے نانی کا ہاتھ پکڑ رکھا تھا۔ اس کے والد نے اس کی ماں کو پکڑا ہوا تھا۔ ان سب میں ایک ہم آہنگی تھی۔

نانی نے ہلکی آواز میں کچھ کہا، کمار اور اس کی ماں کو قریب کھینچا۔ پھر انھوں نے دونوں کی پیشانی کو چوما۔

"تم بھی،" کمار نے رچرڈ سے کہا۔

رچرڈ نانی کے قریب جھکا۔ انھوں نے اس کی پیشانی پر اپنے ہونٹ ثبت کر دیے۔ وہ اداسی اور خوشی سے رونے لگا، پھر اس نے نانی کی پیشانی کو چوم لیا۔

"آہ..." وہ نقاہت سے مسکرائیں اور اپنی آنکھیں بند کر لیں۔

نانی کو گزرے کئی دن ہو گئے۔ کمار اور اس کی ماں اکثر اس سے اس آخری صبح کے بارے میں تفصیلات پوچھتے تھے کہ نانی کے ساتھ کیا ہوا تھا: انھوں نے کیسے چائے پی، کیسے انھوں نے سنترے کھائے، کیسے وہ مسکرائے اور ایک ساتھ سانس لی اور سانس چھوڑنے کی آواز، کیسے انھوں نے ہاتھ پکڑے اور سبز درختوں کی چوٹیوں کو گزرتے دیکھا۔

چار لفظ

جنوری - جون 2018

اسے میں عرصے سے دیکھ رہا تھا... 'نہارنا' زیادہ درست لفظ ہے۔ مجھے ہر ہفتے ٹرین سے سفر کرنا ہی پڑتا تھا... جمعہ کی شام کو اور پھر سموار کی صبح کو واپسی۔ ایک ہی چیئر کار ٹرین، بڑی بڑی کھڑکیاں، کانچ کے دروازے۔ وہ تیسرے یا چوتھے اسٹیشن تک آ ہی جاتا تھا؛ 'Meals on Wheels' کی ٹی شرٹ پہنے۔ صرف چار لفظ تھے ہمارے درمیان... 'بریڈ، کٹلیٹ، پوہا اور آملیٹ۔'

وہ عمر میں مجھ سے بڑا تھا؛ کتنا بڑا تھا یہ نہیں پتہ۔ عمر میں چاہے وہ مجھ سے آگے نکل گیا ہو لیکن اتنا تو طے تھا کہ اس نے اب تک کچھ بھی نہیں کیا تھا۔

اس کی آنکھوں میں بچوں کی سی چمک تھی، وہ ہنستا بھی بچوں جیسا تھا۔ عمر، مہنگائی، اقلیت، کشمیر، افریقہ، ڈونالڈ ٹرمپ، عمران خان، نوٹ بندی وغیرہ نے جیسے اُسے چھوا تک نہیں تھا۔ اس کے بال معمولی سے پیچھے کھسک چکے تھے، جیکی شراف والی مونچھیں تھیں، غریبوں والا سانولا پن تھا، بالکل دبلا پتلا تھا مگر لگتا نہیں تھا جب تک کہ آپ اس کی بانہوں کو اپنی مٹھی کی گرفت میں نہیں لے لیتے۔

شروع شروع میں نظریں پھسل جاتی تھیں، پھر ٹھہرنے لگیں، پھر وہیں جم جاتی

تھیں۔ ’’بریڈ، کٹلیٹ، پوہا، آملیٹ۔‘‘

ایک روز، فروری کی سرد صبح کو وہ پگھلا اور ہلکا سا مسکرایا۔ بہت سے سوال پوچھنے تھے۔ جگہ، پسند، شوق، ٹاپ/ باٹم/ ورسٹائل؟ ویری ٹاپ/ ویری باٹم؟ مور ٹاپ یا مور باٹم؟ نہیں... کچھ نئے سوال... سوال جو بامعنی الفاظ کے ساتھ اسے پُرمعنی بناتے ہوں۔ مجھے پوچھنا تھا، اس کے ہونٹوں پر کٹنے کا نشان کیوں ہے؟ وہ گٹکے کا کون سا برانڈ چباتا ہے؟ کیا اس کا رونے کا کبھی دل کرتا ہے... یوں ہی؟ کیا وہ بھی گھنٹوں کسی بھولے بسرے گانے کی دھن گنگناتا ہے؟ کیا اس کو بھی آم پسند ہے؟ وہ اسے کاٹ کر کھاتا ہے یا چوس کر؟

لیکن میں نے صرف یہی پوچھا، ’پوہا کتنے کا ہے؟‘

ہم مسکراتے رہے، ایک دوسرے کو نہارتے رہے۔

جولائی 2018

جولائی میں دو ہی بار میں گھر جا پایا۔ وہ نہیں ملا، کوئی نیا لڑکا تھا، وہ نہیں تھا۔

اگست 2018

بارش ہو رہی تھی۔ ٹرین لیٹ تھی۔ بادلوں کی وجہ سے اندھیرا جلدی پھیل گیا تھا۔ ٹرین آئی۔ وہ کمپارٹمنٹ کے دروازے پر کھڑا تھا۔ اس نے اپنے سر کے بال منڈوا لیے تھے۔ مجھے وہ کچھ اُداس سا لگا اور کچھ بڑا بڑا سا بھی۔ ان کچھ مہینوں میں اس نے وہ فاصلہ طے کر لیا تھا جو وہ اتنے برسوں میں نہیں کر پایا تھا۔ اس کی آنکھیں چمکیں اور پھر بجھ گئیں۔ وہ آیا، ’’بریڈ، کٹلیٹ، پوہا، آملیٹ‘‘ لیکن ہر بار کی طرح اس نے بار بار چکر نہیں لگایا۔

اس نے بال کیوں ترشوا لیے؟ کیا اس کا کوئی عزیز مر گیا تھا؛ باپ؟ ماں؟ بیوی؟ یا کوئی پرانی منت پوری ہوئی ہے؟ یا شاید وہ کہیں پکڑا گیا ہو؟ میں ایک بار صفدر گنج کے ٹائلٹ میں پکڑا گیا تھا، لوگ یہی چلا رہے تھے ’’بال کاٹو سالے گانڈو کی۔‘‘

ستمبر-اکتوبر 2018

اس کے بال پھر بڑھ آئے تھے۔ میں اب پیسے دیتے ہوئے اس کے ہاتھوں کو ہلکے سے چھو لیتا تھا، بعد میں اس نے بھی پوہا دیتے ہوئے مجھے دھیرے سے چھونا شروع کر دیا۔

نومبر 2018

ٹرین تقریباً خالی تھی۔ مجھے ہلکا سا بخار تھا۔ میں سویا پڑا رہا۔ کوئی پوہا چھوڑ گیا تھا۔ اس نے یا شاید میرے بغل والے نے... پتہ نہیں۔ پوہا باس مار رہا تھا... ہر بار کی طرح۔

دسمبر 2018

میرا تبادلہ ہو گیا تھا۔ میں نے کافی کچھ بیچ دیا تھا اور کافی کچھ گھسیٹے چلا آ رہا تھا۔

اس نے مجھے اتنے سامان کے ساتھ دیکھا تو شاید وہ بھی سمجھ گیا کہ یہ آخری بار ہے۔ وہ ہڑبڑا رہا تھا... بار بار میرے ہی کمپارٹمنٹ میں آ رہا تھا، ''بریڈ، کٹلیٹ، پوہا، آملیٹ۔'' میں ہر بار باتھ روم جانے کے بہانے اس سے ٹکرا رہا تھا... کبھی اس کے بازوؤں کو اپنے ہاتھوں کی گرفت میں لے رہا تھا... تب مجھے علم ہوا کہ وہ دُبلا ہے مگر لگتا نہیں ہے۔

پھر میں اس کے پیچھے دور تک گیا۔ وہ مڑ مڑ کر مجھے دیکھتا رہا۔ اس نے پینٹری میں اپنی ٹرے رکھی۔ وہ میری ہی طرف دیکھ رہا تھا۔ سر میں خون کی رفتار بڑھ گئی تھی یا پھر شاید سست ہو گئی تھی۔ ہر چیز ٹھہرتی جا رہی تھی۔ مجھے محسوس ہوا جیسے اتنے برسوں سے جو گانا بھولنے کے باوجود میں گنگناتا رہا تھا، وہ اب پوری طرح بھول چکا ہوں۔

وہ میرے کچھ پوچھنے کا انتظار کر رہا تھا، مگر میرے دماغ نے تو اب کام کرنا ہی بند کر دیا تھا۔ دھک دھک... اب مجھے پکا یقین ہو گیا تھا کہ میرے سر پر خون کی گردش واقعی تیز ہو چکی ہے۔

''کہاں جاؤ گے ساب؟'' اس نے پوچھا۔

وہ تھوڑا اور مسکرایا۔ وہ دروازے کے اُس پار تھا اور میں دروازے کی دوسری

طرف، ہمارے درمیان دروازہ تھا۔

میں اس کے سوال کا جواب نہیں دے پایا... یہ دروازہ جس تک 41000 کلومیٹر (ایک سال، 41 چکر، پانچ سو کلومیٹر=500☆41☆1) طے کر کے پہنچا ہوں، اب مجھ سے پار نہیں کیا جا رہا ہے۔ اسی وقت عقب سے آواز آئی، ''بریڈ، کٹلیٹ، پوہا، آملیٹ۔'' لیکن وہ تو خاموش تھا۔ دوسرا کینٹین بوائے آواز لگاتے ہوئے اسی طرف آ رہا تھا۔ میں نے دروازہ پار کرنے کی کوشش کی مگر اس نے اپنے سر کو یوں جنبش دی جیسے کہہ رہا ہو، ابھی نہیں۔ اس نے دھیرے سے کچھ کہا بھی جو میں سن نہ پایا، یا شاید سمجھ نہ پایا کیوں کہ دماغ نے تو کام کرنا بند کر دیا تھا۔

دوسرا کینٹین بوائے بہت قریب آ چکا تھا۔ ''بریڈ، کٹلیٹ، پوہا، آملیٹ۔''

''کیا؟'' وہ اپنی ٹرے اٹھانے لگا۔

''نمبر ملے گا؟''

اس نے اثبات میں سر ہلایا، پیچھے دیکھتے ہوئے ٹرے لیے آگے بڑھا۔ وہ چھوٹے سر والا دوسرا کینٹین بوائے آ پہنچا تھا۔

میرا اسٹیشن آ گیا تھا۔ میں اُتر گیا۔ ٹرین بھی زیادہ دیر نہیں رُکی، چل پڑی۔

عرصہ ہو گیا ہے۔ میرا تبادلہ پاس میں ہی ہو گیا ہے۔ میں ہر ہفتے بس سے سفر کرتا ہوں؛ جمعہ کی شام کو، سموار کی صبح۔ بس کا کنڈکٹر، جسے میں پیسے دیتے ہوئے دھیرے سے چھو لیتا ہوں، وہ بھی ٹکٹ دیتے ہوئے مجھے چھو لیتا ہے۔ کئی بار جب وہ گرمیوں میں مسکراتا ہے، راستے جانے پہچانے لگتے ہیں۔ اس نے دھیرے سے کیا کہا تھا جو میں سن نہیں پایا، سمجھ نہیں پایا۔ کئی بار لگتا ہے جیسے اس نے کہا ہو، ''چھونا مت... چومنا مت... صرف چو کو بار... جب پی رہا ہوں گا سگار۔'' اور کئی بار لگتا ہے کہ شاید اس نے پوچھا ہو، ''آپ آم کاٹ کر کھاتے ہیں یا چوس کر؟''

چل دریا میں ڈوب جائیں!

اسے ٹھہراؤ پسند نہیں تھا... ذرا بھی نہیں۔ غضب کی بے چین روح تھی۔ ٹھہرنا اس کی فطرت میں ہی شامل نہ تھا۔ اس کے جسم میں اتنی توانائی تھی کہ خود اس سے سنبھل نہ پاتی تھی، وہ بے پناہ پُرکشش تھا۔ اس کی طرف صرف لڑکیاں ہی نہیں بلکہ لڑکے، مرد، عورتیں بچے؛ ایسا کوئی نہ تھا جو اس کی طرف کھنچ نہ جاتا تھا... گویا وہ ایک مقناطیسی قوت کا مالک ہو۔

ساگر کا رنگ گندمی تھا، قد کاٹھی کے اعتبار سے بھی وہ کسی کو مرعوب کر سکتا تھا۔ اس کی آنکھیں ہمیشہ شوخی اور سوالوں سے لبالب رہتی تھیں۔ خیر سوال تو ہمیشہ اس کے ہونٹوں پر بھی سجے رہتے تھے... جس کے ساتھ ہوتا، اس کے آگے سوالوں کے ڈھیر لگا دیتا۔ وہ اچھا خاصہ پڑھا لکھا بھی تھا، ہر موضوع پر بے تکان گفتگو کر سکتا تھا۔ شاید اسی لیے اس کے سوال دانشورانہ اور دلچسپ ہوتے تھے۔ ویسے حماقت بھرے سوالوں کی بھی اس کے پاس کمی نہ تھی... مثلاً وہ اکثر اپنی گرل فرینڈز سے پوچھ بیٹھتا کہ جب وہ جانتی ہیں کہ وہ ان کا نہیں ہو سکتا تو وہ کیوں اس پر اپنا وقت اور پیسہ برباد کرتی ہیں؟ اب ایسے سوالوں کے بعد کسی کافی شاپ میں بیٹھی کوئی لڑکی اس کی کافی کا اور اپنی آئس کریم کا نہ جانے کیسے بل ادا کر پاتی ہوگی۔

میں ساگر کو اسکول کے وقت سے جانتا تھا۔ وہ اسکول میں بھی سب کا 'ہیرو' تھا اور وہاں بھی وہ میرے بہت قریب تھا، حالاں کہ ہمارے ساتھی طالب علموں سے لے کر

ٹیچرس، لیبارٹری اسسٹنٹ، بس ڈرائیور، چوکیدار سبھی اس کا نام جپتے تھے۔ وہ کبھی بس ڈرائیور کے ساتھ ڈرائیونگ کے داؤ پیچ سیکھتا تو کبھی لیبارٹری میں دو کیمیکل ملا کر دھماکے کرتا اور لیبارٹری اسسٹنٹ کے ساتھ مل کر خوب ہنستا۔ ایک بار میں نے دیکھا، اس نے بستہ بھر کر اپنے نئے پرانے کپڑے اس لیبارٹری اسسٹنٹ کو دے ڈالے... اس کے چھوٹے بھائی کے لیے۔ میرے پوچھنے پر بولا، ارے سب اولڈ فیشن تھے۔ اس کے دماغ میں کس وقت کیا چل رہا ہے، اسے پڑھنا اور سمجھنا بہت مشکل تھا... بیس سکنڈ سے زیادہ کہیں ٹکتا ہی نہ تھا۔

ساگر کی زندگی ایک خالی کتاب تھی، وہ اناتھ تھا۔ خالہ خالو نے اسے پالا تھا۔ خوش حال گھرانے سے تھا۔ اس کے بارے میں سب کو کچھ پتہ ہوتا تھا، وہ اتنا بولتا جو تھا۔ لیکن مجھے پتہ نہیں کیوں، وہ ہمیشہ پُراسرار لگا... ایسا لگتا جیسے ان کھلے صفحوں پر کچھ لکھا ہوا ہو جسے میں پڑھ نہیں پا رہا ہوں... شاید سیاہی ایسی استعمال کی گئی تھی جس سے تحریر نظر نہ آئے۔ میں اس سے کہتا بھی تھا کہ تمھیں کسی دن گہرا کھود کر مجھے دیکھنا ہے۔ وہ مسکرا کر کہتا، ''میں ساگر ہوں، سوائے پانی کے کچھ نہیں ملے گا... بہتا پانی... صاف وشفاف... جو چاہے دیکھ لو... اپنا عکس بھی... جتنا گہرا کھودو گے اتنا زیادہ پانی ملے گا اور مت بھولنا کہ موتی ساگر میں ہی ملتے ہیں، ندیوں میں نہیں۔'' وہ بغیر رُکے بولتا چلا جاتا اور میں بغیر سمجھے سنتا رہتا۔ ''دیکھنا، میں بھی ساگر میں مل جاؤں گا اور ڈھونڈ نکالوں گا ایک موتی اور اسے اپنی انگوٹھی میں جڑ لوں گا۔''

کتنا شوق تھا اسے انگوٹھیوں کا... ہر انگلی میں ایک انگوٹھی، پتلی، موٹی، اصلی، نقلی؛ خواہ جیسی، انگوٹھا تک خالی نہیں تھا۔ سچ مچ ساگر تھا وہ... پاگل ساگر۔

ایک روز وہ ماتھے پر بڑا سا تلک لگا کر آیا جو اس کے معصوم چہرے کے اعتبار سے بہت بڑا تھا۔ پھر خود ہی ہنس کر بولا، ''اولڈ فیشن لگتا ہے نا؟'' میں نے سوچا، اُفق سے طلوع ہوتا ہوا سورج کبھی اولڈ فیشن ہو سکتا ہے بھلا؟

اس دن وہ میرے ہاتھوں کی لکیریں دیکھنے لگا۔ اس کا دعویٰ تھا کہ اسے لکیروں کو بھی پڑھنا آتا ہے۔ اس کے بقول میرا پیار کوئی اور ہوگا اور شادی میں کسی اور سے کروں گا۔

واقعی اس کو سب معلوم ہے۔ میں نے کہا، لاؤ تمھارا ہاتھ دیکھوں تو اس نے مٹھیاں بھینچ لیں، ''نہیں، میرے ہاتھ میں کوئی لکیر نہیں، سب پانی میں بہہ گئیں۔''

کبھی کبھی مجھے لگتا کہ ساگر ایک سراب سا ہے، جس کو دیکھو اس کا دیوانہ ہوا جاتا ہے، اسے پانے کے لیے بھٹکتا ہے جب کہ وہ درحقیقت ہے ہی نہیں، وہ صرف ایک وہم ہے۔ اس کی ہنسی مجھے اپنے خیالوں سے باہر لے آتی ہے۔ اسے میں اپنے قریب دیکھتا ہوں.... بہت قریب۔ اسے جب کالج میں داخلہ لینا تھا تو وہ میرے چکر کاٹتا تھا کہ ہم اور تم ایک ساتھ پڑھیں گے۔ میں بھی اسے چھیڑتا... کیوں بھائی، کیا ساری عمر میرے پیچھے لگے رہو گے؟ تم ساتھ ہوتے ہو تو کوئی لڑکی میرے پاس نہیں آتی۔ اس روز اس نے بڑی سنجیدگی سے کہا تھا، ''میں تمھارا ہی ہوں، بس خود کو تمھارے لائق بنانے کی کوشش کر رہا ہوں، پھر میں اپنے آپ کو تمھارے سپرد کر دوں گا۔'' اس وقت اس کی یہ باتیں میری سمجھ سے پرے تھیں لیکن دھیرے دھیرے ان باتوں کی گہرائیوں کو سمجھنے لگا تھا اور یہ بھی محسوس کرنے لگا تھا کہ اس کی قربت مجھے کسی دن تکلیف ضرور پہنچائے گی لیکن مجھے منظور تھا۔

ہم کالج ساتھ ہی جاتے... وہاں ڈھیروں لڑکیاں اس کے آگے پیچھے منڈلاتیں اور وہ کسی سے اپنے نوٹس بنواتا تو کسی سے اپنی بائک کا پٹرول بھرواتا اور سب سے ایک ہی بات کہتا، ''تمھاری نیکی مجھ پر اُدھار۔'' معلوم نہیں کتنی لڑکیاں اس اُدھار کے اُترنے کا انتظار کر رہی تھیں۔ میں نے اسے کئی بار سمجھایا بھی کہ یہ کیا طریقہ ہے، کیوں ان بچیوں کے دل کے ساتھ کھلواڑ کرتے ہو اور شاید اپنے دل کے ساتھ بھی۔ وہ میرا ہاتھ اپنے سینے پر رکھ کر کہتا، ''دیکھ کہیں کچھ دھڑک رہا ہے کیا؟ ارے پاگل اس سینے میں دل ہی نہیں ہے۔''

''پھر کیا ہے؟'' کبھی کبھی میں اس پر غصہ ہو جاتا۔

''کڈنی ہے۔ ایک ایکسٹرا کڈنی... بھگوان نہ کرے تمھیں اس کی کبھی ضرورت پڑی تو دے دوں گا۔ ایک دم مفت۔ تم نے مجھے کل جو برگر کھلایا تھا، وہ وصول سمجھنا۔''

کبھی کبھی مجھے پتہ نہیں کیوں ایسا لگتا کہ وہ مینٹل ہے، ذہنی طور پر بیمار ہے، نارمل تو بالکل نظر نہیں آتا۔ حالاں کہ وہ پڑھنے میں بہت اچھا تھا اور بہترین فن کار بھی۔ وہ بہت اچھی

پینٹنگ کرتا تھا اور ہاں اس کی آواز بھی بہت اچھی تھی، وہ گاتا بھی بہت اچھا تھا۔ اس کے کمرے میں ہمیشہ میوزک چلتا رہتا... دن رات۔ مجھے اس کی پسند کبھی سمجھ نہیں آئی... کبھی وہ غزل سنتا اور کہتا غلام علی پر عاشق ہو گیا ہوں، سچ مچ۔ کبھی وہ جمی ہونڈرکس یا جم موریسن کو سنتا تو کہتا یار ان میں کیا نشہ ہے، کسی دن کوئی نشہ کر کے میں بھی دیکھوں گا۔ میں ڈر جاتا۔ کبھی وہ صوفیانہ موسیقی پر جھومتا تو کبھی پنڈت روی شنکر کو سنتے ہوئے پینٹ کرتا رہتا۔ ایک پہیلی تھا وہ۔

ہاں، اس کی پینٹنگ ایک جیسی ہوتی تھیں۔ وہ صرف ندیاں پینٹ کرتا تھا... مختلف قسم کی ندیاں، الگ الگ وقت کے مناظر۔ کہتا تھا کہ یہ سب میرے سیلف پورٹریٹ ہیں۔ میں خود اتنا اسمارٹ ہوں تو کچھ اور کیوں بناؤں؟ میں اس کا منھ تاکتا رہتا اور وہ مجھے اُکساتا رہتا تھا۔

''تم نارسسٹ ہو۔'' ایک دن میں نے کہہ ہی دیا۔

وہ گلا پھاڑ کر ہنسا تھا۔ مجھے اس وقت محسوس ہوا کہ وہ واقعی اسمارٹ ہے، ایک خوب صورت ندی کی طرح... صاف وشفاف، ایک بہت گہری اور پُرسکون ندی۔

ایک دن ہم شہر کے باہر دور ایک مندر گئے، اسے بھگوان پر کوئی خاص ایمان نہ تھا... ایک مندر ندی کے کنارے پر تھا، اور اس لیے وہ اس کی پینٹنگ کے لیے یہاں آیا تھا۔ مندر کی سیڑھیوں پر بیٹھے ہم سورج کو غروب ہوتا دیکھتے رہے جس کا عکس ندی پر بڑا حسین لگ رہا تھا۔ وہ اچانک بولا، ''تم اگر سورج ہوتے تو دیکھو ہر شام مجھ میں ڈھل جاتے، مجھ میں جذب ہو جاتے نا؟'' اس کے اس طرح کے اچانک سوالوں کی مجھے عادت تھی مگر پھر بھی میں بے چین ہو جاتا تھا۔ اس روز میں سوچنے لگا تھا کہ کہیں اسے مجھ سے پیار تو نہیں ہو گیا؟ وہ پھر بولا، ''مجھے لگتا ہے کہ مجھے ندی نام کی کسی لڑکی سے عشق ہو گا، کیوں کہ ندی ساگر میں ہی تو جا ملتی ہے۔ وہاں اسے پناہ ملتی ہے اور وہیں مکتی ملتی ہے۔''

''تجھے کبھی کسی سے عشق نہیں ہو سکتا ساگر، کسی سے بھی نہیں۔ جب مجھ سے نہیں ہوا تو کسی اور سے کیا ہو گا؟''

''اچھا!'' وہ اپنی جگہ سے ایک ذرا کھسکتا ہوا بولا، ''ایسا کیا خاص ہے تم میں؟''

میں بھی اس کے قریب کھسک آیا، ''کیوں؟ اچھا خاصا نظر آتا ہوں، گورا رنگ ہے، آنکھیں نیلی نہیں تو پیلی بھی نہیں ہیں۔ بال گھنے، بکھرے، اور ہاں مسکراہٹ کے ساتھ تیرا والا پسندیدہ ڈمپل... اور کیا چاہیے؟''

وہ مسکرایا، ''نارسسٹ کہیں کے۔'' پھر ہم دونوں بہت دیر تک ہنستے رہے۔

جب وہ اس طرح ہنستا تھا تو مجھے اس کی آنکھوں میں اپنے لیے ڈھیر سا پیار نظر آتا تھا۔ مجھے یقین تھا کہ وہ مجھ سے محبت کرتا ہے... تھوڑا بہت نہیں بلکہ بے انتہا... اتنا کرتا ہے جتنا کوئی پاگل کسی آوارہ ندی سے کر سکتا ہے... بے نیاز سمندر سے کر سکتا ہے۔ ندی جو باؤلی ہو کر بہتی ہے اس سمند کی طرف... اس میں سما جانے کے لیے... اس میں سما کر مٹ جانے کے لیے... اپنی مٹھاس کھو کر نمکین ہو جانے کے لیے... اپنی آزادی فراموش کر کے ٹھہر جانے کے لیے۔

کچھ ایسے ہی خیالوں نے مجھے اس روز ہمت دی، جب ہم فلم دیکھ کر لوٹ رہے تھے۔ اس نے بائک میں مجھے زور سے پکڑا ہوا تھا۔ اس کا لمس مجھے بے چین کر رہا تھا۔ ایسا نہیں کہ اس نے مجھے کبھی چھوا نہیں تھا مگر اس دن شاید میرا دل میرے قابو میں ہی نہ تھا۔ میں نے بائک اس کے گھر کے سامنے روکی، اس نے میرا ہاتھ پکڑا اور بولا، ''شکریہ۔ تمھاری وجہ سے میرا دن خوب صورت گزرا۔'' وہ جانے کے لیے پلٹا تو میں نے اس کی انگلیوں کو اپنی انگلیوں میں پھنسا کر گرفت مضبوط کر دی۔

''ابے اب کیا؟ جاؤ رات ہو گئی ہے۔ سب فکر کرتے ہوں گے گھر میں۔''

میں نے اس کا ہاتھ اپنے ہاتھوں میں لیا اور بغیر کچھ سوچے کہہ گیا، ''تمھارے دن، تمھاری راتیں، تمھاری پوری زندگی میں خوب صورت بنا دینا چاہتا ہوں... جینا چاہتا ہوں تمھارے ساتھ، تمھارا ہو کر... ساگر میں تم سے بے انتہا پیار کرتا ہوں۔''

وہ الجھی نگاہوں سے میری آنکھوں میں جھانکتا رہا، پھر اس نے دوسرے ہاتھ سے اپنی انگلیاں میری گرفت سے آزاد کیں اور بولا، ''ایک دن خوب صورت گزرا ہے جناب، یہ خوب صورتی اور تازگی ہمیشہ رہنے والی نہیں ہے۔ جاؤ اب... آہستہ بائک چلانا

اور گھر پہنچ کر وہاٹس ایپ کر دینا۔'' اس نے پلٹ کر بھی نہیں دیکھا اور چلا گیا۔ میں نے بدحواسی میں بائک دوڑا دی۔ وہ رات شاید کچھ زیادہ ہی اندھیری تھی، یا میری آنکھیں شبنم کے سبب دھندلا گئی تھیں۔ مجھے پتہ ہی نہ چلا کہ کیسے میری بائک فٹ پاتھ پر چڑھ گئی۔ ہوش آیا تو میں اسپتال میں تھا۔ میرے سر پر سات ٹانکے لگے تھے، البتہ کوئی اندرونی چوٹ نہیں آئی تھی، سو اگلی صبح میں گھر بھی لوٹ آیا۔

دو روز سے ساگر کا کہیں اتہ پتہ نہیں تھا، نہ وہ ملنے آیا اور نہ اس نے میری کوئی خبر لی۔ اس کا فون بھی بند تھا۔ تیسرے دن وہ آیا تو میں نے طنز کیا، ''بڑی جلدی فرصت مل گئی؟''

اس نے اپنی جانی پہچانی ادا سے جواب دیا، ''ارے تمھارا سر جس فٹ پاتھ سے ٹکرایا تھا، اس کی مرمت کرنے میں ذرا مصروف تھا۔'' میں اس کا سوجا ہوا چہرہ اور سرخ آنکھیں دیکھتا رہا اور سوچتا رہا اور سمجھنے کی ناکام کوششیں کرتا رہا۔ جب تک میرے ٹانکے نہیں کھلے، وہ روز ملنے آتا رہا، خوب بولتا، اِدھر اُدھر کی ہانکتا رہتا۔ اس رات کا ذکر ہم نے پھر کبھی نہیں کیا مگر وہ مجھے کچھ تڑخا ہوا سا محسوس ہو رہا تھا۔ شاید میں نے اپنے پیار کا اظہار کر کے غلطی کر دی تھی۔

خیر، وقت کے ساتھ سب کچھ ٹھیک ہو جائے گا، اس امید کے ساتھ میں نے خود کو ڈھارس بندھائی۔ نوکری ملنے کے ساتھ ہی گھر میں سب لوگ میری شادی پر زور دینے لگے۔ خاندان کے لیے اپنی ذمہ داری کو سمجھتے ہوئے آخر کار میں اس پر راضی بھی ہو گیا۔ مجھے محسوس ہوا کہ اب ساگر کے مایا جال سے مجھے نکلنا ہی پڑے گا۔

اس رات اچانک فون کی گھنٹی بجی اور ادھر سے ساگر کی آواز سنائی دی: ''سنو آخر کار مجھے عشق ہو ہی گیا ساگر نام کے لڑکے سے۔ تم سن رہے ہو نا؟''

''ہاں سن رہا ہوں اور جانتا ہوں۔ گووا کا سمندری ساحل ہے ہی اتنا خوب صورت۔ بھلا کیسے عشق نہیں ہوگا۔''

''شِٹ! تم مجھے زیادہ ہی سمجھنے لگے ہو اور یہ بات مجھے ذرا پسند نہیں۔ اچھا کیا تم

نے شادی کرلی، میرا پیچھا چھوڑ دیا۔ اب اس کو سمجھو اور جانو جو تمھارے پلّے بندھی ہے...''
اور اس نے فون رکھ دیا۔

میری شادی کے بعد یہ پہلی رات تھی اور میں اس پاگل ساگر سے بات کر رہا تھا ... مگر شاید آخری بار۔ میں نے طے کرلیا تھا کہ اب کبھی اس سے کوئی ملاقات نہ کروں گا... کبھی نہیں۔

لیکن ہر بار کی طرح یہ فیصلہ بھی اس نے ہی کیا تھا۔

اگلے دن گوا کے ہوٹل سے فون آیا کہ ساگر اپنے کمرے میں ایک نوٹ چھوڑ گیا ہے۔ ''جا رہا ہوں... مجھے تلاش مت کرنا... کسی ماہی گیر کو یا کسی غوطہ خور کو پریشان مت کرنا... مجھے ساگر کے پریم میں پوری طرح ڈوب جانے دو، اس کی گہرائی ماپنے نکلا ہوں میں۔''

ایک خط میرے نام بھی اس نے چھوڑا تھا۔ اس نے لکھا تھا:

''تمھارا نام ندی ہوتا یا سورج، لیکن میں پھر بھی کبھی تم سے پیار نہ کرتا۔ پتہ ہے جس روز میں پیدا ہوا، اسی روز میرے ماں باپ دونوں کی موت ہوگئی۔ ماں ڈیلیوری ٹیبل پر اور پاپا روڈ ایکسیڈنٹ میں۔ خالہ خالو نے سہارا دیا تو بیچارے بے اولاد رہ گئے۔ یہ اتفاق نہیں ہے۔ یہ اشارہ تھا بھگوان کا۔ میں بہت بدقسمت ہوں... منحوس ہوں۔ ہم اگر ایک ہوگئے ہوتے تو تم کبھی خوش نہ رہتے۔ یاد ہے تمھارے ایکسیڈنٹ والی رات؟ تم نے صرف مجھ سے اپنے پیار کا اظہار کیا تھا... اور دیکھا تھا اس کا نتیجہ؟... لیکن تم فکر نہ کرنا، واپس آؤں گا... تمھارے لیے... ہر جنم میں ساگر ہی بنوں گا، اب ایسا بھی بدقسمت نہیں ہوں میں۔''

روایت ہے...

وہ دیکھتا رہتا تھا اس سبز آنکھوں والے لڑکے کو جو ریت کے گھروندے بناتا اور اسے توڑتا رہتا تھا۔ اسے اس انجام اور عجیب سے لڑکے سے ایک لگاؤ کا احساس ہوگیا تھا جو اکثر سرخ مفلر باندھے رہتا اور کبھی کبھی سیاہ بھی۔

برسوں سے سمندر کے کنارے رہتے رہتے اس ماہی گیر کو پہلے کبھی ایسا کوئی لڑکا

نظر نہیں آیا تھا۔ پتہ نہیں، کہاں سے آیا تھا وہ اس ویران جزیرے میں۔ دیکھنے میں بھلا لگتا تھا مگر کچھ عجیب سا، بے نیاز، خود سے بھی بے پرواہ۔ پتہ نہیں یہاں اسے لہریں بہا کر لائی ہیں یا کسی مچھلی کے پیٹ سے وہ نکلا ہے، ماہی گیر اپنے خیالوں میں بہا چلا جا رہا تھا۔

ہر شام لڑکے کو نہارتے رہنے کی ماہی گیر کو عادت پڑ چکی تھی۔ وہ بغیر کچھ کہے لڑکے کو سمجھنے کی ناکام کوشش کرتا تھا۔

ایک روز وہ اس لڑکے کے قریب پہنچ گیا۔لڑکا بھی اس ماہی گیر کی موجودگی کا جیسے عادی ہو چکا تھا، اس نے کوئی ردعمل نہیں دکھایا۔ وہ اپنے کام میں مصروف رہا... گھروندہ بنا تا رہا توڑنے کے لیے۔

''تم اتنا خوب صورت گھروندہ کیوں بناتے ہو؟ اور یہ سرخ و سیاہ مفلر کیوں بدلتے رہتے ہو؟'' ماہی گیر نے ایک ساتھ کئی سوال داغ دیے۔شاید اسے ڈر تھا کہ لڑکا اس کے سوالوں پر روک نہ لگا دے۔

گھروندہ بناتے ہوئے لڑکا بغیر اپنا چہرہ اٹھائے بولا ''جب میں گھروندہ بناتا ہوں تو عشق کی گرفت میں ہوتا ہوں اور اس وقت یہ سرخ مفلر پہن لیتا ہوں۔ گھر کے بنتے ہی میں سراپا نفرت ہو جاتا ہوں اور سیاہ مفلر پہن لیتا ہوں اور پھر مجھے گھروندا توڑنا اچھا لگتا ہے۔'' اس کی آواز جیسے کسی شنکھ کے اندر سے باہر آئی ہو۔

''تو تمھارے اندر دو شخصیتیں ہیں... ایک اچھا، ایک برا۔ آخر کیسے جی لیتے ہو یہ دوہری زندگی؟''

لڑکے نے پہلی دفعہ پلکیں اوپر اٹھائیں۔ سمندر کی گہرائی جیسے ان آنکھوں کے سامنے کم پڑنے لگی ہو اور چہرہ جیسے تراشا ہوا سیپ ہو۔

''تم نے سچ کہا ماہی گیر۔ تھک گیا ہوں اس دوہری زندگی کو جیتے جیتے۔ کیا تم میری ایک زندگی جینا پسند کرو گے؟''

اس سے پہلے کہ ماہی گیر اثبات یا نفی میں جواب دیتا، اس لڑکے نے اس کی گردن میں سیاہ مفلر لپیٹ دیا اور کہا ''اب اس گھروندے کو تم توڑو... میرے اندر کے

بُرے کو تم جیو۔‘‘

نم آنکھوں کے ساتھ ماہی گیر نے گھروندا توڑ دیا اور سبز آنکھوں والے لڑکے کی آنکھوں سے دو آنسو ڈھلک گئے۔

اس سے پہلے ماہی گیر نے کبھی ایک سیپ میں دو موتی نہیں دیکھے تھے اور نہ سنے تھے۔

اب تو یہ معمول سا بن گیا۔ سبز آنکھوں والا لڑکا ساحل سے دور خوب صورت گھروندا بناتا، اسے سمندری لہروں سے بچاتا اور خود ماہی گیر سے توڑ ڈالنے کو کہتا، پھر ان دونوں کی آنکھوں سے ایک ساتھ آنسو نکل آتے۔

سبز آنکھوں والے لڑکے کے ساتھ ایک خوب صورت خوابوں کا گھر بنانے کی خواہش رکھنے والے ماہی گیر کے لیے یہ ایک سزا سے کم نہ تھا مگر پاگل لڑکے سے عشق کی قیمت بھی تو اسے ہی چکانی تھی۔

ماہی گیر اس لڑکے سے کہتا کہ اگر تمھیں گھر توڑنا ہی ہے تو ساحل کے قریب کیوں نہیں بناتے، سمندری لہریں خود اسے بہالے جائیں گی مگر سبز آنکھوں والے لڑکے نے اس کی ایک نہ سنی، وہ کہتا: ’’تم تو ہو توڑنے کے لیے... ساگر کی لہر ہی ہو تم۔‘‘ اور اس کا یہ سفاک کھیل جاری رہتا۔

ماہی گیر اسے سمجھاتے مناتے تھک سا گیا تھا مگر وہ نہ مانا۔ ماہی گیر نے خود ہی دل ہی دل میں سوچ لیا کہ شاید یہ کسی پہلے پیار کی ناکامی ہو جس نے اسے پاگل بنا دیا ہوگا اور اب اس کے دل میں کسی اور کے پیار کی گنجائش بچی نہ تھی۔ ہاں، مگر وہ ہر شام سمندر کنارے ماہی گیر کا انتظار کرتا رہتا تھا اور اس کی کشتی کنارے لگتے ہی گھروندا بنانا شروع کر دیتا۔

اس شام سورج غروب ہو گیا، ماہی گیر نہیں لوٹا۔ سبز آنکھوں والا لڑکا اس کا انتظار کرتا رہا، یہاں تک کہ آسمان میں تارے نکل آئے مگر کوئی کشتی کنارے نہیں لگی۔

اس روز سمندر ماہی گیر کو نگل گیا تھا۔ کیا پتہ سمندر کی سرکش لہروں نے اسے ڈبو یا، یا اس نے خود کو ہی سمندر کے سپرد کر دیا۔

سبز آنکھوں والا لڑکا پہلے ہی سے پاگل تھا، وہ اب بھی ساحل سے دور گھروندے بناتا تھا مگر گھروندے تیار ہوتے ہی ایک لہر جانے کہاں سے سر اٹھاتی، وہاں تک آتی اور اپنے ساتھ گھروندا بھی لے جاتی جس میں سبز آنکھوں والے لڑکے کے دو آنسو بھی شامل ہوتے۔

لوگ کہتے ہیں، اس سے پہلے نہ سمندر اتنا نمکین تھا اور نہ ہی سیپ کے اندر سے دو موتی نکلا کرتے تھے۔

قطاروں سے کٹا ہوا ایک گھر

اسکول کی بس سڑک کے کنارے رُکی تو ہم تینوں اپنے اپنے بستے سنبھال کر کھڑے ہو گئے۔ بس ڈرائیور نے بٹن دبایا اور ایک تین فٹ کی لمبی سی پٹی باہر نکل آئی جیسے کسی ٹریفک پولیس والے کا بازو ہو۔ اس کے سرے پر سرخ سا ہاتھ، جس پر سفید حروف سے لکھا تھا، 'اسٹاپ!' دونوں طرف کی کاریں جہاں کی تہاں رک گئیں، بچے اتر رہے ہیں۔ رُکنا قانون ہے۔ ڈرائیور نے بس کا دروازہ کھول دیا۔ ورون اور انیس مجھ سے پہلے اُتر گئے تھے، میں ان کے پیچھے چپ چاپ چلتا رہا۔ وہ ایسے جا رہے تھے جیسے میری موجودگی سے بے خبر ہوں۔

''ہوم ورک کرنے کے بعد میرے گھر آ جانا، کرکٹ کھیلیں گے۔'' ورون نے بائیں طرف اپنے گھر کی جانب مڑتے ہوئے زور سے کہا۔

''ٹھیک ہے۔ تیرے ڈیڈی تو بال پھینک کر ہماری پریکٹس کرا ہی دیں گے۔ کچھ بیچاروں کے گھر میں تو ڈیڈی ہی نہیں ہوتے، بیچارے ... چچ چچ ...'' انیس میری طرف دیکھ کر ہنسنے لگا۔

دل میں آیا کہ ایک زور کا گھونسا مار کر اس کے سارے دانت توڑ دوں۔ وہ ایسے گھٹیا طعنوں کی گیند میری طرف اکثر پھینکتا رہتا تھا۔ ہم پڑوس میں رہتے ہیں لیکن وہ مجھے

کھیلنے کے لیے نہیں بلاتے اور نہ وہ کبھی میرے گھر آتے ہیں۔ حالاں کہ یہ شہر کے سب سے امیر علاقے میں ایک بڑا نجی سا پڑوس ہے۔ پانچ گھر دائیں اور پانچ گھر بائیں اور دونوں قطاروں کے درمیان گیارہواں گھر ہمارا، جہاں آ کر سڑک ختم ہو جاتی ہے۔ میرا گھر نہ دائیں قطار میں آتا ہے اور نہ بائیں قطار میں، وہ قطاروں سے کٹا ہوا ہے۔

انیس کا گھر دائیں قطار میں ہے۔ مڑنے سے پہلے اس کا ہاتھ مجھے 'بائے' کرنے کے لیے اٹھا مگر سامنے گیٹ پر اس کی ممی کھڑی اس کا انتظار کر رہی تھی۔ انیس نے اپنا ہاتھ نیچے گرا لیا اور جلدی سے اندر بھاگ گیا۔

میں بھی انھیں نظر انداز کر کے اپنے گھر چلا گیا۔ رخسار ممی ہمیشہ میرے آنے کے لیے دروازہ کھلا چھوڑ دیتی ہیں مگر ان کے کان دروازے کی طرف ہی ہوتے ہیں تاکہ میرے آنے کی آہٹ سن سکیں۔ مجھے یہ بہت اچھا لگتا ہے۔

ممی نے قریب آ کر میرے سر پر پیار سے ہاتھ پھیرا، ''میرے بیٹے کا دن آج کیسا رہا؟''

''ٹھیک تھا۔'' کہتا ہوا میں اوپر بھاگ گیا۔ زمین پر بستہ پھینک کر خود کو بھی پلنگ پر پھینک دیا۔ رونا آ رہا تھا۔ ریکھا ماں اور رخسار ممی کو کیا پتہ کہ ان کی وجہ سے میرے ساتھی مجھے کیسے کیسے طعنے مارتے ہیں۔ آج مجھے اپنی دونوں ماؤں پر بہت غصہ آ رہا ہے۔ وہ تو بہت بہادر ہیں، کہتی ہیں کہ ہم اپنی شرطوں پر جی رہی ہیں مگر میرے بارے میں کچھ نہیں سوچتیں کہ لڑکے مجھے کتنا تنگ کرتے ہیں۔ آج پلے گراؤنڈ میں ڈیوڈ اور انیس نے مجھے جان بوجھ کر دھکا مارا۔ میری کہنی چھل گئی اور آنکھوں میں آنسو آ گئے، وہ لوگ منھ پھاڑ کر ہنسنے لگے، ''عورتوں کے ساتھ رہے گا تو روئے گا ہی نا!''

میں خاموشی سے اٹھ کر چلنے لگا تو پیچھے سے ببلو نے بھی چلتے ہوئے مجھے ٹانگ مار دی۔ میں غصے میں پلٹا تو وہ بھی ایسے ہی ہنسنے لگا تھا۔ ''ارے! تجھے سنبھلنا کون سی ممی سکھائے گی؟ بول... بول نا۔''

''میرے ڈیڈ سکھا دیں گے، اس میں کون سی بڑی بات ہے۔'' میکس نے بڑی

لا پرواہی سے کہا اور مجھے کھینچ کر دور لے گیا۔

میں تو چپ رہتا ہوں۔ رخسار ممی کہتی ہیں؛ ''دھیان ہی مت دو۔ ایک کان سے سنو اور دوسرے سے نکال دو۔''

اتنا آسان ہوتا ہے کیا؟ ریکھا ماں تو نرسری کا گیت ہی گنگنانا شروع کر دیتی ہیں۔

میں بھی تو دل ہی دل میں خود کو یہی سناتا رہتا ہوں؛ 'Stick and stones, may break my bones, but words will never hurt me.'

مگر باتیں ہی تو سب سے زیادہ تکلیف دیتی ہیں۔ کوئی ایسا دوست بھی تو نہیں ہے جس سے میں اپنے دل کی بات کہہ سکوں۔ میکس میرا دوست ہے۔ وہ اچھا بھی ہے مگر اس سے یہ خاص بات کہتے ڈرتا ہوں کہ کہیں وہ دوستی ہی نہ توڑ دے۔

میں بے دلی سے اپنی کتابیں اور کامک بکس اُلٹنے پلٹنے لگا۔ میرے ہاتھ میں اپنی بنائی ہوئی تصویر آگئی 'میری فیملی'۔ میں اس وقت کنڈر گارڈن میں تھا، یہ تصویر اسی وقت کی ہے۔ اس تصویر کی وجہ سے میرا کلاس میں کافی مذاق اُڑا تھا۔ ٹیچر نے کہا تھا کہ سبھی بچے اپنی فیملی کی تصویر بنائیں، میں نے اپنی فیملی کی یہ تصویر بنائی تھی جس میں دو مائیں میرا ہاتھ پکڑے ہوئے ہیں اور میں کرکٹ کا بیٹ لیے درمیان میں کھڑا مسکرا رہا ہوں، زارا پاس ہی گھاس پر لیٹی ہوئی ہے۔

ٹونی نے دیوار پر لگانے کے لیے سب کی تصویریں اکٹھی کیں۔ انیس میری تصویر دیکھ کر زور زور سے ہنسنے لگا۔ مجھے اس کی ہنسی کی وجہ سمجھ میں نہیں آئی۔

''فیملی میں دو ممیاں تھوڑی ہوتی ہیں بدھو۔''

''مگر میری تو ہیں۔'' میں پریشان سا ہو گیا۔

انیس نے ٹونی سے میری تصویر کھینچ کر میرے آگے پھینک دیا۔

''نہیں، بالکل نہیں ہوتیں۔'' ٹونی نے انیس کا ساتھ دیا۔

میں نے اپنی تصویر اپنے بستے میں رکھ لی۔

چھٹی کی گھنٹی بج چکی تھی۔

اس دن میں بہت خاموش تھا۔ میں سوچ رہا تھا کہ کس سے بات کروں؟ یوں تو میری دونوں ہی مائیں مجھ سے بہت پیار کرتی ہیں۔ کبھی کبھی سوچتا ہوں کہ میں کتنا قسمت والا ہوں جو مجھے دو دو ماؤں کا پیار ملا ہے۔ ورون کے ممی ڈیڈی تو ہمیشہ لڑتے رہتے ہیں۔ کبھی کبھی تو ہمارے گھر تک بھی ان کے چیخنے چلانے کی آواز آجاتی ہے۔ ایک بار سب کے سامنے ہی انھوں نے ورون کو تھپڑ جڑ دیا تھا۔ میکس نے بتایا کہ وہ تو ورون کی ممی کی بھی پٹائی کر دیتے ہیں۔ ہمارے گھر میں تو کوئی اونچی آواز میں بات تک نہیں کرتا۔ دونوں ہی ممیاں میرے ہوم ورک میں مدد کرتی ہیں اور جب وقت ملے تو میرے ساتھ کھیلتی بھی ہیں، باتیں بھی کرتی ہیں۔

سب سے پہلے مجھے رخسار ممی نے بتایا تھا کہ 'گے' کا مطلب کیا ہوتا ہے۔ جب ایک ہی جنس کے دو لوگ آپس میں پیار کرتے ہیں تو وہ لوگ 'گے' کہلاتے ہیں۔ وہ دو ممیاں بھی ہو سکتی ہیں اور دو ڈیڈی بھی۔

بس اتنی سی بات ہے! اس کے بعد مجھے کچھ اور جاننے میں دلچسپی نہیں رہی۔ مجھے بھلا کیا فرق پڑتا ہے، جب تک ہماری فیملی میں سب پیار سے رہتے ہیں۔ ورون کے ممی ڈیڈی کی طرح ہر وقت لڑتے جھگڑتے تو نہیں رہتے۔

دوسرے دن ٹیچر نے جب میری تصویر کے بارے میں پوچھا تو میں نے دھیرے سے ان کے قریب جا کر بتا دیا کہ انیس اور ٹونی کہتے ہیں کہ دو ممیاں نہیں ہو سکتیں مگر میری دو ممیاں ہیں، اس لیے میں تصویر نہیں دے سکتا۔

ٹیچر چپ ہو گئی۔ اس نے سب کی تصویریں ہاتھ میں پکڑ لیں اور ہم سب کو اپنے قریب آنے کو کہا۔ ایک ایک کر کے وہ سب تصویریں دکھانے لگی۔ سب ایک دوسرے سے الگ تھیں۔ کسی میں ایک ماں اور دو بچے، کسی میں ایک بچہ اور دو ممی ڈیڈی، کسی میں صرف ڈیڈی اور دو بچے۔ ٹیچر سب کو تصویریں دکھاتی گئی۔

''دیکھا تم نے؟ ہر فیملی اپنے آپ میں خاص ہوتی ہے۔ فیملی پیار سے بنتی ہے،

اس لیے دوممیوں والی فیملی بھی ہوسکتی ہے اور دو ڈیڈیوں والی بھی۔''

میں نے اپنی تصویر ٹیچر کے حوالے کر دی۔ اس کے بعد سے اسکول میں مجھے کسی نے کچھ نہیں کہا۔

مگر آج اسکول والے واقعے سے مجھے لگا کہ ہمارے گھر میں شاید کچھ عجیب سا ہے۔ شام کو جب میں ممی اور ماں کے درمیان بیٹھ کر ٹیلی ویژن دیکھ رہا تھا، شاید کوئی فیملی پروگرام ہی تھا، تو وہی ایک بات مجھے پریشان کیے جارہی تھی کہ میری فیملی کچھ الگ ہے۔

''ماں! کیا ہم لوگ عجیب ہیں؟ دوسروں جیسے نہیں ہیں؟''

دونوں مائیں چپ ہو گئیں۔ ایک دوسرے کو دیکھنے لگیں۔ مجھے لگتا ہے کہ دونوں ماؤں کے درمیان کچھ ہے، کچھ جادو جیسا۔ وہ صرف ایک دوسرے کی طرف دیکھتی ہیں اور آپس کی بات سمجھ جاتی ہیں۔ کچھ تو ہے ان دونوں کے رشتے کے درمیان کہ اس کا ارتعاش مجھے اور زارا کو بھی چھوتا رہتا ہے۔

رخسانہ ممی نے کھینچ کر مجھے اپنے پاس بٹھالیا۔ وہ میرا سر سہلانے لگیں۔

''نہیں میرے بچے، ہم لوگ بالکل عجیب نہیں۔ جب سے یہ دنیا بنی ہے، ہر وقت، ہر سوسائٹی اور ہر مذہب میں اس طرح کے لوگ ہوتے ہیں جن کی پسند الگ ہوتی ہے۔ وہ جان بوجھ کر ایسا نہیں کرتے۔ بس وہ ہوتے ہی ایسے ہیں۔ البتہ بیشتر لوگ اس بات کو برداشت نہیں کر پاتے کہ کوئی ان سے الگ طرح کی سوچ یا پسند والا انسان بھی ان کے آس پاس موجود ہو۔ اس لیے کئی ملکوں میں انھیں جیل میں ڈال دیا جاتا ہے، انھیں سزائیں دی جاتی ہیں۔''

''ریت میں سر چھپا کر طوفان کا انکار تو نہیں کیا جا سکتا۔ لوگ اس بات کو تسلیم ہی نہیں کرنا چاہتے، اس لیے زیادہ تر لوگ اپنے تعلقات کو چھپا کر رکھتے ہیں۔ ہم چونکہ کھلے سماج میں رہتے ہیں تو کوشش کر رہے ہیں کہ جو ہم ہیں، اسی طرح سے رہیں۔ ہم الگ ہیں مگر غلط نہیں۔''

دونوں ماؤں نے مجھے اچھا خاصہ بھاشن دے دیا لیکن میں تو کچھ اور پوچھنا چاہتا

تھا۔

''ماں! کیا سچ مچ میرے کوئی ڈیڈی نہیں ہیں؟'' میں جو پوچھنا چاہتا تھا، وہ بے ساختہ میرے منھ سے نکل گیا۔

تھوڑی دیر کے لیے خاموشی چھائی رہی۔ رخسار ممی سنجیدہ ہو کر کچھ سوچنے لگی تھیں۔ میں جواب کے انتظار میں ریکھا ماں کی طرف دیکھ رہا تھا۔ ماں مجھ سے کبھی جھوٹ نہیں بولتیں، اس کی تو گارنٹی دے سکتا ہوں۔ لیکن ماں کی جگہ رخسار ممی نے دھیرے سے اپنا ہاتھ میری پیٹھ پر اپنا ہاتھ رکھ مجھے دیکھا، پھر نہایت ہی نرم لہجے میں یوں بولیں جیسے میں ان کا ہم عمر ہوں۔

''مجھے شروع ہی سے اپنے بارے میں معلوم تھا کہ میں کیسی ہوں۔ ہم جیسے ہوتے ہیں نا، ویسے ہی ہمیشہ رہتے ہیں۔ اس کے علاوہ کچھ اور کچھ ہو ہی نہیں سکتے۔ مجھے مردوں میں کبھی کوئی کشش محسوس نہیں ہوئی۔''

میں نے سوچا، یہ لو... یہ کون سی بڑی بات ہے۔

''میں اور رخسار آپس میں ایسی ہی محبت کرتے ہیں جیسے باقی جوڑے کرتے ہیں۔ ہمیں ایک دوسرے کا بہت سہارا ہے۔ ہم نے بقیہ زندگی ایک ساتھ گزارنے کا وعدہ کیا ہے۔'' ماں نے زبان کھولی۔

ہونھ، یہ بھی میری بات کا جواب نہ ہوا۔

رخسار ممی نے شاید میرے چہرے پر الجھن پڑھ لی۔ میری ٹھوڑی ہاتھ میں لے کر وہ پیار سے بولیں، ''ہم دونوں کو لگا کہ ہمیں ایک پیارا سا بچہ چاہیے جس پر ہم دونوں اپنا پورا پیار انڈیل سکیں۔''

تو وہ پیارا سا بچہ میں ہوں جس پر یہ دونوں مائیں اپنا پیار انڈیلنا چاہتی ہیں۔ مجھے خود پر فخر ہوا اور میں مسکرا اٹھا۔

''رخسار تمھیں جنم دے گی۔ ہم نے کافی سوچ بچار کے بعد فیصلہ کیا۔ پھر وہ ایک خاص ڈاکٹر کے پاس گئی جو بغیر کسی مرد کے رابطے میں آئے بچے پیدا کرنے میں مدد کرتا

تھا۔'' ریکھا ماں بتا رہی تھی۔

''وہ کہنے لگا کہ وہ صرف مرد عورت کے ان جوڑوں ہی کی مدد کرتا ہے جنھیں بچے پیدا کرنے میں دقت پیش آتی ہے۔ پھر وہ ڈاکٹر اپنے نظریے کی روشنی میں مجھے بتانے لگا کہ صحیح کیا اور غلط کیا ہے۔ اس نے صاف کہہ دیا کہ میں ایسا ناجائز بچہ پیدا کرنے میں تمھاری مدد نہیں کر سکتا۔'' وہ واقعہ یاد کر کے رخسار ممی کا چہرہ تمتما اٹھا تھا۔

''پھر؟'' مجھے کہانی دلچسپ لگ رہی تھی۔

''پھر میری ایک سینئر ڈاکٹر نے مدد کی۔ اس نے مجھے ایک چارٹ دکھایا جس میں ناموں کی جگہ صرف نمبر لکھے تھے، فوٹو بھی نہیں۔'' ممی ہنس پڑیں۔

''انھیں میں سے میں نے ایک نمبر 342 کا انتخاب کیا۔ اس کا قد چھ فٹ تین انچ تھا۔ سڈول جسم اور ہاں وہ حیاتیات پر ریسرچ کر رہا تھا۔ صرف اتنی ہی جانکاری موجود تھی۔ اس سینئر ڈاکٹر نے اس کے دان کیے ہوئے اسپرم کو میرے اندر ڈال دیا اور تم میری کوکھ میں آ گئے۔''

اوہ، تو میں رخسار ممی کے پیٹ سے نکلا ہوں۔

''میں نے تمھیں جنم دیا ہے تو میں تمھاری پیدا کرنے والی ماں اور ریکھا نے قانوناً عرضی دے کر تمھاری پرورش کا حق لے لیا ہے تو وہ ہوئی تمھاری پالنے والی ماں۔''

ماں اور ممی مجھ سے ایسے ہی مل کر باتیں کرتی ہیں تو میں خود کو خاص سمجھنے لگتا ہوں۔ مجھے لگتا ہے کہ میری مائیں بھی خاص ہیں مگر اس بڑے اسکول میں جب لڑکے گھما پھرا کر میری ماؤں کے بارے میں گندی باتیں کرتے ہیں تو میں سلگ جاتا ہوں۔ اس وقت مجھے اپنی دونوں ماؤں پر بہت غصہ آتا ہے۔ انھیں کیا پتہ کہ لوگ ان کے بارے میں کیسی کیسی باتیں کرتے ہیں۔ انیس اور ٹونی تو میرے منھ پر ہی کہہ دیتے ہیں کہ ان کے ممی ڈیڈی نے تاکید کی ہے کہ 'بیمار' لوگوں کے گھر نہیں جانا۔

بیمار؟ میرا پارا چڑھنے لگتا۔ میری رخسار ممی اس شہر کی کتنی مشہور ڈاکٹر ہیں اور ریکھا ماں کے آرٹیکل تو بڑی بڑی میگزینوں میں چھپتے ہیں۔ میں اپنی کلاس میں سب سے اچھے نمبر

لاتا ہوں اور میری بہن زارا تو دنیا کی سب سے پیاری بچی ہے۔ ہم لوگ 'بیمار' بھلا کیسے ہوئے؟ مائیں ہم کو اتنا پیار کرتی ہیں کہ بس ہمیں کچھ اور نہیں چاہیے۔ وہ روز ڈنر کے وقت بیٹھ کر سمجھاتی ہیں کہ کیا بات غلط ہے اور کیا ٹھیک۔ ممی کہتی ہے کہ کبھی کسی کو ایسی بات نہیں کہنی چاہیے جس سے اس کا دل دُکھے۔ یہ لوگ تو روز میرا دل دُکھاتے ہیں، پھر یہ لوگ مجھ سے اچھے کیسے ہوئے؟ اسی لیے میں اپنے گھر کی بات کسی سے شیئر نہیں کرتا، میکس سے بھی نہیں۔

زارا شاید آگئی تھی۔ رخسانہ ممی اسپتال سے لوٹتے وقت اسے لے کر آئی ہیں۔ زارا ہر وقت ہنستی کھلکھلاتی رہتی ہے۔ اس کی بڑی بڑی کالی آنکھیں دیکھ کر میں بھی ہنس پڑتا ہوں۔ جب کوئی بھی ممی اسے اس کی چھوٹی سی سائیکل میں بٹھا کر سیر کرانے نکلتی ہیں تو لوگ عجیب سی نگاہوں سے اسے پلٹ کر دیکھتے ہیں، شاید اس لیے کہ زارا کالی ہے اور ہم تینوں گورے۔ ممیاں کہتی ہیں کہ وہ دونوں 'کلر بلائنڈ' ہیں، انھیں تو رنگوں میں فرق نظر نہیں آتا۔

جب سے زارا ہمارے گھر آئی ہے، ہمیں لگتا ہے جیسے ہماری فیملی مکمل ہوگئی ہے۔ زارا کی اصلی ممی تو فلوریڈا کی جیل میں ہے اور اس کے ڈیڈی کے بارے میں اس کی ممی کو بھی نہیں پتہ۔ مگر اب تو زارا ہماری بہن ہے... ہماری فیملی ممبر۔

رخسار ممی کہتی ہیں، شکر ہے کہ ہمارے ملک میں ہمیں بچے لینے کا حق حاصل ہے، دوسرے کئی ملکوں میں تو ابھی بھی دو ممیاں یا دو ڈیڈی بچے گود نہیں لے سکتے۔ اچھا ہوا، ورنہ بیچاری زارا کہاں رہتی؟ میں کس کے ساتھ کھیلتا؟

ایک بار مجھے رات میں ڈر لگا تو میں ممیوں کے کمرے میں سونے کے لیے جا رہا تھا مگر ان کا دروازہ بند تھا۔ ممی نے سکھایا ہے کہ کبھی کسی کے بیڈ روم میں نہیں جاتے۔ اگر دروازہ کھلا بھی ہو تو ہمیشہ کھٹکھٹا کر، اجازت لے کر ہی جانا چاہیے۔ میں نے دروازہ کھٹکھٹایا تو کوئی جواب نہیں ملا۔ میں نے زور زور سے دروازہ پیٹنا شروع کر دیا۔ تھوڑی دیر بعد ممی کی جھنجھلاہٹ بھری آواز آئی، ''کیا چاہیے؟''

''میرے کمرے میں بھوت ہے، میں وہاں اکیلا نہیں سو سکتا۔'' میں تقریباً رو دیا تھا۔

تھوڑی دیر بعد رخسار ممی نے دروازہ کھولا۔ انھوں نے ہاتھ بڑھا کر میرے گال تھپتھپائے، پھر پیار سے پچکارتے ہوئے کہا، ''میرا بیٹا تو بڑا بہادر ہے، ایک دم سپر مین۔''

''ممم''، میں کنمنایا۔

ممی نے ہنس کر کہا، ''اچھا جاؤ، زارا کے کمرے میں جا کر سو جاؤ۔''

میں خوش ہو گیا کیوں کہ ممیاں مجھے کبھی بھی سوئی ہوئی زارا کے کمرے میں جانے نہیں دیتی تھیں کہ وہ جاگ نہ جائے۔ میں مسکراتا ہوا زارا کے کمرے میں آ گیا۔ وہ نیند میں بھی مسکرا رہی تھی۔

ریکھا ماں کچھ دنوں سے بیمار تھیں۔ شاید ان کی طبیعت زیادہ ہی بگڑ گئی، انھیں تیز بخار تھا اور ان پر کپکپی طاری تھی۔ انھیں متلی ہو رہی تھی اور کبھی کبھی وہ پیٹ پکڑ کر کراہ اٹھتیں۔ رخسار ممی ساری رات ان کے سرہانے بیٹھی کبھی ان کا سر تو کبھی ہاتھ پاؤں سہلاتی رہیں۔ ماں نڈھال سی تھیں اور ممی پریشان۔ صبح ممی نے اپنے اسپتال فون کیا، ''میری پارٹنر بہت بیمار ہے، مجھے اس کا خیال رکھنے کے لیے family-leave چاہیے۔''

اُدھر سے کچھ جواب آیا اور ممی زور سے چلائی، ''کیوں نہیں؟ باقی سب کو تو ملتی ہے۔''

پھر فون پر جانے کیا باتیں ہوئیں کہ ممی غصے سے فون رکھ کر سیدھے باتھ روم میں گھس گئیں۔ باہر نکلیں تو ان کی آنکھیں سوجی ہوئی تھیں... بغیر کسی کی طرف دیکھے انھوں نے شاید کچھ اور فون کیے۔ ''ایمرجنسی ہے، بچوں کو دیکھنے والا کوئی نہیں...'' جیسے الفاظ سنائی دیے۔

رخسار ممی کو چھٹی نہیں ملی۔ انھیں کام پر جانا ہی پڑا۔ اس دن ہم ایک نئی baby sitter کے ساتھ رہے اور ریکھا ماں اپنے کمرے میں اکیلی پڑی زور زور سے کراہتی رہیں۔ ممی جلدی کام سے لوٹ آئیں۔ وہ کبھی اتنی آسانی سے پریشان ہونے والی عورت نہیں ہیں مگر آج محسوس ہوا کہ وہ کوئی اور ہی ممی ہیں۔ وہ اندر جا کر کبھی ریکھا ماں کو چھوتیں، کبھی ان کے گلے لگتیں، کبھی آنکھیں پونچھتیں، میں یہ سب باہر سے ہی دیکھ رہا تھا اور کچھ سہما

ہوا تھا۔

ممی ایک دم سے سیدھے ہو کر بیٹھ گئیں، جیسے کچھ فیصلہ کر رہی ہوں۔ پھر انھوں نے baby sitter کو مدد کرنے کو کہا۔ انھوں نے ریکھا ماں کو اپنی دائیں بازو کا سہارا دے کر، تقریباً خود پر لادتے ہوئے کار کی پچھلی سیٹ پر ڈالا اور گاڑی چلا کر اسپتال لے گئیں۔

اس رات ہم baby sitter کے ساتھ رہے۔ ممی نے اسے دو تین بار فون کیا۔ baby sitter نے مجھے دیکھا اور کہا، ''بری خبر ہے۔ تمھاری ماں کے گال بلاڈر میں اسٹون ہے۔ آپریشن کی ضرورت ہے مگر رخسار کی انشورنس اس کے اسپتال کا خرچ دینے کو تیار نہیں ہے۔ میرے ڈیڈی کی انشورنس نے تو میری ممی کی بیماری کا سارا خرچ کر دیا تھا۔'' پھر تھوڑا سوچتے ہوئے بولی، ''شاید یہ لوگ شادی شدہ نہیں ہیں، اس لیے۔''

ممی کا پھر فون آیا تھا۔ انھوں نے بتایا کہ انھیں ریکھا ماں کے علاج کے لیے آپریشن کی اجازت دینے کا حق نہیں ہے، ان کے دستخط قابل قبول نہیں، وہ انتظار کر رہی ہیں۔

ممی نے مجھ سے بھی بات کی۔ ''بیٹا، تم مت گھبرانا۔ زارا کا خیال رکھنا۔ سب ٹھیک ہو جائے گا۔''

''تم کہاں ہو ممی؟'' میں تقریباً رو پڑا تھا۔

''ویٹنگ روم میں بیٹھی ہوں۔ ریکھا کے کمرے میں جانے کی مجھے اجازت نہیں ہے۔''

''کیوں؟''

''کیوں کہ میں اس کی فیملی میں نہیں شمار ہوتی۔'' مجھے محسوس ہوا کہ ممی فون پر سسک رہی تھیں۔

دوسرے دن شام کو دونوں مائیں لوٹ آئیں۔ ریکھا ماں بہت کمزور لگ رہی تھیں اور رخسار ممی بہت تھکی ہوئیں۔ رات کو جب میں انھیں 'گڈ نائٹ' کہنے ان کے کمرے

کی طرف جا رہا تھا تو کاریڈور میں ہی رک گیا۔ رخسار ممی کے زور زور سے بولنے کی آواز آ رہی تھی۔ وہ شاید غصے میں تھیں، ورنہ وہ کبھی اتنی اونچی آواز میں نہیں بولتی تھیں۔

''یہ بالکل ناانصافی ہے۔ باقی سب کو family leave مل سکتی ہے تو مجھے کیوں نہیں؟ ہمیشہ ہم سے دوسرے درجے کا برتاؤ کیوں کیا جاتا ہے؟ ایک تو عورت ہونے کے ناتے ویسے ہی بھید بھاؤ، اوپر سے جب پتہ چلتا ہے کہ میں ان کے طے کیے گئے رشتوں کے سانچے میں فٹ نہیں بیٹھتی ہوں تو اور بھی قہر ٹوٹ پڑتا ہے۔ ہم پورے ٹیکس ادا کرتے ہیں مگر ہمیں اس کا کوئی فائدہ نہیں ملتا جو کسی بھی عام شادی شدہ جوڑے کو حاصل ہے۔ میری بیمہ کمپنی کیوں تمھاری بیماری کا خرچ نہیں دے سکتی؟ آج مجھے کچھ ہو جائے تو نہ تمھیں میری نوکری کی پنشن ملے گی اور نہ ہی دوسرے فائدے جو کہ عام طور پر دوسرے جوڑوں کو ملتے ہیں۔ اس گھر سے بھی نکال دی جاؤ گی۔ وارث بن کر پتہ نہیں کون کون آ جائے گا۔''

ریکھا ماں نے بھی شاید جواب میں کچھ کہا جو مجھے سنائی نہیں دیا۔ میں انھیں 'گڈ نائٹ' کہے بغیر چپ چاپ اپنے بستر پر آ کر لیٹ گیا۔

مجھے پتہ ہے کہ رخسار ممی والے نانا نانی تو کبھی کبھار ملنے آ جاتے تھے مگر ریکھا ماں والی نانی کبھی نہیں آتیں، اس سے ماں بہت دُکھی رہتی تھیں۔

ممیاں مجھے سنڈے اسکول نہیں بھیجتیں جہاں مذہب کی تعلیم دی جاتی ہے مگر میرے اسکول کے کئی بچے جاتے ہیں۔ میں اور میکس لنچ ٹائم میں کھانا کھا رہے تھے، تبھی جان اور اس کے دوست شرارت کے موڈ میں ہمارے پاس آ کر بیٹھ گئے، وہ سبھی مجھ سے دو کلاس آگے تھے۔ جان ہماری طرف چہرہ کر کے کہنے لگا، ''ہمارے چرچ میں کہتے ہیں، جو بھی رشتہ ایک آدمی اور عورت کے علاوہ ہوتا ہے، وہ گناہ ہوتا ہے۔ ایسے لوگ جہنم میں جاتے ہیں۔ وہ آگ کے الاؤ میں بھونے جاتے ہیں اور گرم سلاخوں سے داغے جاتے ہیں۔'' پھر وہ سبھی زور زور سے ہنسنے لگے۔

مجھ سے لنچ نہیں کھایا گیا۔ شاید میرے چہرے پر کچھ تھا جسے میکس نے دیکھ لیا۔

''چلو، باہر چلتے ہیں۔'' وہ مجھے اسکول کیفے سے باہر گھسیٹ لایا۔

میرا چہرہ تپ رہا تھا اور پیشانی پر پسینے کی بوندیں چھلک رہی تھیں۔ باہر آ کر ہم نے واٹر فاؤنٹین میں پانی پیا اور میں نے تو منھ بھی دھویا۔

''میکس! مجھے تمھیں ایک بہت ہی پرسنل بات بتانی ہے۔ لیکن پہلے پرامس کرو کہ کسی اور کو نہیں بتاؤ گے۔''

''گاڈ پرامس!'' میکس نے اپنے سینے پر صلیب کا نشان بنایا۔

''میری دونوں ممیاں 'گے' ہیں۔'' میں نے اپنی ساری طاقت بٹور کر اتنی جلدی سب کچھ اُگل دیا کہ اگر ایک لمحے کے لیے، سانس لینے کے لیے بھی رُکتا تو شاید نہ کہہ پاتا۔

میکس کے چہرے ویسا ہی سپاٹ رہا، مجھے حیرت ہوئی۔

''مجھے معلوم ہے۔ میرے ڈیڈ نے کہا تھا کہ لگتا ہے تمھارے دوست کی دونوں ماؤں کے درمیان ہوموسیکشوئل رشتہ ہے مگر جب تک وہ خود نہ بتائے تم اس سے نہیں پوچھو گے ورنہ وہ عجیب محسوس کرے گا۔''

''تمھیں عجیب نہیں لگا؟''

''نہیں۔ انیس کے انکل بھی 'گے' ہیں۔''

''تمھیں کیسے معلوم؟''

''مجھے کیسے معلوم ہوگا، وہ تو پاکستان میں ہیں۔ انیس نے ہی بتایا۔''

میری اُبلی ہوئی آنکھوں کو دیکھ کر وہ بولا، ''ارے ہر جگہ کے لوگ 'گے' ہو سکتے ہیں۔ انیس کے انکل شادی نہیں کرنا چاہتے تھے۔ ان کے ماں باپ نے زبردستی ایک خوب صورت سی لڑکی سے ان کی شادی کرا دی تھی۔ شادی کے بعد وہ اسے مارتے پیٹتے تھے۔ کہتے تھے کہ تو مجھے اچھی نہیں لگتی۔ ایک دن گھر سے باہر دھکا دے دیا، وہ روتی ہوئی واپس اپنے میکے چلی گئی۔ انیس کی ممی کہتی ہے کہ شاید وہ 'گے' ہے۔ انیس نے چپکے سے یہ بات سن لی تھی، پھر مجھے بتایا۔ خیر ہمیں ان کی باتوں سے کیا لینا دینا۔ میرے ڈیڈ کہتے ہیں، جو جیسا ہے اسے ویسے وہی قبول کرنا چاہیے۔''

مجھے میکس کی باتیں اچھی لگیں، ایک دم پوچھ بیٹھا، ''تو پھر تم میرے گھر کھیلنے آؤ گے؟''

''ہاں آؤں گا، مگر ایک بات تم بھی میری مانو گے؟''

''کیا؟'' میں اس وقت اس کی ہر بات تسلیم کرنے کو تیار تھا۔

''پلیز اسکول کی کاؤنسلر مسز رچرڈسن سے مل لو اور جو جو باتیں تمھیں پریشان کرتی ہیں، انھیں بتا دو۔ تمھیں اچھا لگے گا۔''

اگلے روز میں مسز رچرڈسن سے ملا۔ وہ مجھے بہت اچھی لگیں۔ انھوں نے بڑی شفقت کے ساتھ میری باتیں سنیں۔ مجھے لگا کہ جو باتیں میں دونوں ماؤں سے نہیں کہہ سکتا تھا... اپنا ڈر، اپنی فکر، اپنے سروکار، سب کچھ میں ان سے شیئر کر سکتا تھا۔

میں نے انھیں جان اور اس کے دوستوں کی کہی بات بتائی۔ کیا سچ مچ میری ممیاں پاپ والی زندگی جی رہی ہیں؟ کیا وہ سچ مچ جہنم میں جائیں گی؟ میری دونوں ممی اتنی اچھی اور پیاری ہیں کہ انھیں کوئی تکلیف ہو، اس خیال سے ہی میری آنکھیں بھر آئیں۔

مسز رچرڈسن نے میرا ہاتھ پکڑ لیا اور مسکرائیں، ''وہ سب لوگ غلط مطلب نکالتے ہیں۔ اچھا تم بتاؤ، یسوع کیا کہتے ہیں؟''

''سب سے پیار کرو۔'' میں زیرلب بدبدایا۔

''تو یسوع سب سے پیار کرتے ہیں۔'' انھوں نے 'سب سے' پر زور دیتے ہوئے کہا۔

میں خاموش رہا۔

''تو وہ سب سے پیار کرتے ہیں، چاہے وہ کوئی بھی ہو۔ اس کا پیار کچھ خاص لوگوں کے لیے نہیں ہے، اپنے سب بچوں کے لیے ہے... اگر جان کی ممی کے لیے ہے تو تمھاری ممیوں کے لیے بھی ہے۔''

مجھے سن کر اچھا لگا۔ میں مسکرا دیا۔

میں ان کے آفس سے باہر نکلا تو محسوس ہوا کہ یسوع کی بات کا اصلی مطلب تو مسز

رچرڈسن ہی سمجھتی ہیں۔ اب میں بھی یہی کروں گا، سب سے پیار کروں گا... جان، انیس، ٹونی، میکس سبھی سے۔

دونوں مائیں ایک جلوس میں گئی تھیں۔ شاید کوئی بہت ہی ضروری بات ہوگی ورنہ وہ ہمیں یوں اکیلا چھوڑ کر کم ہی نکلتی ہیں۔ میں اور زاراbaby sitter کے ساتھ گھر پر ہی تھے... ٹیلی ویژن دیکھ رہے تھے۔ ممی لوگ تو صرف ایک یا دو پروگرام ہی دیکھنے دیتی تھیں مگر آج baby sitter تھی، پورے کا پورا ٹیلی ویژن ہمارے قبضے میں تھا۔

نیوز چل رہی تھی۔ بہت سے لوگ نعرے لگا رہے تھے۔

''ہوموسیکشوئل کو بھی قانونی شادی کی اجازت ملنی چاہیے۔''

''ہمارے ساتھ بھید بھاؤ بند کرو۔''

''ہمیں بھی وہ حقوق ملنے چاہئیں جو کسی بھی شادی شدہ جوڑے کو ملتے ہیں۔''

ایک بار تو مجھے اس بھیڑ میں رخسار ممی اور ریکھا ماں کے جوش سے بھرے تمتماتے چہرے بھی نظر آئے۔

پھر ٹیلی ویژن پر ایک آدمی دوسری خبریں بتانے لگا۔ ''کینساس سٹی میں ایک ہوموسیکشوئل لڑکے کو کچھ لوگوں نے پیٹ پیٹ کر مار دیا۔'' پھر کچھ پولیس والے نظر آئے، اس لڑکے کی روتی ہوئی ماں کو دیکھ زارا رونے لگی۔

میں نے زارا کو اپنی بانہوں میں سمیٹ لیا۔

''پتہ ہے کچھ لوگ ہوموسیکشوئل سے بہت نفرت کرتے ہیں۔ یہ لوگ 'ہوموفوبک' ہوتے ہیں۔ ارے بابا، جیو اور جینے دو۔'' baby sitter کی کمنٹری جاری تھی۔

اگر کسی نے میری ممیوں کو بھی...؟ میں کانپتا ہوا اپنے بیڈروم میں آ گیا، آنکھوں تک کمبل کھینچ لیا۔ میری سانس بہت تیز تیز چل رہی تھی۔ مجھے لگا کہ کچھ لوگ میری ممیوں کو رسیوں سے باندھ رہے ہیں، ان پر پتھر پھینک رہے ہیں۔ انھیں گندی گندی گالیاں دے رہے ہیں۔ ممیوں کے جسم سے خون بہہ رہا ہے اور ان کی گردنیں ایک طرف لڑھک گئی ہیں۔

میں نے گھبرا کر آنکھیں کھول دیں۔ شاید میں خواب دیکھ رہا تھا۔ پسینے میں شرابور

میرے جسم میں میرا دل اتنے زور سے دھڑک رہا تھا کہ محسوس ہوا جیسے ابھی میرے جسم سے باہر آ جائے گا۔ میں نے ممی کو آواز دینی چاہی مگر شاید خوف کے سبب میرے حلق سے آواز تک نکل نہیں پائی۔

میں چپ چاپ چھت کی طرف دیکھتا رہا اور دل ہی دل میں دعائیں مانگ رہا تھا۔ میں نے دھیرے سے پردہ اٹھا کر باہر دیکھا۔ ممی کی گاڑی کھڑی تھی۔ اس کا مطلب تھا کہ ممیاں گھر واپس آ چکی ہیں۔

میں پُرسکون ہو گیا۔ میکس کے ڈیڈی کہتے ہیں کہ دنیا میں بہت سے ایسے پاگل لوگ بھی رہتے ہیں جنھیں پہچان پانا آسان نہیں ہوتا۔ وہ لوگ اپنے علاوہ سب کو غلط سمجھتے ہیں۔ دوسروں کی غلطی ٹھیک کرنے کے لیے وہ کسی بھی حد تک جا سکتے ہیں۔ ایسے سماج کے ٹھیکے داروں سے مجھے دہشت ہوتی ہے۔ اکثر رات کو میری نیند کھل جاتی ہے۔ میں کسی سے کہتا نہیں مگر رات کو سونے سے پہلے اٹھ کر سبھی دروازے چیک کر لیتا ہوں کہ وہ ٹھیک سے بند ہیں یا نہیں۔ معلوم نہیں کیوں رات کو ڈر زیادہ لگتا ہے۔ ریکھا ماں سے بھی کہہ دیا ہے کہ وہ میرے لیے دروازہ کھلا نہ چھوڑیں مگر ان کی سمجھ میں نہیں آتا۔

آج کل دونوں ممیاں کسی کام میں بہت مصروف نظر آتی ہیں۔ فون پر لوگوں سے باتیں کرتی ہیں تو ایک لفظ بار بار سنائی دیتا ہے؛ 'gay rights'۔ آئے دن جلسہ جلوس میں حصہ لینے جاتی ہیں۔ ریکھا ماں تو پتہ نہیں کیا کیا دستاویز اکٹھا کرتی رہتی ہیں۔ مجھے ایسا لگتا ہے کہ وہ بہت بڑی جنگ لڑنے کی تیاری کر رہی ہیں۔

ریکھا ماں اس دن کسی سے فون پر کہہ رہی تھیں کہ یہ لڑائی ہم صرف اپنے لیے نہیں بلکہ دنیا میں رہنے والے سبھی ہوموسیکشوئل کے لیے لڑ رہے ہیں۔ اس تحریک کی شروعات کسی کو تو کرنی ہے۔ ہم جھنڈا لے کر چلیں گے تو باقی بھی ہمارے پیچھے پیچھے آئیں گے۔ کارواں تو ایسے ہی بنتا ہے۔ ہماری دلچسپی، پسند و ناپسند الگ ہو سکتی ہیں مگر غلط نہیں اور درست بات کے لیے ہم پوری طاقت سے لڑیں گے۔

میں یہ سب باتیں ٹھیک سے نہیں سمجھ پا رہا تھا مگر میری مائیں جو بھی کریں گی،

میں ان کا ساتھ دوں گا۔ یہ میرا اپنے آپ سے وعدہ تھا۔

اس دن ریکھا ماں کوئی فارم بھر رہی تھیں، اچانک انھوں نے جھنجھلا کر قلم ہی پھینک دیا۔

''بارہ سال ہوگئے ہمیں ساتھ رہتے ہوئے اور ابھی تک 'سنگل' پر ہی نشان لگا رہے ہیں۔ پھر الگ الگ، دُگنا، انکم ٹیکس بھی بھرنا پڑتا ہے۔''

رخسار ممی کے چہرے پر بے بسی صاف نظر آ رہی تھی۔ میں یہ جان جاتا ہوں مگر سمجھ نہیں پاتا کہ میں کس طرح دونوں ممیوں کو خوش کروں؟ میں نے ممی کے گلے میں اپنی بانہیں ڈال دیں اور ان کے گال چوم لیے۔ ممی نے مجھے اپنے سینے سے لگالیا۔ مجھے محسوس ہوا کہ میں کم سے کم یہ تو کر ہی سکتا ہوں۔

صبح اسکول جانے سے پہلے میں اپنی آنکھیں ملتا ہوا نیچے آیا تو وہیں قدم رُک گئے۔ کچن ٹیبل پر آج کا اخبار بکھرا پڑا تھا اور دونوں ممیاں ایک دوسرے کے گلے لگ کر خوشی سے گول گول گھوم رہی تھیں۔

مجھے دیکھا تو ریکھا ماں نے دوڑ کر مجھے اپنی گود میں اٹھالیا اور ناچنے لگیں۔

''جانتے ہو، بل پاس ہوگیا۔'' ان کے منھ سے خوشی کے فوارے چھوٹ رہے تھے۔

میں ابھی بھی انھیں ہونق بنا دیکھ رہا تھا۔ کیا میری دونوں ممیوں کا دُکھوں کی وجہ سے دماغ چل گیا ہے، پاگل ہوگئی ہیں؟

''اب نیویارک میں بھی 'گے میرج بل' پاس ہوگیا ہے۔ اب ہم دونوں شادی کر پائیں گی۔''

''کب ہوگی شادی؟'' میں بھی خوش تھا، کیوں کہ میری دونوں مائیں خوش تھیں۔

''جلدی، بہت جلدی۔'' رخسار ممی بس اب اور انتظار نہیں کرنا چاہتی تھیں۔

اور پھر ہمارے گھر میں شادی کی تیاریاں شروع ہوگئیں۔ سب کو دعوت نامے بھیجے جا رہے تھے۔ میرے اور زارا کے نئے کپڑے بھی آگئے۔ میکس کے ڈیڈ نے کہا کہ وہ

شادی کی رسم کے بعد ممی اور ماں کو اپنی بڑی والی کار میں گھر لے جائیں گے۔

ممی اور ماں تھوڑی کھسر پھسر کرتی تھیں، شاید کوئی بات ہے جو انھیں پوری طرح خوش ہونے کی رکاوٹ بن رہی تھی۔ میں اپنا ہوم ورک کر رہا تھا تو میں نے سنا کہ ریکھا ماں اپنی خالہ سے بات کر رہی ہیں۔

''میری ماں کو سمجھاؤ۔ یہ دن میرے لیے بہت خاص ہے۔ اگر وہ اس شادی میں نہیں آئی تو...'' پھر ماں سسکیاں بھرنے لگی تھیں۔

شادی والے دن میں نے اپنا سیاہ ٹکسیڈو پہنا اور زارا نے لیس والی گلابی فراک۔ رخسار ممی نے کریم رنگ کا پینٹ سوٹ اور ریکھا ماں نے بھی اسی رنگ کا اسکرٹ سوٹ۔ رخسار ممی والی نانی نے دونوں انگوٹھیوں کے ڈبے اپنے پرس میں سنبھال کر رکھ لیے۔ سبھی گھر آنے والے مہمان آچکے تھے اور ممیوں کے دوستوں کو ہمیں سٹی ہال کے باہر ہی ملنا تھا۔ ممی کے آفس کا کوئی آدمی ہماری تصویریں لے رہا تھا کہ اتنے میں دروازے کی گھنٹی بجی۔

آئے ہوئے مہمان کو دیکھ کر ریکھا ماں کے منہ سے خوشی کی چیخ نکل گئی۔ وہ دوڑ کر اس بزرگ عورت سے لپٹ گئیں۔ وہ روتی جا رہی تھیں اور بولتی چلی جا رہی تھیں، ''تھینک یو موم، تھینک یو سو مچ۔''

میں سمجھ گیا کہ یہ ضروری میری دوسری والی نانی ہوں گی۔

رجسٹرار کے دفتر میں ممی اور ماں نے دستخط کیے۔ نانی نے مجھے اور زارا کو ایک ایک انگوٹھی پکڑا دی اور ہمیں ممیوں کو دینے کا اشارہ کیا۔ رخسار ممی اور ریکھا ماں نے ایک دوسرے کی انگلی میں انگوٹھی پہنائی، وہاں کھڑے سبھی لوگوں نے تالیاں بجا دیں۔ ممی اور ماں نے سب کے سامنے ایک دوسرے کا بوسہ لیا۔ لوگوں نے ان پر پھولوں کی پتیاں پھینکنی شروع کر دیں۔

میکس کے ڈیڈ اپنی کار ہمارے دروازے تک لے آئے۔ اس پر دو بڑے بڑے غبارے بندھے تھے اور پیچھے کے شیشے پر سفید رنگوں سے لکھا تھا؛ 'Newly Married'۔

رخسار ممی اور ریکھا ماں ایک دوسرے کا ہاتھ پکڑے ہوئے پیچھے والی سیٹ پر بیٹھ گئیں۔ ان کے پیچھے والی کار میں رخسار ممی والے نانا ڈرائیونگ سیٹ پر اور نانی ان کے بغل میں بیٹھی تھیں۔ زارا کو بچوں والی سیٹ پر بیلٹ سے باندھنے کے بعد دوسری والی نانی میرے ساتھ پچھلی والی سیٹ پر بیٹھ گئیں۔

''تم نے آخری وقت پر آنے کا ارادہ کیسے بنا لیا؟'' بڑی نانی نے پوچھا تو چھوٹی نانی کھو سی گئیں۔

''کیوں کہ... کیوں کہ میری بہن نے کہا کہ جیسے تم اپنے مرحوم شوہر سے ابھی تک اتنی محبت کرتی ہو، ریکھا بھی ویسے ہی رخسار سے پیار کرتی ہے۔ اپنے نجی تحفظات کی وجہ سے اسے کسی بھی طرح سے کمتر نہ سمجھو۔ سوچتی رہی، پھر مجھے لگا کہ ریکھا کی خوشی کے لیے آنا چاہیے، سو آ گئی۔''

اچانک ہم سب کا دھیان بٹ گیا۔ بڑی نانی کے منھ سے ہلکی سی چیخ نکل گئی۔ ایک دم سے ہمارے آگے کھڑی نئے شادی شدہ جوڑے والی کار کے اوپر ایک آدمی کچھ پھینک کر تیزی سے غائب ہو گیا۔ ہم سب دہشت زدہ ہو گئے، کہیں بم تو نہیں؟ میری سانسیں رکنے لگیں۔

کار کے پچھلے شیشے پر لکھی تحریر، 'Newly Married' انڈے کی زردی اور سفیدی کے نیچے دب گئی تھی۔

بارش کی وہ اکلوتی دہکتی بوند

شکر ہے دکانوں میں خریداروں کی بھگدڑ نہیں مچی تھی۔ وکاس کے چشمے پر بھاپ جم گئی تھی، وہ ابھی ابھی 422 نمبر کی ٹھنڈی ایئر کنڈیشنڈ بس سے موتی محل اسٹاپ پر ممبئی کی نم اور چپچپی مانسونی ہوا میں اُترا تھا۔ چوڑی سڑک پر گاڑیاں اسٹاپ پر ٹھہری بس سے آگے نکلنے کے طریقے تلاش رہی تھیں۔ ایک منٹ کے لیے بھی ان سے انتظار نہیں ہوتا۔ کان بہرے کرنے والے ہارن وہ یوں بجاتے جیسے زیادہ ناز ونعم میں پلے رئیس زادے اپنے والدین کو چیخ کر اُلٹے جواب دیتے ہیں۔ فٹ پاتھ پر چڑھنے والی تیز رفتار موٹر سائیکلوں سے بچ کر وہ چل رہا تھا۔ بارش کا موسم تھا، ہلکی پھواریں زور پکڑنے کا اشارہ دے رہی تھیں۔ وکاس اب ایک چوراہے پر تھا جہاں ایک طرف سنہرے حرفوں میں سفید پتھروں پر لکھا تھا، 'سنیجے بھگورام تامبے چوک'۔ تختی کے اوپری کنارے پر بیٹھے کبوتروں کی بیٹوں کے بہتے جھرنے تامبے صاحب کا لحاظ کر کے سنہرے حرفوں کے کچھ انچ اوپر ہی سوکھ گئے تھے۔

آج وکاس کی چھٹی کا دن تھا۔ کھار اسٹیشن کے پاس ہوٹل میں وہ ویٹر تھا۔ وہیں ہوٹل کی چھت پر وہ دوسرے ویٹروں کے ساتھ چھجے کے نیچے سوتا تھا۔ چھٹی کے دن وہ 'گھر' (؟) سے نکلا کرتا تھا۔ شہر کی سڑکیں، ان پر ہونے والے غیر متوقع واقعات اس کی تفریح کا سامان مہیا کرتے تھے اور وہ اس کے لیے کافی تھے۔ اسے سنیما، تھیٹر پر پیسے خرچ کرنا

فضول لگتا تھا اور پھر ہوٹل میں نیچے والے بار سے چوبیس گھنٹے شراب کی بدبو آتی تھی جس سے اس کی انتڑیاں متھنے لگتی تھیں۔ بائیں طرف سرخ 'کیپے سٹر باکس' (Capacitor Box) پر کمر کے بل ٹیک لگا کر وہ کھڑا ہو گیا۔ ایڑی پر ہوائی چپل کی چر چراہٹ محسوس کرنا اسے اچھا لگتا تھا۔ باکس تقریباً فلموں کے پوسٹر اور دسویں کلاس کی کوچنگ کلاسوں کے اشتہار سے ڈھکا ہوا تھا۔

سامنے سے ایک کالا پیلا آٹو رکشا آتا نظر آیا۔ چوک پر پہنچتے ہی اس کی رفتار کم ہو گئی۔ وکاس کے پاس آ کر 'ٹرر' کرتا آٹو کا انجن کچھ دھیما ہوا۔ وکاس نے عادتاً نیچے جھک کر کنکھیوں سے ڈرائیور کو تاڑا۔

رکشہ والے کی عمر 40 سال کے قریب ہو گی۔ گھنی مونچھیں، تھوڑی گھسی ہوئی تنگ خاکی رنگ کی پتلون۔ برگد جیسی مضبوط جانگیں۔ آنکھیں چاروں طرف دیکھ کر سواری تلاش کرنے میں ماہر۔ لنکنگ روڈ کے پسنجر اپنی برانڈیڈ خریداری کی نمائش کرنے والی تھیلیوں کو اس انداز سے پکڑتے تھے جیسے اسکولی ناٹک میں دُرگا ماں بنی ہوئی لڑکی اپنے ہاتھوں میں تھرموکول کے ہتھیار پکڑتی ہے، گاڑیوں سے نکلتے دھویں سے ہراساں... رکشے والے پر اپنی بھڑاس نکالنے کے لیے اور لڑنے بھڑنے کے لیے ہمیشہ تیار۔

کہتے ہیں کہ رکشا والوں کی نظریں 360 ڈگری کی ہوتی ہیں، وہ بہت کچھ ایک نظر میں دیکھ لیتے ہیں... ایک ساتھ کئی منظر سمیٹ لیتے ہیں۔ ہر راہگیر کی آنکھوں میں آنکھیں ڈال کر اس کا اسکین تک کر ڈالتے ہیں، جیسے وہ اسے اپنے رکشہ کے اندر بیٹھنے کے لیے مسمرائز کر رہے ہوں۔ رکشہ والے نے اوپری ترپال کے نیچے سر جھکا کر، 'کیپے سٹر باکس' (Capacitor Box) پر لگائے گئے نندی سنیما میں لگے بھوج پوری پوسٹروں کو اور پھر وکاس کو دیکھا۔ وکاس نے پچھلے مہینے کی ایک تہائی تنخواہ خرچ کر کے 'گلوبس' سے خریدا ہوا نارنگی رنگ کی اسٹائلش ہاف شرٹ، پتلی ٹانگوں میں تحلیل جینز پہنے ہوئے تھا۔ وکاس نے دھیرے سے عینک اتاری اور شرٹ سے اسے صاف کیا، پھر احتیاط سے اسے پہنا اور ڈرائیور سے نظریں ملائیں۔ ڈرائیور نے اس کی ٹکٹکی میں لپٹی خواہش کو محسوس کیا۔ عادتاً

وکاس کی زبان کی نوک ٹھوڑی کے بالوں کے خشک لمس سے کانپنے لگی۔

آٹو والے نے نائٹ ڈیوٹی پر بھی رکشہ چلائی تھی۔ وہ باندرا کے قدیم کٹڈ یشوری دیوی مارگ پر رہتا تھا۔ ماؤنٹ میری کے بومن جی سیڑھیوں کے پاس، محبوب اسٹوڈیو کے پیچھے، بینڈ اسٹینڈ پر یا پھر کارٹر روڈ کی جھاڑیوں میں اکثر رات دو سے پانچ بجے تک لونڈے سڑکوں کے کنارے کھڑے رہتے۔ کوئی کچھ نہیں کہتا، جیسے اس وقت شہر ایک جنگل ہو اور یہ جانور اپنی معمول کی حالت میں اپنے مقررہ اڈّوں پر تعینات ہوں۔ لیکن ابھی تو دوپہر کا وقت تھا۔ کچھ لمحوں کے لیے دونوں کی نظریں ملیں۔ وکاس کی نظریں متجسس تھیں، رکشہ والے کی سپاٹ۔

رکشا والے نے کچی گولیاں نہیں کھیلی تھیں... اس نے اپنا بایاں ہاتھ اٹھایا اور 'ٹرنگ' کی آواز کے ساتھ میٹر آدھا گھمایا جیسے کسی لیڈر کی موت پر آدھا جھنڈا مستول کرتے ہیں۔ یہ اشارہ دراصل سواری کی خواہش رکھنے والے کے لیے ہے کہ 'رکشہ خالی نہیں ہے'، کیوں کہ مستقل دستیاب ہونے کی یہاں کوئی ضمانت نہیں ہوتی۔ کچھ ہی لمحوں میں کچھ بھی ہوسکتا ہے۔ ایک اور بس آنے کی جلد بازی میں، گاڑیوں کے ہارنوں کا شور سن کر آٹو کو مجبوراً وہاں سے نکلنا پڑسکتا تھا یا پھر غصے میں بھرا بس ڈرائیور ماں بہن کی گالیوں کے علاوہ دو چار تھپڑ بھی لگا سکتا تھا۔ پیڑ کے پیچھے سے اچانک کوئی پانڈو (حوالدار) ڈنڈا اہلاتے، سیٹیاں بجاتے، ہاتھوں سے بھاگنے کا اشارہ کرتے نمودار ہوسکتا تھا، جو جیب سے لائسنس کھینچ کر واپس دینے کے لیے رشوت کھانے کا کوئی موقع نہیں گنواتا۔

وکاس بھی منجھا ہوا کھلاڑی تھا۔ اس نے اگرچہ گھاٹ گھاٹ کا تو نہیں لیکن کم از کم اسٹیشن اسٹیشن کا پانی ضرور پیا تھا۔ بھوجپوری فلموں اور کوچنگ کلاسوں کے پوسٹروں سے لدی لال بس سے آگے نکلتا ہوا وہ سر جھکائے اور ہاتھ پتلون کی جیب میں ڈال کر آٹو کی طرف بڑھا، پھر اندر بیٹھ گیا۔ بغیر کچھ کہے آٹو رکشہ کا ڈرائیور بائیں طرف جھکا، اسٹارٹر راڈ کو دو تین بار اوپر کھینچا اور اسٹارٹ ہونے پر لنکنگ روڈ کی طرف موڑ دیا۔

ان حالات میں بھی عموماً تہذیب کے کچھ آداب ہوتے ہیں۔ کچھ سکنڈوں کے

لیے دونوں نے اپنی بکھری سانسوں کو قابو میں کرلیا۔ اس ڈھٹائی میں دونوں کے جسموں میں 'ایڈرنالین' (Adrenaline) کا جیسے سیلاب بہہ رہا تھا۔ 'ایڈرنالین' جانوروں کی گردوں سے نکلتا ہوا وہ مائع ہے جو تناؤ، غصے یا خوف کی موجودگی میں رِستا ہے۔ دھیرے سے انھوں نے دائیں ریویو شیشے میں آنکھیں ملائیں، دونوں مسکرائے۔ وکاس کی مسکراہٹ آئینے پر چپکائے پلاسٹک کے گہرے دبیز اور سرخ لال ہونٹوں کی اسٹیکر میں تحلیل ہوگئی۔

"کہاں جائیں گے؟" رکشہ والے نے پوچھا۔

دراصل یہ سوال نہیں تھا، محض بات شروع کرنے کا ایک طریقہ تھا، جیسے شطرنج کی پہلی چال ہوتی ہے۔

وکاس آگے کی طرف جھکا۔ ڈرائیور اور سواری کے درمیان کی سیاہ پارٹیشن پر مندمل سفید حرفوں میں دو ہدایتیں لکھی تھیں۔ ہاتھ سے لکھی ہدایتوں کے حروف کی تحریر خراب تھی۔

(۱) کرائے کی ادائیگی صرف Tariff Card کے مطابق کریں۔

(۲) برائے مہربانی پاؤں اوپر نہ رکھیں۔

وکاس نے ایک ہاتھ ڈرائیور کی سیٹ کے پیچھے کی ریلنگ پر رکھا۔ وہ ریلنگ جیسے بیہودگی کی خلیج میں گرنے سے بچنے کے لیے بنایا ہوا لوہے کا ایک جنگلہ تھا جو کسی بھی لمحے وکاس کی انگلیوں کی شرارت کے سبب نیست و نابود ہوسکتا تھا۔ وکاس کو محسوس ہورہا تھا جیسے اس جنگلے کے پیچھے وہ عدالت کے کٹہرے میں بیٹھا ہوا ہے اور آٹو رکشہ والا جیوری، جسٹس اور جلاد تینوں ہو... یا پھر وہ دونوں کٹہرے میں کھڑے مجرم ہوں، اور رکشہ کے باہر کی دنیا جلاد ہو۔ لوہا ٹھنڈا تھا۔ وکاس کو ایسا لمس اچھا لگتا تھا... ہاتھوں میں لوہے کا، ایڑی میں چپل کا اور زبان پر ٹھوڑی کے بالوں کی چرچراہٹ۔ جینز میں اس کے دُبلے پتلے کولھوں کی ریکسین کی بے آرام اور گرم سیٹ کے سبب جیسے پپڑیاں نکل رہی تھیں۔ ایک درجن پھٹی جگہوں پر دھاگے سے مرمت کی گئی تھی۔

وکاس نے اپنا دوسرا ہاتھ رکشہ والے کے کندھے پر رکھا۔ رکشہ والے کے

کندھے بھالو جیسے بڑے اور بوجھل تھے۔ وکاس کے لمس سے کندھا تھوڑا سا تنا اور تھوڑا سا اُچکا بھی۔ کچھ ہی لمحوں میں کندھوں کا تناؤ کم ہو گیا۔ وکاس کی انگلیوں نے ہلکا سا دباؤ ڈالا، جیسے کوئی جانوروں کا ڈاکٹر کسی زخمی پرندے کے پاؤں کے فریکچر کا معائنہ کر رہا ہو۔ وکاس نے سامنے آئینے میں دیکھا۔ اس بار اس کی نظروں کو ڈرائیور نے اپنی گرفت میں لے لیا۔

رکشہ والا مسکرایا۔ اس کی آنکھوں میں ہمدردی تھی۔ آئینے پر ایک رسیلے اور سرخ ہونٹوں کی تصویر کا اسٹیکر چسپاں تھا۔ ان ہونٹوں نے وکاس کے گال کے عکس پر بے ارادہ ہی سہی، بوسہ ثبت کر دیا۔

''جہاں تم لے چلو۔'' وکاس نے سادگی سے جواب دیا۔ شہر ان کے چاروں طرف بکھرا ہوا تھا۔ اب وہ لنکنگ روڈ پہنچ چکے تھے۔ نیشنل کالج کے قریبی گیٹ سے کالج کے طلبا گروہوں کی شکل میں باہر نکل رہے تھے۔ سُرما لگائے جوتے بیچنے والے فٹ پاتھ پر اپنی حکومت جمائے ہوئے تھے۔ وہ جارحانہ آواز میں وہاں سے گزرتی ہر فیشن ایبل کالج گرل کی طرف دیکھتے ہوئے اونچی ایڑیوں والی جوتیوں کو اپنے ہاتھوں سے سہلا کر پرچار کر رہے تھے، انھیں پھنسانے کی کوشش کر رہے تھے۔ ٹپوری بچے جوں بھری اپنی چپچپی کھوپڑیوں کو مسلسل کھرونچتے ہوئے نئے فلمی گیتوں کو گاتے گاڑیوں اور خریداروں کے درمیان یہاں وہاں بلاوجہ دوڑ رہے تھے۔

رکشہ کھار ٹیلی فون ایکسچینج کے سگنل پر رُکا۔ ایک بھکاری نے وکاس کی طرف ہاتھ بڑھایا۔ باہر نمی سے بوجھل تیز ہوا کے جھونکے چلنے شروع ہو رہے تھے۔ بارش ہونے کے مکمل آثار تھے۔ بھکاری نے رکشے کے اندر وکاس کی آنکھوں میں دیکھا۔ ان آنکھوں کی تنہائی شاید اسے چھو گئی اور اس نے وکاس کو اکیلا چھوڑ دیا۔ آسمان میں کالے گھنے بادلوں کا جیسا دھما کہ ہونے ہی والا تھا۔ سگنل کی بتی سرخ سے سبز ہوئی، رکشہ والا بائیں طرف جھکا اور اس نے اسٹارٹر کا ڈنڈا کھینچا۔ رکشہ ٹریفک میں بے لگام ہو کر گھسا۔ وکاس کی انگلیوں نے رکشہ والے کے کندھے پر اپنی ڈھیٹ مگر مہذب موجودگی کو برقرار رکھا۔ انگلیوں نے رکشہ والے کے کالر تک کا سفر کیا۔ راستے بھر قریبی گاڑیاں اور رکشے سڑک کی ہر انچ پر اپنا قبضہ

جمانے کے لیے ہارن کا ہلّہ بول دیا تھا۔

رکشہ والے کے حق میں یہ کہنا ہوگا کہ اس نے میٹر چالو نہیں کیا تھا۔ میٹر اب بھی تعزیتی مدت میں لہرائے جانے والے جھنڈے کی طرح نصف مستول تھا... رکشہ والے کی میلی سفید پینٹ میں لپٹی رانوں کی ٹوکری میں ایستادہ اس کی مردانگی کی طرح۔ شوز مارکیٹ سے آگے ٹریفک کچھ کم ہوئی۔ رکشہ والے نے دایاں موڑ کاٹا اور ایک گہری سانس لی۔ باہر بارش کی ہلکی پھواریں پڑنی شروع ہوگئی تھیں۔ دو منٹ کے اندر، راستے کے بچے کھچے راہگیروں نے بھی گھروں اور دکانوں کے اندر پناہ لے لی اور سڑک تقریباً غیر انسانی ہوگئی۔ آوارہ کتے بھی ان دکانوں کے چھجوں کے نیچے گھسنے لگے جہاں سے، وہ جانتے تھے کہ مالک یا اس کا خاندان انھیں نہیں بھگائیں گے۔

''تمھارا نام؟'' وکاس کی انگلیوں کی جگہ اب زبان نے لے لی۔

''شیکھر!''

''آپ کا؟''

''وکاس!''

اگرچہ وکاس کی عمر رکشہ ڈرائیور سے نصف تھی لیکن بہرحال وکاس پسنجر تھا، آمدنی کا ذریعہ... لہٰذا وہ جمع کے صیغہ 'آپ' کا حقدار تھا، بلا سے وکاس نے اسے 'تم' سے مخاطب کیوں نہ کیا ہو۔ شیکھر کی چھوٹی سی ڈاڑھی تھی۔ اس کی بھنویں عقاب کی چونچ جیسی لمبی اور ناک کے اوپر سیدھی لکیر سے ملی ہوئی تھی۔ اس کی آنکھیں خوب صورت اور تیز تھیں۔ اس کی مسکراہٹ کسی پتھر دل کو موم کرنے کی صلاحیت رکھتی تھی۔ وکاس دو لفظوں کی مختصر گفتگو میں جان گیا کہ ڈرائیور ایک 'بھیّا' تھا... ممبئی میں اتر پردیش اور بہار کے لوگوں کو دیا جانے والا نام، 'بھیّا'۔ رکشہ والوں سے آنکھیں لڑانے کا پختہ تجربہ رکھنے والے وکاس کو معلوم تھا کہ 'یوپی' والے اکثر محنتی اور سادہ مزاج ہوتے ہیں۔ ایسے اتفاقی واقعات کی طرف ان کا رویہ فیاضانہ ہوا کرتا ہے۔ وکاس کا خیال تھا کہ اپنے گاؤں اور گھر والوں سے دور خوش حال ہونے کی امید میں وہ نائٹ شفٹ میں یہاں رکشہ چلاتے ہیں۔ جسمانی ضرورتوں کو اس

طرح نمٹنا ان کے لیے معمول کی بات ہے۔

وکاس، شیکھر کے سینے کے گھنے بالوں کو پسندیدگی کی نظروں سے دیکھ رہا تھا۔ اس نے آگے جھک کر شیکھر کی قمیص کا پہلا بٹن کھولا۔ اس نے بنیان نہیں پہنا تھا۔ وکاس نے اس کی قمیص کا اوپری بٹن کھولا اور ہاتھ کو شرٹ کے اندر ڈال کر گلے میں پڑی چین کو اپنی شہادت کی انگلی پر لپیٹنے لگا۔ شیکھر نے سر جھکایا اور آنکھیں بند کر لیں۔ دونوں کچھ دیر تک ویسے ہی بیٹھے رہے۔ بارش تیز ہو گئی تھی۔ رکشے کی ریگزن پر بارش دوڑتے گھوڑوں کی ٹاپوں کی طرح پلے بیک میوزک دے رہی تھی۔ رفتہ رفتہ مگر مسلسل تین پہیوں والے رکشے کے کھلے دروازوں سے بارش کی بے باک اور بے شرم بوندیں اندر آنے لگیں۔ وہ پہلے تو پیچھے کی سیٹ پر آپس میں گتھم گتھا ہوئیں اور ایک سازش کے تحت چھوٹی ندیوں میں تبدیل ہو گئیں، پھر عیاشی کی خاطر انھوں نے وکاس کے جینز کی طرف رُخ کیا۔ شیکھر نے دونوں دروازوں کے اوپر بندھے ریگزین کو لہرایا اور ان پر بندھی ہوئی چھوٹی سی نم رسیوں کے ذریعہ انھیں لوہے کی سلاخوں کے ساتھ باندھ دیا۔ اگرچہ یہ پردہ ناکافی ہی سہی لیکن بارش کے چھینٹوں کی روکنے میں کامیاب رہا۔ اب وہ اپنے 'ریگزین محل' میں تنہا تھے۔ بارش نے انھیں یہ تحفہ دیا تھا۔

تیز بارش کے باوجود شیکھر نے ڈرائیونگ سیٹ چھوڑی اور وکاس کے ساتھ پیچھے کی سیٹ پر آ گیا۔ اب وہ ایک دوسرے کے بالکل قریب تھے۔ وکاس نے شیکھر کا بازو سہلایا۔ اس کا بازو سرد اور نم تھا۔ وکاس کے خشک اور گرم ہاتھوں کا لمس شیکھر کو اچھا لگا، اس نے ایک لمبی سانس لی اور پیٹھ ٹکا کر بیٹھ گیا۔ اس کی لمبی پلکوں کے گوشوں پر چھوٹی، جگمگاتی اور کانپتی بوندیں تھیں۔

''آٹو... آٹو...'' دو بچوں کی چہکتی ہوئی آوازیں سنائی دیں۔

سامنے کے شیشے پر بارش کے دھندلکے میں سے وہ قریب آتے نظر آئے۔ بارش میں گھر سے باہر ہونے کا مزہ وہ راستوں کے پانی بھرے گڑھوں میں کود پھاند کر کے لے رہے تھے۔ لڑکا اور لڑکی ہر گڑھے میں چھلانگیں لگاتے ہوئے آخر کار رکشے تک پہنچے۔ دو

بچے... فی الحال تو دو رنگین دھبے لگ رہے تھے... شیشے پر چلتے وائپر کی بدولت کبھی دھندلے نظر آ رہے تھے تو کبھی واضح۔ ان کی ماں پرس اور چھاتے کو بمشکل ایک ساتھ سنبھالتے ہوئے پیچھے پیچھے چلی آ رہی تھی۔ گاڑیوں کی آمد و رفت کو نظر انداز کرنے کے لیے اس نے بچوں کو ٹوکا ضرور، لیکن اس ٹوکنے میں اس کی لاپرواہی نمایاں تھی۔

وکاس نے شیکھر کی طرف دیکھا اور مسکرایا۔ ایک لفظ کہے بغیر وکاس نے ریگزین کی ڈور کھولی۔ رکشہ سے نکل کر وہ باہر بارش میں آ کھڑا ہوا۔ اس کے پیچھے شیکھر بھی بارش میں اُترا اور ڈرائیور کی سیٹ سنبھال لی۔ اس نے میٹر کو اوپر کیا، 'ٹرنگ'۔ اس کے گال پر بارش کی ایک اکلوتی بوند گری لیکن شاید اس دہکتی ہوئی بوند کی کہانی کوئی نہیں لکھ پائے گا۔

بالوں کی سرکشی

میں اسے دیکھ رہا ہوں... وہ پیتل کے لوٹے کو پانی سے بھرتا ہے، اسے اٹھاتا ہے اور اپنے سر پر اُنڈیلتا ہے۔ ندی کا سست بہتا پانی، ہمیشہ نیا اور رواں، گھاٹ کی ان بھاری پتھریلی چٹانوں سے بغلگیر ہوتا ہے جو قدیم اور مستحکم ہیں۔ وہاں، ندی کے قریب نیچے کی سیڑھیوں پر بیٹھا ہے ایک خوبصورت آدمی۔ اس نے کمر کے گرد ایک پتلا سفید سوتی تولیہ لپیٹا ہوا ہے، جو اس کے تانبے کی طرح سرخی مائل بھورے جسم کے متضاد ہے۔ میں دیکھتا ہوں کہ جب وہ اپنا لوٹا بھرتا ہے، وہ اسے اٹھاتا ہے اور پانی اپنے سر اور جسم پر اُنڈیلتا ہے تو اس کی پیٹھ کے عضلات تنی ہوئی جلد کے نیچے کیسے حرکت کرتے ہیں۔ شاید وہ ایک پہلوان ہے... اس کی جسمانی ساخت کچھ ایسی ہی مضبوط ہے۔ اس کے قریب کچھ لڑکوں کا جھنڈ ہے... چھوٹے، دُبلے پتلے مگر چست۔ شاید وہ سبھی پہلوان ہیں۔ ایک لڑکا گھاٹ کے اوپر والی سیڑھی پر بیٹھا ہے، اپنے گھٹنوں کے گرد بازو لپیٹے ہوئے... دوسرا اپنے پاؤں پھیلائے کھڑا ہے... ہاتھ اپنی چھوٹی کمر پر... وہ بھی اس آدمی کو نہاتے دیکھ رہا ہے۔

وہ جسمانی طور پر خوبصورت ہے، لیکن اس میں کچھ اور بھی ہے... ایک علیحدہ خوبصورتی... وہ اس کے نہانے کے انداز میں ہے... یہ کسی روحانی ضابطے کی طرح محسوس ہوتا ہے، جو سر سے شروع ہو کر جسم کے نیچے تک جاتا ہے۔ اس کی ہر حرکت جذب وسلوک

سے عبارت ہے: لوٹا بھرنے کا طریقہ... لوٹے اور پانی کی حرمت؛ جسم پر پانی ڈالنے کا طریقہ... جسم کی توقیر؛ سانس لینا... شاید عبادت۔

مجھے یاد ہے کہ پاپا مندر میں مورتیوں کو کیسے نہلاتے تھے۔ وہ ہر دیوتا اور دیوی کو اٹھاتے، ان کے جسموں پر پانی ڈالتے، پھر دودھ اور شہد، پھر دوبارہ پانی، اور آخر میں انھیں خشک کر کے درشن کے لیے سجایا کرتے تھے۔ انھوں نے مجھے سکھایا تھا کہ یہ کیسے کرنا ہے۔ مجھے اس انوکھی رسم میں حصہ لینا بہت پسند تھا۔

میں اس آدمی کی طرف دوبارہ دیکھتا ہوں۔ وہ اب کھڑا ہے... ندی کی طرف منھ کر کے۔ میں اسے پیچھے سے دیکھتا ہوں۔ میں اسے نہلانا چاہتا ہوں، اپنے ہاتھوں سے اس کے جسم پر... احترام کے ساتھ۔ لیکن کیا وہ مجھے اس کی اجازت دے گا... مجھ جیسے بوڑھے کو؟ وہ تولیہ کھولتا ہے اور اسے موڑتا ہے۔ نیچے اس نے سرخ لنگوٹ پہنا ہوا ہے، جو زیادہ کچھ نہیں ڈھانپتا، بلکہ اس کے گول کولہوں کو فراخ دلی سے دکھاتا ہے۔ میرا جسم ہلتا ہے... ایک خوشگوار احساس جو مجھے بہت عرصے سے نہیں ہوا۔ مجھے ونود یاد آتا ہے۔ جب اس کی پتلون اُتری اور میں نے پہلی بار دیکھا کہ اس نے 'تھونگ' (thong) پہنا ہوا ہے... وہ پتلی ڈوری... اس کے سنگ مرمر جیسے کولہے... اس نے مجھے پاگل کر دیا تھا۔ میں نے اسے پیٹ کے بل بستر پر دھکیلا، اس کے کولہوں کو سہلایا، ڈوری کو ایک طرف کر کے روزنِ در دیکھا، اسے چوما، اس کی خوشبو اور ذائقہ سمندر جیسا تھا، اس کے نم اور نرم روزن میں کچھ اضافی لعاب شامل کیا، اور پھر میں نے اسے پیار کیا، اسے گالیاں دیں، اسے اپنا سب کچھ کہا۔

میں نے شیو کی تصویریں دیکھی ہیں... لنگوٹ میں۔ میں جانتا ہوں کہ ہمارے قدیم صحائف اسے تپسیا اور برہمچریہ سے جوڑتے ہیں۔ لیکن اس مختصر لباس میں بھلا برہمچریہ کا خیال کیونکر آسکتا ہے؟ یہ مردوں کو مزید سیکسی بناتا ہے۔ شیو ہمیشہ سے میرے جنگلی فنتاسی کے دیوتا رہے ہیں۔ ان کا روپ اور ان کے بارے میں کہانیوں نے مجھے سکھایا ہے کہ شہوت اور روحانیت ایک دوسرے کے ساتھ خوب پھبتے ہیں۔ میں ان کا نام جپتا ہوں... ایک منتر... وہ منتر جو پاپا نے مجھے سب سے پہلے سکھایا تھا۔

پہلوان اب ندی میں کمر تک ڈوبا ہوا ہے، اپنے سیاہ ریشمی بال دھو رہا ہے، سفید جھاگ اس کے جسم سے نیچے بہتے پانی میں گم ہو جاتا ہے۔ مجھے گنگا کی کہانی یاد آتی ہے جو شاید پاپا نے ہی سنائی تھی کہ وہ ایک دیوی تھی جس کے تیز بہاؤ کو شیو نے اپنی جٹاؤں میں لپیٹ کر قابو میں کیا تھا۔ شیو کی جٹائیں گھنی اور الجھی ہیں، جب کہ کالی کے بال کھلے اور بے ترتیب۔ پاروتی کے بال سنورے اور بندھے ہوئے۔ کرشن کے بال گھنگریالے ہیں۔ ونود کے بال لمبے اور لہراتے تھے... نہ بے ترتیب، نہ سنورے ہوئے۔ اس کے بال سنہرے بھورے تھے۔ اس کی آنکھیں عنبر کی طرح خاکستری۔ مجھے یاد ہے کہ اس سے پہلی ملاقات اس کے سیلون میں ہوئی تھی، جب اس کے نازک ہاتھ میرے سر اور گردن پر پھر رہے تھے جب وہ میرے بال کاٹ رہا تھا... آئینے میں اسے میں کتنے پیار سے دیکھ رہا تھا۔

مجھے یاد ہے جب پاپا چل بسے، ونود نے دوبارہ میرے بال کاٹے، لیکن اس بار اس نے میرے سارے بال اُتار دیے... خوبصورتی کی قربانی... تکبر اور انا کی سپردگی... پہلے قینچی سے، پھر ایک بلیڈ والے اُسترے سے۔ مجھے اس بلیڈ کا سرد اور سخت احساس اب بھی یاد ہے... اس کی نرم انگلیوں کا دباؤ، احتیاط، خاموشی، سب کچھ یاد ہے۔ ایک ماہ سے بھی کم عرصے بعد ماں بھی چل بسی۔ ونود میرے ساتھ رہا۔ اس نے میرا خیال رکھا۔ جب میرے بال دوبارہ آئے تو وہ سفید تھے۔ اس نے کہا کہ اسے یہ پسند ہے... میرے برف جیسے سفید بال اور داڑھی میری ریتیلی بھوری جلد کے ساتھ متضاد ہیں۔

میں نے اپنے والدین کے لیے بہت لمبا سوگ منایا۔ موت کو مجرد صورت میں سمجھنا ایک بات ہے، آپ فلسفیانہ باتیں کر سکتے ہیں۔ لیکن جب یہ آپ کے ساتھ ہوتی ہے، جب آپ کا کوئی عزیز مرتا ہے، تو یہ کچھ اور ہوتی ہے۔ میں نے اپنے بال اور داڑھی کو بڑھنے دیا۔ ونود مجھے چھیڑتا، میری داڑھی کھینچتا، مجھے گرو دیو کہتا۔ اس نے میرے آلۂ تناسل کو چومنا چاہا اور مجھے ڈیڈی کہا، لیکن جیسے ہی اس نے یہ کہا، اسے اپنی غلطی کا احساس ہوا اور اس نے معافی مانگی۔ اس نے اپنی پوری کوشش کی۔ میں نے بھی پوری کوشش کی۔ لیکن ہم رفتہ رفتہ دور ہوتے چلے گئے۔ بچھڑنے سے پہلے اس نے آخری بار میری داڑھی

بنائی اور بال کاٹے۔

پہلوان نے اب اپنا غسل ختم کر لیا تھا۔ وہ پانی سے باہر آ رہا ہے... گھاٹ کی طرف منھ کر کے... اس کا لنگوٹ اس کے آلۂ تناسل اور خصیے کو ڈھانپ رہا ہے... صرف اتنا ہی کر سکتا ہے وہ سرخ لنگوٹ... جو شاید عریاں ہونے سے زیادہ اس حصے کی طرف توجہ کھینچتا ہے۔ وہ مجھے اپنی طرف دیکھتے ہوئے دیکھ لیتا ہے... کم از کم مجھے ایسا لگتا ہے... وہ مجھے براہ راست دیکھتا ہے۔ میں نظر ہٹا لیتا ہوں۔ شرمندگی مجھے گھیر لیتی ہے، ایک بوڑھا آدمی اس طرح ایک جوان کو گھور رہا ہے۔ شاید وہ ناراض ہو، میری آنکھوں میں شہوت دیکھ کر۔ مجھے یاد ہے جب میں جوان تھا تو بوڑھوں کی نظر مجھے کتنی ہتک آمیز لگتی تھی... میری جوانی اور وجاہت کی توہین... مجھے غصہ آ جاتا تھا۔ لیکن شاید اس کے لیے یہ مختلف ہو۔ شاید اسے اچھا لگے، یا شاید اسے یہ خیال بھی نہ آئے کہ مجھ جیسے بوڑھے آدمی میں شہوت بھی ہو سکتی ہے۔ اگر وہ نہانے کے بعد یہاں اوپر آئے، میرے قریب سے گزرے، تو میں کچھ کہوں گا... شاید اسے بتاؤں کہ اس کا جسم خوبصورت ہے۔ دیکھتے ہیں کیا ہوتا ہے۔

میں اس سارے جوش سے کافی تھک سا گیا ہوں۔ میں اپنی موٹی اونی شال بچھاتا ہوں اور لیٹ جاتا ہوں، اپنے کمزور جسم کو گھاٹ کے پتھروں کا سہارا دیتا ہوں۔ بہار کی صبح کا سورج ابھی نرم ہے۔

میں ایک لمحے کے لیے آنکھیں بند کر لیتا ہوں۔

میں جب جاگتا ہوں، وہ جا چکا تھا۔ وہ لڑکے بھی۔ مجھے احساس ہوتا ہے کہ میرا آلۂ تناسل تن گیا ہے، میں اسے شال سے ڈھانپ لیتا ہوں۔ مجھے یاد آتا ہے کہ میں نے خواب دیکھا تھا کہ میرا آلۂ تناسل 'لنگم' جیسا بڑا تھا، لڑکے اور مرد اس کی گرفت میں تھے، کوئی اس پر دودھ اور پانی ڈال رہا تھا... مجھے نہلا رہا تھا۔ میں نے اور بھی کچھ خواب میں دیکھا تھا، لیکن یاد نہیں۔ کیا یہ موت سے جڑا ہوا تھا؟ یہاں دریا کے کنارے خواب دیکھنا 'یوگا' جیسا ہے، ایسا لوگ کہتے ہیں۔ یہاں مرنے والا آزاد ہو جاتا ہے، یہ بھی کہتے ہیں۔ شاید شیو آپ کے کان میں کچھ سرگوشی کرتے ہیں... شاید وہ یاد دلاتے ہیں کہ ہم پہلے سے ہی

ماورائی اور آزاد ہیں۔ مجھے نہیں معلوم کہ حقیقت کیا ہے، لیکن یہ خیال اچھا لگتا ہے۔

میں بال کٹوانے کا فیصلہ کرتا ہوں۔

میں بنارس کی تنگ گلیوں سے گزرتا ہوں اور ایک سیلون ڈھونڈتا ہوں۔ دیوار پر لگے ٹیلی ویژن سے تیز ہندی موسیقی گونج رہی ہے۔ حجام ایک تنگ، گلابی ٹی شرٹ پہنے ہوئے ہے، جو تنگ پتلون میں اڑسی ہوئی ہے، اس کا پیٹ گلابی کپڑے کو دبا رہا ہے۔ اس کا منھ پان سے بھرا ہے، لیکن میرے کرسی پر بیٹھتے ہی وہ کچھ بڑبڑاتا ہے۔

میں آئینے میں خود کو دیکھتا ہوں۔ ونود اور میرے بچھڑنے کے بعد، پچھلے پندرہ سالوں سے میں نے اپنے بال اور داڑھی نہیں کٹوائے۔ میں نے انھیں صاف ستھرا رکھا، داڑھی کو آگے کی طرف سادی چوٹی میں، بالوں کو پیچھے اسی طرح۔ مجھے نہیں معلوم میں کیا چاہتا ہوں۔ بالآخر میں حجام کو کہتا ہوں کہ سب کچھ اُتار دے۔

جیسے ہی قینچی چمکتی ہے، میں اپنی سفید بالوں کی چوٹی گرتے ہوئے دیکھتا ہوں۔ مجھے ایک مضمون یاد آتا ہے جو میں نے کبھی پڑھا تھا کہ ہندوستان میں بالوں کا کاروبار کتنا بڑا ہے۔ ہر سال کروڑوں ڈالر کے بالوں کی برآمدات ہوتی ہے، جس کا زیادہ تر حصہ مندروں میں چڑھائے گئے بالوں سے آتا ہے۔ انھیں جمع کر کے وِگ بنائی جاتی ہیں جو یورپ اور شمالی امریکہ میں فروخت ہوتی ہیں۔ جو لوگ وِگ خریدتے ہیں، وہ بھی اس کے مذہبی پہلو سے بے خبر ہوتے ہیں۔ جوں ہی اس کی قینچی قریب آتی ہے، میں سوچتا ہوں کہ کیا یہ حجام بھی بال جمع کر کے بیچتا ہوگا؟ میں سوچتا ہوں کہ کیا میرے بال دنیا کے دوسرے خطوں میں کسی وگ کا حصہ بنیں گے۔ میں اسے دیکھتا ہوں۔ میں اپنے بالوں کو دیکھتا ہوں... یہ برے نہیں ہیں۔ یہ کچھ مختلف ہیں... لمبے اور سفید۔ یہ کس کی وگ بنیں گے؟ مجھے یہ خیال پسند آتا ہے کہ میرے جسم کے حصے کسی اور کا حصہ بنیں؛ کہ میں بھلے ہی ختم ہو جاؤں، زندگی جاری رہے گی۔

حجام اب میری داڑھی بنا رہا ہے۔ مجھے اس کی مضبوط گرفت اپنے سر پر محسوس ہوتی ہے۔ وہ آہستہ سے میرا سر پیچھے کرتا ہے، اسے اپنے نرم پیٹ پر ٹکنے دیتا ہے۔ وہ میرے گلے کے پاس بلیڈ رکھتا ہے۔ یہ انجان شخص، میری زندگی، میرے رگ گلو کے قریب آ

رہا ہے۔ مجھے اس کی انگلی اپنے ہونٹوں کے پاس محسوس ہوتی ہے۔ میں آنکھیں بند کر لیتا ہوں۔

کسی لمحے میں ہم بہت قریب ہوں گے... اس کا اور میرا چہرہ۔ مجھے الائچی، لونگ، کپور کے علاوہ کسی اور چیز کی خوشبو آتی ہے۔ مجھے گلاب کی پتیوں کی خوشبو آتی ہے۔ مجھے اس کے منھ سے مٹھاس کی خوشبو آتی ہے۔ میں اسے سانس لیتے سنتا ہوں، میرے کان کے پاس، میرے کان میں، بولتے ہوئے:

'ہے بھگوان!'

مجھے تھامے رہنا!

ہم ایک بارش والی رات کو ملے تھے... بالکل آج کی رات کی طرح وہ رات تھی۔ میں جانتا ہوں کہ یہ جملہ کلیشے لگتا ہے، لیکن یہی ہوا تھا۔

رات کے تقریباً تین بجے تھے، اور میں اپنی موٹر سائیکل پر گھر جا رہا تھا جب اچانک اس شہر کی بدنام زمانہ طوفانی بارش شروع ہوگئی۔ مجھے اس بارش سے بچنا تھا... ایک بس اسٹینڈ نظر آیا اور میں نے وہیں رُکنے کا فیصلہ کرلیا۔ موٹر سائیکل کو کھڑی کر کے اس کی طرف دوڑ لگا دی۔

وہ وہاں پہلے سے تھا۔ میں نے ایک اور بائیک اسٹینڈ کے قریب پارک کی ہوئی دیکھی تھی، لیکن اس پر زیادہ توجہ نہیں دی تھی، اس وقت میں بارش سے جلد از جلد پیچھا چھڑانے کے لیے بے چین تھا۔ میں اپنا ہیلمٹ کھول رہا تھا جب وہ شروع ہوا۔

''ہائے!'' اس کی آواز دبیز تھی، لیکن چھت پر بارش کی تھپ تھپ کے باوجود سنائی دیتی تھی۔ میں چونک گیا اور ہیلمٹ کو ہتھیار کی طرح پکڑ کر آواز کی طرف مڑا۔

وہ ہنس پڑا، اس نے اپنے ہاتھ اٹھا کر دکھایا جیسے وہ کہہ رہا ہو کہ وہ کوئی خطرہ نہیں ہے۔ اس کے چہرے پر ایک مسکراہٹ پھیل گئی۔ وہ میرے جتنا ہی بھیگا ہوا تھا۔ ایک اچٹتی ہوئی نظر سے ہم دونوں نے ایک دوسرے کی طرف دیکھا... ہمارے جسم بھیگے شرٹس اور جینز

کے ذریعے تقریباً باہر چھلک رہے تھے۔ ہماری نظریں ایک ہی وقت میں ایک دوسرے کے چہروں پر واپس آئیں، اس کی مسکراہٹ قدرے چوڑی ہوگئی۔

''ہائے،'' میں نے جواب دیا۔ میں نے اپنا ہیلمٹ اسٹینڈ کے بنچ پر رکھا اور اپنے بالوں پر ہاتھ پھیرا۔ اس نے ہلکی ٹی شرٹ اور جینز پہنی ہوئی تھی اور اس کی پیٹھ پر ایک بیک پیک تھا۔ ''کام سے لوٹ رہے ہو؟'' میں نے پوچھا۔

اس نے سر ہلایا۔ ''اور تم؟'' یہ کسی ٹیکسٹ میسیج جیسی گفتگو لگ رہی تھی۔

''ہاں۔'' میں اپنے ہیلمٹ کے پاس بنچ پر بیٹھ گیا۔ ''لیکن پھر یہ...'' میں نے موسلا دھار بارش کی طرف اشارہ کیا۔

وہ میرے پاس بیٹھ گیا اور بے تکلفی سے بولا، ''فرض کرو، ایک بارش والی طوفانی رات میں تم اپنی کار میں ایک بس اسٹینڈ کے پاس سے گزرتے ہیں۔'' وہ کسی قصہ گو کی طرح سنجیدہ لگ رہا تھا۔ ''تم وہاں تین لوگوں کو دیکھتے ہو... ایک بیمار بوڑھی عورت، ایک دوست جس نے کبھی تمھاری جان بچائی تھی اور وہ آئیڈیل پارٹنر جس کا تم اکثر سپنا دیکھتے رہے ہو۔ تم کس کی مدد کروگے؟''

میں نے اسے کچھ منٹوں تک گھورا، جزوی طور پر اس پہیلی کو سمجھنے کی کوشش کرتے ہوئے میں یہ سوچ رہا تھا کہ وہ یہ کیوں پوچھ رہا ہے۔ ''کیا میں وہ دوست ہوں، یا وہ آئیڈیل پارٹنر ہوں جس کا تم سپنا دیکھتے رہے ہو؟'' مجھے آج تک نہیں پتا کہ میں نے بارش سے بھری خاموشی میں ایسا کیوں کہا تھا۔

لیکن یہ صحیح جواب تھا کیونکہ وہ میرے قریب جھکا اور میرے کان میں سرگوشی کی، ''دونوں۔''

بارش ہسپتال کی کھڑکی پر زور زور سے تھپیڑ برسا رہی ہے... باہر کی دنیا تاریک اور سرد ہے... اندر کی دنیا دواؤں، گندے جسموں اور گیلی چھت کی ٹائلوں کی بُو سے بھری ہے۔ وہ اس کا آپریشن کر رہے ہیں۔ انھوں نے اسے ایمبولینس سے آپریٹنگ ٹیبل تک

اس طرح دوڑایا جیسا ہم فلموں اور ویب سیریز کے ہسپتال والے سین میں دیکھتے ہیں۔

میں اس کے خون سے لت پت ہوں۔ سب مجھ سے کترا کر گزر رہے ہیں۔

مجھے لگ رہا ہے کہ میں اس کے بغیر مر جاؤں گا۔ لیکن یہ سب کب ہوا؟ وہ کب میرے لیے میری اپنی زندگی جتنا اہم ہو گیا؟

اس رات جب بارش رُک گئی، تو ہم دونوں اپنے اپنے راستوں پر چلے گئے، مجھے لگا تھا کہ میں اسے دوبارہ کبھی نہیں دیکھوں گا۔ ہم نے بزنس کارڈز کا تبادلہ کیا تھا۔ اس کا کارڈ ایک خوبصورت آئیوری رنگ کا تھا، جس پر اس کا نام نیرج لکھا تھا۔ وہ ایک آئی ٹی کمپنی کے لیے کام کرتا تھا، جیسے میں کرتا ہوں... جیسے ہم میں سے بہت سے لوگ کرتے ہیں۔ میں نے اسے بارش کے اندھیرے میں صاف صاف نہیں دیکھا تھا، لیکن وہ پُرکشش تھا۔ ہم سب نے کبھی نہ کبھی ایسے لوگوں سے ملاقات کی ہوتی ہے جن کی طرف ہم فوراً کھنچے چلے جاتے ہیں۔ میں نیرج کے بارے میں ایسا ہی محسوس کرتا تھا۔ وہ چند منٹ جو ہم نے اس بس اسٹینڈ کے نیچے گزارے، وہ مقناطیسی تھے۔

لیکن وہ ایک بارش والی رات کے کچھ منٹ تھے۔ اس کے بعد زندگی نے جلد ہی اپنی جگہ لے لی۔ اس کی دبیز آواز اب بھی میرے لاشعور میں گونجتی تھی، لیکن میرے شعور پر میری نوکری اور روزمرہ کے فرائض غالب تھے۔

ایک ہفتہ بعد سنیچر کے روز جب میں دفتر سے نکل رہا تھا، مجھے اس کی کال موصول ہوئی۔ میں دفتر کے پارکنگ گیراج میں اپنا ہیلمٹ پہن رہا تھا جب فون بجا... ایک انجان نمبر جسے میں نے نہیں پہچان سکا۔ میں نے جلدی سے فون اٹھایا، کیونکہ میں جلدی گھر پہنچ کر اپنا ویک اینڈ شروع کرنا چاہتا تھا۔

دوسری طرف سے آنے والی آواز دبیز تھی اور اسی مسکراہٹ سے بھری ہوئی تھی جو بارش اور رات کی رانی کی خوشبو کو واپس لے آئی۔ وہ میرے بزنس پارک کے باہر تھا؟ وہ میرے ساتھ کہیں بیٹھ کر بات کرنا چاہتا تھا۔

میں نے سوچا، ''اس میں کیا برائی ہے؟ کیوں نہیں!''

نیرج ایک ایسے چائے کے اسٹال کے بارے میں جانتا تھا جہاں پڑی بنچ پر بیٹھ کر تارے بھی دیکھے جاسکتے تھے اور باتیں بھی کی جاسکتی تھیں۔ یہ ہماری دوسری 'ڈیٹ' تھی (نیرج ہمیشہ کہتا تھا کہ بس اسٹینڈ پر بارش والی رات ہماری پہلی ڈیٹ تھی) گرم چائے، درختوں کی ٹھنڈی ہوا، لوگوں کو گھر لے جانے والی ٹیکسیوں کے کبھی کبھار ہارن، اور اس کی آہستہ اور دبیز آواز کے ساتھ وہ شام گزری۔

وہ بذلہ سنج تھا، اس نے مجھے بہت ہنسایا... مجھے... ضرورت سے زیادہ سنجیدہ، ضرورت سے زیادہ کام کرنے والا، ہر وقت پریشان رہنے والے شخص کا یوں کھل کر ہنسنا کوئی عام بات نہیں تھی۔ اس کا جسم میرے بغل میں ایک گرم سورج کی طرح تھا۔ اگر اس نے پوچھا ہوتا، تو میں اس کے ساتھ اس کے گھر بغیر موقع گنوائے چلا جاتا۔ لیکن اس نے نہیں پوچھا۔ اس نے کہا کہ یہ کسی اور ڈیٹ کے لیے ہے۔

دو گھنٹے ہو گئے، وہ اب تک اس کا آپریشن کر رہے ہیں۔ مجھے نہیں معلوم کہ اس کی حالت کتنی سنگین ہے، کیوں کہ اندھیرا اور نمی ہے جیسے اس رات جب ہم ملے تھے۔ لیکن اس بار، ہم نے طوفان پر سواری کرنے کا فیصلہ کیا تھا... بغیر ہیڈ لائٹس والی ایک لاری نے تنگ موڑ کاٹی اور ہمیں اپنی لپیٹ میں لے لیا۔

ایک نرس میرے پاس آئی اور کپڑے بدلنے کو کہا۔ وہ میرے ہاتھوں میں ڈاکٹر کے اسکربس (Scrubs) تھما دیتی ہے۔ وہ کہتی ہے کہ وہ جانتی ہے کہ میں پریشان ہوں، لیکن یہاں بیٹھے ہوئے لوگ میرے خون آلود کپڑوں سے خوفزدہ ہیں۔

میں ان ڈرے ہوئے لوگوں کو دیکھتا ہوں۔ ان کی آنکھیں سرخ ہیں جیسی شاید اس وقت میری ہوں گی۔ انھوں نے بھی اپنے عزیزوں کو آپریشن روم کے جھولتے دروازوں کے پیچھے غائب ہوتے دیکھا ہوگا۔ وہ مجھے یوں دیکھتے ہیں جیسے میں ہی ان کا نیا دشمن ہوں، نہ کہ وہ حادثے اور بیماریاں جنھوں نے ان کے عزیزوں کو یہاں تک پہنچایا ہے۔

میں نرس سے اسکربس لیتا ہوں اور قریبی باتھ روم میں چلا جاتا ہوں۔ کھڑکی کھلی ہوئی ہے، میں بارش کی آواز سن سکتا ہوں جو اب بھی کسی آبشار کی طرح گر رہی ہے... بالکل اس رات کی طرح جب ہم ملے تھے۔ ہم نے بس اسٹینڈ پر انتظار کیوں نہیں کیا؟

اس رات کے بعد، نیرج اور میں ہفتے میں کم از کم تین بار، کئی مہینوں تک ملتے رہے۔ ہمیشہ باہر کہیں... کسی پارک، کسی ریستوراں، یا اسی چائے کی دکان پر جو اس کی دریافت تھی۔ اب تک اسے معلوم ہو گیا تھا کہ میرے گھر والوں کو نہیں پتہ کہ میں ّ گے' ہوں۔ مجھے بھی اب تک معلوم ہو چکا تھا کہ وہ اکیلا رہتا ہے، اس کا پریوار ملک کے کسی اور حصے میں رہتا ہے۔ پھر ہم نے ایک روز بالآخر ایک دوسرے کو روشنی میں دیکھا... ریستوراں میں... سنیچر کی دوپہر کسی پارک میں...

وہ لمبا اور پتلا تھا، لیکن کشادہ سینے والا۔ وہ مجھ سے تین سال بڑا تھا، لیکن اس کی آنکھوں کے ارد گرد ہنسی کی لکیریں تھیں۔ جب وہ مسکراتا، جو اکثر ہوتا تھا، تو وہ اس کے چہرے کو مزید روشن کر دیتی تھیں۔ اس کی جلد سرمئی تھی، اس کی بانہیں گھنے سیاہ بالوں سے ڈھکی تھیں۔ اس کے سر کے بال بھی گھنے اور تھوڑے گھنگریالے تھے، البتہ چائے کے ڈھکن کے برابر وہ گنجا ہونے لگا تھا۔ وہ کلین شیو تھا۔ اس کی آنکھیں بھورے رنگ کی تھیں، جب وہ انھیں بند کرتا تو اس کی بڑی اور لمبی پلکیں اسے پوری طرح ڈھانپ لیتی تھیں۔ وہ بغیر ایک لفظ ادا کیے پُرکشش لگتا تھا... جب وہ اس دھیمی اور گہری آواز میں بولتا، تو مجھے محسوس ہوتا تھا کہ میں اس کی طرف یوں کھنچا جا رہا ہوں، جیسا آج تک میں پوری زندگی میں کسی کی جانب نہیں کھنچا۔

اس نے مجھ میں کیا دیکھا، مجھے نہیں معلوم۔ میں ایک عام سا نظر آنے والا پچیس سال کا آئی ٹی پروفیشنل تھا۔ میں درمیانہ قد کا، پتلا، گیہواں رنگ، سیدھے اور چھوٹے سیاہ بالوں والا تھا، جس کے کندھے پر ایک سنجیدہ چہرہ ٹکا ہوا تھا۔ میری آنکھیں بھوری تھیں جو اکثر کسی خیال میں گم رہتی تھیں۔ میری سنجیدگی میری شخصیت، میرے چہرے بشرے اور

میرے محتاط انداز گفتگو سے عیاں ہوتی تھی۔ وہ کبھی کبھی مجھ سے مذاقاً کہتا کہ وہ مجھے میرے نام پرشانت سے نہیں بلانا چاہتا بلکہ 'پروفیسر' کہنا چاہتا ہے۔ وہ کہتا تھا کہ اس نے آج تک میری عمر کا کوئی لڑکا اتنا سنجیدہ نہیں دیکھا۔

میری سمجھ میں نہیں آتا تھا کہ وہ اتنا لاابالی کیسے تھا۔ وہ اس شہر میں اکیلا تھا جو اس کی جائے پیدائش سے کافی دور تھا۔ جنھیں وہ جانتا تھا، جن سے اس کا پرانا رشتہ تھا، وہ اس سے ہزاروں کلومیٹر دور تھے۔ اگرچہ میرے والدین اور میری چھوٹی بہن بھی قریب نہیں تھے... لیکن درحقیقت وہ مجھے زیادہ جانتے بھی نہیں تھے۔ اس کے باوجود ان کے بغیر، ان کی قربت اور تحفظ کے بغیر جینے کا خیال میرے لیے مشکل تھا۔ اس نے یہ کیسے کیا، میں نے نیرج سے پوچھا۔

وہ کچھ منٹوں تک خاموش رہا، پھر زبان کھولی، ''ہمیں زندگی میں کچھ نہ کچھ تھامنے کی ضرورت ہوتی ہے۔''

''مثلاً کیا؟'' میں جاننا چاہتا تھا۔

''جیسے طلوع آفتاب اور درختوں کی ہوا، جیسے اچھی کتابیں اور وہ لمحے جو عاشقوں کے درمیان گزرتے ہیں، جنھیں باقی لوگ اس لیے نہیں دیکھ پاتے کیوں کہ وہ بہت تیزی سے گزر جاتے ہیں۔'' وہ مجھے غور سے دیکھ رہا تھا۔ میرے دماغ میں، میں نے اسے ایک فلم کے منظر کی طرح تصور کیا، جس میں دو ہیرو ہوں، کوئی ہیروئن نہیں۔ اس نے اپنی لمبی انگلیوں والا ایک ہاتھ بڑھایا اور میرے بازو کے چاروں طرف لپیٹ لیا۔ ''جیسے تمھیں تھامنا۔'' اس کی آواز سرگوشی سے بس تھوڑی سی بلند تھی، پھر بھی کافی شاپ کے شور شرابے میں سنائی دے رہی تھی۔

اس کے الفاظ نے مجھے چونکا دیا، اور شاید وہ یہی چاہتا بھی تھا۔ حالاں کہ میں اسے جتنا جانتا تھا، وہ ہر لفظ ادا کرتے ہوئے کافی محتاط ہوتا تھا۔ میرے لیے اس طرح کسی کا سوچنا میرے ایک حصے کو اچھا لگ رہا تھا، لیکن دوسرا حصہ فکرمند تھا۔ میں کسی ایسے شخص سے پیار کرنے لگا تھا جسے میرا خاندان اور میرا سماج کبھی قبول نہیں کرے گا۔

اب تین گھنٹے ہو گئے تھے لیکن وہ اب بھی آپریشن تھیٹر میں ہی تھا۔ میں نے سبز رنگ کے اسکربس پہن لیے ہیں اور ویٹنگ روم میں اکیلا بیٹھا ہوں۔ دوسرے پریوار جا چکے ہیں... یا تو آنسوؤں کے ساتھ یا اطمینان اور راحت کے ہمراہ۔ میں ہر جذبے سے خالی تھا۔ جب تک میں اسے نہیں دیکھ لیتا، مجھے نہیں معلوم کہ کیسا محسوس کرنا چاہیے۔ فی الحال تو میں خوفزدہ ہوں۔

ہم نے کئی ماہ ساتھ میں گھنٹوں گزارے، پھر بھی ہماری جسمانی قربت میں زیادہ اضافہ نہیں ہوا تھا۔ ایسا ارادے کی کمی کے سبب نہیں تھا۔ ہم دونوں پر یہ واضح تھا کہ ہم ایک دوسرے کی جانب جھکاؤ رکھتے تھے۔ ان نایاب لمحوں میں جب ہمارے ہاتھ ایک دوسرے کو چھوتے، تو ہم مزید چاہتے تھے۔ جب ہم ران سے ران ملا کر بیٹھتے، تو ہم مزید چاہتے تھے۔

اس کے ساتھ موٹر سائیکل کی سواری میرے لیے آزمائشی ہوا کرتی تھی۔ میں اس کے پیچھے بیٹھتا، ہمارے جسم بہت قریب ہوتے تھے... کبھی کبھی اسے پکڑنا پڑتا تھا جب وہ اندھیرے میں گڑھوں سے بھری سڑکوں پر موٹر سائیکل دوڑاتا۔ بطور خاص ان وقتوں میں، میں سوچتا تھا کہ وہ کس چیز کا انتظار کر رہا ہے۔ ہم اپنی ان دبی ہوئی خواہشوں کا گہری باتوں کی بجائے زیادہ تسلی بخش طریقے سے کیوں نہیں اظہار کرتے۔ مجھے غلط مت سمجھیے... مجھے اس کی ہر بات پسند تھی۔ وہ مجھے واقعی سمجھنا چاہتا تھا، میری ساری فکرمندیاں، میری سوچ، میرا سوال کرنے والا دماغ... وہ سب پڑھنا چاہتا تھا۔ ہماری باتیں سکون دینے والی اور جوش بھرنے والی تھیں... لیکن ان میں جنسی تلذذ کا شائبہ تک نہ تھا۔

ایک رات، ہم معمول کے مطابق اپنے جانے پہچانے راستے پر سواری کر رہے تھے۔ میرا جسم اس کے ساتھ چپکا ہوا تھا، ہم ایک 'اسپیڈ بریکر' سے گزرے اور سڑک کے ایک گڑھے میں بائک ڈگمگا گئی۔ ہمیشہ کی طرح، میرے ہاتھ اس کی رانوں پر گرے تاکہ میں توازن برقرار رکھ سکوں۔ اچانک میں نے اسے اور آگے سے پکڑا، اور اپنے ہاتھ اس کی

ٹانگوں کے درمیان کھسکنے دیے۔ مجھے حیرانی نہیں ہوئی جب میں نے اسے سخت محسوس کیا، اس کی جینز میں ایک تناؤ محسوس کیا۔ میں نے اپنا سر اس کے کندھے پر ٹکا دیے، میرا گال اس کے ہیلمٹ سے چپکا ہوا تھا اور میں اس کی جینز کو اوپر سے پکڑے رہا۔ میں نے اس کی سانس کے تیز زیر و بم کو محسوس کیا۔

اچانک اس نے بائیک کو معمول کے جانے پہچانے راستے سے موڑ لیا، اور جلد ہی ہم ایک بلند و بالا اپارٹمنٹ کمپلیکس کے گیراج میں رُک گئے، جہاں کھڑکیاں اندھیری تھیں۔ اس احساس سے گدگدی ہوئی کہ وہ آخر کار مجھے اپنے گھر لے آیا تھا۔

میں کنوارا (virgin) نہیں تھا۔ میں نے نہ صرف کالج کے دوستوں کے ساتھ کچھ حرکتیں کی تھیں، بلکہ میں ایک بار ایک لڑکی کے ساتھ بھی جنسی تعلق قائم کر چکا تھا تاکہ یہ دیکھ سکوں کہ کہیں میں اپنی جنسی ترجیحات کے بارے میں غلط تو نہیں ہوں۔ لیکن یہ تجربے لمحاتی، خفیہ اور مختصر تھے۔ نیرج کے اندھیرے فلیٹ میں آنے کے کچھ منٹوں بعد ہی مجھے محسوس ہو گیا تھا کہ وہ بھی کنوارا (vergin) نہیں ہے اور نہ ہی ان مہینوں میں ہمارے درمیان بڑھتی کشش سے وہ انجان تھا۔ جوں ہی دروازہ بند ہوا، اس نے لگام اپنے ہاتھ میں لے لی۔

اس کے ہونٹ اس وقت میرے ہونٹوں کو کھینچ رہے تھے جب اس کے ہاتھوں نے میرے کپڑے اتارے۔ جب اس نے میرے جسم کو اپنے سینے سے لگا کر بھینچا، میں اس کے ساتھ بالکل یوں فٹ ہو گیا جیسے صرف اسی کے لیے بنایا گیا ہوں۔ وہ صوفے پر بیٹھ گیا، اس کے ہاتھ میری کلائیوں کے گرد ہلکے سے لپٹے ہوئے تھے، اس نے مجھے دیکھا۔ میں نے خود کو آزاد کیا اور آہستہ آہستہ اس کے کپڑے اتارنے لگا۔ پہلی بار میں اس بات کی فکر نہیں کر رہا تھا کہ میں کیسا نظر آتا ہوں... کہ میں کچھ غلط تو کر رہا... کہ میں اپنے پارٹنر کو خوش کر پاؤں گا یا نہیں؟ اس کی آنکھوں میں مجھے کوئی توقع نظر نہیں آئی... سوائے جنون اور اضطراب کے۔

وہ لمحہ جب ہمارے برہنہ جسم آخر کار ایک دوسرے سے ہم آغوش ہوئے،

میرے ذہن میں نقش ہو گئے جسے مٹایا نہیں جا سکتا... اگرچہ گذشتہ کئی برسوں میں ہم نے ہزاروں بار یہ عمل دہرایا، لیکن پہلی بار کی طرح کبھی نہیں ہوا۔ ہمارا جنون یوں شروع ہوا جیسے دو جسم ایک ہونے کے لیے ترس رہے ہوں۔ ہر بار جب ہم ساتھ لیٹے تو ہم نے ذہن، جسم اور روح کا اتحاد محسوس کیا۔

اب چار گھنٹے سے زیادہ ہو گئے ہیں۔ ایک نرس نے مجھے آرام کرنے کو کہا۔ لیکن میں تب تک آرام نہیں کر سکتا تھا جب تک مجھے معلوم نہ ہو کہ وہ ٹھیک ہو جائے گا۔ میرے ہاتھ اس کرسی کے ہتھوں کو مضبوطی سے پکڑے ہوئے ہیں جہاں میں بیٹھا ہوں۔ مجھے کچھ تھامنے کی ضرورت ہے، لیکن یہ کرسی نہیں ہے جو مجھے چاہیے۔

''مجھے جاننا تھا کہ تم تیار ہو۔'' یہ نیرج تھا، جس نے مجھ سے اس وقت کہا، جب میں نے اس سے پوچھا تھا کہ اس نے ہمارے رشتے کو جسمانی بنانے میں اتنا وقت کیوں لگایا۔ ''اور جب تم نے آخرکار مجھے چھوا، مجھے پتا چل گیا کہ تم تیار ہو۔ میں تو پہلی رات سے تیار تھا جب ہم ملے تھے۔ لیکن میں چھوٹی سی سیر کے لیے نہیں ہوں، میں لمبے راستے کے لیے ہوں۔''

چند مہینوں سے میرے دماغ میں بار بار یہ سوال اٹھ رہا تھا کہ مجھے اپنے گھر والوں کو بتا دینا چاہیے کہ میں دلہن نہیں چاہتا جو وہ میرے لیے ڈھونڈ رہے ہیں۔ اور یہ کہ میں وہ زندگی نہیں چاہتا جس کے لیے وہ منصوبہ بنا رہے ہیں... دلہن کے ساتھ یا اس کے بغیر۔ درحقیقت میں نے عملی طور پر پہلے دن سے وہی کیا جو وہ چاہتے تھے۔ میں نے امتحانات کے لیے نیند کھوئی اور وزن کھویا... جتنا مجھے یاد ہے کہ سلسلہ اس وقت تک جاری رہا جب تک مجھے وہ آئی ٹی کی نوکری نہیں مل گئی جو ان کی طویل توقعات کی فہرست میں سب سے اوپر تھی۔ میں اب 25 سال کا تھا، اور طویل فہرست ختم ہونے کا نام نہیں لے رہی تھی... میری ذاتی دنیا میں، وہ ایک ہم پلّہ خاندان کی دلہن اور کم از کم دو بچوں کی توقع رکھتے تھے...

اگر بھگوان نے چاہا تو ایک لڑکا اور ایک لڑکی۔ میرے کیریئر میں، وہ توقع رکھتے تھے کہ میں کارپوریٹ کی سیڑھی چڑھتا جاؤں، یہاں تک کہ ایک دن کسی آئی ٹی کمپنی کا ڈائریکٹر بن جاؤں۔ پیسہ، رتبہ، وقار۔ یہ ہر اس سنگ میل کے لیے مستقل اجزا تھے جو انھوں نے میری زندگی کے لیے مقرر کیے تھے۔

میں سچ مچ نیرج سے عشق کرتا تھا۔ بنیادی ضرورتوں کے لیے ایک نوکری... کچھ سیر سپاٹا... کوئی بچے نہیں... کوئی کارپوریٹ تناؤ نہیں... نہ پیسے، رتبے اور وقار کی کوئی فکر۔

نیرج نے کبھی نہیں کہا کہ مجھے اپنے گھر والوں کو اس کے بارے میں، یا میں زندگی میں واقعی کیا چاہتا ہوں، بتا دینا چاہیے۔ لیکن میں جانتا تھا کہ اس نے اپنے پریوار کو بتا دیا ہے۔ انھوں نے اسے عاق کر دیا تھا، جب وہ صرف 16 سال کا تھا۔ اس کے پاس کوئی گھر نہیں تھا، کوئی تحفظ نہیں، کوئی پیسہ نہیں، کوئی مستقبل نہیں۔ وہ واپس جا سکتا تھا اور ان سے معافی مانگ سکتا تھا۔ وہ جانتا تھا کہ اس کے گھر والوں کو بھی یہی توقع تھی۔

لیکن اس نے ایسا کچھ نہیں کیا۔ نیرج نے مجھے کبھی نہیں بتایا کہ اسے اس دور دراز شہر سے 16 سال کی عمر سے اب 28 سال کی عمر تک کیا کیا جھیلنا پڑا، لیکن میں اندازہ لگا سکتا تھا کہ اس کا سفر کتنا مشکل رہا ہوگا۔

بہرحال نیرج نے وہ پُل صراط پار کر لیا تھا۔ وہ مضبوط اور خود اعتماد تھا۔ لیکن پھر بھی اتنا کمزور کہ اندھیرے میں لیٹے ہوئے، ہماری بانہوں اور ٹانگوں کے الجھنے، اس کے ہونٹ میرے بالوں میں دھنسنے، اس کے الفاظ میرے دل میں بوگن ویلیا کے پھولوں کی طرح گرنے کے باوجود اپنی محبت کا اعتراف کر پانے میں جھجک مانع تھی۔

مجھے یقین نہیں ہو پا رہا کہ اب پانچ گھنٹوں سے زیادہ ہو گئے ہیں... ٹائروں کی وہ خوفناک چیخ، لوہے سے لوہے کے ٹکرانے کی آواز، مشینوں، جسموں اور سڑک کے تصادم سے جنمی چیخ۔ نیرج نے لاری سے بچنے کے لیے بریک لگانے کی کوشش کی تھی... اور میں

سڑک کے کنارے جھاڑیوں میں جا گرا تھا... معمولی خراشوں کے سوا مجھے کوئی خاص چوٹ نہیں آئی۔

لیکن میرا نیرج اتنا خوش نصیب نہیں تھا۔ حالانکہ لاری اس کے اوپر سے نہیں گزری، لیکن اس نے اسے ٹکر ماری، اسے بائیک سے دھکا دیا جسے اس نے پھر کچل دیا۔ قریب ہی ایک چائے والے نے سب کچھ دیکھا تھا اور تیزی سے حرکت میں آیا۔ اس نے اپنے موبائل سے ایمبولینس سروس کو کال کی اور پھر ہماری مدد کے لیے دوڑا۔ میں دہشت زدہ تھا، میرا سر گھوم رہا تھا، میرے منھ کے اندر ایک چیخ بن رہی تھی جو پوری طرح باہر نہ نکل پائی۔ میں بارش میں نیرج کے خون آلود جسم کی طرف گھسٹتا ہوا گیا۔ لاری ڈرائیور بھاگ گیا۔ چائے والے نے مجھے نیرج کو چھونے سے روکنے کی کوشش کی... میں رو رہا تھا اور اس کا نام پکار رہا تھا۔ لیکن اس نے نہ تو جواب دیا، نہ ہی اپنی بھوری آنکھیں کھولیں۔

اس میں زندگی کی کوئی رمق نظر نہیں آ رہی تھی۔

میں نے اپنے گھر والوں سے جھوٹ بولنا شروع کر دیا، یہ سمجھنے کی کوشش کر رہا تھا کہ میں ان کی توقعات اور اپنی خواہشات کے درمیان توازن کیسے رکھ سکتا ہوں۔ میں نے اپنے سب سے وحشیانہ خوابوں میں بھی کبھی نہیں سوچا تھا کہ میں نیرج جیسے کسی شخص سے ملوں گا۔ اگر میں نے اس بارے میں سوچا بھی ہوتا، تو شاید میں اس لڑکی سے شادی کر لیتا جسے میرے والدین نے میرے لیے ڈھونڈا ہوتا اور دوسرے مردوں کے ساتھ عارضی، خفیہ ملاقاتیں بھی جاری رکھتا جو میری طرح ایسی شادیوں اور زندگیوں میں پھنسے ہوتے ہیں جنھوں نے انھیں کبھی اپنے لیے منتخب ہی نہیں کیا۔

پہلے تو انھیں میرے جھوٹ پر یقین ہوا کہ وہ دیر رات کی کسٹمر کال تھی جس کی وجہ سے مجھے آفس میں رات گزارنی پڑی، جب کہ درحقیقت میں نیرج کے ساتھ تھا۔ لیکن میں جتنا زیادہ اس کے ساتھ رات اور دن گزارنا چاہتا تھا، اتنا ہی میں گھر پر چڑ چڑا ہوتا چلا گیا۔ انھوں نے میرے ساتھ اس پر بات کرنے کے بجائے، فیصلہ کیا کہ انھیں میرے لیے جلدی

سے دلہن ڈھونڈ لینی چاہیے۔

''تم نے اپنے پریوار کو کیسے بتایا تھا؟'' میں نے ایک رات نیرج سے پوچھا جب ہم اس کے بیڈروم میں پنکھے کے نیچے لیٹے تھے۔

''میں نے بس... انھیں بتا دیا۔'' اس کی آواز دھیمی تھی۔ ''میں جانتا تھا کہ انھوں نے میرے لیے کیا منصوبہ بنایا ہے، اور میں یہ نہ خود کے ساتھ کر سکتا تھا، نہ کسی عورت کے ساتھ جس سے وہ میری شادی کرواتے، نہ ان کے ساتھ بھی۔ میں جانتا تھا کہ ان کا منصوبہ مجھے ناراض، تلخ، یہاں تک کہ شاید خودکش بنا دے گا۔ میں آزاد ہونا چاہتا تھا۔''

''کیا تم آزاد ہوئے؟'' میں نے اپنی انگلی سے اس کے ہاتھ پر جو میری ران پر تھی، لکیریں بناتے ہوئے پوچھا۔ ''جب تم نے انھیں بتایا تو کیا تمھیں آزادی محسوس ہوئی؟''

نیرج کچھ دیر خاموش رہا، شاید اس سب کو یاد کر رہا تھا جو اسے گھر سے نکالے جانے کے بعد سہنا پڑا تھا۔ ''پرشانت،'' اس نے کچھ دیر بعد کہا۔ ''جب میں نے اپنا گھر چھوڑا تو میرے پاس کوئی نہیں تھا۔ لیکن تمھارے پاس میں ہوں۔ تم جو بھی فیصلہ کرو گے، خواہ تم جو بھی پلان کرو، میں ہمیشہ تمھارے ساتھ ہوں۔''

میں نے اسے چوم لیا۔

کچھ دن بعد میں نے اپنے گھر والوں کو بتایا۔ میں نے ہمت جمع کی، جس کا مجھے علم بھی نہیں تھا کہ وہ میرے پاس ہے، میں نے انھیں ایک روز بٹھایا اور صاف صاف بتا دیا کہ میں 'گے' ہوں... مجھے ہمیشہ سے معلوم تھا کہ میں 'گے' ہوں... میں دلہن نہیں چاہتا... وہ زندگی نہیں چاہتا جو انھوں نے میرے لیے مقرر کیا ہے۔ میں نے انھیں نیرج کے بارے میں نہیں بتایا۔ دراصل میں یہ چاہتا تھا کہ انھیں لگے کہ یہ میں بول رہا ہوں اور یہ میرا فیصلہ ہے... صرف میرا۔

ان کے ردعمل حسب توقع تھے: غصہ، مایوسی، خوف... گہرا اور نفرت بھرا غصہ۔ ہم اکثر سوچتے ہیں کہ ہمارے گھر والے ہم سے کبھی نفرت نہیں کریں گے، لیکن ایسی چیزیں

بیشتر لوگوں کے اندر چھپی نفرت کو آشکار کر دیتی ہیں۔ ہاں، کچھ لوگ ہیں جن کے خاندان انھیں قبول کر لیتے ہیں... یہاں بھی اور دوسرے ممالک میں بھی... لیکن میرے خاندان نے ان اعداد و شمار کا حصہ نہ بننے کا فیصلہ کیا۔

میں نیرج کے فلیٹ کے باہر سڑک پر کھڑا تھا۔ میرے پاس صرف وہی چیزیں تھیں، جنھیں میں اپنے ساتھ لانا چاہتا تھا۔ جب میرے گھر والوں نے اپنا فیصلہ سنایا اور مجھے وہاں سے نکل جانے کو کہا تو سچ مچ آزادی کا احساس ہوا۔ مجھے نہیں پتا تھا کہ مستقبل کیا لائے گا۔ لیکن میں آزاد تھا۔

ان جھولتے دروازوں کے پیچھے، میں کسی کو زور سے روتے ہوئے سن سکتا ہوں۔ مجھے لگتا ہے کہ یہ کسی مریض کا کوئی رشتہ دار ہے... یا کوئی آپریشن کے انتظار میں ہے... یا کوئی آپریشن ٹیبل پر ہوش میں آ رہا ہے۔ مجھے محسوس ہوتا ہے کہ جلد ہی شاید میں بھی رو رہا ہوں گا، کسی ایسے کے لیے جو آپریشن ٹیبل سے اُٹھ نہ پایا۔

جب نیرج نے اس شام میرے لیے دروازہ کھولا، اسے فوراً پتا چل گیا کہ کچھ بڑا ہوا ہے۔ اس نے میرے اندر قدم رکھتے ہی دروازہ بند کر دیا، اور مجھے دیکھتا رہا، کچھ نہیں کہا۔ میں خوف سے، اور اتنے برسوں سے دو مختلف زندگیاں گزارنے کی شدید تھکاوٹ سے کانپ رہا تھا۔

میں صوفے پر گر پڑا۔ وہ خاموش رہا۔ پھر وہ چائے بنانے لگا۔ اس نے تب بھی بات نہیں کی جب میں نے چائے ختم کی۔ کافی دیر بعد وہ مجھے بیڈ روم میں لے گیا اور ہم اندھیرے میں بیٹھ گئے... بالکل خاموش۔ اچانک، اس نے مجھے اپنے سینے سے لگا لیا... زور سے اس نے مجھے بھینچا اور سرگوشی کی، ''تھینک یُو! تھینک یُو!'' وہ یوں بُدبُدا رہا تھا جیسے کسی منتر کا جاپ کر رہا ہو۔

اس لمحے تک مجھے احساس نہیں تھا کہ اگر میں نے ہمت نہ کی ہوتی تو اسے کتنا کچھ

کھونا پڑتا۔ مجھے پہلی بار احساس ہوا کہ وہ میرے اس قدم کو اٹھانے کے لیے کب سے منتظر تھا، لیکن وہ میرے انتخاب کے حق کے احترام میں اب تک خاموش رہا تھا۔

یہ میری پوری زندگی میں پہلا موقع تھا جب مجھے واقعی اس کی شدید ضرورت محسوس ہوئی۔

میں اٹھا اور بالکنی میں چلا گیا۔ وہ میرے پیچھے آ کر کھڑا ہو گیا۔ اس کا جسم میرے ساتھ اس طرح فٹ ہو گیا تھا جیسے ہم ایک دوسرے میں پنہاں کسی معمے کے ٹکڑے ہوں۔ میں خود کو اس کی جسامت میں خود کو تحلیل ہوتا محسوس کر سکتا تھا... اس کی بانہیں میرے سینے کے گرد، اس کی گردن میری گردن کے ساتھ، اس کے گال میرے گال کے ساتھ، اس کی سانس میری سانس کے ساتھ ہم آہنگ تھی۔ ''پرشانت، تم کیا محسوس کر رہے ہو؟'' اس نے سرگوشی کی۔

میں نے اپنے بازوؤں سے اس کے بازوؤں کو مضبوطی سے پکڑا اور سرگوشی کی،

''مجھے تھامے رہنا!''

13 سال سے زیادہ عرصے سے ہم ساتھ ہیں۔ ہم نے ایک ساتھ آئینے میں اپنے پہلے سفید بال دیکھے ہیں۔ ہم نے اپنے اپنے گھروں کے افراد کی موت کو دور سے دیکھا ہے، اب بھی گھر واپس آنے کی اجازت نہیں ہے۔ ہم نے اس ملک کے رویے کو بدلتے دیکھا ہے، حالاں کہ زیادہ نہیں۔ ہم نے دوسروں کی گھورتی نظروں کو دیکھا ہے جب سڑکوں پر ایک دوسرے کا ہاتھ پکڑ کر چلتے ہیں، لیکن ہمیں پروا نہیں ہے۔ ہم نے اپنے جسموں کو لاتعداد بار اکٹھا کیا ہے، پھر بھی لگتا ہے جیسے یہ پہلی بار ہو۔ میں اس کے بغیر زندگی کا تصور نہیں کر سکتا۔

ڈاکٹر اب آپریشن تھیٹر سے باہر آیا ہے۔ وہ سنجیدہ اور تھکا ہوا نظر آ رہا ہے۔ میرے گلے میں میرا دل اٹکا ہوا محسوس ہوتا ہے۔ لیکن وہ مجھے بتا رہا ہے کہ نیرج بچ گیا ہے! وہ کہہ رہا ہے کہ زخم شدید تھے، اور انھوں نے اسے آپریٹنگ ٹیبل پر تقریباً کھو دیا تھا۔ وہ کہہ رہا ہے کہ

نیرج میں جینے کی مضبوط خواہش تھی ورنہ وہ اسے بچا نہیں پاتے۔ وہ کہہ رہا ہے کہ نیرج کو پوری طرح صحت یاب ہونے کے لیے بہت وقت اور مدد کی ضرورت ہوگی۔ وہ مجھے اس کے بستر تک لے جا رہے ہیں، وہ مجھے اسے دکھانے سے پہلے ذہنی طور پر تیار کر رہے ہیں۔

لیکن میں جانتا ہوں کہ جو کچھ بھی میں دیکھوں گا وہ اس کے بغیر جینے کے تصور سے زیادہ خوفناک نہیں ہوگا۔ وہ جو بھی اسے دوا دیں گے، اس کے لیے ڈاکٹر جو بھی تجویز کریں گے، وہ جو بھی ہدایات دیں گے، میں سب کے لیے تیار ہوں... مجھے پتہ ہے کہ میں اسی کے لیے ہوں جو میرے لیے ہمیشہ رہا ہے... اسے تھامنے کے لیے۔

جنگل سے لوٹنے کے بعد

پہلی بار میں نے سُوریا کی نیلی آنکھوں کو اس وقت دیکھا تھا، جب وہ مجھے شہر کے مضافات میں ایک میٹنگ کے لیے لینے دفتر آیا تھا۔ وہ نیلی آنکھیں حیرت انگیز تھیں، اس کی ہلکی بھوری جلد کے مقابلے میں، جس کے اوپر اس کے سیاہ بال تھے جو صاف ستھرے تراشے ہوئے تھے لیکن اس کے کانوں کے گرد اور پیشانی پر ہلکے سے گھنگریالے تھے۔

اس نے نیلے اور سبز رنگ کی چوخانوں والی شرٹ اور نیلی جینز پہنی ہوئی تھی، نہ کہ کمپنی کے ڈرائیوروں کا عام بے ڈھنگا سفید یونیفارم۔ اسے اس میٹنگ کے لیے خاص طور پر رکھا گیا تھا کیونکہ میرا باس چاہتا تھا کہ میں ایک شاندار گاڑی اور ڈرائیور کے ساتھ اچھا تاثر بناؤں۔ میرے پاس اپنی گاڑی نہیں تھی... میں بنگلور کے ٹریفک میں گاڑی چلانے کی ہمت بھی نہیں کرتا تھا اور شہر میں پانچ سال رہنے کے باوجود میں اکثر ٹیکسی میں ایک آنکھ موند کر اور دوسری خوف سے سکوڑ کر بیٹھتا تھا، کیوں کہ یہاں عموماً ڈرائیور جارحانہ انداز میں گاڑی ڈرائیو کرتے تھے۔

اس نے ایک خوشگوار مسکراہٹ کے ساتھ اپنا تعارف کرایا اور صاف ستھری، چمکتی ہوئی کار کا پچھلا دروازہ کھولا۔ جیسے ہی میں کار میں بیٹھنے کے لیے جھکا تو 'کار فریشنز' کی خوشبو نے میرا استقبال کیا۔ اس کا نام سوریا تھا، اس کی دلکش مسکراہٹ کے ساتھ اس کی آواز بھی

دوستانہ تھی۔

جب کار ٹریفک میں داخل ہوئی تو مجھے فوراً احساس ہوگیا کہ سوریا عام ڈرائیوروں جیسا نہیں تھا... وہ ایک محتاط ڈرائیور تھا، ہارن کا استعمال بقدرِ ضرورت کرتا تھا اور لنچ کے وقت والی ٹریفک میں سامنے والی گاڑی سے محفوظ فاصلہ بنائے رکھتا تھا۔ اس کی نظریں سڑک پر برقرار رہتی تھیں، چنانچہ میں ان نیلی آنکھوں کو دیکھنے سے معذور تھا جنھیں میں دوبارہ دیکھنا چاہتا تھا... بار بار دیکھنا چاہتا تھا۔

میں نے ہلکی پھلکی گفتگو کرنے کی کوشش کی۔ ''تمھارا آج کا دن کیسا گزرا؟'' میں نے گلا صاف کرتے ہوئے اس سے پوچھا۔

''ٹھیک، ٹھیک،'' اس نے جواب دیا، ''اور آپ کا سر؟''

''ہاں اب تک تو ٹھیک ہے... اس میٹنگ کے بعد ہی صحیح پتہ چلے گا کہ آج کا دن کیسا رہا۔''

''سب کچھ اچھا ہوگا سر،'' اس نے رئیر ویو آئینے میں میری طرف دیکھا... آہ، وہی نیلی آنکھیں... جن میں بھورے رنگ کی چھینٹ پڑی تھی... میرا دل تقریباً دھڑکنا بھول گیا۔

میں پیچھے بیٹھا تھا، اپنی ٹائی کو خواہ مخواہ ٹھیک کرنے لگا... کاش میں اسے اُتار سکتا... لیکن شاید پھر، اس سے اچھا تاثر نہیں بنتا، ہے نا؟ ان دنوں، مجھ پر کام کا بہت دباؤ تھا۔ ایک اداسی مجھ پر طاری ہوگئی، میں نے ایک گہری سانس بھری۔

''سر؟'' نیلی آنکھیں ایک بار پھر آئینے میں مجھ سے مخاطب تھیں۔ ''کیا میں 'اے سی' بڑھا دوں؟''

''اوہ نہیں، میں ٹھیک ہوں!'' میں نے ان آنکھوں کو گرفت میں لیا اور اپنی سب سے اچھی مسکراہٹ اس کے حوالے کردی۔ اس نے بھی بدلے میں مسکراہٹ لوٹائی۔

''سر، کیا میں آپ سے پوچھ سکتا ہوں... آپ کہاں سے ہیں؟'' اب وہ شاید تھوڑی بہت بات چیت کرنے پر آمادہ تھا، یہ میرے لیے خوشی کی بات تھی کہ میں اس کی

خواہش پوری کروں۔

''میں امریکہ سے ہوں،'' میں نے کہا۔ ''لیکن پچھلے پانچ سال سے، میں یہاں، بنگلور میں رہ رہا ہوں۔ اور تم؟''

''میں یہیں کا ہوں سر... بنگلور۔'' اس کی آواز میں تھوڑا سا فخر شامل تھا۔ ''پانچ سال سے آپ یہاں ہیں، سر۔ آپ کو کیسا لگ رہا ہے؟''

''مجھے بہت اچھا لگ رہا ہے... موسم بہت اچھا ہے... یہاں کے لوگ بھی۔'' میں اس کی طرف دوبارہ مسکرا کر دیکھنے سے خود کو روک نہ سکا... خاص طور پر تم نیلی آنکھوں والے... میں نے دل ہی دل میں کہا۔

''ہاں، موسم ابھی صحیح ہے... لیکن جلدی ہی یہاں گرمی بڑھ جائے گی؟'' اس نے مسکراتے ہوئے کہا۔

اسی طرح ہماری گفتگو چلتی رہی... بے کار کی باتیں۔ اس کی انگریزی میری کنڑ سے کہیں بہتر تھی، لیکن کبھی کبھار عدم ترسیل کی وجہ سے مضحکہ خیز صورت حال بھی پیدا ہو جاتی تھیں، ہم اس پر ہنستے تھے اور پھر سمجھنے کی کوشش کرتے کہ دوسرا کیا کہنا چاہتا ہے۔

منزل پر اس نے مجھے میٹنگ کے لیے اُتارا اور یقین دہانی کرائی کہ وہ میرا انتظار کرے گا... میں چاہتا تھا کہ وہ اپنی پوری زندگی میرا انتظار کرے۔

جب میں بہت چھوٹا تھا، سپنے دیکھتا تھا کہ میں بڑا ہو کر کس سے شادی کروں گا۔ میں اعتراف کرتا ہوں کہ مجھے گھر گھر کھیلنا بہت پسند تھا، لیکن پڑوس کے بچوں والا روایتی کھیل نہیں۔ میں شوہر بننا چاہتا تھا اور اس گھر گھر کے کھیل میں ایک اور شوہر چاہتا تھا۔ لڑکوں کو یہ دلچسپ لگتا تھا اور لڑکیوں کے جذبات مجروح ہوتے تھے۔ بالآخر میں نے خود سے باتیں کرنا سیکھ لیا۔

کالج میں، میں نے کچھ لڑکوں کے ساتھ 'ڈیٹ' کیا۔ میرے کالج کے آخری سال میں میرا ایک سنجیدہ رشتہ بھی تھا، لیکن وہ گریجویشن کے بعد برقرار نہیں رہ پایا۔ اس نے ملک

کے ایک دور دراز کونے میں سمٹ جانے کا فیصلہ کیا، جب کہ میں اپنے آبائی علاقے میں ہی رہنا چاہتا تھا۔ میرے والدین کافی ضعیف تھے اور ان کی صحت بھی ٹھیک نہیں تھی۔ میرے والد کو صحت کے مسائل کی وجہ سے گذشتہ کچھ عرصے سے ملازمت برقرار رکھنے میں دشواری ہو رہی تھی۔ میں نے ان کے قریب رہ کر کام کرنے کا فیصلہ کیا، ان کے اخراجات اور ڈاکٹر سے رابطے میں ان کی مدد کی۔

جب میرے والدین کی وفات ہوئی، میں گہرے ڈپریشن میں چلا گیا۔ لیکن آہستہ آہستہ میرا دل کسی دوسری جگہ کے لیے تڑپنے لگا۔ جب میں چھوٹا تھا، میں اٹلس پر جھک کر شہروں اور ممالک کے ناموں کو پڑھنے کی کوشش کرتا تھا، دور دراز کے ممالک کی تصاویر دیکھ کر میں مسحور ہو جاتا تھا، اور کم از کم کسی ایک جگہ کے لیے سفر کرنے کے خواب دیکھتا تھا۔ ہر روز اسی چیز کو دیکھ کر جاگنے کا خیال اس آخری دن سے زیادہ خوفناک تھا جب میں نہیں جاگ پاؤں گا اور اپنے خواب میں ہی مر جاؤں گا۔

میں کس کا انتظار کر رہا تھا؟ میں نے امریکہ کے باہر نوکریوں کی تلاش شروع کر دی اور میری نظر انتخاب ہندوستان پر پڑی۔ یہ امریکہ سے کتنا مختلف ہو سکتا تھا؟ میں نے تحقیق کی، اپنی پروفائل اور ڈگریاں ترتیب دیں اور نوکری کے لیے درخواست دے دی۔ جب میری تقرری ایک ملٹی نیشنل کمپنی میں ہوئی جس کا دفتر بنگلور میں تھا تو میں بہت پُر جوش تھا۔

میں نے آئینے میں خود کو دیکھا۔ میری سادی بھوری آنکھیں مجھے گھور رہی تھیں۔ چھوٹے بھورے بال اور گول گالوں پر ہلکی سی جھائیوں کی چھینٹ مجھے میری 30 سال کی عمر سے کم دکھاتی تھیں۔ لیکن میرے چہرے کے ارد گرد تھکان تھی، جو میرے ہونٹوں کو نیچے کھینچی ہوئی تھی۔ میں نے محسوس کیا، میری زندگی کو اب ایک نئی کروٹ کی ضرورت تھی۔

سوریا شہر بھر میں کئی اور سفر کے لیے میرا ڈرائیور رہا... اپنے دفتر سے کسی دوسرے دفتر تک۔ اب تک میں جان چکا تھا کہ اس کی شادی نہیں ہوئی تھی، لیکن اس کا ایک

شادی شدہ بھائی ضرور تھا اور ایک بھتیجا بھی تھا جسے وہ بہت پیار کرتا تھا۔ وہ اپنے والدین کے ساتھ رہتا تھا، اور اس کا بھائی اور اس کی بیوی بھی ان کے ساتھ رہتے تھے۔ گھر میں بھیڑ تھی۔ اس نے مختصراً بتایا کہ اسے جلدی شادی کرنی ہوگی... وہ 29 سال کا تھا، اور یہ عمر ایک ہندوستانی مرد کی شادی کے لیے کچھ زیادہ تھی... لیکن اب تک سے کوئی مناسب لڑکی نہیں ملی تھی۔ اس نے اپنی زندگی کے اس حصے پر تفصیل سے بات نہیں کی، اور میں نے بھی اس کے بارے میں کچھ اور نہیں پوچھا۔

اس کا سپنا تھا کہ ایک دن جب وہ اپنے والدین کے گھر کا قرض ادا کر دے گا تو وہ ڈرائیونگ چھوڑ دے گا۔ وہ ایک چھوٹا سا جنرل اسٹور کھولنا چاہتا تھا، جیسے کہ ہندوستان بھر میں ہر جگہ نظر آتے ہیں... روزمرہ کی ضرورتوں کے سامان، بریڈ، انڈے، دال اور چاول اور کچھ ٹھنڈے مشروبات وغیرہ۔ اس نے اسے ایک معصوم سی مسکراہٹ کے ساتھ کچھ یوں بیان کیا، جیسے وہ اس دکان کو اپنے تصور میں ہزاروں بار دیکھ چکا ہو۔ نہ کوئی کلائنٹ، نہ کوئی ڈیڈ لائن، نہ ٹریفک کی پریشانیاں اور نہ گھنٹوں بیٹھنے سے کمر میں درد۔

میں اس کے سپنے پورا کرنے کے لیے اس کی مدد کرنے کی کوشش کی... اپنے دفتر کو ہمیشہ اسے ہی کال کرنے کے لیے کہا۔ اس کے علاوہ میں اسے فراخدلی سے ٹپ دیتا تھا۔ اس کے عوض وہ میرے لیے خاص اہتمام کرتا تھا... میری پسندیدہ میگزین کی ایک کاپی کار کی پچھلی سیٹ کے پاکٹ میں، تازہ ٹھنڈا پانی، میٹنگ سے واپسی پر میرے پسندیدہ پکوڑے کے اسٹال پر رُکنا، اور جب وہ مجھے میرے گھر چھوڑتا تو میرا بیگ اٹھانے میں بھی مدد کرتا۔

ایک دن میں نے اسے اپنے ساتھ باہر لنچ کرنے پر راضی کرلیا۔ ایک میٹنگ دیر تک چلی تھی اور جب ہم اپنے آفس لوٹ رہے تھے، مجھے احساس ہوا کہ آفس کینٹن اب تک بند ہو چکا ہوگا۔ میں نے اس سے پوچھا کہ کیا اسے کوئی ایسی جگہ معلوم ہے جہاں ہم لنچ کے لیے رُک سکیں۔ اس نے ایک مقامی ہوٹل کا مشورہ دیا۔ اب تک ہمارا رشتہ دوستانہ تھا جس نے 'اخلاقی حدود' کو پار نہیں کیا تھا۔ وہ ڈرائیور تھا اور میں اس کا کلائنٹ۔ ایک ساتھ

بیٹھ کر کھانا کھانا یہاں ان حدود سے تجاوز کرنے کے زمرے میں شمار ہوتا تھا۔

ہم ہوٹل میں واحد گاہک تھے۔ جُوس بنانے والا لڑکا ہمیں کاہلی سے دیکھ رہا تھا۔ ہم سست رفتاری سے گھومنے والے چھت کے پنکھے کے نیچے پلاسٹک کا مینو کارڈ دیکھ رہے تھے۔ ہم نے ایک ایک لنچ تھالی منگوائی اور ساتھ میں نیمبو پانی آرڈر کیا۔ سوریا گھبرایا ہوا نظر آ رہا تھا... وہ اِدھر اُدھر خواہ مخواہ ڈول رہا تھا۔ جب ہم کھانے کا انتظار کر رہے تھے تو اسے ایسا لگ رہا تھا جیسے اس کا مالک فلٹرڈ واٹر مشین کے پیچھے سے جست بھرتے ہوئے باہر نکلے گا اور اسے اس بد اخلاقی پر جی بھر کے ڈانٹ لگائے گا۔

میں نے اسے پُرسکون کرنے کے لیے ٹیبل پر ہاتھ بڑھایا اور اس کے دونوں ہاتھوں کو اپنے ہاتھوں کی گرفت میں لے لیا۔ لیکن اچانک سب کچھ دھندلا گیا، سوائے اس کے گرم ہاتھوں کے لمس کے۔ باہر کا ٹریفک، باورچی خانے کی کھٹ پٹ، حتیٰ کہ پنکھے کی بھنبھناہٹ بھی خاموش ہوگئی... بالکل اسی طرح جیسے کسی فلم میں 'اسٹاپ بلاک' ہوتا ہے۔

اس کا ہلنا فوراً بند ہوگیا۔ میں نے ہاتھوں کی طرف دیکھا، میز پر ایک دوسرے میں پیوست۔ میں نے نظریں اوپر اُٹھائیں اور پھر ہماری آنکھیں چار ہوئیں۔ میں نے اس کی آنکھوں میں وہی برقی کشش دیکھی جو مجھے پہلی بار محسوس ہوئی تھی۔ اس لمحے، میں سوچ رہا تھا کہ اس کے بھرے بھرے ہونٹوں کو چومنا کیسا رہے گا۔ مجھے تھوڑا سا ڈر بھی تھا کہ میرے خیالات کہیں میرے چہرے پر سوال بن کر ثبت نہ ہوگئے ہوں، اگرچہ میرا ایک حصہ چاہتا تھا کہ ایسا ہی ہو لیکن بہر حال یہ کوئی ایسا سوال نہیں تھا جسے میں براہ راست اس سے پوچھ سکتا تھا۔

ویٹر نے ٹیبل پر زور سے کھانے کی پلیٹیں پٹک کر ان خوب صورت لمحوں کو منتشر کر دیا۔ ہمارے ہاتھ الگ ہوئے۔ کھانا کھاتے ہوئے اس کی آنکھیں مجھ سے کترا رہی تھیں۔ لیکن جب ہم نے آخری نوالے اٹھائے، تو ہماری آنکھیں پھر ملیں، اور وہ مسکرایا۔ میں نے اس مسکراہٹ میں زندگی بھر کی محرومیاں پڑھ لیں۔

اس واقعے کے بعد، میں بس یہی سوچتا رہا کہ سوریا کو اپنی نظروں کے حوالے کے

اندر زیادہ سے زیادہ کیسے رکھا جائے۔ میں سوچ رہا تھا کہ دفتری کاموں کے معمولات سے باہر اسے اپنے ساتھ کیسے وقت گزارنے پر آمادہ کیا جائے۔ اس کا اپنے فارغ وقت میں میرے ساتھ وقت گزارنا ممکن نہیں لگتا تھا... اس نے پہلے ہی بتا دیا تھا کہ وہ بچا کھچا فارغ وقت اپنے گھر والوں کے ساتھ گزارتا ہے۔ یہاں کا طریقہ یہی تھا، اور میں اتنا خود غرض نہیں بننا چاہتا تھا کہ اسے اس کے گھر والوں سے دور رکھوں۔ اس کے والدین ذیابیطس کے شکار تھے۔ وہ صحت کے مسائل سے نبرد آزما تھے۔ یہ چیز مجھے خود اپنے والدین کی تکلیف یاد دلاتی تھی۔

میرے پاس ایک ہی راستہ تھا کہ ہفتے کے آخر میں بنگلور کے مضافات میں ہی اس کے ساتھ کہیں جایا جائے۔ اس سے مجھے اس کے قریب رہنے کا موقع بھی مل جائے گا اور اسے اضافی پیسے بھی مل جائیں گے جس سے اس کے قرض کی ادائیگی میں مدد مل جائے گی۔

میں نے اس بارے میں اسی سے مشورہ مانگا کہ اس شہر کے آس پاس ایسی کون کون سی جگہیں ہیں جہاں دفتر کے دباؤ سے تھکے ہوئے لوگ ہفتے کے آخر میں آرام کرنے کے لیے جاتے ہیں۔ اس نے کچھ اسپا (Spa) اور ریزورٹس (Resorts) کے نام لیے۔

لیکن جب ہم اسپا پہنچے تو اس نے مجھے وہاں اُتار کر کہا کہ وہ گاڑی کو پارکنگ لاٹ میں لے جا رہا ہے، جو اسپا کے استقبالیہ کاؤنٹر سے کافی فاصلے پر واقع تھا۔ اس نے مجھے یہ بھی کہا کہ اگر کسی چیز کی ضرورت ہو، یا میں لوٹنا چاہوں تو میں اسے فون کر دوں۔

یہ کافی مایوس کن ثابت ہوا۔

ہماری اگلی ٹرپ ایک ریزورٹ کے لیے تھی جو میری رہائش سے تقریباً ایک گھنٹے کے فاصلے پر تھی۔ یہاں بھی اس نے ریزورٹ کے استقبالیہ کاؤنٹر کے سامنے اتارنے کی کوشش کی، لیکن میں نے اس کے ہاتھ پر اپنا ہاتھ رکھ دیا۔

''میرے ساتھ اندر آؤ،'' میں نے درخواست کی۔ ''میں نہیں چاہتا کہ تمھیں اتنی دیر گرم کار میں بیٹھنا پڑے۔''

''سر،'' اس نے کہنا شروع کیا۔

’’میرا نام نوحا ہے،‘‘ میں نے اسے بتایا۔ دراصل میں کوشش کر رہا تھا کہ وہ مجھے میرے نام سے پکارے۔ اس میں رسمی تکلفات بہت تھے، لیکن بہرحال وہ میری مسلسل کوششوں کے بعد مجھے نوحا کہنے لگا تھا۔ وہ ریزورٹ میں میرے ساتھ جانے سے بے چین لگ رہا تھا۔ اس نے کہا کہ پارکنگ لاٹ میں موجود دوسرے ڈرائیور باتیں بنائیں گے۔

میں بہت اچھی طرح سمجھتا تھا کہ بہت سے لوگوں کے لیے عزت اور وقار کا کیا مطلب ہوتا ہے۔ میں نے کچھ مدت پہلے گنیش نام کے ایک شخص کے ساتھ ڈیٹ کیا تھا، جو میرے آفس میں میرے ساتھ کام کرتا تھا۔ وہ میرے ساتھ عوامی جگہوں پر نظر نہیں آنا چاہتا تھا، کیوں کہ اسے ڈر تھا کہ کوئی جان پہچان والا یا رشتہ دار اسے کسی غیر ملکی مرد کا ہاتھ پکڑے دیکھ لے گا تو وہ اس کے گھر والوں کو بتا دے گا۔

سوریا بھی تقریباً وہی دلیل پیش کر رہا تھا۔ میں کر بھی کیا سکتا تھا، اسے جانے دیا۔ اس طرح ریزورٹ میں پورے دن قیام کرنے کے باوجود ایک منٹ کا بھی لطف نہ اٹھا پایا۔

جب ہم گھر لوٹ رہے تھے، تو میرا دماغ صرف اسی اُدھیڑ بن میں لگا ہوا تھا کہ سوریا کو اپنے فلیٹ میں کیسے بلاؤں۔ مجھے اپنے فلیٹ کے کچھ بلب تبدیل کرنے تھے، لیکن کیا وہ یقین کرے گا کہ مجھے اس معمولی کام کے لیے اس کی مدد کی ضرورت ہے؟

لیکن جب گاڑی فلیٹ کے قریب پہنچی تو میں نے اس سے پوچھ ہی لیا۔ اس نے ’رئیر ویو مرر‘ میں میری طرف دیکھا اور سر ہلایا۔ اس نے ہامی بھر لی تھی کہ اوپر آ کر میری مدد کرے گا۔ جب ہم لفٹ میں میرے فلیٹ کی طرف جا رہے تھے، تو میں کافی بے چین تھا۔ کئی دنوں سے میں اس لمحے کا خواب دیکھ رہا تھا، اور اب جب یہ لمحہ قریب آ چکا تھا تو اس کے ساتھ بہت سا ذہنی دباؤ بھی چلا آیا تھا۔ اسے اپنے ساتھ رُکنے کے لیے کیسے راضی کروں؟ ہم دونوں کے درمیان ہمیشہ موجود رہنے والی دوری کا اسے احساس کیسے کراؤں؟ کیسے اس مقناطیسی کشش کا پھر سے تجربہ کروں جو ہفتوں پہلے ہم نے ہوٹل میں کھانا کھاتے ہوئے محسوس کیا تھا؟ کیسے اسے پتہ چلے بغیر میں اپنے فلیٹ کا بلب توڑ دوں؟

میرے فلیٹ کے اندر آنے سے پہلے اس نے اپنے جوتے باہر ہی اُتار دیے اور

صرف جرابیں پہنے اندر داخل ہوا۔ وہ اردگرد کا جائزہ لے رہا تھا۔ کمپنی میرے فلیٹ کا کرایہ دیتی ہے، اور یہ ایک اچھا فلیٹ ہے... کشادہ اور دھوپ والا۔ وہ سامنے والی کھڑکیوں سے نظارہ دیکھ رہا تھا۔ جب میں نے اس سے پوچھا کہ کیا وہ پانی پیے گا۔ اس نے پہلے منع کیا، لیکن پھر مان گیا اور میرے ہاتھ سے گلاس لے لیا۔ میں نے اسے کرسی پر بیٹھنے کی دعوت دی، اور میں اس کے مقابل صوفے پر بیٹھ گیا۔

ہم نے فلیٹ کے کرائے، لوکیشن اور پڑوسیوں کے بارے میں بے مقصد باتیں کیں۔ وہ یہ جاننے کے لیے بے چین تھا کہ کیا پڑوسیوں کے ساتھ میرے دوستانہ تعلق ہیں۔ مجھے احساس ہوا کہ وہ سوچ رہا تھا کہ کیا وہ اس کے جانے کے بعد لوگ مجھ سے پوچھیں گے کہ وہ کون تھا۔ میں نے اسے یقین دلایا کہ پڑوسی مجھ سے کبھی بات بھی نہیں کرتے۔

چند منٹوں کے لیے ہمارے درمیان خاموشی براجمان رہی۔ نیچے سڑک پر ٹریفک کا ہلکا سا شور اور کھڑکی کے باہر درخت میں پرندوں کی چہچہاہٹ اس خالی جگہ کو بھر رہی تھی۔

اچانک وہ جیسے کسی خیال سے باہر نکلا اور اس نے مجھ سے بلب کے بارے میں پوچھا۔

میں نے اسے دیکھا، یہ سوچتے ہوئے کہ کیا اسے بتا دینا چاہیے کہ مجھے بلب نہیں بدلنا ہے۔ لیکن پھر اس کا ردعمل کا کیا ہوگا؟ اس نے مجھے کچھ یوں صاف و شفاف نیلی آنکھوں سے دیکھا کہ مجھے اس سے جھوٹ بولنا بُرا لگا۔

''تمھیں بلب بدلنے کی ضرورت نہیں ہے،'' میں نے کہا اور تمام احتیاط کو ہوا میں اُڑاتے ہوئے میں گویا ہوا۔ ''میرا مطلب ہے... میں تم سے کھل کر صرف بات کرنا چاہتا تھا۔''

سوریا نے مجھے جواب نہیں دیا، اس کی نظریں مجھ سے ہٹ کر کہیں اور چلی گئیں، جب کہ وہ خواہ مخواہ پانی کا گھونٹ اب بھی لے رہا تھا۔ وہ گیا بھی نہیں، جو میرے خیال میں میرے لیے ایک اچھا اشارہ تھا۔

''آپ کس بارے میں بات کرنا چاہتے ہیں؟'' اس نے آخر کار زبان کھولی۔

میری پریشانی اس وجہ سے کم تھی کہ میں اس سے کیا بات کرنا چاہتا تھا اور زیادہ اس بات کے لیے تھی کہ کیا مجھ میں اسے اپنے دل کی بات کہنے کی جرأت ہے؟ میں اس

احساس کے بارے میں بات کرنا چاہتا تھا جو مجھے اس کی آنکھیں دیکھتے ہوئے محسوس ہوتا تھا، جب ہمارے ہاتھ مَس کرتے تھے یا ہمارے جسم ایک دوسرے کے پاس سے گزرتے تھے، تو مجھے ایک عجیب سی کشش محسوس ہوتی تھی جو مجھے راتوں کو جاگنے پر مجبور کرتی تھی۔ میں اسے بتانا چاہتا تھا کہ میں 'سر' یا 'مالک' نہیں ہوں، بلکہ صرف نوحا ہوں اور شاید... کیا میں یہ کہنے کی ہمت کروں... ایک عاشق؟

لیکن میں نے ان میں سے کوئی بات نہیں کی۔ میں نے اس کے پریوار کے بارے میں پوچھا اور یہ کہ اس کا بھتیجا کیسا ہے۔ کیا بکواس ہے یار۔

میں باتھ روم استعمال کرنے کے لیے اٹھا، اور جب واپس آیا، سوریا صوفے پر بیٹھا تھا۔ میں ایک سیکنڈ کی ہچکچاہٹ کے بعد اس کے پاس بیٹھ گیا۔ ہماری رانیں تقریباً ایک دوسرے کو چھو رہی تھیں... ایک سانس کے فاصلے پر۔ اس کے پسینے اور بالوں کے تیل کی خوشبو میں محسوس کر سکتا تھا۔ مجھے نہیں لگتا کہ میں اس سے پہلے کبھی اتنا قریب تھا۔

میں نے کچھ بولنا چاہا لیکن اس نے مجھ سے پہلے بول دیا... میرا نام لیتے ہوئے... صرف میرا نام۔ اس کا ہاتھ اب میری ران پر تھا... یہ آگ کے گولے کی طرح محسوس ہوا اور میرے اندر بجلی دوڑنے لگی۔ میں نے مڑنے کی کوشش کی، اس لیے نہیں کہ میں نہیں چاہتا تھا کہ اس کا ہاتھ وہاں ہو، بلکہ اس لیے کہ یہ میری شہوت سے صرف کچھ فاصلے پر تھا۔

''نوحا۔'' اس نے پھر مجھے پکارا... اس کی آواز دھیمی تھی... مجھے اس کی طرف دیکھنے کی ترغیب دیتی ہوئی۔ میں نے دیکھا... وہ آنکھیں مجھے ویسی ہی خوبصورت لگیں جیسے میں نے پہلی بار انھیں دیکھا تھا۔ اس کے ہونٹ اتنے ہی بھرے ہوئے اور چومنے کے لائق تھے جتنے میں نے پہلی بار انھیں چومنے کا خواب دیکھا تھا۔

لیکن اس سے پہلے کہ میں آگے قدم بڑھاتا، اس کا سر پیچھے صوفے پر ٹک گیا اور اس نے اپنی آنکھیں بند کر لیں۔ اس کا ہاتھ اب بھی میری ران پر تھا۔ اس نے گہری سانس لی... اس کا نرخرہ جھرجھری لیتا ہوا محسوس ہوا۔ کئی منٹوں تک ہم اسی طرح بیٹھے رہے... اس کی گردن میں ایک ہموار خم... اس کی پلکیں اس کے گالوں کی ہڈیوں پر سایہ فگن، اور ہونٹ

نیم وا تھے۔

میں نے اپنی شدید نفسانی خواہش کو دبایا اور اپنا سر بھی پیچھے ٹکا دیا۔ میں نے بھی اپنی آنکھیں بند کرلیں۔ ٹریفک کا شور اور پرندوں کی چہچہاہٹ کی آواز مدھم ہوگئی۔ میں صرف اس کی تیز سانسوں کی آواز سن سکتا تھا۔ صوفہ ہلا۔ ایک وزن میری گود میں آ گرا۔

میں نے اپنی آنکھیں کھولیں اور نیچے دیکھا۔ سوریا کا سر اب اس جگہ تھا جہاں تھوڑی دیر پہلے اس کا ہاتھ تھا۔ اس کی آنکھیں اب بھی بند تھیں۔ اس کی ٹانگیں صوفے پر پھیلی ہوئی تھیں، ایک بازو صوفے کے کنارے سے لٹک رہا تھا، فرش پر ٹکا ہوا... دوسرا اس کے سینے پر پڑا ہوا تھا۔

میں نے اپنی انگلیاں اس کے گھنے، سیاہ بالوں میں پرو دیں۔ اس نے بالکل جنبش نہیں کی۔ میں نے اپنی انگلی سے اس کے گالوں میں لکیر کھینچی، اس کی بھنویں سہلائیں، دھیرے سے اس کی پلکوں کو چھوا۔ اس نے جنبش نہیں کی۔ میں اس کے گالوں پر اُگتی ہوئی داڑھی کا آغاز محسوس کر سکتا تھا۔ میں نے اس کی چوڑی ناک کو چھوا۔ میں نے اس کے ہونٹوں کو چھونے کی ہمت کی۔ وہ نرم اور گرم تھے۔ وہ اب بھی نہیں ہلا۔ میں نے اپنا ہاتھ اس کی چھاتی پر کھسکنے دیا، ٹھیک اس کے اپنے ہاتھ سے کچھ انچ دور... اور اپنا سر صوفے کے پچھلے حصے پر پھر ٹکا دیا۔ میری آنکھیں دھیرے دھیرے بند ہوتی چلی گئیں۔

جب میں جاگا، کمرے میں اندھیرا تھا۔ سوریا بھی اٹھ کر بیٹھ گیا تھا... ایک ہی جگہ پر زیادہ دیر تک لیٹے رہنے کی جکڑن کے سبب وہ کراہ رہا تھا۔ اس نے زور سے انگڑائی لی... اس کے ہاتھ سر کے اوپر اور اس کی شرٹ تھوڑی سی اوپر چڑھ گئی تھی، جس کی وجہ سے مدھم روشنی میں اس کا پیٹ دکھائی دے رہا تھا۔

میں نے ایک لائٹ آن کی۔ وہ اٹھا، اور باتھ روم چلا گیا۔ جب وہ باہر آیا، اس نے ٹیبل سے اپنا موبائل اور چابیاں اٹھائیں۔ میں کھڑا ہو گیا۔

''میں نے بلب نہیں بدلے،'' اس نے چاروں طرف دیکھتے ہوئے کہا۔ مجھے احساس ہوا کہ ہمارے رشتے میں ایک نازک سی تبدیلی آگئی تھی... اس بار اس کی مسکراہٹ

میں حدت تھی۔ ’’اگلی بار بدل دوں گا،‘‘ اس نے دروازے کی طرف جاتے ہوئے کہا۔

گویا وہ چاہتا تھا کہ اگلی بار ہو!

سوریا اب باقاعدگی سے میرے فلیٹ پر آنے لگا تھا، لیکن صرف اس وقت جب میں اسے کہیں جانے کے لیے بلاتا... شاپنگ یا کسی دفتری تقریب وغیرہ کے لیے۔ جب وہ مجھے گھر چھوڑتا تو میرے فلیٹ پر آتا... اپنے گھر کی طرح۔ ہم ایک ساتھ ٹی وی دیکھتے... کرکٹ یا کوئی انگریزی فلم، باہر سے لائی ہوئی کوئی چیز یا کوئی ایسی چاٹ کھاتے ہوئے جو اسے لگتا تھا کہ مجھے اسے آزمانا چاہیے۔ ایک بار وہ مرچ پکوڑا ساتھ لایا، جو اس نے گھر لوٹتے ہوئے خریدی تھی، اور اسے حیرت ہوئی کہ میں انھیں اتنی آسانی سے کھا گیا۔ اس نے مذاق کیا کہ چونکہ میں پانچ سال سے بنگلور میں ہوں، تو میں دھیرے دھیرے ہندوستانی ہوتا جا رہا ہوں۔ اس نے کہا کہ میں نے جنوبی ہند کے باشندوں کی طرح سر ہلانے کا فن پہلے ہی سیکھ لیا ہے۔

جب وہ مجھ سے مذاق کرتا، وہ ہمیشہ مجھے چھوتا... میری چھاتی کو دھکیلتا، میرے بازو میں چٹکی بھرتا یا میری ٹانگ پر ہاتھ مارتا۔ مجھے اس کا مذاق پسند تھا اور اب میں بھی اسی کے انداز میں اس سے مذاق کرنے لگا تھا۔ جب میں اسے چھیڑتا تو میں بھی اسے چھونے کی کوشش کرتا، اس کی کمر میں انگلی چبھوتا، اس کے کندھے تھپتھپاتا۔ اسے یہ جسمانی رابطہ پسند تھا۔ میں اپنی قسمت کو زیادہ آزمانے سے ڈرتا تھا، سوچتا تھا کہ یہ رشتہ کہاں جا رہا ہے... وہ میرے جذبات کو کتنا سمجھتا ہے... مجھے یقین تھا کہ ہر بار جب ہم ایک دوسرے کو چھوتے ہیں تو وہ لمس ہمارے چہرے پر کچھ صاف صاف درج کرتا جاتا ہے۔

جب وہ میرے فلیٹ پر ہوتا تو مجھے نوحا کہتا... جب ہم گاڑی میں ہوتے تو وہ مجھے کچھ نہیں کہتا، جیسے وہ خود اس رشتے کے تعلق سے الجھن میں ہو۔

کبھی کبھی وہ میرے فلیٹ پر آکر سو جاتا تھا۔ میں جانتا تھا کہ وہ سخت محنت کرتا تھا... کبھی طویل سفر تو کبھی کلائنٹس کا گھنٹوں انتظار کرنا۔ ہفتے کے دوران اور کچھ 'ویک اینڈ' پر وہ ہمیشہ دستیاب نہیں ہوتا تھا، کیونکہ اسے کاروباری افراد یا مستقل گاہکوں کے لیے آؤٹ

اسٹیشن سفر کے لیے بُک کیا جاتا تھا جو اس کی محفوظ ڈرائیونگ اور اس کے ذمہ دارانہ پروفیشنل رویے کے معترف تھے۔

جب وہ سو جاتا... وہ ہمیشہ صوفے پر سوتا تھا... اس کا سر میری ران پر، اس کا جسم نیند میں پوری طرح ڈھیلا۔ اگر اسے اپنے چہرے اور سینے پر میرے ہاتھ کا لمس محسوس ہوتا بھی، تو اس نے کبھی اپنے چہرے بشرے سے مجھے نہیں جتایا۔ لیکن یہ میرے لیے عذاب سے کم نہ تھا۔ میرے وجود کا ہر ریشہ اس کے ساتھ ہونا چاہتا تھا... اسے پیار کرنا چاہتا تھا، اسے چکھنا چاہتا تھا، اسے ساجھا کرنا چاہتا تھا۔ لیکن میں پہلا قدم نہیں اٹھا سکتا تھا... میں خود کو ایسا کرنے پر آمادہ نہیں کر پا رہا تھا۔ کیا ہوگا اگر یہ اس سمت میں نہ جا رہا ہو جس سمت جاتا ہوا مجھے محسوس ہو رہا تھا؟ کیا ہوگا اگر وہ اس قربت کو مزید آگے بڑھانا نہ چاہتا ہو؟

میں اس کی دوستی کھونے سے اتنا ڈرتا تھا کہ پہلا قدم اٹھانے کی ہمت نہ کر سکا۔ مجھے اس کے ساتھ 'ویک اینڈ' پر وقت گزارنا بہت اچھا لگتا، خواہ وہ میرے ساتھ بیٹھا میرے جذبات سے انجان کرکٹ میچ پر جوش سے چیخ رہا ہو... بطور خاص مجھے اس کی جھپکیاں پسند تھیں، چاہے وہ میرے اُبلتے جذبات کے لیے سوہانِ روح کیوں نہ ہو۔

جب میں نے شہر سے دور کسی جگہ پر ہفتے کی چھٹیاں گزارنے کا منصوبہ بنایا، تو یہ سوریا ہی تھا جس نے بنگلور سے پانچ گھنٹے کی دوری پر ایک ریزورٹ کا نام مجھے سجھایا۔ ریزورٹس میں وقت گزارنے کا موسم تقریباً ختم ہو چکا تھا، گرمی کا موسم بس آنے والا ہی تھا، تو اس کا امکان تھا کہ بھیڑ کم ہوگی۔ سوریا نے کہا تھا کہ اسے ایک ریزورٹ کا پتہ ہے جس کا نام 'دی گرین گیٹ وے' ہے، جو پڑوسی ریاست کے جنگل کے اندر واقع ہے۔ اس نے کہا کہ اگر میں پورے ہفتے کے لیے بھی ریزورٹ بُک کرانا چاہتا ہوں تو وہ میرا ڈرائیور ہو سکتا ہے کیونکہ اس کے مستقل گاہک یا تو شہر سے باہر تھے یا انھیں فی الحال اس کی ضرورت نہیں تھی۔ مجھے اس کی یہ تجویز اچھی لگی۔

آخر کار وہ اہم دن آ گیا۔ میں نے پہلے ہی آن لائن ریزورٹ سے رابطہ کر لیا تھا اور ایک Jungle Shack بُک کر لی تھی۔ دیگر سرگرمیاں بھی طے پا گئی تھیں۔ میرا گمان

تھا کہ سوریا صرف میرا ڈرائیور بن کرنہیں، بلکہ میرا دوست بن کربھی میرے ساتھ آئے گا۔

ریزورٹ کا سفر مزے دار تھا۔ ہم نے گاڑی چلاتے ہوئے خوب گپ شپ کی۔ ہم راستے میں ان جگہوں پر لنچ، ناریل پانی اور ناشتے کے لیے رُکے جن کے بارے سوریا کو پتہ تھا۔ موسم پرفیکٹ تھا... نہ زیادہ گرم، نہ زیادہ ٹھنڈا... دھوپ اور ہوادار۔ جوں ہی ہم جنگلی علاقوں کے قریب پہنچے، ہم نے ہرن اور پرندوں کو دیکھا، اپنے موبائل فون سے ان کی تصویریں لینے کے لیے رُکے۔

ریزورٹ ایک ناہموار، پہاڑی راستے کے آخر میں واقع تھا جو آہستہ آہستہ نیچے کی طرف اُترتا چلا گیا تھا، یہاں تک کہ ہم ایک ایسی جگہ پر پہنچ گئے جہاں چند 'شیکس' (Shacks) اور ایک استقبالیہ سنٹر تھا۔ جنگل دور سے گہرے سبز دھبے کی طرح نظر آرہا تھا۔ گھاٹ ہم سے بلند تھے... بارش نہ ہونے کے سبب وہ بھورے دھبے والے ہو گئے تھے۔

جیسے ہی ہم رُکے اور باہر نکلے، سوریا میں ایک تبدیلی آگئی۔ اس نے ریزورٹ منیجر کے سامنے مجھے سر کہا... اس نے میرا بیگ اٹھایا اور اپنا بیگ وین میں ہی چھوڑ دیا... اس نے منیجر سے ڈرائیوروں والے انداز میں پوچھا کہ اسے گاڑی کہاں پارک کرنا چاہیے۔

اس کے اس رویے نے فوراً منیجر کو اس کا نچلا درجہ بتا دیا، چنانچہ منیجر نے اسی کے درجے کے شایان شان جواب دیا۔ اس نے مجھے بتایا کہ ڈرائیور کے قیام کے لیے بھی وہاں بندوبست ہے جہاں سوریا سو سکتا ہے اور کھانا کھا سکتا ہے۔ گویا یہ فرض کرلیا گیا کہ سوریا محض میرا ڈرائیور ہے، دوست نہیں۔

یہ کہنا کہ اس تبدیلی پر میں الجھن میں تھا، کم ہوگا۔ اچانک سوریا مجھ سے نظریں چرانے لگا تھا۔ وہ گاڑی پارک کرنے کے لیے چلا گیا... یہ کہتے ہوئے کہ اگر مجھے کسی چیز کی ضرورت ہو تو میں اسے کال کروں۔ اس کا پیچھے کھسکتا ہوا سایہ شاید مجھے بتا رہا تھا کہ یہ کہنا کہ مجھے اس کی ضرورت ہے، غیر ضروری تھا۔

میں اتنے لمبے سفر سے تھک گیا تھا۔ میں نے کھانا کھایا، اور منیجر سے کہا کہ وہ سوریا کے کھانے پینے کے انتظام کو یقینی بنائے۔ منیجر نے بتایا کہ کچن نے پہلے ہی عملے کو کھانا

دے دیا تھا اور اگر ہم پہلے یہاں پہنچتے تو ڈرائیور عملے کے ساتھ کھانا کھالیتا۔ میں اس پر گرم ہو گیا۔ میری آواز قدرے بلند ہو گئی تھی، میں نے تقریباً چیختے ہوئے اس سے کہا کہ میں کچھ نہیں جانتا، میرے ڈرائیور کو ابھی کھانا دو۔

'میرا ڈرائیور'... مجھے اس لفظ کو ادا کرتے ہوئے بہت بُرا لگا۔ میں ہمیشہ طبقاتی تقسیم کے خلاف رہا ہوں۔ امریکہ میں بھی لوگ طبقات میں منقسم ہیں، لیکن ہندوستان کی طرح وہاں اتنی شدت سے نہیں۔ میں چاہتا تھا کہ سوریا میرے ساتھ ہو، وہ بھی اس سفر سے اتنا ہی لطف اندوز ہو جتنا میرا حق تھا۔

اس کے اس غیر متوقع رویے کی کیا توجیہہ ہو سکتی تھی؟ کیا وہ مجھے یہ جتانا چاہتا تھا کہ بھلے ہی گذشتہ ہفتے ہم اتنے قریب رہے ہوں، لیکن وہ بہرحال اتنی نزدیکی نہیں چاہتا تھا۔ کیا وہ پھر سے رسمی تکلفات کا ناٹک کر رہا تھا؟... کیا اسے یہ فکر کھائے جا رہی تھی اگر وہ مجھ سے اتنا بے تکلف ہو گیا تو دیگر لوگ اس کے بارے میں کیا سوچیں گے؟

منیجر مجھے وہاں دستیاب سرگرمیوں کے بارے میں بتا رہا تھا... ، رات کا بون فائر، ریزورٹ کے احاطے میں رات کی سفاری، ایک ورزش کا کمرہ اور جانے کیا کیا۔ اس نے کہا کہ میرا بیگ 'شیک' (Shack) میں بھیج دیا گیا ہے، اور اگر میں تیار ہوں تو کمرہ دیکھ سکتا ہوں۔

کمرہ توقع کے مطابق تھا... ایک بڑا بستر، باتھ روم تقریباً اتنا ہی بڑا تھا جس میں شاور اور واٹر ہیٹر تھا۔ جب مجھے چابیاں دینے والا لڑکا چلا گیا، نیچر کی آوازوں نے مجھے اپنے حصار میں لے لیا۔ پرندے مجھے بار بار باہر آنے کا نیوتا دے رہے تھے، جنگل میں نامعلوم جانوروں کی آوازیں مجھ میں جوش بھر رہی تھیں، باوجود اس الجھن کے جو سوریا کے رویے سے پیدا ہوئی تھی۔

میں نے سوریا کو کال کرنے کی کوشش کی، لیکن مسلسل نیٹ ورک ایشو جاری تھا، البتہ کمرے کا فون ٹھیک کام کر رہا تھا۔ اس کی گھنٹی نے قدرت کی سمفنی کو توڑ دیا۔ یہ منیجر تھا جو مجھے بتا رہا تھا کہ 'نیچر واک' (Nature Walk) پندرہ منٹ میں شروع ہو گی، البتہ

رات کی سفاری منسوخ کرنی پڑے گی کیونکہ جیپ کی سروسنگ ہو رہی تھی۔

میں نے فیصلہ کیا کہ بھاڑ میں جائے خراب جیپ اور بھاڑ میں جائے سوریا... میں اپنی شام برباد نہیں کروں گا۔ جو لڑکا مجھے گائیڈ کرنے آیا تھا، اس کا لہجہ دوستانہ اور پُر تجسس تھا جیسے ہی ہم جنگل میں داخل ہوئے، وہ خاموش ہو گیا۔ وہ کبھی کبھی سرگوشی کرتا، میری توجہ کسی پرندے، پھول یا مٹی میں پنجوں کے نشان کی طرف مبذول کراتا۔ ہم نے جنگل کی ترائی میں ہاتھیوں کی چنگھاڑ سنی۔ ہم نے نیم جنگلی بھینسوں کا ایک ریوڑ اور کئی قسم کے پرندوں کو دیکھا۔

ہم پانی کے سرچشمے کے پاس سے گزرے اور مچان پر چڑھے تاکہ سورج غروب ہوتے وقت اوپر سے پانی پر نظر ڈالیں۔ لڑکے نے بتایا کہ جن ہاتھیوں کی آواز ہم نے سنی وہ ہر صبح اس پانی کے سرچشمے پر آتے ہیں، اور اسی لیے مجھے اندھیرے کے بعد اپنے 'شیک' میں ہی رہنا چاہیے۔ یہاں ایک شیرنی کو بھی کئی بار دیکھا گیا تھا، جس کے پنجوں کے نشان ندی کے کنارے کی مٹی پر نظر آتے ہیں۔ اس نے مجھے محفوظ رہنے کی تلقین کی!

غروب آفتاب شاندار لیکن مختصر تھا۔ میں ڈنر سے پہلے نہانے کے لیے اپنے 'شیک' میں واپس آیا۔ میں نے اپنا فون چیک کیا۔ حالانکہ کبھی کبھی نیٹ ورک آتا تھا... میں نے ایک بار موقع غنیمت جان کر جلدی سے سوریا کو ایک میسیج بھیج دیا تھا، لیکن اس کا جواب نہیں آیا۔ میں نے کپڑے پہنے اور پارکنگ لاٹ کی طرف چلا جہاں ہماری گاڑی پارک تھی۔

جب میں قریب پہنچا تو میں نے دیکھا کہ وہ گاڑی کی سیٹ پر بیٹھا مجھے ہی دیکھ رہا تھا۔ اس نے سر ہلاتے ہوئے اپنا ہاتھ اٹھایا۔ اس نے مجھے اپنی جگہ پر رُکنے کا اشارہ کیا تھا۔ اس کی نظریں قریب ہی کھڑے عملے کی طرف گئیں، جو ہماری طرف دیکھ رہے تھے۔ جب اس کی نظریں واپس میری طرف آئیں تو وہ التجا سے بھری تھیں، جیسے وہ مجھ سے اس کی نازک صورت حال کو سمجھنے کی بھیک مانگ رہی ہوں۔

میں سمجھ گیا لیکن مجھے شدید مایوسی محسوس ہوئی۔ مجھے پروا نہیں تھی کہ یہ لوگ سوریا اور میرے بارے میں کیا سوچتے ہیں... لیکن اسے تھی۔ یہ گنیش والی صورت حال پھر

ہمارے درمیان حائل تھی... بلکہ اس سے بھی بدتر، کیونکہ سوریا پر طبقاتی فرق کا بوجھ اتنا ہی تھا جتنا کہ دو مردوں کا ایک ساتھ وقت گزارنے کے بارے میں لوگوں کے خیالات کی فکر۔

میں نے اس کی خواہش کا احترام کیا اور ڈنر کرنے کے لیے چلا گیا، اس کے ساتھ ایک ہفتہ گزارنے کی میری امیدوں پر پانی پڑ چکا تھا۔ میں نے اپنا ذہن بنالیا تھا کہ کل اگر ہمیں اکیلے میں وقت ملا تو میں اس سے بات کروں گا۔ لیکن میں یہ بھی سوچ رہا تھا کہ کیا اس سے کوئی فرق پڑے گا؟

ڈنر کے بعد، میں اپنے شیک کی طرف واپس چلا گیا، تاکہ لڑکے کی تنبیہ اب بھی میرے کانوں میں گونج رہی تھی۔ کافی دیر تک میں اپنی جیکٹ میں دُبک کر پورچ میں بیٹھا رہا۔ جیسے ہی سورج غروب ہوا، درجہ حرارت گر گئی۔

یہ تنہائی اچھی تھی، لیکن ویسی نہیں جیسی میں نے سوچی تھی۔ میں اس وقت تک بیٹھا رہا جب تک کہ ریزورٹ کے کچن کی آوازیں دھیمی نہیں ہوگئیں، اور عملے کے لڑکوں کی آوازیں آنی بند نہیں ہوگئیں... اب صرف کیڑوں، رات کے پرندوں اور جانوروں کی آوازیں میری سماعت کو بھر رہی تھیں۔

آخر کار، میں اپنے شیک میں گیا، دروازہ بند کیا، اور بستر میں رینگ کر تقریباً فوراً سو گیا۔

مجھے نہیں پتہ کہ میں کتنی دیر سوتا رہا، میری نیند دروازے پر ایک مستقل لیکن ہلکی دستک کی وجہ سے کھل گئی۔ میں اندھیرے میں اٹھ بیٹھا، ڈر سے میرے رونگٹے کھڑے ہو گئے۔ میں نے اپنی ہمت جمع کی اور دروازے تک چپکے سے گیا... جھانکنے والے سوراخ (Peep hole) سے باہر دیکھنے کی کوشش کی لیکن اندھیرے کے سوا کچھ نظر نہ آیا۔

اچانک میں نے ہلکی سی حرکت دیکھی اور ایک سرگوشی سنی: ''یہ میں ہوں، سوریا۔ دروازہ کھولو، یار۔''

میں نے تھوڑا سا دروازہ کھولا اور اسے اندر کھینچ لیا۔ دراصل میرے تصور میں اس وقت چہل قدمی کرتے ہوئے شیر اور بھاگتے ہوئے ہاتھیوں کی تصویریں نقش تھیں۔ میں

نے دروازہ بند کیا اور اس کی طرف مڑا... دیوار پر آویزاں ایک نائٹ بلب سے اس کا خاکہ ہلکا سا روشن تھا۔ وہ اپنے ہاتھوں کو رگڑ رہا تھا اور جھوم رہا تھا... ظاہر ہے باہر بہت سردی تھی۔

''تم یہاں کیا کر رہے ہو؟'' میں نے تجاہل عارفانہ سے کام لیا۔

''کوئی بلب بدلنا ہے؟'' اس کی پُرمزاح آواز سرگوشی سے تھوڑی بلند تھی۔

''سوریا!'' میں پھسپھسایا۔ میں کمرے کی روشنی کے لیے سوئچ بورڈ ڈھونڈنے لگا۔ ''اس وقت باہر جانا خطرناک ہے...''

اس نے اندھیرے میں مجھے روکنے کے لیے قدم بڑھایا... ہمارے جسم ٹکرا گئے۔ ''نوحا!''... صرف میرا نام، لیکن یہی وہ سب تھا جو اسے کہنا تھا۔ میں نے محسوس کیا کہ اس کے ہاتھ میرے چہرے کو تھام رہے ہیں، مجھے اپنی طرف کھینچ رہے ہیں۔

چند سیکنڈوں میں ہی دو چیزیں واضح ہوگئیں: سوریا کو اس سطح کی قربت کا زیادہ تجربہ نہیں تھا، لیکن وہ اسے شدت سے چاہتا تھا۔ اس کے ہاتھ کی گرفت مجھ پر مضبوط ہوگئی تھی... اس کی نفسانی خواہش میرے جسم کے مقابلے میں شدید تھی اور اس کے ہونٹ میرے ہونٹوں کو بے مروتی سے کھینچ رہے تھے۔ ہم اندھیرے میں بستر کی طرف ٹھوکر کھاتے ہوئے، راستے میں کپڑے اتارتے ہوئے، چادروں پر گر پڑے۔ چند لمحوں پہلے ہم دونوں جو سردی سے کانپ رہے تھے، اب پسینے میں شرابور تھے اور تقریباً ہانپ رہے تھے۔ رہائی سرعت سے آئی اور ہم دونوں کو تھوڑی دیر کے لیے سانس لینے کو چھوڑ دیا، ہمارے جسم پسینے سے بھرے سکون میں ڈوب گئے۔

کچھ منٹوں بعد، سوریا بستر سے اٹھنے لگا۔ میں نے اندھیرے میں اس کا ہاتھ ٹٹولا اور اسے واپس نیچے کھینچ لیا۔

''کہاں جا رہے ہو؟'' میں نے شکایت بھرے انداز میں پوچھا۔ دراصل میرا جسم 'رہائی' سے زیادہ چاہتا تھا۔ اس نے کہا کہ وہ نہانا چاہتا ہے۔ میں اندھیرے میں لیٹا رہا، جب کہ وہ نہا رہا تھا، ہمارے درمیان دروازہ بند تھا۔

جب وہ باہر آیا، باتھ روم کی روشنی نے اس کی برہنگی کو نمایاں کر دیا۔ وہ کچھ سیکنڈ

تک ہچکچاتے ہوئے وہیں کھڑا رہا، وہ اس گومگو میں تھا کہ آگے کیا کرنا ہے۔ میں نے چادریں پیچھے کھینچیں اور اسے پھر سے لیٹنے کی دعوت دی۔ اس کی نم جلد اب بھی اتنی سرد تھی کہ میرے تپتے جسم کو ایک جھٹکا سا لگا، اور میں نے ہم دونوں پر چادریں کھینچ لیں... اور اسے زور سے اپنی طرف کھینچا۔ وہ ہنسا... جب وہ لیٹنے کی جگہ تلاش کر رہا تھا تو اس نئے آغاز میں بھی اس کا بے ڈھنگا پن، اس کے ہاتھ اور بازو مجھ سے اناڑی پن سے ٹکرا رہے تھے۔

آخر کار وہ میرے پیٹ پر اپنی بانہیں لپیٹ کر، میرے سینے پر اپنا چہرہ ٹکا کر وہیں جیسے رچ بس گیا... میرے ہاتھ اس کے بالوں میں اور ایک بازو اس کے کندھوں کے گرد رکھ کر میں سکون سے لیٹ گیا۔ یہ سب کچھ میرے لیے خواب رنگ تھے، اور مجھے امید تھی کہ شاید اسے بھی میری طرح یہ سب کچھ بہت اچھا لگ رہا ہو۔

کئی منٹوں تک ہم اندھیرے میں لیٹے رہے، اس کی سانسیں ہموار اور میرا ہاتھ اس کے بالوں کو سہلا رہا تھا۔ پھر وہ بولا، اس کی آواز باہر سے آنے والی قدرت کی سمفنی کے مقابلے میں دھیمی تھی۔

''تم نے یہ بہت بار کیا ہے؟'' اس نے پوچھا۔

''کیا؟... رات کے وقت جنگل میں بلب بدلنے کے لیے کسی کو بلانا؟'' میں نے مذاق کیا۔

اس نے جنبش کی تا کہ اس کا سر میری ٹھوڑی کے نیچے آجائے۔ ''یہ جو ہم نے ابھی کیا،'' اس نے زور دیا۔ ''میں نے اتنا زیادہ نہیں کیا ہے یہ سب۔''

''تو تم نے یہ کب کیا تھا پھر؟'' میں جاننا چاہتا تھا۔

اس نے اپنا کندھا اُچکایا۔ ''کزن بھائیوں کے ساتھ... اسکول میں ہم جماعتوں کے ساتھ... ایک دو بار روم پارٹنروں کے ساتھ بھی۔''

میں نے اس کے پچھلے پارٹنروں کے بارے میں سوچا۔ کزن بھائی رشتہ دار تھے ... چچیرے بھائی... جو ایک دوسرے کے لیے بھائیوں جیسے ہوتے ہیں... اکثر ایک ساتھ زیادہ وقت گزارتے ہیں۔ ہم جماعت اور روم پارٹنر... شاید جنسی طور پر تنگ نظر 'ہیٹرو

سیکشوئل'، یا شاید خفیہ 'گے'۔

اس نے اپنے سر سے مجھے دھکا دیا۔ وہ چاہتا تھا کہ میں اپنا تجربہ شیئر کروں۔ میں نے اسے بتایا کہ میں چار سال کی عمر سے جانتا تھا کہ میں 'گے' ہوں۔ میں ہمیشہ لڑکوں اور مردوں کی طرف کشش محسوس کرتا تھا۔ امریکہ میں 'گے' لوگوں کے ساتھ میرے عارضی اور سنجیدہ رشتے دونوں رہے ہیں... کچھ عام لڑکوں کے ساتھ بھی جو تجربہ کرنا چاہتے تھے، اور کچھ دوسرے ہندوستانی 'گے' لوگوں کے ساتھ بھی۔ وہ سنتا رہا اور میری بات ختم ہونے کے بعد بھی خاموش رہا۔

بہت دیر بعد اس نے اپنی زبان کھولی، ''میں 'گے' نہیں ہوں۔'' حالانکہ وہ پُر اعتماد نظر نہیں آرہا تھا۔، میرا دل ڈوب گیا۔ میں نے پہلے دن سے، جب ہم نے ایک دوسرے کو دیکھا تھا، اس کے بالکل برعکس محسوس کیا تھا۔ میں اکیلا نہیں ہوسکتا تھا جس نے ایسا محسوس کیا۔

وہ دھیرے سے بوالا، میں 'گے' نہیں ہوسکتا... اگر میں ہوتا تو میرے گھر والے مجھے مار ڈالتے۔'' اس کے الفاظ نے مجھے اُداس کر دیا۔ میں نے اچانک اور شدت سے اسے اپنی بانہوں میں لپیٹ لیا اور بے مروتی سے اپنی طرف کھینچ لیا۔ اس نے مخالفت نہیں کی بلکہ مجھے کھینچنے دیا اور خود کو میرے حوالے کر دیا۔

''تم جو بھی ہو،'' میں نے شدت سے کہا، ''اگلے ہفتے تک تم میرے ہو۔''

اس کی ہنسی نے میرے سینے کو گدگدایا جہاں اس کا سر دبا ہوا تھا، اور پھر وہ بھی مجھے کھینچنے لگا... اپنی پیٹھ کے بل لیٹ کر مجھے اپنے اوپر پھیلانے لگا۔ اب ہمارے درمیان کوئی دیوار نہیں تھی... کوئی طبقاتی تفریق نہیں۔ میں نے جھک کر اسے چوما۔ اس بار میں اسے دکھاؤں گا کہ 'رہائی' کتنی دھیمی اور عجیب ہوسکتی ہے۔

صبح کھڑکیوں سے چپکے سے اندر داخل ہوئی... سرمئی روشنی پھیلاتے ہوئے جہاں سورج نے پردوں کے درمیان راستہ بنا دیا تھا۔ سوریا سو رہا تھا، اور میں لیٹا اسے سوتا ہوا دیکھ رہا تھا۔ پھر اس نے جنبش کی، چادر پیچھے دھکیلتا ہوا، اپنی آنکھیں مضبوطی سے بند

گیں، پیشانی پر شکنیں نمودار ہوئیں۔ جب اس کے بازو میرے سینے سے ٹکرائے، اس کی آنکھیں کھل گئیں... مدھم روشنی میں شوخ نیلی آنکھیں۔

''شِٹ!'' وہ بستر سے تقریباً اچھل پڑا۔ ''شِٹ!'' وہ دوبارہ چلایا... وہ اپنے کپڑوں کو ڈھونڈنے لگا جو اب بھی فرش پر بکھرے ہوئے تھے۔

میں حیران، پریشان اٹھ بیٹھا۔ ''کیا ہوا یار؟'' میں نے پوچھا۔

وہ تھوڑی دیر کے لیے میری طرف مڑا اور کہنے لگا کہ اسے گاڑی میں واپس جانا ہے ورنہ سب کو پتا چل جائے گا کہ وہ میرے ساتھ سویا تھا۔ میری بے اختیار ہنسی چھوٹ گئی۔ اس نے مجھے حیرت سے دیکھا... ایک ہاتھ میں اس کا انڈرویئر اور اس کی گردن میں بنیان مضحکہ خیز انداز میں لٹک رہی تھی۔

''ہنسو مت!'' وہ چلایا۔ ''میری پتلون ڈھونڈنے میں مدد کرو، یار!''

''کیا تم سچ مچ سوچتے ہو کہ کل رات جب تم یہاں آئے تھے تو کسی نے تمھیں نہیں دیکھا ہوگا؟'' میں نے پوچھا۔ ''یہ لوگ جنگل میں رہتے ہیں! کسی بھی قسم کی عجیب آواز انھیں فوراً محتاط کر دیتی ہے۔''

میں بیڈ سے نیچے اُترا اور اس کے بازوؤں کو اپنے دونوں ہاتھوں میں پکڑ لیا۔ ''سوریا، تمھیں کیوں فرق پڑتا ہے اگر ان لوگوں کو معلوم ہو بھی جائے کہ رات ہم ایک ہی کمرے میں سوئے تھے؟ ہم انھیں پھر کبھی نظر نہیں آئیں گے۔ اور انھیں ہمارے رشتے سے کیا لینا دینا... انھیں کمرے کے پیسے چاہئیں اور بس۔ ویسے، مجھے ریزورٹ منیجر کے بارے میں ایک شک ہے۔'' میں نے اسے واپس بستر پر کھینچ لیا۔

وہ بیٹھ گیا، اس کا جسم آدھا ان کپڑوں میں ملبوس تھا جو اسے مل پائے تھے۔ ''مینیجر کے بارے میں کیا؟'' اس نے مجھے بستر پر دھکیلتے ہوئے پوچھا۔ وہ میری باتوں پر آدھا یقین کر چکا تھا۔

''وہ یہاں بالکل اکیلا ہے... جنگل میں نوجوان مردوں کے درمیان،'' میں نے مذاق کیا۔ ''کوئی بیوی نہیں... یہاں کوئی عورت بھی نظر نہیں آئی... کچھ سمجھے؟''

میں اسے ان کپڑوں سے آزاد کرنے لگا جو اس نے گھبراہٹ میں جلدی جلدی پہن لیے تھے۔ وہ مجھے دیکھ کر مسکرایا... میں جاری رہا، ''اسے کمرے کے پیسے مل گئے ہیں۔'' میں اس پر چڑھ کر بیٹھ گیا... اس کے جذبات میں اُبال آتا محسوس کر رہا تھا۔ میں نے پہلے اس کے سینے کے بالوں کو چوما اور پھر اس کی گردن کی طرف بڑھا۔ اس کی سانسیں تیز ہو گئی تھیں۔

''وہ شاید سوچیں گے کہ میں نے تمھیں رات میں سردی اور جنگلی جانوروں سے بچانے کے لیے اپنے ساتھ رہنے کی اجازت دی تھی۔'' میں مسکرایا اور اس کی آنکھوں میں دیکھنے کے لیے پیچھے ہٹا۔ ''اور میں واقعی چاہتا ہوں کہ تم یہاں رہو... میرے ساتھ... اس کمرے میں۔ جنگلی جانور اب بھی باہر گھوم رہے ہیں۔''

آخری جملے پر ہم دونوں ایک ساتھ ہنس پڑے۔

تیز روشنی میں سوریا شرما رہا تھا۔ وہ اب جانا نہیں چاہتا تھا۔ اسے یقین ہو چکا تھا کہ پیسے اور جنگلی جانور کسی کا بھی منھ بند رکھنے پر قادر ہیں۔ لیکن جو رات کی سیاہی میں لپٹا تھا، صبح اسے اب نمایاں کر رہی تھی۔ میری گوری جلد اس کی سرمئی جلد میں تحلیل ہوتی نظر آ رہی تھی۔

اس کے ہاتھ میرے سینے کو ڈھانپنے کے لیے اوپر کھسکے۔ ''میں نے پہلے کبھی ایسا نہیں کیا،'' اس نے آہستہ سے کہا۔

''کیا نہیں کیا؟'' میری سمجھ میں نہیں آیا کہ وہ کیا کہنا چاہتا ہے۔ رات کی ہماری سرگرمیاں اب بھی میرے ذہن میں تازہ تھیں۔

اس نے بولنا شروع کیا... رُک رُک کر... حتی المقدور وہ مجھے مناسب الفاظ میں اپنے محسوسات سمجھانے کی کوشش کر رہا تھا۔ ''کزن، ہم جماعتوں، روم پارٹنروں کے ساتھ ... وہ بس انزال چاہتے تھے۔ پھر کروٹ لے لی اپنے بستر پر، یا چلے گئے... اگلی بار تک کے لیے... میں بھی کبھی ہونے کے بعد نہیں رُکا...''

اس کی کمزوری... اس کا یہ معصومانہ اعتراف مجھے بہت پیارا لگا۔ میں بے اختیار

اس سے لپٹ گیا۔ میں اسے سب کچھ سکھانا چاہتا تھا جو دو مرد ایک دوسرے سے ان نازک لمحوں میں ساجھا کر سکتے ہیں... کم از کم انھیں اس کے بارے میں جاننا چاہیے۔

میں اسے دیکھ کر مسکرایا۔ "تمھیں بہت کچھ سیکھنا ہے، اور میرے پاس ایک ہفتہ ہے تمھیں سکھانے کے لیے۔"

میں نے سوریا سے کہا، اگر میں نے اپنی مختصر زندگی میں کچھ سیکھا ہے، تو وہ یہ کہ زندگی بہت چھوٹی ہے... اسے جیو یا پھر جانے دو۔ میرے والدین اپنی بیماریوں اور دل کے دورے سے نسبتاً جوانی میں ہی مر گئے۔ اس احساس نے کہ زندگی کتنی مختصر اور عارضی ہو سکتی ہے، یہی وجہ تھی جس نے مجھے ہندوستان میں رہنے کے لیے راغب کیا، تاکہ میں مختلف ثقافت اور نظاروں کا تجربہ کروں... اور یہی فلسفہ سوریا کے ساتھ یہ ہفتہ گزارنے کے لیے مجھے اُکسا رہا تھا۔

اب ہم دونوں کے سُر اور تال ہم آہنگ ہو گئے تھے۔ ہم صبح کی پہلی روشنی میں جاگتے، سورج نکلتے وقت ایک دوسرے میں جذب ہوتے۔ ہم ایک ساتھ نہاتے اور کپڑے پہنتے۔ میں ناشتہ آرڈر کرتا، ہم ساتھ کھاتے اور پھر ہم ریزورٹ کے ان علاقوں کی سیر کے لیے نکل پڑتے جہاں ہم اکیلے جا سکتے تھے، یا ناہموار راستوں پر منھ اٹھائے چل پڑتے تھے... کسی قریبی جنگل میں سفاری کرنے یا کسی چھوٹے سے ہل اسٹیشن یا قصبے کی سیر کے لیے۔

ریزورٹ کے عملے کی نظروں سے بچنے کے لیے، ہم زیادہ تر باہر ہوٹلوں اور اسٹالوں پر کھانا کھاتے تھے۔ سوریا اب بھی سیاحتی مقامات کے لیے ٹکٹ لینے، کھلونا ٹرین کی سواری کے لیے آگے بھاگتا، اور میرے بیگ اٹھانے پر اصرار کرتا۔ وہ عوام کے سامنے اپنی ظاہری شکل اور میری قربت کے درمیان ایک پُل تلاش کر رہا تھا۔

ریزورٹ میں ہم واحد مہمان بچ گئے تھے۔ منیجر نے بھی ہم میں دلچسپی کھو دی تھی... اسے سوریا کے بارے میں بھی کوئی تجسس نہ تھا۔ ہر رات ہمیں 'نائٹ سفاری' پر جیپ لے جاتی۔ ہم نے جنگلی ہاتھی دیکھے، جو ہم دونوں کے لیے ایک نیا نظارہ تھا۔ ہم نے دن کے

وقت بھی ہرنوں کے ریوڑ دیکھے، اور مور کی کھردری آواز سے ہماری صبح جلدی شروع ہوجاتی۔ ہر رات ہم ایک دوسرے کے جسموں کو ازسرنو دریافت کرتے اور ہر بار جب ہم ساتھ لیٹتے، ہماری قربت میں مزید اضافہ ہوجاتا۔

سوریا ہفتے کے آخری دن تک کافی تجربہ کار ہو چکا تھا۔ وہ اب پُرسکون تھا۔ عملے کی موجودگی بھی اب اسے پریشان نہیں کرتی تھی؛ مثلاً 'بون فائر' یا ڈنر پروسے جانے کے وقت بھی وہ بالکل مضطرب نہیں ہوتا تھا۔ اس رات، ہم تب تک انتظار کرتے رہے جب تک پورا ریزورٹ تاریک نہیں ہوگیا، جب پورا عملہ سو گیا تو ہم اپنے کمبل کے ساتھ مچان کی طرف رینگ گئے۔ آسمان چمکتے ستاروں سے بھرا تھا اور ٹھنڈی ہوا درختوں کی پتیوں کو سرسرا رہی تھی، جس سے ہم کبھی ڈر کر اچھل پڑتے اور بعد میں اپنی ہنسی دبانے کی کوشش کرتے تاکہ عملہ جاگ نہ جائے اور ہمیں 'شیک' میں واپس لوٹنے کی ہدایت نہ جاری کردے۔

ہم پانی کے سرچشمے کے اوپر مچان پر ایک ساتھ لیٹے... ایک دوسرے میں گم، ہاتھیوں کی چنگھاڑ کو نظرانداز کرتے ہوئے جو آہستہ آہستہ پانی کی طرف بڑھ رہے تھے... ہم سب سے بے نیاز ایک دوسرے میں یوں کھوئے ہوئے تھے کہ ہمیں انزال کے وقت کی چیخوں تک کی پرواہ نہیں تھی کہ جانور اس طرف متوجہ ہوجائیں گے۔ بعد میں، ہم پانی کی طرف دیکھتے ہوئے کمبلوں میں لپٹے ہوئے ایک دوسرے کی بانہوں کی گرفت میں وہیں پڑے رہے۔ ہم نے بہت سی باتیں کی... اس کی سپنوں کی دکان، اس کے بچپن کی یادیں، اس کے پالتو کتے، جس روز اس نے ٹیٹو بنوایا اور کیسے وہ ہمیشہ کھانا بنانا سیکھنا چاہتا تھا تاکہ گھر پر اچھا کھانا بنا سکے اور اس کی ماں کو آرام ملے۔

ہم نے پاگل بنا دینے والی میری نوکری کے دباؤ کے بارے میں باتیں کیں، اور یہ کہ میں ایک پروفیشنل رائٹر بننا چاہتا تھا۔ میں نے مغرب وسطیٰ میں بڑے ہونے کے بارے میں اسے بتایا جہاں ہم جنسیت کی مخالفت زیادہ تھی، اپنے والدین کو مختصر وقت میں کھونے کے تجربے سے اسے آگاہ کیا، اور یہ کہ ہندوستان نے کس طرح مجھے زندہ محسوس کرایا اور یہ کہ امریکہ واپس جانے کا خیال بھی مجھے اب یوں لگتا ہے جیسے کسی پرندے کے پر

نوچ لیے گئے ہوں۔

جب شیرنی سرچشمے پر پانی پینے آئی، اس وقت ہم شہوت بھری خاموشی کی گرفت میں تھے... ہمارے جسم گرمجوشی سے ایک دوسرے میں مدغم تھے اور اس طرح ہم اسے دیکھنے سے تقریباً چوک گئے۔ لیکن ہم نے اس کی ایک جھلک ضرور دیکھی تھی... اس کی پرچھائیں ہمارے مچان کے بالکل نیچے سے گزر رہی تھی۔ دنیا میں اس کی نسل کے 1500 سے بھی کم بچ گئے تھے۔ ہم دونوں جانتے تھے کہ جو کچھ ہم دیکھ رہے ہیں وہ ہمیں ایک دوسرے کو یاد رکھنے کے لیے کافی ہوگا۔

بالآخر صبح کی روشن دھند نے ہمیں جنت کی سیر کے خاتمے کا اعلان سنایا۔ ہمیں چیک آؤٹ کرنا تھا، گاڑی میں بیٹھنا تھا اور پھر سے بھیڑ میں گم ہوجانا تھا۔ وہ اپنے پریوار، اپنے قرض، اپنے لمبے اور ہنگامہ خیز گھنٹوں اور نخرے کرنے والے گاہکوں اور اپنی قریب ہوتی شادی کی تاریخ کی طرف لوٹ جائے گا۔ میں اپنے خالی فلیٹ، اپنی نوکری کی مصروفیت، طبقاتی تقسیم سے اپنی ناپسندیدگی اور اس سوچ کی طرف واپس چلا جاؤں گا۔ کیا میں اپنی پوری زندگی تنہا گزارنے کے لیے بنا ہوں؟

شہر واپس لوٹتے ہوئے ہم نے بحث کی۔ یہ کڑواہٹ ناگزیر بھی تھی۔ ہم جانتے تھے کہ وہ شدید خوشی اور قربت جس سے ہم لطف اندوز ہوئے تھے، ختم ہوگئی تھی اور اب ہم اپنی اپنی زندگیوں کو سرینڈر کرنے جا رہے ہیں... جیسا وہ چاہتے ہیں۔

میں نے اس سے کہا کہ وہ اپنے والدین کو بتادے کہ وہ شادی نہیں کرنا چاہتا، یا کم از کم کسی عورت سے شادی نہیں کرنا چاہتا۔ اس نے مجھ سے کہا کہ یہ اتنا آسان نہیں ہے، اور یہ کہ میرے لیے 'گے' ہونا آسان تھا، کیوں کہ مجھے کوئی اس کے پریوار کی طرح جج نہیں کرتا۔ اس نے کہا کہ یہ صدمہ اس کے بیمار والدین کو وقت سے پہلے مار ڈالے گا۔ اس کے چچا، جنھوں نے سوریا کو شادی کے تحفے کے طور پر ایک چھوٹا سا قطعہ زمین دینے کا وعدہ کیا تھا، جس پر وہ اپنا جنرل سٹور بنانے کا سپنا دیکھ رہا تھا، وہ اس سے چھین لیا جائے گا۔ اس کے گھر والے اس سے رشتہ توڑ لیں گے... وہ اپنا گھر، عزت، تحفظ سب کچھ کھودے گا۔

میں نے اسے خبردار کرنے کی کوشش کی کہ جھوٹ کی زندگی گزارنا اس سب سے بدتر ہے۔ دوسری طرف وہ اس عورت کی زندگی بھی برباد کرے گا، جس سے وہ شادی کرے گا لیکن اگر اسے پیار نہ دے پائے، اسے خاص توجہ نہ دے پائے اور محض سماج کو دکھانے کے لیے اس سے شادی کرنے کا ڈھونگ کرے۔ میں نے اسے سمجھانے کی کوشش کی کہ میں اس کا نیا پریوار بنوں گا اور اسے بنگلور میں 'ایل جی بی ٹی کیو' کمیونٹی میں، جس کا میں بھی حصہ ہوں، ایسی ساکھ بنانے میں مدد کروں گا جس کا دوسرے لوگ بلا شرط احترام کر سکیں۔

لیکن آخر میں، جب اس نے مجھے میرے فلیٹ پر اُتارا تو اس نے میرے ساتھ اوپر آنے سے انکار کر دیا، اور جب اس نے مجھے الوداع کہا، اس کی آواز میں ایک فولادی عزم تھا جو ہمارے رشتے کے لیے برا شگون تھا۔

میں نے ایک بار پھر اسے قائل کرنے کی کوشش کی کہ جو ہم نے شیئر کیا، جو ہم نے محسوس کیا، کیا وہ واقعی اس انجام کے لائق ہے؟ میں نے کار کی کھڑکی میں جھک کر اس کی آنکھوں میں جھانکا... وہ نیلی، بھورے دھبوں والی آنکھیں جنھوں نے مجھے اس راہ پر پہلی بار ڈالا تھا، اسے مخاطب کیا، ''میں نے ایک بار تم سے کہا تھا کہ میرے فلیٹ کا بلب بدلنے کے لیے اوپر آؤ۔ اب تم جان گئے ہو کہ میں بس چاہتا تھا کہ تم اوپر آؤ اور میرے دوست بنو۔ لیکن سچ یہ ہے کہ تم اس دن سے میرے لیے روشنی لے کر آ رہے ہو جب میری نظر تم پر پڑی۔ کیا ہم جو محسوس کرتے ہیں وہ لڑائی کے لائق ہے؟ کیا تم ہم دونوں کی زندگیوں میں روشنی برقرار رکھنا نہیں چاہتے؟''

اس کا چہرہ جذبات کا میدان جنگ بنا ہوا تھا، حتیٰ کہ اس نے اپنی آنکھوں سے بہتے آنسوؤں کو صاف کرنے کی زحمت بھی نہیں کی جو اس کے گالوں پر بہہ رہے تھے، اس کی پلکوں کو بوجھل کر رہے تھے۔ اس نے بولنے کے لیے منھ کھولا، لیکن پھر اس نے پھر اپنا سر زور سے ہلایا جیسے وہ اس جذبے، اس درد کو جو وہ محسوس کر رہا تھا، جھٹک کر دور کر سکتا ہے۔ اس نے میری شرٹ کے سامنے والے حصے کو زور سے پکڑا اور مجھے ایک طویل، سانس روک دینے والے بوسے کے لیے کھینچ لیا۔ پھر اس نے مجھے بے رخی سے پیچھے دھکیل دیا... ''مجھے

جانا ہوگا۔ تم جانتے ہو کہ میرے گھر یہاں سے بہت دور ہے،'' اس کی آواز رُندھی ہوئی تھی۔

میں نے اسے جانے دیا۔ میرے پاس کوئی چارہ نہیں تھا۔ اسے کیا چاہیے تھا: تھوڑی سی ہمت یا پریوار اور معاشرہ؟... یہ فیصلہ کرنے کا مجھے کوئی حق نہیں تھا۔ جب اس کی گاڑی شام کی مصروف ٹریفک میں نکل گئی، میں نے اس کے آنسوؤں کو اپنے چہرے پر محسوس کیا اور میرے اپنے آنسو دھیرے دھیرے ان کے ساتھ آمیز ہو گئے۔

زندگی پہلے جیسی کیسے لوٹ سکتی تھی؟ سوریا کی یادیں ہر جگہ اُبھر آتی تھیں۔ کام بھی متاثر ہو رہا تھا... حالانکہ میں شہر بھر کی میٹنگوں میں جاتا رہا... ٹرانسپورٹ کوآرڈینیٹر نے بتایا کہ سوریا اب اس کے رابطے میں نہیں ہے، وہ کال نہیں اٹھاتا۔

اس نے میرے وہاٹس ایپ یا فون کال کا جواب بھی نہیں دیا۔ میں نے بھی بار بار کوشش نہیں کی... میں جانتا تھا کہ اسے اسپیس کی ضرورت ہے، فیصلہ کرنے کے لیے وقت درکار ہے۔ وہ یہ بھی دکھاوا کر سکتا تھا کہ ہم نے جو کچھ شیئر کیا وہ کبھی ہوا ہی نہیں۔

مجھے لگتا تھا کہ سوریا سے گھر والوں اور سماج پر اپنی آزادی اور ہمت کو ترجیح دینے کی توقع کرنا بہت زیادہ تھا۔ لیکن یہ جے۔ آر۔ آر۔ ٹولکین تھے جنھوں نے کہا تھا، ''ہمت ہمیشہ غیر متوقع جگہوں پر ہی ملتی ہے۔''

اس واقعے کے دو ماہ سے زیادہ عرصے کے بعد، میں آفس سے دیر سے گھر لوٹا، جیسا کہ معمول تھا، آفس کی گاڑی نے مجھے میرے گیٹ پر اُتار دیا۔ میں ایک منٹ کے لیے ٹھٹکا۔ عمارت کے سامنے والے درخت کی شاخوں کے درمیان سے ستاروں کو دیکھتا رہا، پھر گیٹ کی طرف بڑھا۔

اچانک مجھے احساس ہوا کہ کوئی گیٹ کے سامنے والی سیڑھی پر اندھیرے میں بیٹھا تھا۔ جوں ہی وہ کھڑا ہوا، اس نے مجھے چونکا دیا، اور میں دفاعی انداز میں پیچھے ہٹ گیا۔

''نوحا!''

میں اس آواز کو پہچانتا تھا۔ ''سوریا؟'' میں اسے دیکھنے کے لیے آگے بڑھا، اس کا چہرہ میری آنکھوں کا اندھیرے سے مانوس ہوتے ہی واضح ہونے لگا۔

وہ کچھ گھبرایا ہوا نظر آرہا تھا۔ ''مجھے معاف کردو'' وہ بغیر کسی تمہید کے شروع ہوگیا۔ ''معاف کردو کہ میں نے تمھارے میسیج یا کال کا جواب نہیں دیا۔ میں... میں... دراصل میرے ساتھ جنگل سے لوٹنے کے بعد بہت کچھ ہوا...'' جب میں نے کوئی جواب نہیں دیا تو وہ واپس سیڑھی پر بیٹھ گیا۔ میں بھی اس کے ساتھ بیٹھ گیا۔ اس نے رُندھی ہوئی آواز میں کہا۔ ''جنگل سے لوٹنے کے تین دن بعد، میرے پتا چل بسے۔''

میں نے تاریکی میں اس کا ہاتھ ڈھونڈا اور اسے اپنی گرفت میں لے لیا۔ اس نے بدلے میں میرا ہاتھ دبایا۔ ''وہ بیمار تھے۔ لیکن ہمیں امید نہیں تھی کہ وہ اتنی جلدی چلے جائیں گے۔''

ہم کچھ منٹوں تک خاموش بیٹھے رہے، پھر اس نے بولنا شروع کیا، ''بہت ساری رسومات تھیں۔ بہت سارے پریوار والے آئے۔ لیکن مجھے احساس ہوا کہ ان میں سے زیادہ تر میرے پتا کو جانتے بھی نہیں تھے۔ وہ... بس... فرض نبھانے کے لیے آئے تھے۔ کیونکہ یہی رسم تھی۔ مجھے بار بار تمھاری وہ بات یاد آتی تھی کہ زندگی مختصر ہے۔ پھر میں نے سوچا، کیا یہی انجام ہے... یہ پریوار تو مجھے جانتا تک نہیں... تمھاری اس بات نے مجھے بہت کچھ سوچنے پر مجبور کیا۔''

اس نے میرا ہاتھ ایک بار پھر دبایا، جیسے ایسا کرنے سے اسے وہ ہمت مل رہی ہو جس کا مطالبہ میں نے اس سے کیا تھا۔ وہ میری طرف مڑا، اور میں اس کی آنکھوں میں لرزتے آنسو دیکھ سکتا تھا۔

''میں نے اپنی ماں کو بتایا... ان سے کہا کہ میں کسی لڑکی سے شادی نہیں کرنا چاہتا۔ انھوں نے کہا کہ وہ پہلے سے جانتی تھیں... ایک ماں ہمیشہ جانتی ہے... البتہ میرا بھائی سمجھ نہیں پایا لیکن... خیر، ماں نے چچا سے بات کی۔ کسی طرح وہ اس بات پر راضی ہو گئے کہ جب میں 30 سال کا ہو جاؤں گا تو وہ مجھے قطعہ زمین دے دیں گے۔''

''زبردست!'' جوش میں بے ساختہ میری زبان سے نکلا اور میں نے اسے گلے لگا لیا۔

وہ مسکرایا۔ ''ہاں، ہے نا! بس ایک سال اور گھر کے قرض کے لیے اور ایک سال

بعد وہ دکان میری ہوگی۔"

میں نے اس کی پیٹھ تھپتھپا کر اسے شاباشی دی... اس نے اپنا سر جھکایا، اس کا چہرہ مسکراہٹوں سے بھرا ہوا تھا۔ اس نے مجھے ایک پیکٹ میں کچھ تھمایا۔

میں نے اسے لیتے ہوئے پوچھا، "یہ کیا ہے؟"

"کھولو۔"

میں اٹھا، پیکٹ لے کر اسٹریٹ لائٹ کی طرف گیا، سوریا پیچھے پیچھے آیا۔ میں نے پیکٹ کھولا، اور اسے بہتر طور پر دیکھنے کے لیے اوپر اٹھایا۔

یہ ایک خوب صورت اور رنگین بلب تھا۔

میں مڑا۔ سوریا مسکرا رہا تھا۔

"ہاں؟" اس نے اپنا سر مخصوص جنوبی ہند کے لوگوں کے انداز میں ہلایا۔ میں اس کا سوال سمجھ گیا، حالانکہ اس نے بس اتنا ہی کہا تھا۔ میں نے اس کا ہاتھ پکڑا، اور واپس اسی کے انداز میں سر ہلایا... اسے گیٹ کی طرف کھینچتے ہوئے میرے چہرے پر مسکراہٹ دبیز ہوتی چلی گئی۔

ماں چلی جائے گی!

وشال نے اپنی ماں کے ڈریسنگ ٹیبل کے درازوں میں بڑے اطمینان سے چیزیں ٹٹولیں۔ کہیں نہ کہیں اسے کچھ عام سی دِکھنے والی وگ ضرور مل جاتی، حالانکہ حال ہی میں رجنی کو زیادہ بھڑکیلے انداز کی وگ زیادہ پسند آنے لگی تھی۔ عمر بڑھنے کے ساتھ رجنی کا میک اپ اور لباس کا ذوق کچھ زیادہ ہی بھڑکیلا ہو گیا تھا۔ اس کی نظر رجنی کے لپ اسٹک کے کلیکشن پر ٹھہر گئی۔ واقعی اس کے پاس کتنی لپ اسٹکس تھیں؟ سرخ، بھورے اور بنفشی رنگ کے ہر شیڈ کی لپ اسٹک اس کے پاس موجود تھی۔ اس نے ایک ایسی لپ اسٹک اٹھائی جو وگ کے ساتھ میچ کرتی تھی اور اپنے چوڑے ہونٹوں پر خوب ساری لگائی۔

''تم میری لپ اسٹک کے ساتھ کیا کر رہے ہو؟'' گویا رجنی کے سر کے پیچھے آنکھیں اُگ آئی ہوں، جب بھی کوئی اس کے ڈریسنگ ٹیبل کے قریب آنے کی جرأت کرتا تو وہ جانے کیسے اسے دیکھ لیتی۔

وشال نے اس کی طرف مسکرا کر دیکھا۔ بنفشی شیڈ کی لپ اسٹک، جو اس نے بے ترتیبی سے لگائی تھی، اس کے ہونٹوں کو مضحکہ خیز طور پر ٹیڑھا میڑھا دکھا رہی تھی۔ ''ماں، میں تو بتانا ہی بھول گیا، میں کالج کے ڈرامے میں دروپدی کا کردار ادا کر رہا ہوں۔''

''کیوں؟'' رجنی نے ہونٹ بھینچے اور بھویں چڑھائیں۔

"کیا کیوں؟" وشال کو اپنی ماں کے ردعمل پر جھنجھلاہٹ ہوئی، جو عام طور پر اس کے ہر تجربے کی حمایت کرتی تھی۔

"تم دروپدی کا کردار کیوں ادا کر رہے ہو، اتنے سارے کرداروں میں؟"

"کیونکہ مجھے یہ چیلنجنگ لگتا ہے۔"

"تمھیں ہر جگہ چیلنجز کیوں تلاش کرنے پڑتے ہیں؟" رجنی بڑبڑائی۔ پھر جب اس نے دیکھا کہ وشال نے اس کی ایک وگ پہنی ہوئی ہے اور بہت سی بنفشی رنگ کی لپ اسٹک ہونٹوں پر تھوپی ہوئی ہے تو مزید بھڑک گئی، "اور تم میری لپ اسٹکس کیوں برباد کر رہے ہو؟" اس نے وشال کے ہاتھ سے لپ اسٹک چھینی اور اسے گھورنے لگی۔

"ماں، بس بھی کرو۔ یہ صرف لپ اسٹک ہے۔ اگر دکانوں میں تمھاری لوٹ مار کے بعد کچھ بچ گیا ہوگا تو میں تمھارے لیے دو نئے شیڈز لے آؤں گا۔"

"تم جانتے ہو کہ میری اصل فکر یہ نہیں ہے۔" رجنی کا چہرہ یوں تھا جیسے اس نے کھٹا انگور کھا لیا ہو۔ "میں اس بات سے زیادہ پریشان ہوں کہ تمھاری گرل فرینڈ کو یہ کیسا لگے گا کہ تم عورت کے کردار میں پلکیں جھپکاتے نظر آؤ۔"

"ارے، میری کوئی گرل فرینڈ نہیں ہے۔"

"تو نینا کون ہے؟"

"وہ میری دوست ہے، گرل فرینڈ نہیں۔"

"لیکن تم چاہتے ہو نا کہ وہ تمھاری گرل فرینڈ بنے؟ میں جانتی ہوں کہ تم اسے اپنی گرل فرینڈ بنانا چاہتے ہو۔"

وشال نے اس سے نظریں ہٹائیں، اس کی نگاہیں دسویں منزل کی کھڑکی سے باہر چلی گئیں۔ ماں کو اس کے اور نینا کا رشتہ بالکل سمجھ میں نہیں آیا۔ یوں بھی نینا کوئی عام لڑکی نہیں تھی جو چھوٹے موٹے عدم تحفظات کا شکار ہو۔

"تم کالج کے ڈراموں کے لیے لپ اسٹک لگانا بند کرو اور اس سے بات کرو۔" رجنی نے لپ اسٹک کو وشال کی نظروں سے چھپاتے ہوئے کہا۔

''میں اسے ایک سال سے بھی کم عرصے سے جانتا ہوں اور وہ سمجھتی ہے کہ میں 'گے' ہوں، تو پھر کوشش کیوں کروں؟'' وشال نے اپنی ماں کے دیے ہوئے ٹشو پیپر سے اپنے ہونٹ رگڑ رگڑ کر صاف کیے۔

''لیکن تم 'گے' نہیں ہے۔ تم اس سے صاف صاف کیوں نہیں کہہ دیتے؟''

''کبھی کبھی چیزوں کو صاف صاف کہنے سے بات بگڑ جاتی ہے۔ غلط فہمیاں سب کچھ تباہ کر دیتی ہیں۔ یہ احمق دنیا باریکیوں کو نہیں سمجھتی، ماں۔''

وشال، رجنی کے بستر پر دھم سے بیٹھ گیا اور ایک لمبی سانس چھوڑی جسے وہ جانے کب سے روکے ہوئے تھا۔ اس کے خوبصورت چہرے پر پریشانی کی ایک ہلکی سی دھند چھا گئی۔

''کیا بات ہے؟ کیا تمھیں کچھ پریشان کر رہا ہے؟''

''میں نینا کو اپنے محسوسات کے بارے میں بتانا چاہتا ہوں، لیکن مجھے نہیں پتا کیسے؟ وہ مجھے سنجیدگی سے نہیں لیتی۔ میں اس کی دوستی کے دلدل میں بہت اندر تک پھنس چکا ہوں۔''

''اوہو،'' رجنی نے منھ بنایا۔ ''اب یہ واقعی ایک مسئلہ ہے۔ قبر سے نکلنا آسان ہے لیکن کسی لڑکی کی دوستی کے دلدل سے باہر نکلنا تقریباً ناممکن۔''

وشال اس کے سنجیدہ چہرے کو دیکھ کر بے ساختہ ہنس پڑا۔ ماں سچ مچ 'ڈرامہ کوئین' تھی ماں۔

اس کی ماں دوسری ماؤں سے الگ تھی۔ وہ اس پر اس طرح کا حق نہیں جتاتی تھی، جیسے باقی مائیں جتاتی ہیں۔ وہ چاہتی تھی کہ وشال خوش رہے، چاہے اس کی اسے کوئی بھی قیمت چکانی پڑے۔ ''میں تمھاری خوشی کے لیے کچھ بھی کر سکتی ہوں،'' اس نے ایک بار کہا تھا، اور اس وقت وشال کو یہ بات کچھ عجیب لگی تھی۔ اسے زیادہ جذباتی ہونا پسند نہیں تھا۔ وہ خاموش مزاج کا تھا، جسے بہت چمکدار یا بھڑکیلی چیزیں پسند نہیں تھیں۔ لیکن اب، جب وہ بڑا اور تھوڑا سمجھدار ہو گیا تھا، اسے پتہ تھا کہ اس کی ماں اس سے کتنا پیار کرتی تھی اور اس

نے جو کہا تھا، وہ دل سے کہا تھا۔ کسی لڑکی کے پیچھے جانے اور پڑھائی پر توجہ نہ دینے کے لیے ڈانٹنے کی بجائے، یہاں وہ اس بات کی فکر کر رہی تھی کہ کہیں اس کی پسند کی لڑکی اسے غلط نہ سمجھ لے۔

وشال کو دروپدی کا کردار کرنے کی وجہ سے گھبراہٹ ہو رہی تھی۔ اس بار اس نے شاید اپنی قابلیت سے زیادہ بڑا کام لے لیا تھا۔ کالج ڈرامہ ٹیم کے ڈائریکٹر یہ دکھانا چاہتے تھے کہ جنس ثُنائی (Binary) نہیں، بلکہ طیف (Spectrum) ہے۔ مہابھارت کی دروپدی، جو پانچ پانڈوؤں کی بیوی تھی، اس کا کردار ایک مرد کو دیا گیا تھا، اور ارجن کا کردار جو پانڈوؤں میں سے ایک تھا، ایک عورت کو اس کے لیے منتخب کیا گیا تھا۔ وشال کو یہ تصور بہت دلچسپ لگا تھا، اور اس نے دروپدی کے کردار کے لیے آڈیشن دیا تھا۔

وہ مختلف کرداروں اور جنس کے ساتھ اپنی ہمہ گیر صلاحیت دکھانا چاہتا تھا۔ لیکن اس بار شاید وہ کچھ زیادہ ہی دور چلا آیا تھا، اس نے سر ہلاتے ہوئے سوچا۔ یہی بات اس کے سب سے اچھے دوست روی نے بھی کہی تھی۔

''صرف یہ ثابت کرنے کے لیے کہ تم ایک اچھے اداکار ہو، کیا عورت کا کردار بھی ادا کرنا ضروری ہے؟ یہ کچھ زیادہ نہیں ہو گیا؟'' روی نے آنکھیں گھماتے ہوئے کہا تھا۔ ''یہ زبردستی کا پنگا ہے یار۔''

اس کے ڈرامہ ٹیچر کا خیال اس سے مختلف تھا۔ ان کے مطابق، اداکاروں کو ہر ممکن طریقے سے، ہر جہت میں، دونوں جنسوں میں خود کو تلاش کرنے اور ظاہر کرنے میں کافی وقت صرف کرنا چاہیے۔ وشال وِگ اور ساڑی پہن کر اور میک اَپ لگا کر اپنی جسمانی شکل بدل سکتا تھا، لیکن اپنے ٹیچر کی طرح وہ سمجھتا تھا کہ اصلی تبدیلی دماغ میں ہونی چاہیے۔ دروپدی کا کردار ادا کرنے کے لیے، اسے اندر اور باہر سے اس کی طرح محسوس کرنا تھا۔

اپنی ماں کے کمرے میں بیٹھ کر، اس کی ساڑیوں اور کپڑوں کو چھوتے ہوئے جو اس کے پسندیدہ پرفیوم کی خوشبو سے مہک رہے تھے، وہ اس زون میں پہنچ رہا تھا۔ اسے یاد تھا کہ بچپن میں جب وہ بہت اداس یا کھویا کھویا ہوتا تھا، تو وہ ماں کے کپڑوں کی خوشبو سونگھتا

تھا۔ وہ ان کی کپڑوں کی الماری میں چھپ جاتا اور نرم کپڑوں کے ساتھ کھیلتے ہوئے کافی وقت گزارتا تھا۔ اس سے اسے سکون ملتا، اور وہ آدھے ادھورے یاد کیے ہندی گانے گنگنانے لگتا تھا۔ اس کا بلند پرواز تصور ان کپڑوں کو فلموں کے کرداروں میں بدل دیتا تھا۔ ایک لہراتا کرتا ایک خطرناک ڈاکو بن جاتا جس کے کندھے پر رائفل لٹکی ہو۔ ہینگر پر لپیٹا ہوا اسکارف ایک خوبصورت رقاصہ بن جاتا جیسے وہ اپنی اسٹیج پرفارمنس کے درمیان رُکا ہوا ہو۔ کمر بند سانپ کی طرح پھنکارتے، اپنی چمکتی آنکھوں سے گھورتے ہوئے اپنا اگلا شکار ڈھونڈنے کے لیے الماری سے رینگتے ہوئے باہر نکلتے۔ اس کائنات میں کچھ بھی ممکن تھا۔ دروپدی کا کردار ادا کرنے کے لیے، اسے اپنے جسم سے آگے بڑھ کر ایک نئے روپ میں ڈھلنا تھا۔

لیکن اس کی ماں صحیح تھی۔ اس کی زندگی میں ایک نئی اور متوازی پیش رفت ہو رہی تھی جو اسے پریشان کر رہی تھی۔ یہ بہت نامناسب تھا کہ اس وقت جب وہ اپنی تخلیقی صلاحیتوں کو نئی بلندی پر لے جانے کے لیے تیار تھا، اسے نینا کی طرف شدید کشش بھی محسوس ہو رہی تھی۔ اس کی محبت اس کے لیے غیر متوقع طور پر، تقریباً نامناسب طور پر، کھل اٹھی تھی۔

نینا کولکاتہ سے ممبئی اپنی گریجویشن کے لیے آئی تھی۔ وہ ان لوگوں میں سے تھی جن کی شہرت ان سے پہلے پہنچ جاتی ہے۔ اداکاروں کے خاندان سے تعلق رکھنے والی، وہ خود بھی کافی ہنر مند تھی لیکن صرف مطالعے کی سطح پر۔ اس نے اس کم عمری میں ہندوستانی اور عالمی سنیما کے بارے میں بہت کچھ پڑھ رکھا تھا اور اس پر اسے تھوڑا غرور بھی تھا جو کئی بار دوسروں کو چڑانے کے کام بھی آتا تھا۔ وہ اپنی بے لاگ رائے سے لوگوں پر ایک برا تاثر چھوڑ جاتی تھی، لیکن وشال کو نینا سے بات کرتے ہوئے کبھی ایسا نہیں لگا۔

ان کی بات چیت پچھلے سال کے 'ملہار فیسٹول' کے دوران اتفاقیہ شروع ہوئی تھی۔ کالج فیسٹیول میں دلکش موسیقی، رقص، ڈرامہ اور دیگر فنون کے ایونٹس ایک ساتھ منعقد ہوتے تھے۔ اس نے وشال کو تجرباتی تھیٹر ایونٹ میں پرفارم کرتے دیکھا تھا اور فوراً بعد

اس کے پاس کچھ انتہائی سنجیدہ تکنیکی سوالات لیے چلی آئی تھی، جن کا وہ اطمینان بخش جواب نہ دے سکا، اسے سبکی محسوس ہوئی۔ نینا نے اپنی بھویں چڑھائیں اور مسکرائی۔ یہ کوئی بے رحم مسکراہٹ نہیں تھی، بلکہ ایک دلچسپ مسکراہٹ تھی۔ اس نے اس کے ساتھ سنیما پر اس طرح فراٹے دار گفتگو کی جیسے ایک پُر جوش سنیما کا عاشق کرتا ہے، ایسی فلموں اور فلم فیسٹیولز کا ذکر کیا جن کے بارے میں وشال نے کبھی نہیں سنا تھا۔ وہ ایک ساتھ اداکاری کے ورکشاپ میں گئے اور سنیما اور اس کے اثرات پر مسلسل باتیں کرتے رہے۔ اسے اور قریب سے جاننے کے بعد وشال کو احساس ہوا کہ اس کی سنجیدگی اور یکسوئی ہی اسے باہر سے تھوڑا سخت بناتی تھی جسے کچھ لوگ غلطی سے نخوت سمجھ لیتے تھے، جب کہ وہ درحقیقت سنجیدگی اور دانشوری کی ظاہری سخت پرت کے نیچے ایک مخلص دوست تھی۔

نینا کی صحبت نے اسے کچھ حد تک بدل دیا تھا۔ اس سے ملنے سے پہلے جیسے وہ بے مقصد جی رہا تھا، اب اس نے سچ مچ جینا شروع کر دیا تھا۔ اب وہ بھی زندگی میں کچھ بڑا کرنا چاہتا تھا۔ نینا نے اسے کافی متاثر کیا تھا۔ نادانستہ طور پر نینا نے اسے ایک شخص اور ایک اداکار کے طور پر خود سے زیادہ توقع رکھنے کی ترغیب دی تھی۔

وشال کالج کے ڈرامے کی ریہرسل کے لیے بس میں سوار ہوا، آسمان تاریک اور اداس دکھائی دے رہا تھا، جو شاید یہ فیصلہ نہیں کر پا رہا تھا کہ گرمی کا سلسلہ جاری رکھے یا ممبئی پر ٹھنڈی پھوار بن کر برس پڑے۔ پچھلا ہفتہ گرم اور حبس زدہ تھا، ستمبر کے مہینے میں ایک بوند بارش نہیں ہوئی تھی جو کافی غیر متوقع تھا۔ لیکن آج آسمان سیاہ اور غصے میں بھرا محسوس ہو رہا تھا، جیسے وہ اس خشک وقفے کا بدلہ لینے کے لیے تیار ہو۔ وشال نے ہوا میں بارش کی واضح خوشبو محسوس کی جب وہ بس اسٹاپ سے سینٹ زیویئرز کالج کی طرف چلا۔ ریہرسل ہال تک پہنچنے سے ٹھیک پہلے، موٹی موٹی بارش کی بوندیں اس پر بے رحم گولیوں کی طرح برسنے لگیں۔ ہال کے بڑے آئینے میں اپنا عکس دیکھ کر اسے احساس ہوا کہ اتنے کم وقت میں بھی وہ پوری طرح بھیگ چکا تھا۔ وہ ہمیشہ اپنے بیگ میں رین کوٹ رکھتا تھا، لیکن آج وہ اسے بھول گیا تھا۔ دروپدی کا کردار ادا کرنے کی گھبراہٹ نے اس کے دماغ سے باقی ساری

باتیں نکال دی تھیں۔

روی نے قریب آتے ہوئے اسے بغور دیکھا اور ہلکی سی سیٹی بجائی۔ ''لو، دروپدی آگئی، بارش میں بھیگی سیکسی دروپدی...'' روی زبان دراز تھا، اور دنیا کی ہر چیز کے بارے میں اس کی اپنی ایک الگ رائے تھی، لیکن وہ وشال کی بہت پروا کرتا تھا۔

وشال نے اسے مذاق میں ایک طرف دھکیلا، اپنے بال پونچھنے کے لیے کچھ ڈھونڈنے لگا۔ ''چپ بے! اور تُو یہاں اتنی جلدی کیسے؟''

روی نے اپنے بیگ سے نکال کر ایک چھوٹا سا تولیہ اسے دیا۔ ''جلدی سے اپنے بال پونچھ، پھر میں تجھے دکھاتا ہوں کہ میں نے دریودھن کے کردار کے لیے کتنی اچھی تیاری کی ہے۔ بہت دنوں سے اکیلے میں پریکٹس کر رہا ہوں۔ ولن کو ہر طرح سے ہیرو کو ٹکر دینی پڑتی ہے نا؟'' اس نے اپنے ہاتھ میں پکڑی اسکرپٹ پر آنکھیں گڑاتے ہوئے کہا۔ اس کا موٹا چہرہ اور گول مٹول ٹھڈی اسکرپٹ پر توجہ دیتے ہوئے اور نمایاں ہوگئی تھی۔ یہ اس اسکرپٹ سے مختلف لگ رہی تھی جو وشال پچھلے چند دنوں سے اپنے ہاتھ میں لیے گھوم رہا تھا۔

وشال ٹھٹک گیا اور اس کی اسکرپٹ کو گھورنے لگا۔ ''کیا؟ تیرے پاس کوئی الگ اسکرپٹ ہے؟''

''نہیں، یہ تازہ ترین اسکرپٹ ہے۔ ڈائریکٹر نے کل رات ایمیل کی تھی۔ تجھے بھی کی ہوگی۔ تُو نے اپنا ایمیل چیک نہیں کیا؟'' روی نے حیرت سے چلا کر کہا۔

''آخری وقت میں اسکرپٹ کیسے بدل سکتی ہے؟ یہ تو کمال ہوگیا۔ میں نے پورا دن اس اسکرپٹ کے مکالموں کو یاد کرنے میں لگا دیا اور اب یہ بدل چکے ہیں؟'' وشال نے مایوسی میں سر ہلایا۔

روی نے اسے دیکھا، اس کی گہری آنکھوں میں اچانک نرمی آگئی۔ ''کوئی بات نہیں۔ یہ اتنا الگ بھی نہیں ہے، خاص طور پر تیرے پارٹ میں۔''

وہ اسے دیکھتا رہا، اس کی گرم نظر اب زیادہ شدید ہوگئی۔ ''جانتا ہے... تُو دروپدی کے کردار میں بہت اچھا لگے گا۔ تُو بہت سندر ہے،'' اس نے کہا۔

وشال کے ہونٹوں پر ایک سست مسکراہٹ تیر گئی۔ ''میں سندر نہیں، ہینڈسم ہوں۔'' اس نے اپنے بالائی برہنہ جسم کو تولیے سے پونچھتے ہوئے ایک بار اپنی دلکش، گوری جلد پر نظر ڈالتے ہوئے کہا۔

"تُو... تُو سندر ہے،'' روی نے کہا اور اس کے ٹھیک پیچھے کچھ زیادہ ہی قریب آ کھڑا ہوا۔ اس کے چہرے پر ایک ایسی خواہش کا تاثر تھا جو وہ بیان یا ظاہر نہیں کر پا رہا تھا۔

''تُو بہت سندرر ہے،'' اس نے دہرایا جیسے الفاظ اس کے جذبات کو بیان کرنے کے لیے ناکافی ہوں۔

''کیا... کیا کر رہا ہے؟'' وشال، روی کے منجمد چہرے کو دیکھتے ہوئے اس کی طرف مڑا۔

''میں تجھ سے کچھ کہنا چاہ رہا ہوں لیکن... لیکن نہیں کہہ پا رہا ہوں،'' روی نے اپنی نظریں جھکا لیں۔ لیکن اگلے ہی لمحے بعد اس نے اپنے موٹے بازوؤں سے وشال کو جکڑ لیا۔ اس سے پہلے کہ وشال کچھ سمجھ پاتا، روی نے اس کے ہونٹوں پر ایک بے ڈھب اور عجیب سا بوسہ ثبت کر دیا۔ وشال حیرت سے تقریباً اچھل پڑا۔

وشال اس واقعے سے گنگ ہو کر رہ گیا۔ اس کی زبان پر کافی دیر تک جیسے فالج مار گیا ہو۔ پھر اچانک ان کے پیچھے سے کھڑکھڑاہٹ کی آواز آئی۔ دروازے کے قریب سائے میں نینا کھڑی تھی، اس کا منہ حیرت سے کھلا ہوا تھا۔ اسے احساس بھی نہیں ہوا کہ اس کا بیگ اس کے کندھوں سے پھسل کر آواز سمیت فرش پر کب گر پڑا۔ وشال نے جلدی سے اپنی گیلی شرٹ پہنی اور اس کی طرف بڑھا، لیکن نینا اپنی جگہ پر جم سی گئی تھی، جیسے اس کے پاؤں فرش سے چپک گئے ہوں۔ وشال کا دل تیزی سے دھڑکنے لگا جب اس نے نینا کے چہرے پر حیرت کا رنگ مایوسی میں بدلتے دیکھا، اس کے ہونٹ ایک سخت لکیر کی صورت سکڑ گئے۔ جب باقی پروڈکشن ٹیم اچانک ہوئی بارش کی شکایت کرتے ہوئے اندر داخل ہوئی تو نینا کی نظریں وشال کے چہرے پر بے چینی سے اِدھر اُدھر گردش کر رہی تھیں۔

ریہرسل فوراً شروع ہو گئی، لیکن وشال اپنے کردار پر توجہ نہیں دے پایا۔ اسے

روی پر بہت غصہ آ رہا تھا اور وہ خود سے بھی کافی ناراض تھا۔ اسے فوراً نینا کو سمجھانا چاہیے تھا کہ جو ہوا، وہ ویسا نہیں تھا جیسا نظر آ رہا تھا، لیکن وہ موقع اب جا چکا تھا۔ ریہرسل ختم ہوتے ہی نینا ایک پل کے لیے بھی نہیں رُکی۔ اس سے پہلے کہ وشال اپنا کردار سمیٹ کر اس کی طرف مڑتا، وہ جا چکی تھی۔

نینا اس کے بعد وشال کو نظر انداز کرنے لگی۔ جب بھی وہ کیمپس میں اس کے قریب ہونے کی کوشش کرتا، وہ بہت جلدی میں دکھائی دیتی۔ وہ اپنی لمبی، خوبصورت ٹانگوں سے تیزی سے اس سے دور چلی جاتی، اس کی چمکتی آنکھوں میں اس کے لیے سرد مہری چھپی ہوتی تھی۔ اس کا اس طرح کا ردعمل دیکھ کر وشال کا دل ٹوٹ جاتا۔ کاش وہ اسے ایک موقع دیتی کہ وہ اس کی غلط فہمی دور کر سکے۔

نینا کے ساتھ اس تعطل کو حل نہ کر پانے کی مایوسی کے سبب روی پر وشال کا غصہ غیر ارادی طور پر غیظ میں بدل گیا۔ لیکن جب اس نے اپنے دوست روی کا سامنا کیا تو خود روی اپنے کیے پر شرمندہ اور اداس نظر آیا۔ روی نہ تو خوش فہم تھا اور نہ ہی احمق، تو پھر اس سے یہ چوک کیسے ہوگئی؟ روی نے اعتراف کر لیا کہ وشال کے لیے اس کے یہ خاص جذبات بہت دنوں سے تھے اور اسے لگ رہا تھا کہ وشال بھی اس کی جانب ملتفت ہے۔

''میرا خیال تھا کہ تُو بھی مجھ سے محبت کرتا ہے... میں تجھ سے بہت پیار کرتا ہوں، کیا تجھے اس کا پہلے سے پتا نہیں تھا؟''

وشال کو کبھی ایسا نہیں لگا کہ اس کا بہترین دوست اس سے رومانوی انداز میں محبت کرتا ہے۔

''لیکن تُو نے ایسا کیوں سوچا، روی؟ میں نے ایسا کیا کیا کہ تجھے یہ خیال آیا؟''

اسے روی کی سوچ پر ایک بار پھر غصہ آ گیا۔

''میں... میں نے فرض کر لیا تھا کہ تم ایسے ہی ہو، کیونکہ تمھارے ماں باپ...''

اس نے جان بوجھ کر اپنی بات ادھوری چھوڑ دی اور بے چینی سے کھانسا۔

وشال کے اندر غصے کی ایک تیز لہر دوڑ گئی۔ ''میرے والدین... کیا؟ جو کہنا

شروع کیا تھا وہ پورا کر!''

رجنی نے ہنگامہ سنا تو وشال کے کمرے کی طرف دوڑی۔

''یہ کیا ہو رہا ہے؟'' اس نے دونوں لڑکوں کو فکر مند نظروں سے دیکھتے ہوئے پوچھا۔

''روی نے مان لیا کہ میں 'گے' ہوں، کیونکہ تم اور پاپا... اس نے... اس نے سب کچھ برباد کر دیا۔ اس نے... اس نے بے وقوفوں کی طرح حرکت کی اور یہ یقینی بنا دیا کہ نینا بھی مجھے یہی سمجھے...'' احساس شکست سے بھرے وشال نے پژمردگی سے اپنے پاؤں کی طرف دیکھا۔

روی بھی بدحال دکھائی دے رہا تھا، اس کی آنکھیں آنسوؤں سے بھری تھیں۔

''مجھے بہت افسوس ہے،'' اس نے رُندھی ہوئی آواز میں کہا اور جتنا ممکن تھا، اس سے زیادہ تیزی سے وہ وہاں سے نکل گیا۔

اس رات، رجنی نے دیکھا کہ وشال اپنے کھانے کے ساتھ کھیل رہا تھا، کھانے کی بجائے بس اسے اِدھر اُدھر کر رہا تھا۔ اس کی اچھی خاصی بھوک غائب ہو چکی تھی، جو معمول کے خلاف تھا۔ رجنی نے روی کو فون کیا اور ریہرسل کی رات کو ہوئے واقعے کے بارے میں جانا، جس نے وشال کو اتنا پریشان کر دیا تھا۔ وہ مدد کرنا چاہتی تھی، لیکن وشال اس بارے میں کچھ بولنے کو تیار نہ تھا، کیونکہ اسے پتہ تھا کہ ماں کیا کہے گی۔ اسے یہ پسند نہیں تھا کہ ماں بار بار یہ بات دُہرائے کہ ان کا خاندان خاص ہے اور یہ انجانے میں اس کی زندگی کو متاثر کرتا ہے۔

''ہم بھی باقی پریواروں کی طرح ہی ہیں!'' وہ ہر بار زور دے کر کہتا، جب رجنی اس طرح کی بات شروع کرتی، اور وہ جانتی تھی کہ وہ اسے دل سے مانتا ہے۔ پھر بھی، اسے لگا جیسے اپنے بیٹے کی اداسی کی ذمہ دار وہ خود ہو۔

''نینا، تم سے کوئی ملنے آیا ہے،'' ہاسٹل کی وارڈن نے بلند آواز میں کہا۔

نینا کسی کے آنے کی توقع نہیں کر رہی تھی۔ ”کون ہے؟“

”کوئی راجن گپتا ہے۔ بندہ کافی مہذب لگتا ہے، لیکن میں نے اسے پہلے کبھی نہیں دیکھا۔ کیا میں اسے واپس بھیج دوں؟“ وارڈن نے نینا کی طرف یکھا۔

”نہیں، ٹھیک ہے۔“

نینا نے اپنے بال سنوارے اور ملاقاتی کمرے کی طرف بڑھی، اب تک اس غیر متوقع ملاقاتی کے نام تک سے وہ واقف نہیں تھی، اس لیے تجسس زیادہ تھا۔

”ہیلو نینا، تم مجھے نہیں جانتیں، لیکن میں... تمھیں وشال کے ذریعے جانتا ہوں۔“

نینا اپنے ملاقاتی کے چہرے کو غور سے دیکھا۔ اس نے وشال کے ساتھ اس کی ایک حیران کن مشابہت محسوس کی۔ ”کیا آپ وشال کے رشتہ دار ہیں؟“

اس کا ملاقاتی بے چینی سے کھانسا اور اس پر سے نظریں ہٹا لیں۔ ”میرے پاس تم سے کہنے کے لیے کچھ اہم ہے، لیکن ہم یہاں بات نہیں کر سکتے۔“ وہ رُک گیا جب کہ نینا اس کے بارے میں اب تک کوئی رائے قائم کرنے کی کوشش کر رہی تھی۔

”کیا تم تھوڑی دیر کے لیے باہر چل سکتی ہو؟ اس کمرے میں بہت بھیڑ ہے،“ راجن نے کمرے پر ایک نظر ڈالتے ہوئے کہا۔ کمرہ طلبہ سے بھرا ہوا تھا جو اپنے اپنے ملاقاتیوں سے باتیں کر رہے تھے۔ ان کے لیے جگہ ہی نہیں تھی۔

”مجھ پر بھروسہ کرو، پلیز۔ یہ ضروری ہے کہ تم وشال کا سچ جانو۔“

نینا کی بھویں سکڑ گئیں، وہ تقریباً اس سے نہ بولنے ہی والی تھی کہ اچانک اسے اس بزرگ شخص کے لیے ایک بے نام ہمدردی کا احساس ہوا۔

اس کی آواز پُر اعتماد لیکن شائستہ تھی۔ ”ہم سڑک کے اس پار اس کافی شاپ میں بیٹھ سکتے ہیں جس سے میں واقف ہوں۔ میں زیادہ دور نہیں جانا چاہتی۔“ اس نے ایک کیفے کی طرف اشارہ کیا۔

”مجھ پر بھروسہ کرنے کے لیے شکریہ،“ اس نے بہت خوشگوار آواز میں کہا۔

وہ اس پر بھروسہ کیسے نہ کرتی؟ وہ اتنا باوقار اور باپ جیسا دکھائی دیتا تھا۔ اس کی آنکھوں میں ایسی ایماندار التجا تھی کہ نینا نے فوراً اس پر یقین کرلیا۔

''میرا بیٹا تمھیں بہت پسند کرتا ہے۔ وہ صرف تمھاری باتیں کرتا ہے۔''

نینا نے اس بزرگ شخص کا آہستہ آہستہ جائزہ لیا، وہ سوچنے لگی کہ وشال بزرگ ہوگا تو غالباً اسی شخص جیسا دکھائی دے گا۔

''تم اس کے لیے بہت خاص ہو اور وہ مجھ سے بہت ناراض ہوگا اگر اسے پتا چلا کہ میں تم سے یہاں ملنے آیا ہوں۔'' راجن اپنی بلیک کافی کا گھونٹ لینے سے پہلے رُکا۔

''وشال عام پریوار سے تعلق نہیں رکھتا۔ میں نے اسے اچھی پرورش دی ہے، پھر بھی مجھے لگتا ہے کہ شاید کوئی کمی رہ گئی۔''

نینا سمجھ نہیں پائی کہ وشال کا پریوار کیسے مختلف تھا۔ ''کیا مجھے کچھ ایسا پتہ نہیں، جسے مجھے جاننا چاہیے؟''

راجن اپنی نگاہ نینا پر مرکوز کرتے ہوئے تھوڑی دیر کے لیے رُکا، وہ صورت حال کو بہتر انداز میں سمجھانے کے لیے درست الفاظ ڈھونڈ رہا تھا، تاکہ بغیر کسی پیچیدگی کے نینا پر سب کچھ واضح ہوجائے۔

''میں اور میرے پارٹنر نے وشال کو surrogacy کے ذریعے پایا ہے... تم شاید IUI کے بارے میں جانتی ہوگی... یہ ایک ایسا پروسیس ہے...''

نینا کی آنکھیں سکڑ گئیں۔

''میں جانتی ہوں کہ یہ کیا ہے،'' اس نے کہا۔

راجن نے اپنا گلا صاف کیا اور جاری رہا، ''میری شریک حیات اس میں حیاتیاتی طور پر حصہ نہیں لے سکی۔ اس وقت تک ہمیں پتا چل گیا تھا کہ اسے لیوکیمیا (Leukemia) ہے۔'' اس کی آنکھیں معلق ہوگئی تھیں، جیسے وہ یہاں نہیں بلکہ ماضی کے کسی تنگ و تاریک گلیارے میں کھڑا ہو۔ اس کی آنکھیں نم تھیں۔ ''وشال کی پیدائش کے ایک سال بعد اس کی موت ہوگئی۔ میں نے اسے اکیلے پالا۔ مجھے اس کا باپ اور ماں

دونوں بننا تھا لیکن میں نے... ماں بننا پسند کیا۔"

نینا نے اپنی بھویں اٹھائیں۔

"تو میں راجن سے رجنی بن گیا... اس کی ماں۔"

"لیکن..." نینا پر جیسے حیرتوں کا پہاڑ ٹوٹ پڑا۔

کیا مطلب ہے اس کا؟ کیا کہنا چاہتا ہے یہ شخص؟ اس کے سامنے اس وقت ایک باوقار پُروجیہہ مرد بیٹھا تھا... اور وہ دعویٰ کر رہا ہے کہ وشال کا وہ باپ نہیں بلکہ ماں ہے؟ اس کی یادداشت نے ٹھوکر کھائی اور وشال کا چہرہ سامنے مجسم ہو گیا جو نینا سے کہہ رہا تھا، "میری ماں، میری دنیا ہے۔" اس وقت پل بھر کے لیے نینا کو حسد محسوس ہوا تھا۔ اس نے سوچا کہ اِس عمر میں عموماً کسی کا اپنی ماں کے ساتھ رشتہ اتنا مقدس، اتنا خاص نہیں ہوتا۔ لیکن اب اسے کچھ کچھ وجہ سمجھ میں آ رہی تھی۔

"اگرچہ بچوں کو ماں باپ دونوں کی ضرورت ہوتی ہے، لیکن میں ایک ہی تھا، دونوں نہیں بن سکتا تھا، اس لیے میں نے ماں بننا چنا، چونکہ بچے اپنی ماؤں سے نسبتاً زیادہ قریب ہوتے ہیں۔ جب وشال بڑا ہو گیا، کالج جانے لگا، اس کی اپنی سوشل لائف تھی، تو میں نے یہ سوانگ ختم کرنا چاہا، لیکن وشال نے مجھے روک دیا۔ وہ چاہتا تھا کہ میں ماں ہی بنا رہوں۔ میں بھی یہی چاہتا تھا۔ حالاں کہ اس کے لیے وشال کو دنیا بھر کی ذلت اٹھانی پڑی۔ اس نے تقریباً اپنے سبھی دوست کھو دیے... روی تک کو جو اس کا بیسٹ فرینڈ تھا۔ لیکن کوئی سمجھ نہیں پایا کہ وشال میری طرح نہیں ہے۔"

راجن نے ایک لمبی سانس لی اور تھوڑا توقف کیا۔

"میں جانتا ہوں کہ تمھارے لیے یا کسی کے لیے بھی اس صورت حال کو پوری طرح سمجھنے میں وقت لگے گا... وقت لے لو، لیکن پلیز مجھ پر یقین کرو کہ میرا بیٹا تم سے محبت کرتا ہے، روی سے نہیں۔ وہ بہترین دوست ہیں، اس سے زیادہ کچھ نہیں۔ روی نے بھی میری وجہ سے وشال کے بارے میں رائے قائم کی اور اسی غلط فہمی کی بنیاد پر اس دن کچھ ایسا ہو گیا جسے دیکھ کر تم مشکوک ہو گئیں... وشال بھی تمھاری ہی طرح حیران تھا..."

نینا کو دیکھ کر لگ رہا تھا جیسے وہ سانس لینا تک بھول چکی ہو۔

راجن نے اپنی شرٹ کی جیب میں ہاتھ ڈال کر ایک لفافہ نکالا اور اسے نینا کی طرف بڑھایا۔

''یہ ہم ہیں... ہمارا پریوار۔''

لفافے میں ایک تصویر تھی۔ نینا نے دیکھا، تصویر میں ایک خوب صورت بزرگ خاتون کے ساتھ وشال کھڑا تھا۔ اس نے تصویر میں موجود رجنی کو دیکھا، پھر سامنے بیٹھے راجن کو دیکھا۔ دونوں ایک دوسرے کا عکس تھے، پھر بھی مختلف تھے۔

''میں رجنی کو جانے دوں گا۔ اس کا کام ختم ہو چکا ہے... ماں چلی جائے گی۔ تمھارے اور وشال کی زندگی میں وہ پھر کبھی نہیں لوٹے گی، میں وعدہ کرتا ہے۔ لیکن پلیز، میرے بیٹے کو میری خواہش پوری کرنے کی سزا مت دو، پلیز۔''

دو پرانی قبریں

لوہے کا بڑا سا دروازہ پہلے چر چرایا، پھر کھل گیا۔ آسمان پر ایک گہری سیاہ چادر تنی ہوئی تھی جو پرانے قبرستان کو اپنے اندھیرے میں سمونے کی کوشش کر رہی تھی۔

''کیا تمھیں یقین ہے کہ یہ اچھا آئیڈیا ہے؟'' آصف نے پوچھا۔

''میں نے بالآخر اسے ڈھونڈ لیا،'' زبیر نے اپنے بالوں کی ایک لٹ پیچھے جھٹکتے ہوئے کہا۔

دور سے ایک اُلو کی آواز آئی۔ آصف نے اپنے کندھے کے پیچھے دیکھا اور کانپ اٹھا۔ قبروں کے درمیان سے گزرتے ہوئے آصف، زبیر کی ہمت کی داد دیے بغیر نہ رہ سکا۔ وہ ایک خطرہ مول لینے والا لڑکا تھا اور وہ ہمیشہ خطروں کی سرحد پر جیتا تھا۔

زبیر ایک قبر کے پاس رکا، تختی پڑھنے کے لیے اس نے اپنی آنکھیں سکیڑیں۔ ''فرید خان: 1873-1973۔'' یہ شخص سو سال جیا۔ ذرا سوچ کے دیکھ، کیا ہم اتنا لمبا جی سکتے ہیں؟''

آصف مسکرایا، اس خیال سے وہ کافی لطف اندوز ہوا۔

اندھیرے میں اس نے کچھ چکنا سا رینگتا ہوا محسوس کیا... شاید سانپ تھا، وہ کانپ اٹھا۔ دور سے کسی جانور کی چیخ سنائی دی۔ ہڈیوں تک ٹھنڈک محسوس کرتے ہوئے،

آصف نے زبیر کو پکڑ لیا، ''یہ جگہ مجھے ڈراؤنی لگ رہی ہے۔''

''پاگل ۔ میں ہوں نا تیرے ساتھ،'' زبیر نے اسے اپنے گلے سے لگاتے ہوئے کہا۔

آصف کو اس کے گرم لمس سے راحت ملی، زبیر کے دل کی دھڑکن بھی تیز ہوگئی۔

''دیکھو،'' زبیر نے اپنے پاس والی قبر کی طرف اشارہ کرتے ہوئے کہا۔ ''یہ لڑکا 18 سال کا ہے... ہماری طرح۔''

آصف اسے ٹوکنا چاہتا تھا۔ کیا اس سے واقعی کوئی فرق پڑتا تھا؟ کیا اس سے کچھ بدل جاتا؟ اسے لگا کہ اسے مزید مضبوط ہونا چاہیے تھا، لیکن وہ اس قدر شدید محبت کی گرفت میں تھا کہ زبیر جو بھی کرتا، وہ آنکھیں موند کر اس کا ساتھ دیتا۔

زبیر نے تاروں سے خالی آسمان کو دیکھا اور دفعتاً وہ چیخ پڑا۔

آصف ڈر کے مارے کانپنے لگا۔ زبیر اپنے اس مذاق پر ہنسنے لگا۔

آصف جھنجھلا گیا، ''مجھے ایسا بیہودہ مذاق پسند نہیں ہے۔'' وہ اب بھی کانپ رہا تھا۔

زبیر نے خوش دلی سے سر پیچھے جھٹکا اور ہنس پڑا، ''چل۔ ہم جلد ہی وہاں پہنچنے والے ہیں۔ ٹائم کیا ہوا ہے؟''

''11:50''

''بالکل وقت پر۔''

زبیر آگے دوڑا اور ایک بند جگہ کے قریب رُک گیا۔ وہاں درمیان میں دو پرانی قبریں تھیں۔ آصف نے تجسس سے اس کا تعاقب کیا۔

زبیر نے مڑ کر آصف کو دیکھا، اس کی آنکھیں نم ہوگئیں۔ وہ خاموشی سے ایک دوسرے کو دیکھتے رہے۔

''ہم 18 کے نہیں ہیں، زبیر،'' آصف نے سرگوشی کی۔

زبیر نے سر ہلایا، اس کا چہرہ شدت غم سے کانپ رہا تھا، ''میں جانتا ہوں۔ ہم

تھے۔''

دونوں کچھ دیر تک وہاں کھڑے رہے۔

''ٹائم کیا ہوا ہے؟'' زبیر نے پوچھا۔

''11:59''

''اب ہمیں واپس چلنا چاہیے... وقت ہو گیا ہے۔'' اس نے آصف کے سر کے پیچھے ہاتھ رکھا اور اسے قریب کھینچ لیا۔ جھینگروں کی آواز کے درمیان، اس نے آصف کے ہونٹوں کو چوما۔

آصف نے آنکھیں بند کرلیں... یادیں جھرنوں کی طرح گرنے اور بہنے لگیں۔

ان کا قصور یہ تھا کہ وہ ایک دوسرے سے بے پناہ محبت کر بیٹھے تھے۔ آصف اسے راز رکھنا چاہتا تھا لیکن زبیر ضد پر اڑ گیا۔ اسے اپنی محبت کی پاکیزگی پر یقین تھا، پھر اس نے اپنے والدین کو بتا دیا۔ قیامت ٹوٹ پڑی۔ آدھی رات کو دونوں لڑکوں کو جنگل میں لے جایا گیا اور گلا گھونٹ کر مار ڈالا گیا۔

انھوں نے ان قبروں کو دیکھا جن پر ان کے نام درج تھے جب دور سے شہر کے گھڑیال نے ان کی ملاقات کا وقت ختم ہونے کا اعلان کیا۔

قبرستان کے ایک کونے میں خاموشی سے چرتے ہوئے ایک ہرن نے اپنا سر اٹھایا اور حیرانی سے تاریکی کی آغوش میں دونوں لڑکوں کو غائب ہوتے ہوئے دیکھنے لگا۔

اُن کے پاس ابھی ایک رات بچی تھی

وہ بے صبری سے نیل کے آنے کا انتظار کر رہا تھا۔ اندھیرے میں، گرم اور حبس زدہ رات میں، مچھروں کے غول کے درمیان کھڑے ہونے کا اسے کوئی شوق نہیں تھا۔لیکن آخر وہ اور کہاں مل سکتے تھے؟ ان کے کیمپس کے باہر جنگل ہی وہ واحد جگہ تھی جہاں وہ مل سکتے تھے... یہ جگہ مرکزی سڑک سے کٹی ہوئی تھی جو انھیں یونیورسٹی سے جوڑتی تھی جہاں وہ دونوں پڑھتے تھے۔ گھنی کانٹوں بھری جھاڑیوں اور سخت چٹانوں سے ڈھکی ہوئی یہ جگہ زیادہ تر لوگوں کو اس طرف آنے سے روکتی تھی، اور اسی سبب یہ عاشقوں کے لیے چھپ کر ملنے کا ایک بالکل صحیح مقام تھا۔ٹٹولتی آنکھوں اور تنقیدی نظروں سے دور یہ جگہ ان جوڑوں کی پناہ گاہ تھی جنھیں مسترد کرنے والے خاندان، خود کو اخلاقیات کا ٹھیکدار ماننے والے لوگ اور دھمکانے والے رشوت خور پولیس والے تھے۔

ویسے اگر کوئی ان جھاڑیوں کے درمیان سے لمبا راستہ طے کر لیتا، تو اسے بیچ میں ایک کھلی جگہ ملتی۔ وہاں چٹانوں کے ایک جھنڈ پر چڑھ کر ائیر پورٹ سے اُڑتے ہوائی جہازوں کو دیکھا جا سکتا تھا۔ یہ جگہ ان کی ملاقاتوں کے لیے بالکل صحیح تھی۔ چاروں طرف خاردار پودوں اور نہ جانے کتنے خطرناک کیڑے مکوڑوں کے باوجود، جو اپنے شکار کا انتظار کر رہے ہوتے ہیں، پھر بھی یہ جگہ ایک خفیہ جائے پناہ کے طور پر کافی محفوظ تھی۔ نوین کو اب

بھی وہ طلسمی راتیں یاد تھیں جو اس نے اور نیل نے یہاں گزاری تھیں... آسمان کے تارے گنتے ہوئے، اپنی فکرمندیوں اور عدم تحفظات کی بات کرتے ہوئے، چوری چھپے بوسے چُراتے ہوئے، اپنے پروفیسروں کی عجیب وغریب حرکتوں پر ہنستے ہوئے اور مستقبل کے لیے ڈھیر سارے منصوبے بناتے ہوئے۔ اس کی ماں ہمیشہ اسے خیالی پلاؤ پکانے سے منع کرتی تھی۔ ''ہوا محل بنانا بند کر۔'' وہ کہتی تھی۔ لیکن نوین نے بند نہیں کیا۔ جب نیل اس کے ساتھ ہوتا تو دنیا اسے لامتناہی امکانات سے بھری نظر آتی۔

نوین کے خیالوں کا سلسلہ اس وقت ٹوٹا جب اسے قدموں کی چاپ سنائی دی۔ ایک لمحے کے لیے اس کے اعصاب تن گئے، پھر ڈھیلے پڑ گئے۔ یہ یونیورسٹی کا چوکیدار تھا جو اس علاقے کی نگرانی پر معمور تھا۔ ''رام رام بیٹا... کیسے ہو آپ؟'' بوڑھے نے عادتاً پکارا۔

''ہم بڑھیا ہیں کاکا... بس گھر جانے کی تیاری کر رہے ہیں۔''

''ٹھیک ہے بیٹا، اپنا خیال رکھنا۔'' بوڑھا چوکیدار اپنے پاؤں گھسیٹتا ہوا چلا گیا۔

نوین نے اطمینان کی سانس لی۔ نوین کو یہ بوڑھا چوکیدار کسی ادارے جیسا لگتا تھا۔ وہ ان کی خفیہ ملاقاتوں کا اکلوتا گواہ تھا۔ اگرچہ وہ ان کے رشتے کی سچائی سے پوری طرح واقف تھا، پھر بھی انجان بننے کا ناٹک کرتا تھا۔

نوین کو اس سے کوئی پریشانی نہیں تھی، بلکہ وہ اس کا دل ہی دل میں شکرگزار تھا۔ راز کو راز بنائے رکھنا ضروری تھا۔ اس کی ماں (جو اس کی اکلوتی رازدار تھی) نے اسے خبردار کیا تھا کہ اگر نیل کے ساتھ اس کے رشتے کی خبر پریوار میں پھیل گئی تو بدنامی طے ہے۔ اس کے والد نے اس کے یونیورسٹی میں داخلے سے پہلے ہی کچھ اصول مقرر کر دیے تھے... اپنی کاسٹ (ذات) کے باہر کسی سے میل جول نہیں بڑھانا۔ اگرچہ اس نے ان اصولوں کی پیروی کرنے کی پوری کوشش کی تھی، لیکن جس دن اس کی ملاقات نیل سے ہوئی، سب کچھ دھرا کا دھرا رہ گیا۔

وہ دوپہر کی 'ریمیڈیل کلاس' (Remedial Class) میں ملے تھے۔ نوین شرماتے ہوئے کلاس میں داخل ہوا تھا، اور نیل نے اس کی ہچکچاہٹ کو محسوس کر کے اسے

اپنے پاس بیٹھنے کی دعوت دی تھی۔ اس کے والد کی کھینچی ہوئی 'لکشمن ریکھا' دھندلا گئی اور نوین نے نیل کی دعوت قبول کرلی (آخر کیا فرق پڑتا تھا کہ اس کا 'سرنیم' چترویدی تھا اور نیل کا کٹیار؟) وہ جلد ہی بہت اچھے دوست بن گئے اور کچھ ہی ہفتوں میں قریبی دوست۔

نیل نہ صرف اپنے کلاس میں مقبول تھا، بلکہ وہ ایک سرگرم سیاسی کارکن بھی تھا۔ نوین خود بھی نیل کے ساتھ معاشی ترقی، گھس پیٹھیوں سے مادر وطن کی حفاظت اور مادری زبان کی توسیع کے لیے سیاسی مہمات میں شامل ہوا۔ اسے اب بھی گذشتہ سال کے کیمپس کے انتخابات میں نیل کی شاندار جیت کا جشن یاد تھا۔ ایک اسٹوڈنٹ لیڈر ہونے کے طور پر نیل کی مصروفیت سے وہ واقف تھا، اس لیے اب تک اس کے نہ پہنچنے سے تشویش نہیں ہوئی، پھر بھی جانے کیوں دل کے چور خانے میں ایک موہوم سی فکر موجود تھی۔

نیل کی پارٹی میں حال ہی میں قیادت بدلی تھی اور نئی قیادت کارکنوں پر کئی سخت پابندیاں لگانے پر مصر تھی۔ ایک نئے دشمن کے خلاف جارح مہم شروع کرنے کی بات ہو رہی تھی۔ پرانے فرقہ وارانہ دشمنی کو ہٹا کر اب ان لوگوں پر نشانہ سادھا جانا تھا جو ہندوستان کی ثقافت کے ڈھانچے میں فٹ نہیں تھے۔ جو بھی اس راہ سے بھٹکتا، اسے تلاش کر کے سزا دی جانی تھی۔ ''ہم کسی کو بھی اپنی غیر فطری جنسی حرکتوں اور شادی کے ادارے سے باہر کے بے جوڑ رشتوں سے ہندوستانی ثقافت کو داغ دار نہیں کرنے دیں گے،'' پارٹی میٹنگ میں نئے قائد نے گرج کر کہا تھا۔

نوین نے اسے سنجیدگی سے نہیں لیا، بلکہ سیاسی بیان بازی سمجھ کر نظرانداز کر دیا تھا۔لیکن جب اس نے سنا کہ پڑوس کی کالونی میں سے دو عورتوں کو ان کے گھروں سے گھسیٹ کر باہر نکالا گیا، انھیں پیٹا گیا اور ان کے چہرے پر کالا رنگ پوت کر سڑکوں پر گھمایا گیا تو اسے اچانک حالات کی سنگینی کا احساس ہوا۔ اس نے جب ساتھی طلبا سے پوچھا کہ ایسا کیوں ہوا تو ایک طالب علم نے ہنستے ہوئے کہا کہ وہ اس کی حق دار تھیں کیوں کہ وہ 'غیر اخلاقی' حرکتوں میں ملوث تھیں۔ اس حادثے پر کوئی مقدمہ درج نہیں ہوا، اور مجرم (پارٹی کارکنوں کی قیادت میں) بغیر سزا کے چھوٹ گئے۔ نوین نے ان لوگوں کو بعد میں اس 'داد

شجاعت دینے' پر جشن مناتے دیکھا تو حیران رہ گیا۔ یہ سب اس کے لیے نیا تھا۔ پھر ایک اور حملہ ہوا۔ یونیورسٹی سے دو بلاک کے فاصلے پر ایک پارک تھا۔ وہاں ایک لڑکے اور ایک لڑکی کو ایک دوسرے کا ہاتھ پکڑے دیکھ کر ہندوستانی ثقافت کے پہریداروں کا خون کھول اٹھا۔ انھیں اسی وقت زبردستی شادی کرنے پر مجبور کیا گیا، پھر انھیں جی بھر کر پیٹا گیا اور ان کے پریواروں کو سونپ دیا گیا۔ نوین کو حیرانی نہیں ہوئی کہ اس بار بھی قصورواروں کے خلاف کوئی کارروائی نہیں ہوئی، کیوں کہ اس مہم کو برسر اقتدار حکومت کی سرپرستی حاصل تھی۔ اگر انھیں نیل اور اس کے رشتے کے بارے میں بھی پتہ چل گیا تو کیا ہوگا... وہ یہ سوچ کر کانپ اٹھا۔

نیل ایک گومگو کی کیفیت کا شکار ہو گیا تھا، پارٹی کے لیے وفاداری اور نوین کے لیے اپنے عہد و پیمان کے درمیان وہ خود کو پھنسا ہوا محسوس کر رہا تھا۔ وہ دونوں اس بارے میں شاید ہی کبھی بات کرتے... اور جب کبھی یہ موضوع کسی طرح چھڑ بھی جاتا تو دونوں کے درمیان ایک عجیب سی خاموشی چھا جاتی۔ نوین نے غور کیا تھا کہ ان دنوں نیل اس سے کچھ فاصلہ بنائے رکھتا تھا۔ ایک پارٹی میٹنگ میں، جہاں وہ اور نیل دونوں ساتھ گئے تھے، اور جہاں اخلاقی زوال اور اس میں ملوث افراد کو سبق سکھانے کے لیے پھر سے زہر اُگلا جا رہا تھا، وہاں دو کارکن نے انھیں گھیر لیا۔ وہ جوش میں تھے۔ ''پتہ ہے، پڑوس میں ان دو عورتوں کے ساتھ ہم نے کیا کیا تھا؟... تم لوگ کہاں تھے یار... بہت مزہ آیا... درد سے انھیں تڑپتا دیکھ کر... سچ مچ تم لوگوں نے مِس کر دیا۔ ہمارے پاؤں پکڑ کر زندگی کی بھیک مانگ رہی تھیں وہ رنڈیاں...'' نوین کے اندر غصے کا لاوا اُبل رہا تھا لیکن وہ نیل کے ردعمل کا منتظر تھا۔

نیل نے ایک کمزور مسکراہٹ کے ساتھ کہا، ''گنہگاروں کو اپنے گناہوں کے لیے دیر سویر لیکن پچھتاوا تو ہونا ہی ہے۔''

نوین کو اس سے اتنے بودے ردعمل کی توقع نہیں تھی، یہ خالی جگہ اس نے بھری، ''تو کیا معصوموں پر تشدد کرنا گناہ نہیں ہے؟''

دونوں کارکن زور سے ہنسے، ''لگتا ہے تم 'نامرد' ہو... صرف 'اصلی مرد' ہی عزت

کے لیے لڑتے ہیں۔''

نیل اب بھی چپ رہا... اس کی خاموشی اب نوین کو ڈرانے لگی تھی۔

اس واقعے کو یاد کرتے ہوئے نوین اداس ہوگیا۔ اسے لگا کہ یہ وہ نیل نہیں تھا جس نے اس کے ہوسٹل میں ایک 'سرپرائز برتھ ڈے پارٹی' دی تھی... یا جس نے بڑی محبت سے اس کے پسندیدہ شاعر رام دھاری دِنکر کی شاعری اسے تحفے میں دیا تھا، یا جو اس کے امتحانات کے وقت باہر کھڑا اس کی گھبراہٹ کو شانت کرنے کی کوشش کرتا، یا جو اس کے 'انٹر یونیورسٹی کرکٹ میچ' کو دیکھتے ہوئے اس کی حوصلہ افزائی کرتا تھا۔

جب نوین نے بعد میں نیل سے اس بارے میں بات کی، تو اس نے جواب دیا تھا کہ وہ دوسروں کی حماقت بھری سوچ کو اہمیت نہیں دیتا۔ لیکن نوین جانتا تھا کہ وہ خود اپنے اس معذرت خواہانہ جواب سے مطمئن نہیں تھا، دراصل وہ پارٹی سے وفاداری کی قیمت چکانے کے لیے یہ سب برداشت کرنے پر مجبور تھا۔

یہ مسئلہ ان دونوں کے درمیان ایک نزاعی صورت اختیار کرگیا تھا۔ جب بھی نوین سوال اٹھاتا، نیل ان جارحانہ حملوں کا شریک ہونے سے انکار کرتا اور پارٹی کے 'شرپسند عناصر' سے دور رہنے کی قسم کھاتا۔ اس کی نظر میں یہ سب ان کچھ شرپسند کارکنوں کی شرارت تھی جو پارٹی کے اعلیٰ مقاصد سے انجان تھے، جیسے راشٹر واد کی توسیع اور آج کے 'غیر سیاسی' نوجوانوں میں حب الوطنی کا جذبہ بیدار کرنا وغیرہ۔ ایسی ذلیل حرکتوں کے لیے پوری پارٹی ذمہ دار نہیں تھی۔ نیل نے نوین کو یہ بھی یقین دلایا کہ پارٹی کی قیادت ان باغی اور شرپسند عناصر کو پھٹکار لگانے کی سوچ رہی ہے۔

نوین محسوس کررہا تھا کہ نیل پر یہ ذہنی تناؤ کافی بُرا اثر ڈال رہا تھا۔ اسے معلوم تھا کہ نیل نے غلط فہمی پال رکھی ہے، اتنے بڑے حملوں کے باوجود پارٹی کے قائدوں کی خاموشی صاف بتارہی تھی کہ اس میں ان کی ایک خاموش رضامندی شامل ہے۔

کل، نوین نے سنا تھا کہ خاموشی سے اگلے حملے کا منصوبہ بنایا جارہا ہے۔ اس نے ان میٹنگوں میں جانا بند کردیا تھا، کیوں کہ ان کی 'جنسی انتشار' کے خلاف زہریلی بیان

بازی... جو ہندوستانی ثقافت کے دشمن تھے... سے اسے نفرت ہو گئی تھی۔ لیکن وہ پارٹی کے کچھ دوسرے کارکنوں کو جانتا تھا، اور انھوں نے ہی اسے بتایا تھا کہ کیمپس میں ان کا نیا حملہ ہونے والا ہے۔ وہ یونیورسٹی ہوسٹلوں پر ہلّہ بولنے والے تھے۔ ''کوئی نہیں بچے گا... ہوسٹل ہی اس طرح کی 'غیر اخلاقی' حرکتوں کے سب سے بڑے اڈّے ہیں۔ پولیس کچھ نہیں کر رہی ہے... لیکن اب ہم اپنے طریقے سے ان کا علاج کریں گے۔'' ایک نے آنکھ مارتے ہوئے کہا۔ اس خبر نے نوین کو اپنے ہی سرد پسینے میں ڈبو دیا تھا۔

یونیورسٹی، جابر قوتوں کے خلاف آخری مضبوط قلعہ تھی۔ یہ کبھی ذات، فرقہ، مذہب اور مردانہ تسلط کے خلاف ایک ناقابل تسخیر دیوار ہوتی تھی۔ لیکن اب اس کی دیواریں نفرت کی موجوں کے آگے مسمار ہوتی نظر آ رہی تھیں۔ وہ پریشانی کے عالم میں اِدھر اُدھر ٹہل کر خود کو پُرسکون رکھنے کی کوشش کرنے لگا۔ ''نیل کہاں ہے؟'' اس نے سوچا۔ اپنے موبائل کی طرف نظر ڈالی، جس میں حسب توقع نیٹ ورک غائب تھا۔

جیسے جیسے ایک ایک لمحہ بے چینی میں گزر رہے تھے، نوین کی تشویش اسی تناسب میں بڑھتی چلی جا رہی تھی۔ وہ ہوسٹل میں ان مردوں اور عورتوں کے بارے میں نہیں سوچنا چاہتا تھا جو بے خبر تھے کہ جلد ہی انھیں ایک خوفناک چڑیل کا سامنا کرنا ہوگا۔ فی الحال، نوین ان سے زیادہ نیل کے لیے فکرمند تھا۔ اس کا کیا ہوگا؟ کیا نیل بھی اس خوفناک مہم کا حصہ ہوگا؟ اس نے اپنے دماغ سے سبھی بُرے خیالات کو دور کرنے کے لیے ٹہلتے ہوئے اپنے قدم گننے پر خود کو مرکوز کرنے کی کوشش کی۔

دفعتاً، اسے پتھریلے راستے پر قدموں کی چاپ سنائی دی۔ نیل آخرکار تھکے قدموں کے ساتھ ہانپتا ہوا وہاں چلا آیا تھا۔ وہ خوفزدہ لگ رہا تھا۔ وہ ایک چٹان پر بیٹھ گیا اور اپنا چہرہ ہاتھوں میں چھپا لیا۔ اسے تسلی دینے کے لیے نوین نے اس کے بازو پر ہاتھ رکھا۔ نیل نے اوپر دیکھا اور ہکلانے لگا۔

''وہ لوگوں کو ان کے کمروں سے باہر گھسیٹ رہے تھے، جن پر بھی انھیں شک تھا، انھیں تشدد کا نشانہ بنایا گیا۔ پھر انھوں نے بے رحمی سے انھیں لوہے کی چھڑوں سے پیٹنا

شروع کر دیا... کوئی نہیں بچا... انھوں نے مجھے ان کے ساتھ شامل ہونے کو کہا... میں سُن ہو گیا... مجھے سمجھ میں نہیں آیا کہ کیا کروں... انھوں نے کہا تھا کہ وہ کوئی تشدد نہیں کریں گے، صرف کچھ سیاسی مخالفین کو دھمکانے کی بات تھی۔ اس لمحے میں وہاں سے صرف بھاگنا چاہتا تھا اور بھاگ آیا... میں غلط تھا نوین... انھیں دیش کی پروا نہیں ہے... وہ بس غنڈے ہیں، خودغرض، اپنے سیاسی مفاد کے لیے لوگوں کا استعمال کرنے والے... میں اب اس کا حصہ بنے نہیں رہنا چاہتا... مجھے یہاں سے لے چلو پلیز... مجھے اس سب سے دور لے چلو نوین۔'' نیل اس کے آگے گڑگڑا رہا تھا، اس کی آواز کانپ رہی تھی۔

نوین نے کچھ نہیں کہا۔ اس نے صرف نیل کو اپنی بانہوں میں سمیٹ لیا، وہ اسے باہری دنیا کی خوفناک فضاؤں سے بچانا چاہتا تھا۔ اس نے سوچا کہ دنیا ان کے لیے ابھی تیار نہیں ہے اور شاید اس میں برسوں لگ جائیں جب ان کے رشتے کو قبولیت سے سرفراز کیا جائے گا۔ وہ جنگل کے درمیان ایک دوسرے میں سمائے ہوئے اداس کھڑے تھے، جھاڑیوں میں جھینگروں کی تسلی آمیز آواز اور اوپر ٹمٹماتے تاروں کے درمیان، ان بے رحم اخلاقی ٹھیکیداروں کے پنجوں سے دور، نوین نے سوچا کہ ان کے پاس ابھی یہ رات بچی ہے، اس سے پہلے کہ ایک اور دن شروع ہو اور اپنے ساتھ مصائب اور آزمائشیں لے کر نمودار ہو... ہاں، ان کے پاس ابھی یہ رات تھی... امید کی ایک رات...

لاش کس کی تھی؟

اس وقت میں دسویں کلاس میں پڑھتا تھا۔ اگرچہ چھتیس لڑکیاں لڑکے میرے ہم جماعت تھے لیکن میرے دوستوں کی تعداد بہت کم تھی؛ ایک میرا دوست ستیش اور دوسری میری گرل فرینڈ مانسی، یہی میری پوری کلاس تھی۔

ستیش نویں کلاس سے میرا ہم جماعت ہوا جب کہ مانسی میرے ساتھ پانچویں سے پڑھ رہی تھی۔ ستیش میرے گاؤں کا ہی تھا جو کچھ عرصہ پہلے شہر سے اپنے گھر والوں کے ساتھ گاؤں لوٹا تھا۔ اس کا جنم بھی شہر ہی میں ہوا تھا جب کہ مانسی پڑوس کے گاؤں کی تھی۔

ستیش ایک اسمارٹ لڑکا تھا لیکن وہ کبھی کلاس کی کسی لڑکی کی طرف راغب نہیں ہوا اور نہ ان سے دوستی کرنے کی کوشش کی۔ ایک لڑکی نے اسے محبت نامہ بھی بھجوایا لیکن ستیش نے اسی کے سامنے اسے پھاڑ کر پھینک دیا۔ اس کھلم کھلا حادثے کے باوجود اب بھی کلاس کی کئی لڑکیاں اس خوب صورت لونڈے کو اپنے دام محبت میں پھنسانے کے لیے کوشاں تھیں۔ ستیش اور میں اچھے دوست تھے بلکہ یوں کہا جائے تو شاید مبالغہ نہ ہوگا کہ وہ میرا تابع تھا۔ لیکن کبھی کبھی اس کی کچھ حرکتیں مجھے جھنجھلا دیتیں۔ وہ کبھی کبھی کسی بات پر میرے گال پکڑ کر زور سے کھینچ دیتا تھا۔ میں اس کی سرزنش کرتا تو وہ کھلکھلا کر ہنس دیتا۔ اس کی معصوم ہنسی میں کچھ تو تھا، جو میرے غصے کو بھی شانت کر دیتا تھا۔

اگر بات صرف گال کھینچنے تک رہتی تو پھر بھی ٹھیک تھا لیکن اب وہ اسے کھینچنے کے ساتھ چومنے بھی لگا تھا۔ وہ ہمیشہ مجھے چومنے کے لیے موقع تلاش کرتا رہتا تھا۔ کلاس میں اس کی ایسی حرکتیں مجھے بے چین کر دیتی تھیں جب کہ میرے ہم جماعت اسے صرف مذاق سمجھ کر ہنستے رہتے۔

ایک بار لنچ کے وقت مانسی اور ستیش دونوں کالج کے میدان میں لگی بینچ پر بیٹھے تھے۔ اچانک ستیش نے کسی بات پر اچھلتے ہوئے مجھے اپنی بانہوں میں بھر کر میرے گال کو اپنے ہونٹوں سے تر کر دیا۔ میں نے جھٹکے سے خود کو اس سے الگ کیا؛ ''کتنی بار تجھے بولا ہے کہ یہ 'گڑ چال' مجھ سے نہ کیا کر۔'' ستیش حسب معمول ہنس پڑا جیسے اس نے میرے ساتھ مذاق کیا ہو۔ مانسی کے ہونٹوں پر بھی مسکراہٹ تھی۔ میں اور تپ گیا، ''ستیش! اب تو یہاں سے نکل ورنہ مجھ سے پٹ جائے گا۔'' ستیش اور زیادہ زور سے ہنسنے لگا۔

مانسی نے اپنی ہنسی روکتے ہوئے مجھے سمجھانے کی کوشش کی، ''تم بھی کیا چھوٹی چھوٹی سی بات اتنا بڑا 'ری ایکشن' دیتے ہو۔''

''ٹھیک ہے بھائی جا رہا ہوں، chill مار۔'' ستیش نے پھر ایک زوردار قہقہہ لگایا اور وہاں سے چلا گیا۔

مانسی بہت دیر تک میرا غصہ کم کرنے کی کوشش کرتی رہی۔ ''یار، تیرا پرابلم کیا ہے؟ کیا ایک دوست دوسرے دوست کو چوم نہیں سکتا؟ ہم لڑکیاں بھی ایک دوسرے کے ساتھ ایسا کرتی ہیں۔ کیا یہ کوئی جرم ہے، گناہ ہے؟''

''تو تمھیں کرا لیا کرو اس سے یہ سب، مجھے بس اچھا نہیں لگتا۔''

مانسی نے شرارتی مسکراہٹ کے ساتھ کہا، ''اب چپ بھی کرو۔ میں نے تمھیں یہ سب کبھی کرنے دیا ہے جو اس کو کرنے دوں گی؟''

میں نے اسے گھور کر دیکھا تو وہ ہنس پڑی۔

لیکن دیکھا جائے تو وہ سچ ہی کہتی تھی، ستیش میں کوئی کھوٹ نہیں تھا، اس کا قصور صرف اتنا تھا کہ اسے مجھ سے بے پناہ لگاؤ تھا۔ میرا غصہ رفتہ رفتہ پچھتاوے میں تبدیل

ہونے لگا۔ اب مجھے محسوس ہو رہا تھا کہ میں نے ستیش کے ساتھ اچھا سلوک نہیں کیا۔

کلاس پہنچا تو دیکھا ستیش وہاں پہلے ہی سے بیٹھا تھا۔ اس کے چہرے پر اب بھی ہنسی کھلی ہوئی تھی۔ میں نے اس کے پاس بیٹھتے ہوئے اس کا کندھا تھپتھپاتے کہا، ''کچھ زیادہ ہی بول دیا یار، معاف کرنا۔''

''اس بات پر ایک اور ہو جائے!'' ستیش نے میرا منہ چومنے کی پھر کوشش کی لیکن میں بال بال بچ گیا۔

میری سمجھ میں نہیں آتا تھا کہ میں اس معصوم سے شریر لڑکے کا کیا کروں؟ پھر دھیرے دھیرے میں اس کی شرارتوں کو جھیلنے کا عادی ہو گیا۔

بورڈ کے امتحانات شروع ہونے والے تھے۔ گرمی کا مہینہ چل رہا تھا۔ میں اپنے گھر کی چھت پر سوتا تھا۔ ایک دن ستیش نے مجھ سے اچانک پوچھا، ''یار میں بھی تیرے ساتھ تیری چھت پر سوؤں تو کیسا رہے گا؟ اس طرح ہماری کمبائنڈ اسٹڈی بھی ہو جائے گی۔''

مجھے کوئی خاص اعتراض نہیں تھا لیکن اس کی حرکتوں کے پیشِ نظر میں نے اس کے سامنے شرط رکھی، ''ایک ہی شرط پر تو میرے ساتھ سو سکتا ہے، اگر تو اُلٹی سیدھی حرکتیں نہ کرے۔ جس دن تو نے ایسا کیا، اس دن تجھے رات میں ہی یہاں سے بھگا دوں گا۔'' ستیش نے وعدہ کیا کہ وہ ایسا کچھ نہیں کرے گا۔

اسی دن شام کے بعد ستیش میرے گھر آدھمکا۔ گاؤں میں یہ عام بات ہوتی ہے۔ اکثر لوگ ایک دوسرے کی چھت پر سو جاتے ہیں۔ پورے گاؤں کے بڑے بوڑھوں کی بیٹھک ایک ہی جگہ پر ہوتی ہے، اور سارے گاؤں کے کنوارے لونڈے ایک دوسرے کی چھتوں پر سو جاتے ہیں۔ ستیش کو دیکھ کر میرے گھر والوں کو بھی حیرت نہیں ہوئی۔

وہ لیٹتے ہی مجھ سے چپک گیا۔ مجھے کسی کے ساتھ چپک کر سونے میں الجھن ہوتی تھی، اسی لیے میں گھر میں سب سے الگ تھلگ سوتا تھا۔ میں نے اسے دور ہٹاتے ہوئے کہا، ''تجھے میرے پاس سونا ہے تو مجھ سے چپک کر مت سویا کر۔'' ستیش مجبوراً مجھ سے الگ

ہوگیا اور بولا، ''یار تیری ہر بات میں کوئی نہ کوئی شرط ہوتی ہے۔''

میں نے کوئی ردعمل نہیں دکھایا لیکن مجھے اس پر تھوڑا ترس آ رہا تھا۔ اس کی حرکتیں بالکل بچوں جیسی تھیں۔ کچھ دیر بعد یہی سوچتے سوچتے میری آنکھ لگ گئی۔ صبح آنکھ کھلی تو دیکھا ستیش مجھ سے ایسا لپٹا پڑا تھا جیسے میں اسے چھوڑ کر بھاگ جاؤں گا۔ میں نے اسے خود سے الگ کیا تو اس کی نیند بھی ٹوٹ گئی۔ وہ میری طرف دیکھ کر مسکرایا۔ میں اس کی مسکراہٹ کا جواب دیے بغیر چھت سے نیچے کی طرف کا رخ کیا۔ وہ بھی گھر چلا گیا۔ کلاس میں وہی روٹین تھا جو پہلے سے چلا آ رہا تھا۔ ہاں، اب روز ستیش مجھ سے لپٹ کر سونے لگا، یہ علیحدہ بات ہے کہ وہ مجھ سے اسی وقت لپٹتا جب میں سو چکا ہوتا تھا۔

لیکن اس رات تو اس نے تمام حدیں پار کر دیں اور مجھے جو ڈر تھا، وہ مجسم ہو کر میرے سامنے آ گیا۔ اس رات صبح ہونے سے تقریباً ایک گھنٹے پہلے ہی میری آنکھ کھل گئی تھی۔ دراصل کسی کا ہاتھ میرے اندر سنسنی پیدا کر رہا تھا۔ میں نے آنکھیں کھول کر دیکھا تو پتہ چلا کہ ستیش مجھ سے لپٹا میرے ہونٹ چوس رہا ہے اور اس کا ایک ہاتھ میرے انڈرویئر کے اندر متحرک ہے۔

میں ایک جھٹکے کے ساتھ اٹھ بیٹھا۔ ادھ کھلی نیند میں مجھے اور کچھ نہیں سوجھا لیکن میرے پورے جسم پر لرزہ طاری تھا۔ میں پھٹی آنکھوں سے ستیش کو مسکراتا دیکھ رہا تھا۔ مجھے جیسے جیسے ہوش آتا گیا، میرا پارہ چڑھتا چلا گیا۔ مجھے اس سے اب گھن آ رہی تھی۔

میرا غصہ اس وقت آسمان چھونے لگا جب میری آنکھوں سے نیند پوری طرح غائب ہوگئی۔ میں نے ستیش کی آنکھوں میں دیکھا، وہاں کچھ عجیب سا تھا۔ وہ مسکراتے ہوئے مجھے خمار آلود نظروں سے دیکھ رہا تھا جیسا کہ عموماً لڑکے اپنی گرل فرینڈ کو دیکھتے ہیں۔ میں زیادہ دیر تک ان آنکھوں کو برداشت نہ کر سکا اور اس کے گال پر میرا ایک زوردار تھپڑ جواب بن کر اپنی چھاپ چھوڑ گیا۔

تھپڑ پڑتے ہی اس کی رہی سہی نیند بھی غائب ہوگئی۔ وہ اپنے گال پر ہاتھ رکھ کر ہونق بنا مجھے دیکھ رہا تھا، جیسے اسے اس کی توقع نہیں تھی۔ میں اپنے غصے کو قابو میں کرتے

ہوئے غرایا، ''آج کے بعد اگر تو میرے آس پاس بھی نظر آیا تو یاد رکھنا اتنا ماروں گا کہ تیری یہ ساری 'گڑ چال' تیری گانڈ میں گھسا دوں گا۔ بے شرم۔''

اس دن جب میں اسکول کے لیے نکلا تو ستیش میرا انتظار کرتا ملا، لیکن میں نے اسے نظر انداز کر دیا۔ اس نے کئی بار مجھ سے بات کرنے کی کوشش کی لیکن میں اس سے سارے رشتے توڑ چکا تھا۔ کلاس میں بھی اس کے بینچ سے الگ بیٹھا۔ ستیش کے لیے یہ سب نیا تھا، چونکہ جب کبھی ہمارے درمیان کوئی جھگڑا ہوتا تو دیر سویر پھر نارمل ہو جاتا لیکن اس بار ستیش جیسے امید کھو بیٹھا تھا۔ لنچ کے وقت جب اسکول کے میدان میں اپنی پسندیدہ جگہ پر بیٹھا تو وہاں بھی ستیش میرے پیچھے پیچھے آ پہنچا۔ اس نے تقریباً گڑگڑاتے ہوئے مجھ سے کہا، ''یار مجھے معاف کر دے۔ میں سچ کہتا ہوں، آگے سے ایسی غلطی نہیں ہوگی، ماں قسم۔''

اس سے پہلے کہ میں اس کے جواب میں کچھ کہتا، مانسی وہاں آ پہنچی۔

''اب کیا کر دیا ستیش نے، جو منھ پھلائے بیٹھے ہو۔ یار تم بات بات پر روٹھ جاتے ہو۔ اتنے نخرے تو لڑکیاں بھی نہیں دکھاتیں۔''

میں نے مانسی کو گھورتے ہوئے کہا، ''اگر میری جگہ تم ہوتیں تو اس بے شرم سے کبھی بات ہی نہ کرتیں۔ تمھیں پتہ ہے...''

اس سے پہلے کہ میں اپنی بات مکمل کر پاتا، ستیش نے درمیان میں ٹوک دیا، ''ارے چھوڑ نا اس بات کو یار۔ میں معافی مانگ رہا ہوں نا!''

ظاہر ہے ستیش نے مجھے درمیان میں اس لیے ٹوکا تھا کہ کہیں میں کل رات والی بات مانسی کو نہ بتا دوں لیکن میرا ایسا کوئی ارادہ نہیں تھا۔

مانسی میرا موڈ دیکھ کر ستیش کو سمجھانے لگی، ''تو کیوں ایسی حرکتیں کرتا ہے؟ تجھے پتہ ہے نا، اسے یہ باتیں پسند نہیں ہیں۔ اب تم تھوڑی دیر کے لیے یہاں سے کھسکو، میں اسے دیکھتی ہوں۔''

ستیش کے جاتے ہی مانسی نے مجھ سے سوال کیا، ''ایسا کیا کیا ہے ستیش نے جو وہ مجھے بتانے سے تمھیں منع کر رہا تھا؟''

اب بھلا میں مانسی کو کیا بتاتا؟ اسے آج تک تو اسے 'آئی لو یو' نہیں بول پایا، پھر اتنی چھچھوری بات کیسے بتاتا؟

''ارے چھوڑو یار اب، جو اس نے کیا ہے وہ میں تمھیں نہیں بتا سکتا۔''

مانسی نے ضد پکڑ لی، ''ارے اب بتا بھی دو، اتنی گندی بات بھی نہیں ہوگی جو بتانے میں اتنا شرما رہے ہو۔''

میں اس کی ضد کے آگے پست پڑ گیا۔ سب کچھ بتا دیا۔ پوری بات سن کر وہ کھلکھلا کر ہنس پڑی۔ ''ارے یار یہ انجانے میں سوتے ہوئے ہو گیا ہوگا، اور تم دونوں لڑکے ہو، پھر اس میں برا ماننے کی کیا بات ہے؟''

اتنی سنجیدہ بات کو اتنا ہلکا لینے پر میں جیسے چڑھ ہی تو گیا تھا۔ ''مانسی تم اسے جتنی چھوٹی بات سمجھ رہی ہو، یہ اتنی چھوٹی نہیں ہے۔ اور یہ سوتے میں 'انجانے' والی بات نہیں تھی، میں نے اسے کھلی آنکھوں سے دیکھا تھا، اس کے چال چلن اچھے نہیں ہیں یا پھر وہ ذہنی طور پر بیمار ہے۔''

مانسی نے میری دلیل کو خارج کرتے ہوئے کہا، ''یہ سب تمھارے دماغ کا وہم ہے۔ اب یہ سب چھوڑو، ستیش کو معاف کر دو۔''

میں جانتا تھا کہ مانسی سے بحث بیکار ہے، اس لیے چار و نا چار بحث ختم کرنے ہی میں عافیت تھی۔ میں نے ستیش کو معاف تو کر دیا لیکن اس دن کے بعد میں نے اسے کبھی اپنے پاس نہیں سلایا، پتہ نہیں کیوں مجھے اب اس سے ڈر لگنے لگا تھا۔

دسویں پاس ہونے کے بعد ستیش کے گھر والوں نے اس کی شادی کرنے کا فیصلہ کر لیا۔ حالاں کہ اس کی عمر ابھی شادی کی نہیں ہوئی تھی لیکن گاؤں میں کم عمری کی شادیاں عام بات تھی۔ اس خبر نے ستیش پر جیسے بجلی گرا دی۔ اس نے سب سے پہلے میرے پاس آ کر اپنا احتجاج درج کرایا۔ مجھ سے اس نے پوری بات شیئر کی، پھر بولا، ''یار تیرے پاس کوئی ترکیب ہے جس سے میری شادی رک جائے؟'' میں خود مانتا تھا کہ ستیش کے گھر والوں کا فیصلہ غلط تھا لیکن میرے پاس اسے روکنے کی بھی کوئی ترکیب نہیں تھی۔ پھر یوں ہی میرے منھ سے نکل

گیا، ''لیکن مجھے یہ بتا کہ تُو شادی سے اتنا کیوں گھبرا رہا ہے؟''

ستیش نے تڑپ کر میری طرف دیکھا، ''یار تجھے کیسے بتاؤں کہ مجھے لڑکیاں اچھی نہیں لگتیں۔''

میری ہنسی چھوٹ گئی۔ ''تو کیا کسی بھینس سے شادی کرے گا، یا سنیاسی بنے گا۔''

ستیش نے میری بات کو ذرا بھی اہمیت نہیں دی، وہ جھنجھلا گیا تھا۔ ''تیرے پاس کوئی ترکیب ہے تو بتا ورنہ رہنے دے۔ یہاں میں مرا جا رہا ہوں اور تجھے مذاق سوجھ رہا ہے۔''

وہ وہاں سے اٹھ کر چلا گیا لیکن مجھے اس کی بے چینی صاف نظر آ رہی تھی۔ میں سمجھ نہیں پا رہا تھا کہ آخر ستیش شادی سے اتنا گھبرا کیوں رہا ہے جب کہ اس کی عمر کا کوئی بھی لڑکا شادی کو ایک تفریح یا جشن سمجھ کر خوشی خوشی تیار ہو جاتا ہے۔

شام کو ستیش پھر میرے پاس آیا اور بولا، ''بھائی! گھر والے تو شادی نہ کرنے کے نام پر مجھے کھانے کو دوڑتے ہیں، سمجھ میں نہیں آتا کہ کیا کروں؟''

مجھے اب یہ معاملہ کچھ زیادہ ہی سنجیدہ لگنے لگا۔ اس کا منھ سوجا ہوا تھا اور آنکھیں دیکھ کر محسوس ہو رہا تھا کہ وہ ضرور آنسوؤں میں نہا کر آیا ہوگا۔

''ستیش شانت رہ۔ کچھ نہیں ہوا، سب ٹھیک ہو جائے گا۔''

ستیش نے گھبرائی نظروں سے میری طرف دیکھا لیکن کچھ نہیں بولا۔ مجھے لگا کہ میری باتوں نے اسے شانت کر دیا ہے لیکن یہ میری غلطی تھی۔ تھوڑی دیر خاموش رہنے کے بعد اچانک اس نے میری طرف التجا بھری نگاہوں سے دیکھا، ''یار، آج میں تیرے پاس سو جاؤں؟ دیکھ منع مت کرنا پلیز۔''

اس کی نظروں میں اتھاہ مایوسی اور بے بسی تھی۔ میں انکار نہ کر سکا۔ رات کو میرے ساتھ ہی اس نے کھانا کھایا اور میرے پاس چھت پر ہی لیٹ گیا۔ اس کے ماں باپ بلانے آئے تھے لیکن اس نے میرے پاس سونے کی ضد لگا دی۔ وہ واپس چلے گئے۔

آدھی رات کو ستیش نے مجھے سوتے سے جگا دیا۔ میں اٹھ کر بیٹھ گیا۔ اسے نیند

نہیں آ رہی تھی۔ وہ بہت بے چین ہو رہا تھا۔ اس کے جسم کی زبان کچھ عجیب سی ہو گئی تھی۔

''یار، ایک بات بتا، کیا ہم دونوں زندگی بھر کے لیے ایک ساتھ نہیں رہ سکتے؟ ایسا کیوں نہیں ہوتا کہ لڑکوں کی آپس میں شادی ہو جایا کرے؟ کیوں صرف لڑکیاں ہی لڑکوں سے شادی کر سکتی ہیں؟ یار ہم دونوں دوست ہیں اور ایک دوسرے کو جانتے سمجھتے ہیں تو ایسا کیوں نہیں ہو سکتا کہ ہم ساتھ رہ سکیں؟''

میری آنکھیں نیند سے بھری تھیں، میں اب بھی اونگھ رہا تھا۔ اس کی باتیں اس کے دماغ کا فتور محسوس ہو رہی تھیں۔ میں نے پھر سے بستر پر لیٹتے ہوئے کہا، ''بھائی تو مان یا نہ مان لیکن اب تو پورا پاگل ہو گیا ہے۔ مجھے نیند آ رہی ہے، اس لیے پلیز مجھے سونے دے۔''

لیکن نہ تو وہ سویا اور نہ اس نے بولنا بند کیا۔ ''یار میں سچ کہتا ہوں کہ تجھے پریشان نہیں کروں گا، چل ہم دونوں یہاں سے کہیں دور بھاگ چلتے ہیں۔'' ستیش اس کے بعد بھی جانے کیا کیا کہتا رہا لیکن میں نے نیند کی آغوش میں پناہ لے لی تھی۔ جب صبح میری آنکھ کھلی تو ستیش جا چکا تھا۔

مجھے تھوڑا سکون محسوس ہوا کہ اچھا ہوا میرے اٹھنے سے پہلے چلا گیا ورنہ اٹھتے ہی اس کی بک بک سننی پڑتی۔ تقریباً آٹھ نو بجے کے درمیان ستیش کی ماں میرے گھر آئی اور ستیش کے بارے میں پوچھا۔ میں نے انھیں بتا دیا کہ وہ میرے اٹھنے سے قبل ہی چلا گیا تھا۔

اب ستیش کو پورے محلے میں تلاش کیا جانے لگا، شام تک اسی طرح اسے تلاش کیا جاتا رہا ہے۔ اچانک شور اٹھا کہ گاؤں کے باہر تالاب کے پاس ایک لاش پڑی ہے۔

پتہ نہیں وہ لاش کس کی تھی؟ ستیش کی یا میری؟

بھائی جیسا

مجھے نیند نہیں آ رہی ہے۔ میں نشی کانت کے بارے میں سوچ رہا ہوں۔

میں ایک پارٹی میں گیا تھا۔ کچھ لوگ سرکار پر تنقید کر رہے تھے جب کہ وہ سیکسی لگ رہے تھے۔ دوسرے حالیہ دہشت گردانہ حملے پر بحث کر رہے تھے، جب کہ وہ دانشور دکھائی دے رہے تھے۔ سبھی بائیں رجحان کے حامل تھے۔ سبھی نے کم لیکن مہنگے کپڑے پہنے تھے۔ سب کچھ انگریزی میں چل رہا تھا... سب شیمپین پی رہے تھے.... بہت ساری شیمپین۔

میں وہاں سے جلدی نکل آیا۔ میں نے 'جیٹ لیگ' کا بہانہ کیا۔ مجھے ایک ٹیکسی مل گئی۔ ڈرائیور نے اپنے بغل والی سیٹ کا اگلا دروازہ کھولا۔ میں نے پیچھے والا دروازہ کھولنے کی کوشش کی تاکہ مجھے تھوڑی نجات ملے۔ پیچھے والا دروازہ بند تھا، اس نے اسے نہیں کھولا۔

میں اس کے بغل میں بیٹھ گیا۔ اتنا قریب ہونا اور بات نہ کرنا عجیب لگتا تھا۔ میں کھڑکی سے باہر دیکھتا ہوں... بغیر کچھ دیکھے۔ میں اسے گنگناتے ہوئے سنتا ہوں۔ شاید یہ اس کی عادت ہو... جب وہ اکیلا ہوتا ہے، یا شاید جب وہ تنہا محسوس کرتا ہو، یہاں تک کہ مسافروں کے ساتھ بھی۔ پھر، کچھ دیر بعد، وہ گاڑی ایک طرف روکتا ہے۔

"ایک منٹ، سر،" وہ کہتا ہے۔

’’ٹھیک ہے۔‘‘

وہ گاڑی سے باہر نکلتا ہے۔شاید اسے پیشاب کرنا ہوگا۔

’’پیشاب؟‘‘میں پوچھتا ہوں جب وہ واپس آتا ہے۔

’’نہیں،سر۔‘‘

وہ اپنی ہتھیلی کھولتا ہے... کچھ چرس۔ میں اسے دیکھتا ہوں... وہ اسمارٹ ہے۔ مجھے یقین ہے کہ کئی مرد اس کے ساتھ سیکس کرنا چاہیں گے۔ میں خود سے پوچھتا ہوں کہ کیا وہ ایسا کرتا ہے... شاید اضافی پیسوں کے لیے؟ وہ مجھ سے کچھ پوچھتا ہے۔کیا میں سگریٹ پیتا ہوں؟ یا کیا میں پینا چاہتا ہوں؟ میں اسے بتاتا ہوں کہ میں نہیں پیتا۔ اپنی ٹوٹی پھوٹی ہندی میں ہکلاتے ہوئے، میں اس سے چرس کے بارے میں پوچھتا ہوں... اس کی کوالٹی؟ قیمت؟ کچھ اور چھوٹی موٹی باتیں۔ وہ مجھے بتاتا ہے کہ یہ دس جوائنٹس کے لیے ہے۔ وہ ہر رات سونے سے پہلے ایک پیتا ہے۔ یہ اسے توانائی دیتا ہے۔ اس کی ہندی شاندار ہے۔ میں پوچھتا ہوں کہ وہ کہاں سے ہے۔

’’یوپی،سر۔‘‘

اب ہم باتیں کر رہے ہیں، اگرچہ زیادہ تر وہ بول رہا ہے۔ میں یہاں وہاں سے الفاظ پکڑتا ہوں اور سیاق وسباق اور اس کی باڈی لینگویج سے اسے سمجھنے کی کوشش کرتا ہوں۔ ایک طرح سے، میری ہندی کا اتنا خراب ہونا اچھا ہی ہے... یہ ہمارے رشتے کو برابری پر لاتا ہے، اور مجھے شرمندگی بھی نہیں ہوتی۔ خواہ میں اپنی چند باتوں کو کیسے بھی کہوں، وہ مجھ پر ہنستا نہیں۔ پھر بھی، کاش میری ہندی مزید بہتر ہوتی۔ میں اس کی باتوں کو اور زیادہ سمجھنا چاہتا ہوں۔

وہ گاؤں سے یہاں روزی روٹی کمانے کے لیے آیا ہے۔ اس کے والدین اور چھوٹی بہن اب بھی وہیں گاؤں میں ہیں۔ اسے یہاں آئے تین سال ہو گئے، لیکن اب تک وہ گاؤں واپس نہیں گیا۔ میں نے پوچھا کہ وہ شہر میں کہاں رہتا ہے۔ اس نے بتایا کہ وہ گاڑی کی پچھلی سیٹ پر سوتا ہے۔ اس نے صاف، سفید شرٹ پہنی ہوئی ہے، جو اس کی جلد کی رنگت کے مقابلے میں چمک رہی ہے۔ ایک لمحے کے لیے، میں سوچتا ہوں کہ کیا میں

اس کی نجی زندگی میں دخل دے رہا ہوں لیکن اس کے باوجود میرے سوال جاری رہتے ہیں۔ وہ نہاتا دھوتا کہاں ہے؟ اس کا سپنا کیا ہے؟ ارے، میں نے یہ کیوں پوچھ لیا؟ یہ تو کسی سستے فلم کے گھٹیا ڈائیلاگ جیسا ہے۔ ہاں، لیکن اس میں برائی کیا ہے؟ ہر ایک کے سپنے ہوتے ہیں۔ وہ اپنے والدین اور چھوٹی بہن کی مدد کرنا چاہتا ہے۔ میں سوچتا ہوں کہ کیا وہ اپنے لیے کچھ بھی نہیں چاہتا؟ نہیں... میں بس ان کی مدد کرنا چاہتا ہوں، وہ بتاتا ہے۔ اچانک پابلو نیرودا کی ایک سطر میرے دماغ میں آتی ہے: میں تمھارے ساتھ وہی کرنا چاہتا ہوں جو موسم بہار چیری کے درختوں کے ساتھ کرتا ہے۔

''تمھارا نام کیا ہے؟''

''نشی کانت۔''

وہ میرا نام پوچھتا ہے۔

''مارن ایر۔''

''آپ ساؤتھ انڈین ہیں؟'' وہ پھر پوچھتا ہے۔

''چنئی۔''

میں اس سے بھی بہت کچھ پوچھنا چاہتا ہوں لیکن زبان کا فاصلہ ہم دونوں کے درمیان حائل ہے۔ اگرچہ وہ اپنی ٹوٹی پھوٹی انگریزی، اور جہاں وہ ناکام ہوتا ہے، اشاروں سے ترسیل کرنے کی کوشش کررہا ہے۔ لیکن مجھ میں یہ فاصلہ عبور کرنے کی ہمت نہیں ہے۔ وہ بات کرتے ہوئے مسکراتا ہے۔ اس کی مسکراہٹ میں ایک خاص بات ہے... جب وہ مسکراتا ہے تو اس کی آنکھیں چمک اٹھتی ہیں۔ میں صرف اسے دیکھتا رہتا ہوں، اور مجھے پتہ ہے کہ وہ ڈرائیو کرتے ہوئے مجھے دیکھ رہا ہے۔ لیکن میرے دیکھنے میں شہوت شامل نہیں ہے... بالکل نہیں۔ وہ مجھے بھائی جیسا لگتا ہے۔

''یہاں سے لیفٹ،'' میں کہتا ہوں۔

نشی کانت بائیں مڑتا ہے اور بات کرتا رہتا ہے۔ لیکن مجھے اسے دوبارہ ٹوکنا پڑتا ہے۔

''یہاں سے رائٹ۔''

یہ ختم ہونے والا ہے... ہونا ہی ہے۔ اگر میں اس کے ساتھ چرس پی لیتا تو جانے کیا ہوتا۔

''یہ میرا ہوٹل ہے،'' میں کہتا ہوں۔

مجھے اسے ہوٹل کے بارے میں بتاتے ہوئے تھوڑی شرمندگی ہوتی ہے، لیکن وہ اسے نوٹس نہیں کرتا۔ میں میٹر دیکھتا ہوں: 275 روپے۔ میں اپنی جیب سے 500 کا نوٹ نکالتا ہوں اور اسے دیتا ہوں۔

''باقی تمھارے لیے۔''

''نہیں، بھائی۔''

''نہیں بھائی، بہت زیادہ ہے،'' وہ کہتا ہے۔ وہ اسے واپس کرنے کی کوشش کرتا ہے، اس کا ہاتھ میرے ہاتھوں پر ہے۔ جانے کیوں، میری آنکھوں میں آنسو آ جاتے ہیں... مجھے نہیں پتا کیوں۔ ایک طرح سے، اسے یہ پیسے دینا مجھے بہت حقارت آمیز لگتا ہے۔ ایک طرح سے، اس کا لینے سے انکار کرنا اسے بہت خوبصورت بناتا ہے۔ شاید اس کا مجھے 'سر' کے بجائے بھائی کہنا بھی مجھے اتنا جذباتی بنا رہا ہے۔ شاید یہ پارٹی میں پی ہوئی شمپین اور 'جیٹ لیگ' کا اثر ہے۔ وجہ کچھ بھی ہو، میری آنکھوں میں اب آنسو ہیں، اور نشی کانت بالآخر پیسے لے لیتا ہے۔ وہ کہتا ہے کہ شاید ہم پھر کبھی دوبارہ ملیں۔ میں اس کا ہاتھ پکڑتا ہوں، اور ہم ایک دوسرے کو تھوڑی دیر تک یوں ہی دیکھتے رہتے ہیں۔ پھر میں دروازہ کھولتا ہوں اور آگے بڑھ جاتا ہوں۔

اب دیر ہو چکی ہے۔ نشی کانت نے شاید اپنا جوائنٹ ختم کر لیا ہوگا اور سو رہا ہوگا۔ میں پارٹی میں شامل کسی لڑکے کے بارے میں سوچنے کی کوشش کرتا ہوں۔ مجھے ایک لڑکا یاد آتا ہے جس کا جسم دبلا پتلا لیکن بہت پُرکشش تھا۔ اس کی مسکراہٹ بھی نشی کانت کی مسکراہٹ سی تھی۔ میں تصور کرتا ہوں کہ ہم سیکس کر رہے ہیں۔ میں انتہا پر پہنچتا ہوں، اور آخرکار مجھے نیند آ جاتی ہے۔

راجپوت کا مطلب مرد نہیں ہوتا

کیا راجپوت ہونا گناہ ہے؟ اگر راجپوت ہو تو کیا آپ کو 'مرد' ہونا ہی ہوگا؟ اس سے کم کچھ منظور نہیں؟... کچھ بھی نہیں؟

دنیا کے لیے وہی سچ ہے جو ان کی آنکھ دیکھتی ہے اور ان کی آنکھوں کو دکھانے کے لیے میرا 'مرد' ہونا بہت ضروری تھا ورنہ انگلی نہ صرف میرے راجپوت ہونے پر اٹھتی، بلکہ پوری برادری میں میرے گھر کا کوئی مرد اپنی مونچھوں کو تاؤ نہ دے پاتا۔ چنانچہ میں نے فیصلہ کیا کہ کیسے بھی اُدے پور چھوڑ دوں، ورنہ کسی نہ کسی دن گھر والے میری حقیقت جان جائیں گے اور میں ان کے لیے ایک بدنما 'داغ' بن کر رہ جاؤں گا۔

کہاں سے شروع کروں، سمجھ میں نہیں آرہا۔ جب پہلی بار پتہ چلا کہ میں 'الگ' ہوں وہاں سے... یا پھر وہاں سے جب اسکول میں ایک دوست سے پہلے پیار کا احساس ملا تھا... وہاں سے، جب پہلی بار ایک کزن نے میرا ریپ کیا... یا پھر وہاں سے جب میرا بھائی بول پڑا تھا؛ ''اب تو مرد بن جا، کب تک ماں کے دودھ کو شرماتا رہے گا۔'' دنیا کے لیے چاہے دروازے کھلے رہے ہوں گے مگر میرے لیے جب ایک ایک کر کے سارے دروازے بند ہو رہے تھے تو ان اندھیری تنگ راہوں گلیاروں میں اپنے وجود کو تلاش کرتا میں... کہاں سے شروع کروں، سمجھ نہیں پا رہا۔

میں نہیں جانتا، کیا غلط ہے اور کیا صحیح؟ پیار کرنا کبھی غلط ہوسکتا ہے؟ یہ تو ایشور کی دین ہے اور ایشور کی بنائی کوئی چیز کبھی غلط نہیں ہو سکتی... دادی بچپن سے مجھے کہتی آئی تھی۔ کب کس کا، کس سے، کہاں پیار کا رشتہ جڑ جائے، کچھ پتہ نہیں۔ سب دل کے رشتے ہیں... لیکن انھیں کون سمجھے گا؟ میں کہنے کو لڑکا ضرور پیدا ہوا تھا، مگر مجھے اپنے من پسند لڑکے سے پیار کرنا منع تھا۔ وہ گناہ تھا اور گناہ کی راجپوتوں میں دو ہی سزائیں ہوتی ہیں... یا تو مار ڈالے جاؤ گے یا ہمیشہ کے لیے گھر میں نظر بند کر دیے جاؤ گے۔

وہ اسکول کے دن تھے۔ ایک دوست سے ملاقات... پیار کیا ہوا، پورے اسکول میں میرے وجود پر کالک پوت دی گئی۔ اس وقت میں نویں کلاس میں تھا۔ اسکول کے باتھ روم میں ایک لڑکے کے ساتھ پکڑے جانے کی سزا تھی کہ مجھے فٹ بال ٹیم سے نکال دیا گیا۔ وجہ جاننے کے لیے جب کوچ کے پاس گیا تو وہ جس طرح ہنسے، میں کبھی نہیں بھول سکتا۔ گھر پر کیا بولوں؟ کیسے بولوں کہ مجھے اب یہ اسکول بدلنا ہے؟ تو مطلب یہ ہوا کہ اب بارہویں تک مجھے اس ذلالت کو برداشت کرنا پڑے گا۔ میں بہت روتا تھا، مگر کسی کو اس کا پتہ چلنے نہیں دیتا تھا۔ میرا کوئی دوست نہیں تھا، کوئی میرے پاس نہیں آنا چاہتا تھا، نہ لڑکے اور نہ لڑکیاں۔ کلینڈر اور سال یوں ہی بدل رہے تھے مگر اسکول کا باتھ روم والا قصہ جیسے میری پیشانی پر چپک سا گیا ہو۔

وہ بارہویں کا سال تھا۔ میری خالہ کا لڑکا مجھ سے ملنے آیا۔ وہ دوسرے اسکول میں پڑھتا تھا مگر ہم دونوں سائنس کے ہی طالب علم تھے۔ بولا، ساتھ رہ کر پڑھیں گے تو دونوں ایک دوسرے کی مدد کر پائیں گے اور اس سے شاید بورڈ کے ریزلٹ اچھے آئیں۔ میں تیار ہوگیا۔ بھائی جیسا تھا تو کوئی خوف نہیں تھا۔ پہلی ہی رات اس نے مجھ سے زبردستی کرنی چاہی۔ میں نے منع کیا تو بولا، اپنے اسکول کے لڑکوں کے ساتھ سو سکتا ہے تو میرے ساتھ کیا دقت ہے؟ میں بھونچکا تھا۔ میں نے دور ہٹنا چاہا تو اس نے میرا منھ بند کر دیا۔ اس رات صرف میرے جسم کو ہی نہیں نوچا گیا بلکہ روح بھی لہولہان ہوگئی تھی۔ 'گے' (gay) ہونے کا یہ مطلب نہیں ہے کہ کوئی بھی کبھی بھی میرے ساتھ کچھ بھی کر سکتا ہے۔ کیا میری پسند یا میری

رضامندی کی کوئی اہمیت نہیں؟ اس بلاتکار کے بعد ہمت نہیں تھی کہ کسی سے شکایت بھی کرسکوں بلکہ اس کے برعکس مجھے دھمکی دی گئی تھی کہ اگر زبان کھولی تو سارے پرانے قصے گھر والوں تک پہنچ جائیں گے۔ پھر وہ کزن ہر رات میری روح کو نوچتا رہا... ہر بار اور زیادہ سفاک طریقے سے۔ اس نے اپنی مردانگی کی تصدیق کے لیے میرے جسم کو بطور تختۂ مشق منتخب کیا تھا۔

امتحانات کے بعد گھر پر درخواست کی کہ انجینئرنگ کے لیے کسی 'بہتر' کالج میں داخلہ کروا دیا جائے۔ میں صرف اُدے پور سے بھاگنا چاہتا تھا۔ میرا داخلہ ممبئی کے ایک معروف کالج میں کرا دیا گیا۔ دل ہی دل میں خود کو قسم دی کہ اب واپس کبھی لوٹ کر نہیں آؤں گا۔ وہ اسکول کے دن، وہ گھر پر امتحانات کی راتیں... میں سب بھول جانا چاہتا تھا۔

ممبئی کا لاکھ لاکھ شکریہ، جس نے مجھے ٹھیک ویسے ہی قبول کیا جیسا میں تھا۔ دوسرے ہی سال میری سیکشوئیلیٹی کو لوگ جان چکے تھے۔ میں اکثر اپنے بوائے فرینڈ کے ساتھ گھومتا پھرتا تھا لیکن لوگ اسے معمول کے طور پر ہی لیتے تھے۔ کالج کی تعلیم کے دوران میری میگھالیہ کے رنگزو سے ملاقات ہوئی جو کب پیار میں بدل گئی، پتہ نہیں چلا۔ پیار کا مطلب اب سمجھ پا رہا تھا۔ اس کا لمس بہت اچھا لگتا تھا۔ رنگزو کی سانسیں بھی میرے اندرون کو چھوتی تھیں اور ان زخموں کو بھرنے کا کام کرتی تھیں جو ماضی نے دیے تھے۔

رنگزو کی کہانی مجھ سے تھوڑی الگ تھی۔ اسے اس کی بہن کا بہت اچھا ساتھ ملا تھا۔ وہ اکثر بتایا کرتا تھا کہ اس کے قبیلے میں پدری نظام نہیں ہے بلکہ وہاں وہی ہوتا ہے جو عورتیں چاہتی ہیں۔ اس صورت میں بہن کا اسے سمجھنا ایک بڑی بات تھی۔ ہاں، اس کے ساتھ بھی بچپن میں ٹیوشن ٹیچر نے زیادتی کی تھی مگر تب اس نے گھبرانے کی بجائے اپنی بہن کو بتا دیا تھا جس کا نتیجہ یہ ہوا کہ اس ٹیوشن ٹیچر کو اس کا گاؤں چھوڑنا پڑا تھا۔ شروعاتی کہاسنی کے بعد رنگزو کو اس کے خاندان نے قبول کر لیا تھا۔

میں اکثر سوچا کرتا ہوں کہ عام ہندوستانی جس نارتھ ایسٹ کے سبھی آٹھ (بشمول سکم) صوبوں کے نام تک نہیں جانتے، وہاں کی روایتیں شمالی ہند کے مقابلے میں کتنی زرخیز

ہیں۔ جنھیں ہم 'آدیباسی' کہتے ہیں، وہ ہم مہذب لوگوں سے کتنے بہتر ہیں۔ وہاں پدری نظام ہی نہیں مطلب 'مردازم' ہی نہیں، مطلب مونچھ کا تاؤ ختم... واہ۔

رنگزو کے ساتھ خوب صورت ترین دن گزر رہے تھے۔ ایک دن اچانک میرا بھائی ممبئی آگیا۔ وہ مجھے سرپرائز دینا چاہتا تھا لیکن اس بیچارے کو کیا پتہ تھا کہ اصل سرپرائز اسے ملنے والا ہے۔ صبح صبح اچانک وہ میرے کمرے میں پہنچا اور اس میں تالا لٹکتا دیکھ کر مجھے فون کرنے لگا۔ نیند میں ہونے کے سبب جب میں نے فون نہیں اٹھایا تو ہاسٹل کے دوسرے لڑکوں سے میرے بارے میں وہ دریافت کرنے لگا۔ پڑوس میں رہنے والے ایک لڑکے نے یوں ہی مذاق میں بول دیا کہ وہ اور کہاں ہوگا، وہیں ہوگا اس 'چِنکی' کے کمرے میں۔ بھائی خوش ہوگیا کہ 'چِنکی' نام کی میری کوئی گرل فرینڈ بھی ہے لیکن جب اسے پتہ چلا کہ اس چنکی کا کمرہ بھی اسی بوائز ہاسٹل میں ہے تو تھوڑا بے چین ہوتے ہوئے اس نے رنگزو کے کمرے پر دستک دے ہی دی۔

اس صبح بھائی کو پتہ چل گیا کہ میری دلچسپی لڑکوں میں ہے۔ وہ جتنی گالیاں ایک سانس میں مجھے دے سکتا تھا، دے ڈالا۔ ہاسٹل میں اچھا خاصہ تماشہ کرنے کے بعد وہ اسی وقت وہاں سے چلا گیا۔ میرا دل کسی انجانے خوف سے کانپ رہا تھا۔ کیا اس نے گھر جا کر سب کو بتا دیا ہوگا؟ کیا مجھے اپنی تعلیم جاری رکھنے کی اجازت ملے گی؟ کیا میں اب رنگزو کے ساتھ مزید نہ رہ پاؤں گا؟ کہیں وہ رنگزو کے ساتھ کچھ غلط تو نہیں کریں گے؟ تمام اندیشوں میں گھرا میں بری طرح گھبرا گیا تھا۔ رنگزو مجھے تسلی دے رہا تھا کہ جو ہوگا دیکھا جائے گا اور ہر حالت میں وہ میرے ساتھ ہوگا۔

ڈیڑھ دو ہفتے بعد پاپا کا فون آیا کہ انھوں نے میرے لیے ایک لڑکی پسند کر لی ہے۔ پاپا کے سامنے ہاں یا نہ کہنے کا تو سوال ہی پیدا نہیں ہوتا تھا۔ بچپن سے ہی ہمیں اس طرح بڑا کیا گیا تھا کہ پاپا یا بڑے بھائی کے سامنے نظریں نیچی کر کے کھڑے رہو اور ان کے ہر لفظ کو حکم مان کر قبول کرو۔ ہمت کر کے میں نے کہا کہ ابھی تو میرا گریجویشن ہی نہیں مکمل ہوا ہے۔ وہ کچھ نہیں بولے اور فون کاٹ دیا۔ مجھے کوئی راہ سجھائی نہیں دے رہی تھی

اور رنگز و بھی کچھ سمجھ نہیں پا رہا تھا۔ پھر کوئی سپورٹ سسٹم بھی تو تھا نہیں جس سے بات کی جا سکے۔ بھاگنے کا سوال نہیں تھا کیوں کہ ابھی تعلیم کا پورا ایک سال باقی تھا۔ ایک طرف کنواں اور دوسری طرف کھائی والی بات تھی۔ آخر کار طے کیا کہ مجھے گھر پر کسی ایک کو میری سیکشویلیٹی کے بارے میں بتا دینا چاہیے۔ لیکن کس کو؟ میں صرف ماں کے قریب تھا لیکن گھر پر ماں کا درجہ گھونگھٹ میں چپ چاپ گھر کے کام کرنے کا ہی تھا۔ پاپا کے سامنے میں نے کبھی ان کو سر اونچا کر کے بولتے نہیں دیکھا تھا۔ کیا ان کو بتانا ٹھیک ہوگا؟... نہیں۔

میری ایک دور کی بہن سائیکاٹرسٹ ہے۔ اس نے مجھ سے وعدہ کیا وہ مجھے 'اسٹریٹ' (straight) ہونے میں مدد کرے گی جو کہ میں ہونا نہیں چاہتا تھا۔ وہ مجھے ایک سینئر اور معروف سائیکاٹرسٹ کے پاس لے گئی۔ آئندہ تین مہینے میرے لیے برے خواب کی طرح تھے۔ سائیکاٹرسٹ مجھے اپنی سوچ بدلنے کے لیے مجھ سے 'ہیٹروسیکشوئل' (Hetrosexual) سیکس پر بات کرتا۔ جب میں نے کہا کہ مجھے لڑکیوں میں دلچسپی نہیں ہے تو اس نے مجھے کرسی پر بیٹھنے کے لیے کہا اور میری انگلیوں میں 'الیکٹروڈز' (Electrodes) لگا دیے۔ اس وقت اس نے مجھے ہلکے الیکٹرک کے جھٹکے دیے، ہر جھٹکے کے بعد وہ مجھے ننگے مردوں کی تصویر دکھاتا اور پھر شاک دیتا۔

جب اس کا بھی اثر نہیں ہوا تو اس نے مجھے بستر پر لیٹنے کے لیے کہا اور میری کھوپڑی پر 'الیکٹروڈز' چپکا دیے۔ اس دوران میرے ہاتھ اور پاؤں باندھ دیے گئے تھے اور میرا منھ بند تھا تاکہ میں اپنی زبان نہ چبا جاؤں۔ یہ سب تقریباً پندرہ بیس منٹ تک چلتا رہا۔ تین مہینے میں، میں نے 21 شاک ٹریٹمنٹ برداشت کیے۔ یہ بہت خوف ناک تھا۔ میں ساکت ہو گیا تھا اور ہمیشہ متلی محسوس کرتا۔ میں صحیح طریقے سے بات نہیں کر پاتا، جب بولنے کی کوشش کرتا تو زبان لڑکھڑانے لگتی۔ ان سب کی وجہ سے میں اپنا 'وایوا' (viva) نہ کر سکا۔ تین مہینے تک میں اپنے گھر میں قید تھا۔ میری پڑھائی کا جو نقصان ہوا سو الگ، ڈگری ایک سال کے لیے آگے کھسک گئی۔ آپ کو یہ سب بتاتے وقت بہت کچھ چھوٹ گیا۔

اس نام نہاد علاج کے بعد لوگوں نے یہ سمجھ لیا کہ میں اب 'مرد' بن چکا ہوں، پتاجی

نے ایک بار پھر اپنی مونچھوں پر تاؤ دینا شروع کر دیا تھا۔ حالاں کہ میں اب بھی 'گے' تھا، میری پسند و ناپسند میں قطعی کوئی تبدیلی نہیں آئی تھی۔ لیکن بہر حال، میری شادی کر دی گئی۔ آپ سوچ رہے ہوں گے کہ میں تو بہت بزدل نکلا۔ رنگزو کو دھوکہ دے دیا۔ اپنے آپ کو دھوکہ دے دیا۔ شاید اس لڑکی کے ساتھ بھی غلط کیا جسے شاید میں اپنا صد فیصد کبھی نہیں دے پاؤں گا۔ تو میرا جواب ہے، ہاں میں حالات کا مقابلہ نہ کر سکا، میں ڈرپوک نکلا... بہت ہی ڈرپوک مگر شاید ڈرپوک ہونے سے زیادہ میں خودغرض تھا۔

شادی کے بعد میں واپس ممبئی لوٹ آیا۔ 'گونا' (رخصتی) ہونے میں ابھی وقت تھا۔ وہ بھی کچھ دن اُدے پور میں گزار کر اپنے میکے لوٹ گئی۔ اس کی تعلیم بھی جاری تھی۔ رنگزو اب بھی میرے ساتھ تھا مگر رشتوں میں گرمی ختم ہو چکی تھی۔ اسی نے مجھے شادی کر لینے کا مشورہ دیا تھا۔ اس کے مطابق فی الحال اس سے بہتر راستہ کوئی دوسرا نہ تھا۔

انجینئرنگ مکمل ہوئی اور میں نے ماسٹرز کے لیے بیرون ملک درخواست دینا شروع کر دیا۔ گھر والے، یہاں تک کہ بیوی کو بھی اس بارے میں نہیں بتایا۔ قسمت اچھی رہی کہ اسکالرشپ بھی مل گئی اور فن لینڈ کی راجدھانی ہیلسنکی کے ایک کالج میں داخلہ بھی مل گیا۔ گھر والوں کو پتہ چلا تو انھوں نے منع کر دیا۔ وہ چاہتے تھے کہ اگر باہر جانا ہی ہے تو بیوی کو بھی ساتھ لے جاؤ۔ اب انھیں میں کیسے سمجھاتا کہ میں یہاں سے بھاگ جانا چاہتا تھا... بالکل اسی طرح جیسے اُدے پور سے بھاگ کر ممبئی آیا تھا... خود سے، ہر ایک رشتے سے، صرف بھاگ جانا چاہتا تھا۔ سبھی پیچھے چھوٹتے جا رہے تھے... رنگزو بھی، بیوی بھی، ممی پاپا بھی۔ ممبئی ایئرپورٹ پر کھڑے کھڑے میں خود کو قسم دے رہا تھا کہ اب کبھی لوٹ کر انڈیا نہیں آؤں گا۔

''اگر کوئی اپنی خوشی کو زیادہ پسند کرتا ہے تو اس میں اسے شرم نہیں محسوس کرنی چاہیے۔'' البیئر کامیو کے ناول 'پلیگ' کا یہ جملہ میرے سامنے آن کھڑا ہوا۔

آج یورپ کے مختلف ممالک میں رہتے ہوئے مجھے 12 سال ہو گئے ہیں۔ مجھے انڈیا گئے ہوئے بھی اتنے ہی سال گزر چکے ہیں۔ گزشتہ دنوں انڈیا میں سپریم کورٹ کے

فیصلے کو لے کر میں کافی جوش میں بھر گیا ہوں۔ مجھے علم ہے کہ راجپوت یا کسی اور سماج میں اس فیصلے سے بہت کچھ نہیں بدلنے والا، البتہ ہمارے وجود کو ملک کی سب سے بڑی انتظامیہ نے قبول کیا، یہ ایک بڑی جیت تھی۔ سفر بہت لمبا ہے اور اک میل کا پتھر انڈیا پار کر چکا ہے۔ خوشی اس بات کی بھی ہے کہ اب اگر کوئی انسان کسی اور ہم جنس کے ساتھ کچھ غلط کرتا ہے تو کم از کم قانون اس کا ساتھ ضرور دے گا۔ اسے گھبرانے کی ضرورت نہیں ہوگی۔ وہ اسکولی امتحانات کے ساتھ زندگی کے تلخ امتحانات نہیں دے گا۔ اسے بجلی کے جھٹکے برداشت نہیں کرنے ہوں گے۔

میری شادی ختم ہو چکی۔ وہ لوگ زیادہ انتظار نہیں کر سکتے تھے، اپنی لڑکی کی شادی کسی اور کے ساتھ کرنے کو مجبور ہو گئے تھے۔ پاپا نے دھمکی دی تھی کہ اگر میں واپس اُدے پور آیا تو وہ مجھے تلوار سے چیر دیں گے۔ حالاں کہ انھیں میری سیکشوییلیٹی کے بارے میں پتہ تھا۔ بھائی ضرور ایک بار فون پر بول چکا تھا کہ ''اب تو مرد بن جا، کب تک ماں کے دودھ کو شرماتا رہے گا۔'' ماں کبھی کبھی حال چال پوچھ لیتی تھی۔ وہ اس بات سے خوش تھی کہ مجھے اچھی نوکری مل گئی ہے اور میں اب 'بڑا' ہو گیا ہوں۔ وہ اکثر فون پر روتی رہتی تھی۔ میں انھیں کبھی خاموش نہیں کر پایا۔ میں جانتا ہوں کہ میں نے ماں کے دودھ کو نہیں شرمایا۔ میں اب بھی ان کا لاڈلا بیٹا ہوں... سب سے چھوٹا، سب سے پیارا۔

ابھی ہیتھرو ایئر پورٹ پر ہوں اور کچھ دیر میں میری دہلی کی فلائٹ ہے۔ 12 سال بعد اپنے ملک جا رہا ہوں... وہ ملک جہاں کبھی بھی لوٹ کر نہ جانے کی میں نے قسم کھائی تھی۔ آخری اعلان ہو چکا ہے۔ میرے قدم فلائٹ کی طرف بڑھ رہے ہیں۔ میں جوش میں بھرا ہوا ہوں۔ رنگزو نے بلایا ہے۔ وہ کسی لڑکے کے ساتھ طویل مدت سے ریلیشن شپ میں ہے اور اپنی اس ریلیشن شپ کی سالگرہ دوستوں کے ساتھ منانا چاہتا ہے۔ اس کی دعوت کو میں ٹال نہیں پایا... اس دعوت نے مجھے اپنی قسم توڑنے پر مجبور کر دیا ہے۔ میں انڈیا جا رہا ہوں۔ عشق کی وہ کون سی ادا ہے جو بار بار آپ اس سے ملنا چاہتے ہیں جس سے آپ کبھی پیار کرتے تھے یا شاید اب بھی کرتے ہیں۔ مجھے نہیں پتہ کہ میری قسمت میں کیا لکھا

ہے مگر رنگزو کے بارے میں جب سے علم ہوا، بہت خوش ہوں۔ دل کے ایک گوشے میں رنگزو کی یادیں سمیٹے ہوئے ہوں۔ ہر بار ہر جگہ شکست کھائی... صرف ایک بار اگر مجھے کہیں اپنائیت کا احساس ہوا تو وہ رنگزو کے ساتھ ہی ہوا۔ جب رنگزو بچھڑ رہا تھا تو اس نے کہا تھا، ''تم ہی کہا کرتے ہو نا کہ سب کچھ اس اوپر والے کی رضا سے ہوتا ہے، اسی نے ہمیں ملایا، جتنے دن ساتھ رہے اچھا تھا۔ اب اس کی مرضی سے ہی شاید ہم الگ ہو رہے ہیں۔ اب کی بار تم خود کو اکیلے ہی سنبھال لینا۔''

میں سیٹ بیلٹ باندھ چکا ہوں۔ جہاز رَن وے پر ہے۔ امیدیں سرپٹ بھاگ رہی ہیں۔ برے خواب پیچھے چھوٹتے جا رہے ہیں۔ امیدوں کو آسمان ملنے والا ہے۔ میرے ارمانوں کے پَر پھیلتے جا رہے ہیں۔ میں دل ہی دل میں مسکراتا ہوا اچانک سے ہنس پڑتا ہوں... یوں ہی... بے سبب۔ میرے بغل والی سیٹ پر بیٹھی ایک ننھی سی بچی بھی میرے ساتھ کھلکھلا اٹھتی ہے۔

نقشِ شہتوت

خون آلود شیشے کے ٹکڑے کمرے میں بکھرے پڑے تھے، جیسے کسی سنسان آنگن میں ننگے پاؤں بچوں کے پاؤں تلے کچلے ہوئے شہتوت۔ اگر کوئی اس کمرے کی بتیاں جلا دیتا، یا چھت پر سورج لٹکا دیتا، تو وہ کمل کے دائیں گال پر، اس کے بازوؤں پر اور اس کی گردن کے نیچے کے بنجر میدان پر شہتوت کے نشانات دیکھ سکتا تھا۔

لیکن ہائی فیلڈ اپارٹمنٹ کے کمرہ نمبر 21 میں، جہاں کمل اپنے پارٹنر (شوہر) سینڈی کے ساتھ رہتا تھا، پچھلے چھ ماہ سے سب کچھ اندھیرے میں ڈوبا ہوا تھا۔ ایک عام دن میں کمل نے فیصلہ کیا کہ وہ چھت پر ایک کانپتا سورج ضرور لٹکائے گا۔ اس نے اپنا فون اٹھایا اور اپنی ماں کو کئی بار کال کیا۔ لیکن، پانچویں کال پر اسے بالآخر بولنے کی ہمت ملی۔

''ماں، ک... مل۔''

''کمل؟ تُو... تُو کیسا ہے، بیٹا؟ چھ مہینے بعد؟ چھ مہینہ!''

''میں انڈیا واپس آنا چاہتا ہوں۔ میں یہاں اور نہیں رہ سکتا...''

''ارے، تجھے یہ سمجھنے میں اتنا وقت لگا کہ کوئی الماری تھی ہی نہیں؟ سات سال پرانی شادی کے بندھن کو توڑنے کے بعد؟ میں ہمیشہ سے جانتی تھی کہ کاجل کو چھوڑ کر اس فرنگی لڑکے سے شادی کرنا تیرا بدترین فیصلہ تھا۔ خیر اب تو تُو جان ہی گیا ہوگا کہ ہم جنسی

شادیاں کتنی غیر فطری ہوتی ہیں؟ اور وہ کیوں کام نہیں کرتیں؟ دیکھ، اب زیادہ...''

چار فون کالس کے دوران جمع کی گئی ہمت چار سوالوں میں بکھر گئی۔

''ماں، میں نے اس لیے فون نہیں کیا تھا۔ میں اپنے جنسی رجحان کے بارے میں اب بھی پُریقین ہوں۔ میں سینڈی کے ساتھ اس لیے نہیں رہ سکتا کیونکہ... وہ مجھے مارتا ہے۔ میرا کسی مرد سے شادی کرنے کا فیصلہ غلط نہیں تھا۔ سینڈی صحیح آدمی نہیں ہے۔ اور میں اس کے تشدد کو مزید برداشت نہیں کرسکتا۔''

''گھریلو تشدد؟ کیا یہی کہنا چاہتا ہے؟ ہم جنس جوڑوں میں؟ کون یقین کرے گا؟''

''ماں، جب بارش ہوتی ہے تو پانی ہماری چھت پر بھی گرتا ہے، صرف عام جنسی جوڑے ہی نہیں بھیگتے۔ طوفان سب کو متاثر کرتے ہیں، وہ دروازہ کھٹکھٹا کر لوگوں کے جنسی رجحان کی پڑتال نہیں کرتے، ماں۔ میرے لیے ایک اور الماری مت بنانا، ماں۔''

''خدا کی مار اس الماری پر! کسی نے ہوا میں ایک لفظ اُچھال دیا اور تب سے ہر کوئی 'الماری، الماری' چلا رہا ہے۔ الماری! الماری! الماری!''

ماں نے فون کاٹ دیا۔

اس کی جلد پر شہتوت کے نقش مزید گہرے ہو گئے۔ چھت سے سورج گر پڑا۔

لیکن اس بار، اسے پتا تھا کہ اسے کیسے پکڑنا ہے۔

اس نے کاجل کو فون لگایا... اپنی سابق بیوی کو... جس نے اسے الماری سے باہر نکلنے میں مدد کی تھی۔

''پانچ مہینے سے تم یہ جھیل رہے ہو اور ایک بار بھی تم نے مجھے فون کرنا ضروری نہیں سمجھا؟ ایک کام کرو، ابھی اسی وقت اپنا بیگ پیک کرو اور میرے اپارٹمنٹ میں آ جاؤ۔ سینڈی دنیا کا اکلوتا مرد نہیں ہے۔ ہم تمھارے لیے صحیح پارٹنر ڈھونڈ لیں گے۔ پہلے ہمیں ایک وکیل سے بات کرنی ہوگی طلاق کے لیے،'' کاجل نے یوں کہا، جیسے وہ کمل کی جلد سے شہتوت کے نقش اُتار رہی ہو۔

’’کیا تم سمجھتی ہو کہ ہم جنسی جوڑے کے لیے طلاق لینا آسان ہوگا، کاجل؟‘‘

’’کیا سینڈی کے ساتھ وہاں رہنا آسان ہے، کمل؟‘‘

کمل جانتا تھا کہ دونوں سوالوں کا جواب ایک ہی ہے۔ اسے نہیں پتا تھا کہ آنے والے دن اس کے لیے کیا سندیسہ لائیں گے، لیکن وہ اتنا ضرور جانتا تھا کہ اسے خود کو کچلے ہوئے شہتوت کی سرزمین سے باہر نکلنا ہے۔

کمل اپنے بریف کیس میں کپڑوں کے ساتھ سورج کی گیند رکھنا نہیں بھولا۔

اس نے اپنے پیچھے صرف شہتوت کے نقش، ایک کربناک خاموشی اور جرأت کی ایک داستان چھوڑی۔

کتاب کے آنے تک صبر نہ ہوا۔ پرنٹ آوٹ نکلوا کر پہلی طویل کہانی جس کے نام پر کتاب کا عنوان ہے، پڑھ لی۔ ایک پرانے موضوع پر کس قدر تازگی کے ساتھ افسانہ تحریر ہوا ہے۔ یہ ایک یادگار افسانہ ہے۔ افسانے کے مرکزی کردار اور ماحول کی پیشکش فوٹو گرافی سے زیادہ موقلم کی رہین منت محسوس ہوتی ہے۔ بہت دن بعد ایک بہت عمدہ نیا افسانہ پڑھنے کو ملا۔ 'ڈل' میں اس کی دانستہ غرقابی کا منظر دیر تک یاد رہے گا۔ کشمیر کے موضوع پر اس زیادہ اچھی کہانی اب تک نہیں پڑھی تھی۔ سلامت رہیں۔

سید محمد اشرف

'کانگریس ہاؤس' میں اشعر نجمی نے اسے محض ایک معروضی تلازمے کے طرز پر اخذ کر کے وسیع معنوی سطح پر سیاست اور انسانی وجود دونوں کو ایک ہی کٹھرے میں کھڑا کر دیا ہے، جس نے یہ ثابت کر دیا ہے کہ کیسے چھوٹی سی بساط پر کوئی وسیع رزمیہ خلق کیا جا سکتا ہے۔

عتیق اللہ